CB080436

Devoção MORTAL

J. D. ROBB

SÉRIE MORTAL

Nudez Mortal
Glória Mortal
Eternidade Mortal
Êxtase Mortal
Cerimônia Mortal
Vingança Mortal
Natal Mortal
Conspiração Mortal
Lealdade Mortal
Testemunha Mortal
Julgamento Mortal
Traição Mortal
Sedução Mortal
Reencontro Mortal
Pureza Mortal
Retrato Mortal
Imitação Mortal
Dilema Mortal
Visão Mortal
Sobrevivência Mortal
Origem Mortal
Recordação Mortal
Nascimento Mortal
Inocência Mortal
Criação Mortal
Estranheza Mortal
Salvação Mortal
Promessa Mortal
Ligação Mortal
Fantasia Mortal
Prazer Mortal
Corrupção Mortal
Viagem Mortal
Celebridade Mortal
Ilusão Mortal
Cálculo Mortal
Celebração Mortal
Esconderijo Mortal
Festividade Mortal
Obsessão Mortal

Nora Roberts

escrevendo como

J.D. ROBB

Devoção MORTAL

Tradução

Renato Motta

1ª edição

BERTRAND BRASIL

Rio de Janeiro | 2025

CIP-BRASIL. CATALOGAÇÃO NA PUBLICAÇÃO
SINDICATO NACIONAL DOS EDITORES DE LIVROS, RJ

R545d Robb, J. D., 1950-
Devoção mortal / Nora Roberts escrevendo como J. D. Robb ; tradução Renato Motta. - 1. ed. - Rio de Janeiro : Bertrand Brasil, 2025.
(Mortal ; 41)

Tradução de: Devoted in death
ISBN 978-65-5838-377-2

1. Ficção americana. I. Motta, Renato. II. Título. III. Série.

CDD: 813
25-100276.0 CDU: 82-3(73)

Meri Gleice Rodrigues de Souza - Bibliotecária - CRB-7/6439

Copyright © Nora Roberts, 2015.

Texto revisado segundo o Acordo Ortográfico da Língua Portuguesa de 1990.

Todos os direitos reservados.
Não é permitida a reprodução total ou parcial desta obra, por quaisquer meios, sem a prévia autorização por escrito da Editora.

Direitos exclusivos de publicação em língua portuguesa somente para o Brasil adquiridos pela:
EDITORA BERTRAND BRASIL LTDA.
Rua Argentina, 171 — 3º andar — São Cristóvão
20921-380 — Rio de Janeiro — RJ
Tel.: (21) 2585-2000,
que se reserva a propriedade literária desta tradução.

Seja um leitor preferencial.
Cadastre-se no site www.record.com.br e receba informações sobre nossos lançamentos e nossas promoções.

Atendimento e venda direta ao leitor:
sac@record.com.br

EDITORA AFILIADA

Tão excitados quanto os bodes, tão ardentes quanto os macacos, tão lúbricos quanto os lobos no cio.

— William Shakespeare

A desumanidade do homem para com o homem
faz com que milhares de pessoas chorem!

— Robert Burns

Capítulo Um

O primeiro assassinato aconteceu por acidente... mais ou menos.

Tudo o que eles queriam era um carro bom — nem precisava ser sofisticado — porque a caminhonete de merda deles estremeceu, chiou e soltou um estertor de morte logo depois que cruzaram a fronteira entre o Arkansas e Oklahoma.

Foi ideia de Ella-Loo conseguir um carro novo. Ela sempre tinha ideias, e elas vinham acompanhadas de sonhos; desde que conheceu Darryl, passou a acreditar que esses sonhos se tornariam realidade.

Ela trabalhava em um bar de caubóis em Dry Creek, lugar que muitos moradores consideravam o sovaco de Oklahoma, pois ficava na ponta de um pedaço de terra desolado conhecido como "cabo de frigideira", na divisa com o Texas. Nenhum de seus sonhos tinha se tornado realidade ali. Na verdade, o homem com quem ela estava no momento — aquele filho da puta do Cody Bates — lhe deixara um olho roxo e abrira seu lábio antes de largá-la caída no chão em frente ao bar em que ela agora trabalhava.

Ella-Loo sabia que era capaz de coisas melhores do que servir cerveja e uísque de péssima qualidade para os caubóis e as mulheres obstinadas que os caçavam. Queria coisa melhor do que faturar grana extra por um boquete ou uma transa rápida no banheiro ou na cabine de uma picape, com homens que fediam a cerveja e não tinham ambição, a não ser seguir viagem.

A coisa melhor entrou no Rope 'N Ride numa fatídica noite, e era ninguém menos que Darryl Roy James. Ela soube disso no minuto em que pôs os olhos nele.

Porque ele era *o cara*. Tudo que faltava na sua vida. Exatamente do que precisava para alcançar tudo o que era e poderia ser.

Mais tarde, ela lhe contaria que, no instante em que ele entrou pelas portas falsas do *saloon*, uma luz vermelho-dourada como pôr do sol brilhou ao redor dele. Seu cabelo cintilou também, e seus olhos — azuis e claros como um lago de cartão-postal — resplandeceram.

E ela soube tudo o que precisava saber.

Ele não era como os outros. Não tinha nada em comum com os tipos que cheiravam a celeiro, apertavam bundas e geralmente frequentavam o Rope 'N Ride.

Ele tinha *algo mais*.

Depois de uma breve e intensa dança de acasalamento... depois que ele deu um "amasso" nela na porta do banheiro... então novamente contra a parede do lado de fora da porta dos fundos, ele disse a mesma coisa sobre ela.

Um olhar, dissera ele. Tipo "assim que se olharam, eles se amaram". Essa era a frase de um livro de Shakespeare. Darryl tinha lido um pouco de Shakespeare — "um cara manhoso", como ele o chamava — enquanto se formava no ensino médio, por cortesia do Centro de Detenção Juvenil do Condado de Denton, no Texas, de onde fugiu aos dezesseis anos em busca de fortuna.

Saiu do reformatório aos dezoito direto para um emprego na garagem do namorado da sua mãe. Darryl levava jeito com motores, assim como alguns tinham jeito com cavalos. Seu "padrasto" Barlow, que sempre pegava no pé de Darryl só por diversão, disse que, se ele se esforçasse tanto no trabalho quanto sonhava em estar em outro lugar, acabaria rico.

Mas Darryl nunca viu sentido em trabalhar até cair morto quando havia muitas formas de se conseguir o que queria. E arrancar algo de outra pessoa era a melhor maneira que ele conhecia para isso.

Mesmo assim, como não queria voltar para a cadeia, aguentou firme ali durante quase três anos.

Então conseguiu o que queria: roubou os 6.800 dólares que Barlow mantinha escondidos sob o fundo falso de uma gaveta do escritório.

O que provava o quanto Barlow era burro.

Depois, serviu-se à vontade de uns equipamentos, algumas peças e quebrou a vitrine para pegar a premiada faca *bowie* de Barlow — esperando poder vendê-la ao longo do caminho.

Fez as malas enquanto a mãe estava no trabalho servindo mesas, como sempre fazia, por uma merreca de salário e gorjetas ainda piores. Embolsou 3.200 dólares do saquinho que ela escondia dentro do vidro de farinha — o que arredondou tudo em 10.000 dólares.

Como se considerava um bom filho, deixou para ela os 646 dólares restantes com um bilhete que dizia:

Obrigado, mãe. Com amor, Darryl

Carregou o caminhão que roubou da garagem com tudo o que tinha no mundo e disse *Adiós, babacas* para a placa na qual se lia Lonesome, Oklahoma.

Entrou no Rope 'N Ride e na vida de Ella-Loo exatamente no dia do seu vigésimo primeiro aniversário.

Aquilo tinha a mão do destino, segundo ambos determinaram, porque eles eram um verdadeiro presente um para o outro.

Em menos de vinte e quatro horas, Ella-Loo e a mochila com todos os bens materiais que possuía estavam dentro do caminhão, com Darryl.

Eles dirigiam rápido demais pelas estradas, gastavam como se não houvesse amanhã, roubavam quando lhes dava na telha e trepavam em todas as oportunidades, como um casal de coelhos.

Quando Darryl foi preso em Tulsa por tentar embolsar um anel de noivado para sua alma gêmea, eles já tinham gastado quase todo o dinheiro roubado.

Darryl pegou quatro anos de cana — já que estava com a faca *bowie* — e dessa vez foi parar na Penitenciária Estadual de Oklahoma.

Ella-Loo esperou por ele. Conseguiu um emprego em outro bar, ganhou mais dinheiro extra com boquetes — embora não permitisse, nem mesmo por uma boa grana, qualquer outro tipo de penetração.

Era mulher de um homem só.

Tão devotada quanto um padre na missa dominical, visitava Darryl toda semana e, na verdade, concebeu uma criança em uma visita íntima.

Darryl leu outras obras de Shakespeare e aprimorou suas habilidades de mecânico. Aprendeu mais sobre motores, aprendeu a construir bombas, aprendeu detalhes complexos sobre computadores e eletrônicos.

Ele recebeu uma educação que poderia ter usado bem quando acabasse de cumprir pena.

Ella-Loo deu à bebê o nome Darra, em homenagem ao seu Darryl, e a levou de volta para Elk City, onde apresentou a criança à mãe, a avó de Darra.

Embora mal conseguisse suportar a tortura de ficar longe de Darryl por tanto tempo, esperou mais dez dias. Tempo suficiente para a mãe se apaixonar pela bebê, e para o padrasto relaxar a guarda.

Sabendo que a mãe jamais permitiria que o padrasto mandasse a polícia atrás dela, pegou a prata da bisavó — que teria chegado até suas mãos um dia, de qualquer maneira — abandonou a bebê e voltou a McAlester para o próximo dia de visita.

Talvez, quando estivessem prontos para se estabelecer, ela e Darryl voltassem a Elk City para buscar a filha. Mas, como Darryl disse, eles eram amantes "escritos nas estrelas", e precisavam viver e amar cada minuto ao máximo.

Um bebê não se encaixava nesse esquema.

Darryl foi solto após três anos e meio, por causa do bom comportamento, e Ella-Loo já estava na porta esperando por ele usando um vestido branco justo e saltos altos vermelhos.

Eles mal entraram no quarto alugado e o vestido dela já estava no chão e os sapatos no ar.

Como ambos concordaram que queriam McAlester no retrovisor do caminhão, passaram aquela primeira noite comendo, bebendo — o espumante que Ella-Loo tinha roubado do bar onde ela não trabalharia mais nem faria boquetes — e fazendo sexo.

Ela queria ir para o leste, direto até o Oceano Atlântico. Queria a luz e os sons da cidade grande e tudo que não fosse Oklahoma.

Nova York, disse a Darryl. Aquele era o destino deles, pois era a única cidade grande e brilhante o suficiente para acomodá-los.

Então, quando o caminhão de Darryl tossiu e chiou, ele usou sua habilidade — e as peças que roubou de outro caminhão que encontrou num estacionamento — e o fez voltar a funcionar muito bem. Seguiu para o leste com o rádio tocando alto e Ella-Loo se enrolou nele, agarrada como um apêndice.

Mesmo com a habilidade de Darryl, o velho caminhão não aguentou os quilômetros ou o excesso de velocidade, e morreu como um cachorro.

Então, Ella-Loo teve uma ideia.

Darryl conseguiu fazer outra gambiarra e o caminhão aguentou mais um pouco — o suficiente para tirá-lo da estrada principal enquanto consultava o computador do painel. Talvez eles tivessem sorte em um pequeno trecho ao longo da Rodovia 12, um pouco ao sul de Bentonville.

Ela resgatou o vestido branco, calçou os sapatos de saltos vermelhos, passou batom e, curvando o corpo para baixo, penteou com os dedos os longos cabelos louros.

Esperou na estrada por um homem — um homem solitário — pois não tinha dúvidas de que um homem iria parar para ela. O vestido ficava justo em suas curvas, subia até o alto das coxas e, quando ela afofou o cabelo novamente, ele deslizou sobre seus ombros, como se ela fosse uma sereia.

Ela riu e enxotou Darryl para longe quando ele tentou agarrá-la.

— Espere, querido, aguente mais um pouco. E mantenha-se fora de vista. Se algum homem aparecer, ele vai parar para me ajudar, com certeza!

— Ele vai querer fazer mais que isso. Santo Deus, Ella-Loo, você é tão sexy quanto uma calcinha de renda preta. Meu pau duro está me matando só de olhar pra você.

— Essa é exatamente a ideia. Porque se uma mulher aparecer, ela pode parar, ou pode não parar. Alguns homens param, algumas mulheres *podem* parar. Misturamos tudo e voltamos ao talvez. Mas algum homem vai parar mais cedo ou mais tarde, amor.

Ela passou o dedo sobre a boca de Darryl, se esfregou nele e isso o fez gemer mais uma vez antes de ela o empurrar para longe.

— Mais tarde cuidamos disso, querido. Ainda não está totalmente escuro. As pessoas ficam mais inclinadas a parar para ajudar antes que escureça. Fique atrás daquela moita ali. Tenho que parecer indefesa, e não vou conseguir isso se houver um homem forte e bonito ao meu lado.

Ela havia escolhido bem o local — talvez bem demais, pois o sol estava se pondo sem que um único veículo passasse em qualquer direção.

— Talvez eu consiga fazê-lo funcionar de novo — gritou Darryl. — Pelo menos o suficiente para chegar a um motel ou cidadezinha e para tentar uma nova gambiarra no motor.

— Isso vai funcionar, Darryl. — Ela estava decidida. — Temos apenas que... ei, um carro está se aproximando. Quando ele parar, me dê um tempo para eu bancar a indefesa. Então você sai da moita, amor, e cuida de tudo. Você vai cuidar disso, não vai, Darryl?

— Você sabe que vou.

Ela estava ao lado do carro, as mãos entrelaçadas como se rezasse, grandes olhos azuis arregalados com o que ela esperava que parecesse um pouco de esperança misturado com medo.

Ela amava atuar.

Sentiu a empolgação aumentar quando o carro — um belo carro, por sinal — diminuiu a velocidade. O homem baixou o vidro da janela e se inclinou sobre o assento. — Está com algum problema?

— Ah, estou sim, senhor. — Um homem mais velho, notou, talvez por volta dos cinquenta; seria fácil para Darryl nocauteá-lo, amarrá-lo e arrastá-lo para o mato. — O motor simplesmente morreu. Tentei falar com meu irmão... esse caminhãozinho é dele... mas meu *tele-link* deve estar quebrado, ou talvez eu tenha esquecido de pagar a conta. Estou sempre esquecendo alguma coisa.

— Você não se esqueceu de abastecer, esqueceu? — Quis saber o homem.

— Ah, não, senhor. Meu irmão, Henry, encheu o tanque até a boca. O nome dele é Henry Beam (nome do professor de história americana dela no ensino médio, de Fayetteville). Talvez o senhor o conheça; acho que todo mundo conhece o Henry.

— Acho que não, eu não sou daqui. Vou parar meu carro na frente e dar uma olhada.

— Muito obrigada. Eu simplesmente não sabia o que fazer. Pra piorar, está começando a ficar escuro.

Ele parou bem na frente do caminhão. O carro dele era prateado e brilhante; embora ela preferisse que fosse vermelho — assim como seus sapatos — não iria reclamar. Ela se atrapalhou um pouco quando ele pediu que ela abrisse o capô, então o homem enfiou a mão por baixo do painel do veículo e abriu ele mesmo a trava.

Ele tinha um belo *smartwatch*, reparou ela; prateado e brilhante como o carro. Ela queria que Darryl o tivesse.

— Não entendo muito de caminhonetes — começou ele. — Então, se eu não encontrar uma solução fácil, posso te levar para Bentonville. Ou você pode usar meu *tele-link* para entrar em contato com seu irmão.

— Puxa, isso seria muito legal da sua parte. Eu estava com medo de que alguém não tão legal parasse, e eu não saberia o que fazer. Ela olhou para o arbusto e continuou falando alto para esconder o farfalhar que Darryl fez quando saiu de trás dele. — Minha mãe vai ficar muito preocupada se eu não voltar logo, então se você for para Bentonville, tudo bem. Ela vai te agradecer pessoalmente por me levar pra casa.

— Eu pensei que você tivesse dito Fayetteville.

— O quê? Ah, Henry — começou ela.

Alguma desconfiança surgiu nos olhos dela, ou então ele deve ter ouvido o passo silencioso das botas de Darryl quando voltava para checar o motor, mas só se virou quando Darryl levantou a chave de roda, que atingiu o homem com força no ombro.

E ele saltou sobre Darryl como um demônio.

Tudo aconteceu muito depressa — os punhos voando, os grunhidos e rosnados animalescos. Pensando apenas em Darryl, Ella-Loo agarrou a chave de roda que havia sido jogada para longe e tentou segurá-la com firmeza.

Ela desferiu um golpe, atingindo o agora furioso Bom Samaritano com força nas costas, mas percebeu seu erro quando isso não o parou. Para o segundo golpe, Ella mirou nas pernas.

Uma delas cedeu — ela claramente ouviu o som de um osso se partindo. Mesmo machucado, ele ainda conseguiu se virar e lhe deu um soco forte com as costas da mão. Antes que ela conseguisse se firmar e tentar atingir a outra perna dele, Darryl perdeu a cabeça.

— Coloque suas mãos na minha mulher e eu te mato!

Ele esmurrou o homem, punhos furiosos, olhos selvagens, dentes à mostra. Ela mal teve tempo de escapar da fúria antes que o homem, desequilibrado pela perna machucada e com o rosto ensanguentado, caísse para trás.

A cabeça dele se chocou contra o para-choque dianteiro do caminhão, ricocheteou e bateu no pavimento. Antes de pensar duas vezes, ela pulou e bateu com a chave de roda no rosto dele. Dois golpes fortes.

O homem ficou imóvel, os olhos arregalados no rosto arruinado. O sangue começou a escorrer depressa e se acumular numa poça sob sua cabeça.

A respiração de Ella-Loo parecia uma máquina a vapor, sibilando sem parar enquanto seu corpo estremecia.

— Ele está... ele está morto?

— Merda, Ella-Loo, merda! — Olhando para baixo, Darryl tirou uma bandana do bolso de trás para enxugar o suor e o sangue do próprio rosto. — Ele parece morto.

— Nós matamos ele...

— Não fizemos de propósito. Merda, Ella-Loo! Ele te acertou bem no rosto. Não posso permitir isso. Não posso deixar ninguém machucar minha mulher.

— Eu também não queria que ele se levantasse e te batesse de novo. Então eu... Você precisa tirá-lo da estrada. Leve ele de volta pra trás daquela moita, Darryl. Mas seja rápido, antes que outra pessoa apareça. Pegue a carteira dele e o *smartwatch* também. Pegue tudo que ele tiver. Rápido!

Ela encontrou um pano no caminhão, limpou a chave de roda e jogou no banco de trás do carro novo.

— Arranque as roupas dele também, amor.

— O quê?

— Pegue tudo. Nunca se sabe, mas seja rápido!

Ela começou a transferir as coisas deles da caçamba da caminhonete para o carro.

— Jogue tudo no porta-malas, resolveremos isso depois.

O coração dela batia forte; as mãos tremiam. Mas Ella se movia com rapidez e certa do que fazia.

— Precisamos tirar tudo que é nosso da caminhonete, amor, e acho que precisamos limpar o volante e todo o resto também. Qualquer coisa que possamos ter tocado. Pode deixar que eu faço isso.

Ela fez o melhor que conseguiu e terminou com a ajuda de Darryl, pois eles não tinham muito para tirar da caminhonete e colocar no carro. Em dez minutos, Darryl estava ao volante do carro novo com Ella-Loo ao seu lado.

— Não ultrapasse o limite de velocidade, ouviu? Vamos apenas colocar uma boa distância entre nós, aquele homem e a caminhonete.

Ela aguentou a emoção firme durante dois quilômetros, então cinco, depois dez. Foi só após vinte e cinco quilômetros que ela cedeu.

— Pare agora mesmo. Saia da estrada! Está vendo aquela entrada ali? Por Deus, saia da estrada, Darryl, e fique atrás daquelas árvores ali.

— Está passando mal, querida?

— Ainda consigo sentir o cheiro do sangue dele. Está impregnado em você. Em mim também.

— Mas está tudo bem agora, acabou. Vai ficar tudo bem. — Ele seguiu por onde ela mandou, abriu caminho por entre algumas árvores, parou e se virou para Ella:

— Querida...

— Você viu o rosto dele? Os olhos dele nos encarando, mas sem nos ver? E o sangue escorrendo da boca? Das orelhas?

Ela se virou para Darryl com o rosto iluminado como o sol, os olhos arregalados, cheios de admiração e desejo.

— Nós matamos uma pessoa. Juntos.

Eles se atracaram. Para os dois, sexo sempre fora inebriante, violento e excitante. Agora, porém, com o cheiro de sangue fresco, com o *conhecimento* do que tinham feito, o ato se tornou selvagem, até que os gritos dos dois ecoaram no carro.

Quando terminaram, com o suor fundindo a pele de ambos como cola, o vestido branco esfarrapado e manchado com sangue tão vermelho quanto seus sapatos, ela sorriu pra ele.

— Da próxima vez, não quero que seja tão rápido. Vamos cuidar do próximo com calma.

— Eu te amo, Ella-Loo.

— Eu te amo, Darryl. Ninguém nunca amou como nós. Teremos tudo o que quisermos, faremos tudo o que quisermos, daqui até Nova York.

A primeira morte, praticamente um acidente, ocorreu numa noite quente de agosto. Quando chegaram a Nova York, em meados de janeiro, a contagem já estava em vinte e nove.

Ao lançar seu primeiro olhar para Nova York, Ella-Loo teve a mesma reação que teve na primeira vez que olhou para Darryl.

Ela sabia que tinham sido feitas uma para a outra.

Um vento cortante como um picador de gelo golpeava o beco coberto de lixo, ferindo a carne exposta, sibilando e rosnando enquanto abria caminho pela Madison Street através do túnel formado por prédios pichados de tijolos vermelhos em ruínas ou com o concreto esburacado.

As poucas luzes acesas lançavam sombras arroxeadas e brilhos amarelos doentios, de modo que as poças de chuva e os respingos delas floresciam amargas, como um hematoma.

As prostitutas de rua de mais baixo nível — acompanhantes licenciadas ou não — poderiam levar um cliente para uma das aberturas estreitas nas paredes na esperança de se abrigar do frio e do vento, enquanto conduzia seus negócios. Um viciado desesperado o suficiente por uma dose também poderia seguir um traficante de drogas para dentro daquelas sombras sufocantes.

Para qualquer outra pessoa que considerasse cortar caminho por ali, seria mais fácil usar no pescoço uma placa piscante se oferecendo a assaltantes, estupradores e até pior.

Nenhuma dessas opções se aplicava a Dorian Kuper, pois ele encontrou seu infeliz destino em outro lugar, antes de seu corpo ser embrulhado num imenso saco plástico e despejado como se fosse um dos muitos outros sacos de lixo esfarrapados pelo vento e pelos vermes, ao lado de uma recicladora quebrada.

O vento cruel não incomodaria mais Dorian. Seus golpes cortantes eram incansáveis, o que fez a tenente Eve Dallas ceder à necessidade de puxar sobre a cabeça o gorro de floco de neve que a deixava envergonhada. No entanto, Eve dispensou as luvas felpudas — ambos presentes que ganhou num dia frio de dezembro do sonhador Dennis Mira.

Por um breve momento, a tenente se permitiu pensar no fato de que, vinte e quatro horas antes, ela estava aproveitando o sol, quase nua, sobre a areia ensolarada da ilha particular de seu marido, Roarke, que também estava quase nu ao seu lado.

Não importava como ela havia começado o ano de 2061. A verdade era que, agora, estava de volta a Nova York... e também às mortes.

Ela era uma policial da Divisão de Homicídios e, portanto, enquanto os outros ainda estavam dormindo na escuridão tempestuosa naquela uma hora antes do amanhecer, ela estava ali agachada ao lado de um cadáver com as mãos nuas, exceto pelo spray selante; os olhos castanhos fixos na cena e se estreitando diante do que viam.

— Mataram você com muita vontade, não foi, Dorian?

— Ele mora no Upper West Side, Dallas. — A detetive Peabody, envolta num casaco rosa, os pés quentinhos em botas cor-de-rosa de cano felpudo e o rosto quase escondido sob os vários redemoinhos de um cachecol multicolorido, retransmitia todos os dados do tablet para a parceira.

— Idade: trinta e oito anos; solteiro, morava sozinho. Trabalhava na orquestra do Metropolitan Opera, como primeiro violoncelista.

— O que um violoncelista do Upper West Side está fazendo morto no Mechanics Alley? Não foi aqui que o crime aconteceu. Há muito sangue na lona e nele, o saco de lixo que o cobre está todo manchado de sangue, de ponta a ponta. Também vejo marcas de cordas nos punhos e tornozelos; alguns dos hematomas e dos arranhões de luta defensiva parecem ter pelo menos um dia. Talvez mais. Morris confirmará.

— Há muitos cortes, perfurações, marcas de queimaduras, hematomas. — Peabody, seus olhos num tom castanho mais profundo e escuro que os de Eve, examinava o corpo. — Muitos deles superficiais. Mas também vejo...

— Muitos que não são, eu percebi. Ele foi amarrado e amordaçado, os cantos da boca estão cortados e esfolados; ele foi torturado durante horas. Talvez um dia ou mais antes de a coisa deixar de ser divertida. E então... recebeu a facada que lhe atravessou o intestino. Foi a facada que acabou com ele, mas levou ainda mais algum tempo para ele sangrar até morrer. Um tempo interminável e doloroso.

Pegando os instrumentos de medição, ela estabeleceu a hora exata da morte.

— Seus momentos dolorosos terminaram às vinte e duas horas e vinte minutos de ontem à noite.

— Dallas, fizeram o registro de pessoa desaparecida com o nome dele. Acabei de colocar no sistema esta manhã. Foi a mãe dele que registrou seu desaparecimento. Hã... deixe eu ver... ele não apareceu para trabalhar anteontem, não respondeu ao *tele-link*, não apareceu para dar aula ontem à tarde... ele é professor na Juilliard. Também não apareceu na apresentação da orquestra, ontem à noite.

— Então já se passaram cerca de dois dias. Entre em contato com quem fez o boletim de pessoa desaparecida. Quero um relatório completo. Notificaremos os parentes mais próximos.

Agachada sobre os calcanhares, Eve estudou o rosto do morto. Sua foto de identificação mostrava um homem atraente com olhos verdes profundos que pareciam flertar; tinha cabelos longos e louros. Um rosto fino nas bochechas e generoso nos lábios.

O assassino tinha cortado os cabelos dele, deixando tufos finos e pequenos ferimentos feios, além de círculos queimados em suas bochechas, como covinhas escurecidas. Teias de aranha vermelhas destruíram o branco dos olhos. No entanto, o assassino concentrou a maior parte de sua energia e criatividade no corpo. Eve imaginou que Morris, o legista chefe, encontraria vários ossos quebrados e órgãos danificados.

— Algumas dessas queimaduras são pequenas e precisas — observou ela. — Provavelmente usaram uma ferramenta. Mas vê esta aqui nas costas das mãos? Maior e não tão precisa? Alguém apagou cigarros, ervas, baseados, o que quer que seja, nas mãos da vítima. Violoncelista. Violoncelo é aquele violino grande, certo?

— Bem, é uma espécie de... — Peabody fez uma grande forma de violão no ar com as mãos, então imitou o movimento de serrar para os lados, como se usasse um arco.

— Sim, um violino grande e gordo. Você precisa das mãos para tocar um desses. Ele teve as duas mãos queimadas, quatro dedos quebrados na mão direita e a mão esquerda esmagada por um objeto pesado. Talvez o motivo tenha sido pessoal. Arrancar o cabelo dele em tufos me parece coisa pessoal. Deixá-lo nu também.

Eve levantou uma das mãos, usou sua lanterna para fazer um exame superficial das unhas.

— Não vejo nenhum fragmento de pele debaixo das unhas, nada que indique ferimentos defensivos. — Ela focou a atenção na cabeça, erguendo-a com cuidado, e apalpou o crânio. — Sinto um grande calombo aqui.

— Ele deve ter tido uma briga... uma discussão — propôs Peabody. — Com alguém que conhecia. Virou as costas para o agressor e deram uma boa pancada nele. Essa pessoa ficou puta o suficiente para amarrá-lo, amordaçá-lo e torturá-lo.

— Isso não é apenas "ficar puto". — Eve balançou a cabeça, e finalmente se colocou em pé. O vento agarrou seu longo casaco de couro, fazendo-o ondular e estalar em volta das pernas dela. — Também não foi algo paciente e intrincado como... Lembra o caso do *Noivo*?

— Acho que não vou esquecer nunca. Nunca — respondeu Peabody.

— Aquele assassino fez da tortura uma ciência. Aquele era o trabalho dele. Isso aqui me parece mais uma zoação — observou Eve.

— Zoação?

— Ficar puto é diferente, o assassino avançaria com muita força logo de cara. E atacaria bem mais o rosto, principalmente se houvesse alguma conexão pessoal.

Ali, porém, refletiu ela, o rosto era o que menos importava. Era como se o assassino quisesse mantê-lo praticamente ileso.

Para que pudessem ver a vítima? Para que ele permanecesse reconhecível?

— Ficar puto não resulta numa tortura assim por dias — acrescentou Eve. — Um assassino puto e louco? Talvez sim. Mas mesmo que tenha sido isso, eu esperaria ver um pouco mais de contato físico... mais golpes de punho ou lesões feitas com porretes. Houve alguns danos aos órgãos genitais, mas, para ser franca, não tanto quanto eu esperaria caso se tratasse de uma amiga ou amante irritada ou irritado. Ainda assim, vamos considerar essa possibilidade.

Virando-se, Eve olhou para o beco em direção à avenida Madison; depois, girou o corpo e olhou para o norte, o lado oposto, em direção à rua Henry.

— O assassino teve que ter transporte próprio. Deve ter estacionado na avenida Madison, porque o local da desova do cadáver foi perto de lá. Qual era a altura da vítima mesmo? Um metro e setenta e oito, pesava pouco mais de setenta quilos. Vamos mandar os peritos determinarem se o plástico com o corpo foi arrastado por todo o beco, mas não parece que tenha sido. É difícil ter certeza com a iluminação daqui, mas se o corpo foi arrastado ou carregado, o assassino tem bons músculos. Ou teve ajuda. Vamos ver se a varredura revela alguma coisa.

Ela olhou para cima e examinou as janelas escuras.

— Meio da noite, meio do inverno. Frio de rachar.

— Frio de lascar!

— Nem acredito que vinte e quatro horas atrás eu estava tão quentinha...

— Foi tudo maravilhoso? Nas suas férias?

— Foi ótimo, confesso.

Céu azul, água cristalina, areia branca e Roarke. Não, não foi nada mau.

E agora que estava ali, suas férias tinham oficialmente chegado ao fim.

— Vamos chamar os peritos, o necrotério e trazer alguns policiais para vigiar o corpo. — Ela verificou seu *smartwatch*. — E vamos dar um pulo na residência da vítima antes de qualquer coisa.

Mas não adianta acordar a mãe dele a essa hora da madrugada pra comunicar que ele está morto.

Eve puxou o gorro bobo mais para cima das orelhas congeladas e balançou sua lanterna, que caiu. Quando se inclinou para pegá-la, seu olhar se voltou para o corpo no lugar onde a ponta do feixe de luz apontava.

— Espere um minuto. Isso aqui é... Peabody, pegue meus óculos de visão microscópica.

— Você enxergou alguma coisa?

— Talvez. Vou checar se consigo ver um detalhe com eles.

Ela se ajoelhou ao lado do corpo e esticou o braço esquerdo do morto um pouco mais para o lado.

— Porra, quase perdi isso — reclamou Eve.

— Perdeu o quê? — Depois de pegar os óculos de visão microscópica de Eve no kit de trabalho, Peabody os entregou e se inclinou para ver o que a luz iluminava.

— É um coração. Tanto sangue e hematomas que eu poderia ter deixado passar. Morris certamente teria visto quando a vítima estivesse sobre a mesa de dissecção, mas nesta luz fraca eu não vi.

— E eu continuo não vendo.

— Logo abaixo da axila. — Inclinando-se mais para perto, com os óculos no lugar, Eve traçou um pedaço de pele com os dedos, de cima para baixo e depois de um lado para o outro. — Cerca de três centímetros de altura e largura. Tão preciso quanto uma tatuagem cara. E tem iniciais dentro. Uma letra *E* ao lado de um *D*.

— *D* de Dorian?

— Pode ser — mas aquilo com certeza mudava a direção das possibilidades do caso. — Talvez uma amante irritada, rejeitada ou do passado dele. Isso foi feito antes ou depois da morte? — indagou Eve, quase para si mesma. — É uma assinatura ou uma declaração? Esta parte é muito precisa. O assassino levou algum tempo e teve muito cuidado para tatuar isto.

— McQueen tatuava números em suas vítimas — lembrou Peabody — para que os policiais soubessem quantas ele já tinha matado. Talvez esta seja a assinatura de *E*. Esse tal *E* escolhe a vítima e desenvolve algum relacionamento doentio e delirante. Como relacionamentos doentios e delirantes nunca terminam bem, o assassino bate, amarra, amordaça, tortura, mata e então tatua o coração com a própria inicial sobre a da vítima.

Eve concordou. Era uma boa teoria. Sólida e lógica.

— Sim, pode ter sido isso.

— Talvez este não seja o primeiro relacionamento doentio e delirante de *E*.

— Isso também pode funcionar. — Eve se levantou e tirou os óculos de visão microscópica. — Vamos analisar todos os elementos pela lista do CIPAC, o Centro Internacional de Pesquisa sobre Atividades Criminais. Pode ser que encontremos crimes semelhantes. Agora, porém, vamos dar uma olhada na casa da vítima. Talvez a gente descubra quem ele conhecia, cujo nome começa com *E*.

— A mãe dele mora no mesmo prédio — avisou Peabody, enquanto Eve sinalizava para um dos policiais na entrada do beco.

— Bem, isso nos poupa tempo. Vamos dar uma olhada na casa dele e depois notificá-la.

— A mãe também está na orquestra. Ela toca um violoncelo bebê.

— Violoncelos têm filhos?

— Foi uma piada. Ela é primeiro violino da orquestra. *Spalla*, que se diz...

— Faça de conta que eu ri. Ela mora no mesmo prédio e trabalha no mesmo emprego, basicamente. Deve conhecer alguém com a inicial *E* que ele também conhecia. E sabe como o filho se relacionava no trabalho, ou com amantes.

Eve se afastou e teve uma curta conversa com o policial.

Com a cena protegida e nenhuma testemunha — até agora — para entrevistar, pois o corpo tinha sido encontrado por androides policiais que averiguavam as ruas, ela entrou no carro. E, com um alívio que a deixava sem palavras, ligou o aquecedor no máximo.

Com um alívio ainda maior, arrancou o gorro de floco de neve.

— Ah. Você fica tão fofa usando esse gorro.

— Se eu quisesse parecer fofa, não seria policial. — Ela passou os dedos pelos cabelos castanhos curtos e desgrenhados. — Endereço da vítima, Peabody.

— Rua Setenta e um Oeste, entre Amsterdã e Columbus.

— Muito longe de onde ele foi largado. — Agulhas pareciam picar seus dedos, enquanto eles eram aquecidos no interior do carro.

Uma das coisas que Eve tinha aprendido a operar com perfeição no veículo muito bem-equipado e aparentemente comum por fora, uma máquina que seu marido tinha projetado especificamente para ela, era programar café no AutoChef de bordo. E, naquele exato minuto, ela pensou que seria capaz de matar por um café de verdade.

— Computador, ligar o AutoChef! — comandou Eve.

— Yuppi!

— Cale a boca, Peabody, ou você não vai ganhar nada.

AutoChef ligado.
O que você gostaria de saborear, tenente Eve Dallas?

— Um café sem açúcar e um café com creme, ambos em copos para viagem.

Um momento, por favor. É desejável que este
seu pedido seja entregue no banco da frente?

— Sim, sim, sim, muito desejável.

— Eu não sabia que ele fazia isso — interrompeu Peabody. — Eu pensei que ele só entregasse café no banco de trás... Uau!

Pedido concluído!, anunciou o computador, enquanto dois copos para viagem, com tampa, deslizaram suavemente para fora do painel.

— Isso é totalmente mais que demais!

— É melhor que seja mesmo. — Eve pegou o copo com a tampa preta, deixando o de tampa creme para Peabody.

Estava quente, forte e perfeito.

— Eu amo este carro! — afirmou Peabody, envolvendo o copo de café bem quente com as mãos.

— Não se acostume com esse serviço de café grátis. Talvez da próxima vez que estivermos na rua às cinco da manhã, com sei lá quantos graus abaixo de zero em meio a um vento gelado de cortar a alma, faremos isso de novo. Caso contrário, pode esquecer.

Peabody apenas sorriu e tomou o primeiro gole glorioso.

— Eu *amo* este carro! — repetiu.

Capítulo Dois

Eve concluiu que tocar um violino grande e gordo pagava muito bem. Dorian Kuper morava num apartamento duplex em um prédio meticulosamente reformado que havia sobrevivido às Guerras Urbanas. O edifício se manteve com tijolos brancos brilhantes e todo ladeado de placas de vidro cintilante, numa área nobre do Upper West Side.

Quando o porteiro, que vestia um clássico sobretudo preto sobre o uniforme, cumprimentou-a com uma postura digna em vez de insultos esnobes sobre a aparência pobre do carro que Eve dirigia, ela soube que Roarke era o dono do prédio. Obviamente o porteiro Frank tinha recebido um recado.

— Em que posso ajudá-la, tenente?

— Precisamos de acesso ao apartamento de Dorian Kuper.

O rosto redondo, quase angelical, foi tomado pela tristeza.

— Era o que eu temia. Por favor, entrem, está ventando muito. Ouvi dizer que o sr. Kuper está desaparecido. Acho que a senhora o encontrou, e acho que isso não é bom.

Ela adentrou o prédio, que estava quentinho e cujo piso era revestido de mármore branco com veios cinza, e sentiu o aroma estranhamente picante das flores ousadas que transbordavam de uma urna de prata na mesa centralizada no saguão.

— Nós o encontramos. Não é bom — confirmou Eve.

— Isso vai destruir o coração da sra. McKensie, a mãe dele. Eles eram muito próximos. Dorian era um rapaz simpático, tenente, gostaria de dizer isso. Sempre puxava conversa, entende?

— Você conhece alguém que talvez não achasse que ele era um cara simpático?

— Assim de cabeça não consigo pensar em ninguém, desculpe. Ele tinha muitos amigos. Vinham sempre aqui para festas e música.

— Alguma namorada ou namorado?

Frank alternou o peso entre as pernas, desconfortável.

— Qualquer coisa que você possa nos dizer será útil — garantiu Peabody, com um leve toque no braço do porteiro. — Qualquer coisa poderá nos ajudar a encontrar quem o matou.

— Eu entendo, mas é difícil falar sobre a vida pessoal de um dos nossos moradores. Eu diria que o sr. Kuper tinha namorados e namoradas, mas nada sério de verdade.

—Tudo bem. Alguém esteve por aqui nas últimas semanas, perguntando sobre ele? — quis saber Eve. — Algum antigo amigo ou amiga causou problemas?

— Não que eu saiba. E, quando você é o responsável por abrir a porta, geralmente sabe.

— Ok, Frank, obrigada. Preciso que você nos libere para ir até o apartamento dele.

— Sexto andar. Apartamento 600. Acesso pelo saguão principal. Vou liberar o primeiro elevador. Preciso obter autorização para pegar a chave de acesso e código do Dorian. Vai levar apenas um minuto.

— Tenho uma chave mestra. Vamos entrar.

Com um aceno de cabeça, Frank foi até um balcão de granito e ativou uma tela.

— O androide do saguão está nos fundos do prédio. Eu não costumo ativá-lo tão cedo. Geralmente está tudo tranquilo. Vocês estão liberadas, tenente.

Ele limpou a garganta enquanto Eve e Peabody entravam no elevador e quis saber:

— Hã... a mãe dele já sabe?

— Falaremos com ela depois de analisarmos o apartamento dele. Como você disse, ainda é muito cedo. Não há razão para acordá-la com esse tipo de notícia.

— Isso vai destroçá-la. Eles se idolatravam, entende?

Embora Eve não soubesse o que era ser idolatrada por uma mãe, ou idolatrá-la de volta, apenas fez que sim com a cabeça, antes de entrar no elevador.

Imediatamente o computador anunciou a subida, provando que Frank era tão eficiente quanto qualquer androide.

— Um cara legal, muitos amigos, amava a mãe, bissexual — considerou Eve. — Nada mau para o resumo de um porteiro, feito em poucos minutos.

— Ele parecia triste — comentou Peabody. — Quando até o porteiro do prédio parece triste, você sabe que vai lidar com muita tristeza numa investigação.

— Se você quer ser feliz, não seja policial de homicídios. Ou policial, de modo geral — decidiu Eve.

O elevador se abriu para um amplo corredor revestido por um carpete cinza nobre, com o toque elegante de obras de arte dispostas nas paredes. Mesas curvas com vasos finos e transparentes de flores brancas se estendiam entre as portas dos apartamentos.

O apartamento 600 ficava no canto oeste mais distante do elevador. Imóveis nobres em um prédio nobre. Sim, pensou Eve... tocar o violino grande e gordo dava uma boa grana.

— Segurança total na porta — observou, ligando seu gravador. — Câmera, placa de identificação palmar, fechaduras duplas.

Ela contornou tudo com sua chave mestra e abriu o lado direito das portas duplas. As luzes automaticamente foram ligadas, oferecendo uma iluminação suave de dez por cento de intensidade.

— Conveniente — observou Eve —, mas não o suficiente. Acender luzes no grau máximo! — ordenou.

— Uau! — Os olhos de Peabody se arregalaram quando a luz se intensificou. — É chique demais!

Uma elegância clássica, foi a percepção de Eve. O tipo de ambiente que Roarke apreciava. Cores ricas e profundas, sofás e poltronas confortáveis. Espaldar alto, curvas graciosas. Madeira escura e brilhante, o cintilar de prata e cristal. Flores em vasos que pareciam antigos e preciosos; velas em suportes finos.

A arte mostrava paisagens naturais, urbanas e algumas marinas.

— Vamos analisar este andar primeiro, ver se ele tinha o próprio escritório aqui embaixo. Depois, vamos dar uma olhada nos computadores dele e no seu *tele-link* residencial.

Eve foi para a esquerda enquanto Peabody, para a direita.

Quando a tenente abriu as portas duplas de correr, descobriu que o espaço aberto fora projetado para formar um grande L. Sala de estar, sala de jantar, cozinha.

Uma cozinha muito bem planejada, observou ela. Um fogão e um forno enormes, além de dois AutoChefs, quilômetros de balcão revestidos em pedra polida em tom de ouro claro, com pequenos brilhos. Lembravam areia de praia, pensou, enquanto caminhava e abria armários e gavetas, aleatoriamente.

Viu muitos equipamentos específicos de cozinha, organizados com precisão.

Escondida dentro de uma despensa grande e totalmente abastecida, ela encontrou uma androide doméstica fabricada para representar uma mulher de meia-idade com rosto agradável, baixa estatura e constituição robusta. A androide usava um uniforme cinza, avental branco e a expressão vazia de um robô em repouso.

— Tem uma androide aqui! — declarou Eve, e começou a examiná-la, em busca do interruptor.

— Há um lavabo e uma sala de música totalmente mag! — anunciou Peabody, ao entrar. — Piano, violoncelo, contrabaixo, três violinos, flautas, flautins. O espaço se abre em forma de L, exatamente como esta área. Festas de alta classe, aqui.

Ela se moveu ao redor de Eve, alcançou o coque em tom de cinza-aço na base do pescoço da androide e conseguiu ativá-la.

Os olhos azuis vazios tornaram-se cheios de vida e alegria. A boca frouxa se curvou em um sorriso alegre.

— O que posso fazer por vocês nesta bela manhã?

O sotaque irlandês cantado teria feito Roarke, cujo próprio irlandês era como uma pitada de música deslizando pelas palavras, rir ou estremecer. Eve apenas levantou as sobrancelhas e o distintivo.

Os olhos alegres examinaram o distintivo, processaram e confirmaram.

— E o que, senhora tenente, a guarda local estaria querendo com gente como eu?

— Meu nome é tenente Eve Dallas. Esta é a detetive Peabody. A que horas você foi ativada pela última vez?

— Ficarei feliz em responder isso e quaisquer outras perguntas que a senhora possa ter depois que esclarecer o assunto com meu Dorian. Aquele pestinha ainda estaria na cama a esta hora, se você não tivesse aparecido.

— Pestinha?

— Ele é muito animado, entende? Trabalha muito e se diverte da mesma forma. Se foi acordado assim tão cedo, certamente vai querer café. Fico feliz em atendê-las também.

— Ele não vai querer o café, hoje. Dorian Kuper está morto.

Algo parecido com choque surgiu e desapareceu nos olhos da androide.

— Não consigo processar esta informação. Por favor, repita.

Mais uma vez, Peabody se aproximou.

— Poderia nos informar seu nome?

— Meu nome é Maeve.

— Maeve, lamentamos muito informar que Dorian foi morto ontem à noite. Lamentamos muito a sua perda.

— Mas ele é tão jovem e saudável! — A tristeza que qualquer um juraria que era verdadeira, apesar de ela ser uma androide, tomou conta de sua voz e seus olhos. — Morto? Foi um acidente?

— Ele foi assassinado. Vamos ali pra fora — exigiu Eve. — Não faz sentido conversarmos dentro de um armário.

— Mas ninguém faria mal a ele. Acho que há algum tipo de engano, peço desculpas.

— Não há nenhum engano — garantiu Eve. — A identificação dele foi verificada e confirmada.

A androide foi até o balcão e sentou-se em um dos bancos altos.

— Por que os humanos são tão frágeis?

— É um mistério. Quando foi a última vez que você interagiu com Dorian?

— Um momento, por favor. — Seus olhos exibiram uma expressão vazia por um momento, então foram tomados pelo que parecia angústia. — Ah, meu Deus, ah, Deus. Meus registros informam que já se passaram sessenta e duas horas e dezoito minutos desde que meu Dorian me desativou. Ele está morto há tanto tempo assim?

— Não. Ninguém tinha ativado você, até agora?

— Ninguém.

Eve se perguntou por que o policial que recebia o boletim de pessoas desaparecidas não tinha ativado e questionado a androide da casa — mas logo se lembrou de que o relatório tinha acabado de entrar no sistema.

— Dorian estava sozinho quando desativou você?

— Estava, sim. Ia ensaiar, segundo me informou, antes da apresentação da noite. É o balé *Giselle* que eles estão apresentando nesta temporada. Ele disse para eu não esperar por ele acordada. Avisou que ele mesmo me acordaria de manhã, pois poderia chegar bem tarde em casa, tanto da noite quanto da manhã. Pensava em jantar fora depois do espetáculo, com amigos. Ele costumava fazer isso.

— Você pode nos fornecer uma lista completa dos amigos de Dorian e das pessoas que sempre estavam em sua lista de convidados para festas aqui?

— Sim, claro. Posso montar essa lista e imprimi-la também, se isso ajudar. Ou posso interagir com qualquer computador da casa e criar um disco.

— Amigos íntimos também — lembrou Eve.

— Meu Dorian tinha um grupo grande e animado de amigos de todos os tipos. Ele gostava de dar festas e organizar saraus musicais aqui; às vezes trazia pouca gente, ou então apenas a pessoa com quem se relacionava no momento.

Assim como os porteiros, pensou Eve, androides domésticos geralmente forneciam muitas informações.

— Alguém já ficou chateado quando deixou de ser o relacionamento íntimo do momento?

— Nunca ouvi falar disso, e com certeza saberia. Ele conversava muito comigo, o meu Dorian, e certamente teria me contado, caso estivesse chateado com algum término difícil. Para essas amizades íntimas, como se costuma dizer, ele tendia a se relacionar com pessoas que queriam a mesma coisa que ele: viver apenas o momento. Ainda não estava pronto para se comprometer definitivamente. A música vinha em primeiro lugar, sempre. E, quando ele trabalhava, tenente, ele trabalhava de verdade.

A androide soltou um genuíno suspiro.

— Muitas foram as horas que eu passei cumprindo minhas obrigações aqui e ouvindo-o tocar. No momento ele estava escrevendo uma ópera sozinho, e também trabalhava nela sempre que o tempo permitia e seu astral estava bom.

— Certo.

— Vou sentir falta dele. — Quando Eve arqueou as sobrancelhas novamente, a androide balançou a cabeça. — Não da forma que você entenderia, tenente, não se trata de uma emoção humana. Mas a mãe de Dorian me criou para que eu parecesse, de todas as formas possíveis, com uma outra Maeve... a que foi babá dele desde menino e o amava muito. Da mesma forma que ele também a amava.

Estranho, pensou Eve, mas havia muitas pessoas de carne e osso que não conseguiam transmitir a sinceridade de Maeve, a androide doméstica.

— Então... sinto muito.

— E a mãe dele? Posso confortá-la e ajudá-la, se ela desejar. Claro que eles eram muito devotados um ao outro.

— Vamos perguntar a ela. Se você puder nos fornecer essa lista, tanto em papel quanto em disco, seria muito útil. Minha parceira e eu precisamos dar uma olhada no apartamento inteiro.

— Fico feliz em ajudar. Pode me dizer, tenente Dallas, por que humanos matam humanos? Isso não faz sentido.

— Nunca faz — respondeu Eve.

Eve deu os computadores e os *tele-links* para Peabody e ficou com o quarto principal no segundo andar.

Encontrou a gaveta especial dele enquanto pensava nisso, totalmente abastecida com instrumentos sexuais, brinquedos eróticos e preservativos. Isso lhe disse que ele tinha sido aventureiro e aberto nesse aspecto da vida. A escassez de drogas — tudo o que ela achou era legalizado — indicava que o morto tinha boa saúde.

Viu muitos produtos de cuidados para pele e corpo, todos de alta qualidade. Isso mostrava que ele dedicava atenção à aparência. Seu amplo closet revelava uma variedade de estilos — do formal ao alternativo — que lhe diziam que ele tinha um senso de moda eclético.

Encontrou um pequeno cofre de parede no armário do closet e ficou satisfeita quando — provavelmente levando o triplo (sendo otimista) do tempo que seu professor, Roarke, levaria — conseguiu abri-lo.

Havia uma quantidade substancial de dinheiro, notou ela, junto de seu passaporte, uma pequena coleção de *smartwatches* de vários estilos, abotoaduras; nada fora do comum, nada exagerado.

Ele mantinha um pequeno escritório no segundo andar, mas não demorou muito para que ela descobrisse que ele fazia apenas o trabalho absolutamente necessário ali. Pagava todas as contas em dia; mantinha uma agenda atualizada com horários para ensaios, apresentações, viagens e compromissos sociais.

Não encontrou nada de interesse particular em nenhuma das duas suítes de hóspedes, apenas um reflexo contínuo do gosto e do estilo da vítima e, pelo que via, da habilidade excepcional da sua androide em manter a limpeza e a ordem da residência.

— Peguei a lista de Maeve e uma cópia em disco. É uma lista longa — disse Peabody, enquanto Eve voltava para o andar principal. — Depois eu a desativei. Ela me pediu que a desligasse, mas disse que estaria disponível para a sra. McKensie, caso ela precisasse ou desejasse sua companhia.

— Nós a avisaremos. — Eve olhou para seu *smartwatch*. — Agora não faz tanta diferença se a acordarmos para avisá-la. Nada lá em cima chamou a atenção. Computadores, *tele-links*?

— Muita comunicação. Conversas com amigos, convites para encontros, pedidos de suprimentos para festas, vinho. Liguei para a DDE vir confirmar, mas não encontrei nenhuma ameaça, discussão, nada que parecesse suspeito, nem alguém tentando rastreá-lo. Havia muitas coisas de trabalho, também.

— Trabalho? — repetiu Eve enquanto diminuíam as luzes e saíam para o corredor. — Mas ele tem um escritório no andar de cima, onde paga contas e coisas do tipo.

— Não, trabalho relacionado a música. Ele tem um computador na sala de música. A princípio, achei que fosse um closet, mas é uma pequena área de trabalho. Ele tem muita música lá, composições nas quais estava trabalhando e gravações que precisa ouvir. Nenhum outro assunto ou aparelhos de comunicação naquele espaço. Apenas música.

— Certo. — Eve fixou um lacre policial na porta de entrada. — Você já pode pedir à DDE para pegar os eletrônicos e examiná-los. — Eve não achava que nenhum dos *nerds* da Divisão de Detecção Eletrônica conseguiria encontrar algo relevante, mas valia a pena ser minuciosa.

— Envie uma consulta ao policial que abriu o boletim de pessoa desaparecida. Dê a ele ou ela o status da situação e pegue qualquer informação que ele tenha descoberto. Neste estágio, provavelmente não será nada.

— Ok.

— O apartamento da mãe da vítima é o 508, certo? — Enquanto Peabody enviava o e-mail, Eve solicitou ao sistema que a levasse ao quinto andar. — Alguma resposta do CIPAC?

— Ainda é cedo, enviamos a busca há menos de uma hora. Eles sempre estão um pouco atrás de nós. Você está desconfiada de que ele não foi a primeira vítima?

— Por que alguém torturaria um violoncelista durante mais ou menos quarenta e oito horas, pelo que parece, para depois matá-lo? Talvez tenha sido algo pessoal. Talvez um daqueles relacionamentos sem compromisso não estivesse tão feliz em manter a coisa assim, como a androide disse. Talvez algum outro tocador de violinos grandes e gordos quisesse ocupar a primeira cadeira. Talvez a vítima soubesse de algo sobre alguém que outra pessoa também queria saber. Nesse estágio da investigação há muitos ângulos a considerar. Uma das possibilidades é de que ele não tenha sido o primeiro a morrer. Aquele coração tatuado está me incomodando. Quantos "Es" haverá na lista?

— Não posso dizer de imediato, mas já encontrei um Ethan, uma Elizabeth, um Edgar e uma Ellysa numa rápida olhada na agenda dele. Como há várias centenas de nomes lá, provavelmente vamos encontrar mais alguns.

Elas pararam no quinto andar, onde Mina McKensie morava no apartamento mais próximo do elevador. Ali havia o mesmo sistema de segurança, reparou Eve, e tocou a campainha.

Em pouco tempo, a luz da câmera de segurança piscou uma luzinha verde.

— Bom dia. Posso ajudá-las?

A voz era rica, frutada e com sotaque britânico.

— Sou a tenente Dallas e esta é a detetive Peabody. — Eve ergueu seu distintivo na altura do *scanner*. — Precisamos falar com Mina McKensie.

— Sim, claro.

Travas foram desengatadas e a porta foi aberta.

Outro androide, notou Eve. Aquele ali tinha sido criado para imitar um distinto cavalheiro com uma mecha de cabelo escuro prateado nas têmporas. Vestia roupa preta, de mordomo.

— Por favor, entrem. A sra. McKensie ainda não desceu. Vou informá-la da sua chegada.

Ele as acompanhou até a sala de estar, decorada de forma um pouco mais contemporânea que a do filho. Mesmo assim tinha elegância, refletiu Eve, mas havia mais classe, mais glamour, mais cores primárias, obras de arte mais ousadas.

— Podem aguardar aqui? Por favor, sentem-se e fiquem à vontade. Posso lhes oferecer algo para beber?

— Não, obrigada. Apenas Mina McKensie.

— Claro.

Ele foi até a curva da escada e subiu.

Ela saberia, pensou Eve. Saberia assim que o androide a avisasse que a polícia estava lá embaixo. Um vislumbre desesperado de esperança surgiria por um momento, mas ela saberia.

Eve notou o movimento no alto da escada e olhou para cima. Mina ainda não estava vestida e usava apenas um robe longo feito de seda creme, muito fluido. Em seu semblante, um rosto cativante de olhos sensuais contrastava com a pele de aparência bronzeada. Eve viu a esperança lutando para superar a dor.

Suas mãos ficaram pálidas ao agarrar o corrimão enquanto ela descia os degraus depressa.

— Dorian. Por favor, diga logo. Pode dizer!

— Sra. McKensie, lamentamos informar que seu filho foi morto.

Ela levantou as duas mãos como se pudesse afastar as palavras, sentando-se tão cuidadosamente quanto uma inválida numa cadeira em tom de vermelho vivo.

— Você tem certeza de que é Dorian. Tem mesmo certeza?

— Sim, temos certeza. Nossos sentimentos por sua perda.

— "Perda"? Essa é uma palavra tão curta, não é? A maior parte do que se perde, consegue-se substituir por outra coisa. Como no caso de uma chave ou um brinco. Simplesmente troca por outro. Mas um filho...

Ela se balançou, bem devagar, enquanto lágrimas escorriam e brilhavam.

— Eu sabia. Eu sabia, eu sabia! Quando ele faltou à nossa apresentação. Ele *nunca* perderia uma apresentação. Mas pensei... não, foi só algum imprevisto ou outra coisa. *Qualquer* outra coisa. Mas ele não atendeu às ligações ao *tele-link*, e eu implorei para ele ao menos me avisar se estava bem. Ele jamais me deixaria preocupada. Eles disseram, a polícia, que precisávamos esperar um tempo para registrar um boletim de pessoa desaparecida. Por quê, por quê?

Peabody sentou-se ao lado dela e inclinou-se em sua direção.

— Muitas pessoas, mesmo adultos, às vezes levam um dia ou dois para aparecer. Simplesmente precisam de algum tempo para ficarem sozinhas.

— Dorian não é assim.

— Eu entendo, sra. McKensie.

— Teria feito alguma diferença? — Havia uma aspereza na pergunta, quase uma acusação. — Se vocês tivessem procurado por ele antes faria alguma diferença?

— Acho que não. — Com seu jeito gentil, Peabody pegou a mão dela. — Sinceramente, acho que não, desculpe. Posso pegar um pouco de água para a senhora?

— Eu preciso... — Ela fechou os olhos e duas lágrimas escorreram pelo seu rosto. — Jarvis, preciso de um conhaque, por favor.

— Claro, senhora, imediatamente.

— Preciso de um conhaque — repetiu Mina, abrindo os olhos novamente. — E preciso de mais um momento. Depois, gostaria que vocês me contassem tudo o que aconteceu com Dorian. Preciso que me digam e me contem onde ele está, para que eu possa ir vê-lo. Preciso ver meu filho.

— Providenciaremos isso, sra. McKensie.

Ela pegou o conhaque que o androide serviu; levou-o aos lábios em um longo e lento gole.

— Não vou desmoronar. Isso é algo privado. Não vou desmoronar — repetiu, mas sua voz estava mais trêmula, e as lágrimas deslizavam por seu rosto. — Contem-me tudo o que aconteceu com meu filho.

— Sra. McKensie, há alguém que eu possa contatar para vir aqui e ficar com a senhora?

— Não preciso de ninguém. Só preciso saber.

— Sra. McKensie. — Eve entrou na conversa, sentou-se na mesa de prata lisa e fixou os olhos nos de Mina, que estavam repletos de lágrimas. — O que eu tenho a lhe dizer é difícil. É muito difícil. Se há alguém em quem a senhora confia, alguém com quem possa contar, talvez seja bom pedir que essa pessoa venha e fique algum tempo com a senhora, depois que eu lhe contar tudo. Nós já conversamos com a androide doméstica do seu filho. Quer que a ativemos e a tragamos aqui para baixo?

— Maeve. — Outra lágrima caiu lentamente, mas ela se conteve e balançou a cabeça. — Não, não Maeve, ainda não. Prefiro Ethan. Ethan Chamberlin. O maestro da minha orquestra. E meu amante. Pedi para ele não passar a noite aqui ontem, mas... Jarvis, por favor, entre em contato com o sr. Chamberlin e...

— Talvez seja melhor eu falar com ele — disse Peabody, levantando-se.

— Jarvis, dê à detetive as informações relevantes.

— Vamos fazer isso na sala ao lado. — Peabody gesticulou para que o androide a levasse para fora dali.

— Não vou desmoronar — repetiu Mina. — Sou muito forte. Criei Dorian sozinha depois que o pai morreu. Dorian tinha apenas seis anos. Eu o criei sozinha e construí uma carreira. Sou muito forte. Conte-me tudo.

— O corpo dele foi encontrado no Mechanics Alley, um beco. A senhora conhece aquela área?

— Não tenho certeza.

— Fica no centro da cidade, no Lower East Side. A senhora sabe de algum motivo para ele estar naquela área?

— Não. Não! Ele tem amigos no centro da cidade. No Village, em Tribeca, no SoHo. Dorian sempre fez amigos com muita facilidade. Quero saber como ele morreu.

— O médico-legista ainda vai determinar a causa.

— Mas *você* sabe. É o que você faz, não é? Você sabe o que aconteceu com ele. Sou a mãe dele e preciso saber.

— Sra. McKensie, o legista ainda precisa determinar oficialmente a causa da morte. O que posso lhe dizer é que, pela nossa avaliação no local, parece que ele foi imobilizado. E sofreu vários ferimentos.

Com muito cuidado, Mina tomou outro gole do conhaque.

— Eles o imobilizaram para que pudessem machucá-lo, certo? Para que ele não conseguisse impedi-los de machucá-lo.

Sim, ela era uma mulher forte, concluiu Eve. E longe de ser burra.

— É o que parece, mas o legista ainda precisa examinar Dorian. Sinto muito. A senhora conhece alguém que seria capaz de fazer algo assim com seu filho? Alguém com rancor, algum amor antigo, um concorrente?

— Não. — Mina pressionou os dedos entre as sobrancelhas e respirou fundo. — Não, não conheço. Não estou ignorando tudo que você perguntou, tenente. Garanto que ele era muito querido.

— Ele dava aulas de música na Juilliard. Talvez um aluno que ele tenha repreendido.

— Nenhum que eu saiba. Ele gostava de dar aulas. Não precisava ser professor por razões financeiras. Ele dedicava esse tempo porque gostava de nutrir novos talentos. Isso o empolgava... ajudar um aluno a florescer sua vocação. Ninguém que o conhecesse poderia ter feito isso. Ninguém que o conhecesse poderia tê-lo machucado dessa forma, nem tirado sua vida.

— Vocês eram muito chegados. — Eve manteve os olhos em Mina quando Peabody voltou.

— Sim. Muito.

— Então vou perguntar: você conhece alguém que gostaria de ferir a senhora por meio do seu filho? Esta é a mesma pergunta, mas sob um ângulo diferente, sra. McKensie. Existe alguém que nutra algum rancor contra a senhora? Um ex-amante, um concorrente?

— Ah, Deus! — Suas mãos tremiam quando ela colocou o copo de lado, então ela as entrelaçou juntas no colo. — Matar Dorian para me machucar? Não conheço ninguém que pudesse ser capaz de fazer algo tão terrível. Há pessoas que não gostam de mim, e pessoas com quem já tive desentendimentos. Até mesmo sérios. Mas eu juro, tenente, ninguém que eu conheço machucaria Dorian. Mesmo pessoas que não gostavam de mim, gostavam dele. A ideia, até mesmo o pensamento de que alguém o machucaria por minha causa...

— Sra. McKensie, precisamos perguntar isso. Temos que analisar todas as possibilidades. — Peabody voltou a se sentar. — O sr. Chamberlin já está a caminho.

— Obrigada.

— Seu filho mencionou alguém que o estava incomodando? Ele certamente tinha muitos fãs, certo? — sugeriu Eve. — Pessoas que acompanham ópera, que gostavam do trabalho dele?

— Ah, sim. Ele tinha muitas pessoas que gostavam do seu trabalho, que às vezes iam às apresentações e esperavam para falar com ele, no fim, ou pediam para ele autografar um folheto da programação.

— Às vezes acontece de um fã ultrapassar um limite. Ele ou ela pode desenvolver um relacionamento fictício e ficar chateado ao descobrir que o interesse não é recíproco.

Mina cruzou as mãos novamente, como se para mantê-las paradas, e fez que sim com a cabeça.

— Sim, eu entendo, e Dorian tinha, sim, seguidores, obviamente. Ele é jovem, muito atraente e talentoso. Tocava em clubes de vez em quando, principalmente fora de temporada. Não ópera, claro. Apenas jazz e blues. Dorian toca vários instrumentos. Alguns, ao saber que ele estava em determinado clube, iam vê-lo tocar. Ou esperavam na saída do palco, depois de uma apresentação. Mas não há ninguém que eu possa... espere.

Ela endireitou a postura.

— Havia uma garota sobre quem ele falou muito comigo nas últimas semanas. Como ele a chamava, mesmo? — Mina fechou os olhos por um momento. — Estrita Tina.

— Estricnina?

— Não, não, Estrita Tina não é o nome dela. É apenas um apelido. Uma pessoa séria demais, às vezes de forma exagerada. Ele tomou um drinque com ela uma vez, e isso me diz que ela é atraente. Ele me contou que ela passou a maior parte do tempo dissecando obras de Wagner, Mozart e assim por diante. Não tocava instrumento algum, mas estava compondo. Apenas isso. E estava compondo uma *ópera*, algo muito, muito sério. Ele disse que ela foi a um clube ou algum outro lugar onde ele tinha tocado. Poucos dias depois, contou que eles tomaram alguns drinques juntos, e ela lhe disse que estava muito decepcionada por ele desperdiçar o seu tempo e o seu talento com o que ela considerava música inferior. Ele riu quando a ouviu dizer isso, mas ela ficou com raiva.

— "Tina", repetiu Eve. — Sem sobrenome?

— Sinto muito, ele nunca disse. E o apelido "Estrita" surgiu como uma brincadeira, durante o café, certa manhã. Pode ser que ele a tenha mencionado com algum amigo, dado mais detalhes.

— Vamos investigar — respondeu Eve, quando a campainha tocou.

Peabody se levantou, pediu para o androide ficar em seu lugar e disse:

— Pode deixar que eu abro.

— Não quero ver ninguém além de Ethan. Não quero...

— Não se preocupe — assegurou-lhe Eve.

— Preciso ver meu filho, tenente. Desculpe, não consigo lembrar seu nome. Não consigo lembrar direito.

— Tenente Dallas. Vou providenciar isso. Eu mesma vou vê-lo assim que sair daqui e vou providenciar isso. O dr. Morris está cuidando dele. Prometo que ele será bem cuidado.

— Mina! — O homem que entrou correndo era arrojado e de aparência dramática. Alto, imponente e mais magro que um cão galgo. Assim como o androide, tinha uma juba generosa de cabelo prateado nas têmporas, e olhos castanhos escuros e penetrantes, emoldurados por arqueadas sobrancelhas pretas.

Ignorando Eve, ele caiu de joelhos junto à poltrona de Mina, e puxou-a para um abraço forte.

— Dorian. É Dorian. Ele…

Embora ela tivesse mantido a palavra e não tivesse desmoronado, Mina deixou-se desabar no ombro dele em um choro agudo.

Capítulo Três

Na rua, Eve se rendeu ao vento e tirou o gorro bobo do bolso.

— Ela aguentou mais tempo do que eu imaginava — comentou Peabody.

— Uma verdadeira rocha, aquela senhora. Vamos falar com Morris agora, depois começar a interrogar amigos e colegas de trabalho. Também quero falar com Chamberlin. Ele é o maestro, e é quem comanda tudo; então, sim, precisamos ter uma conversa.

Ela sentou-se atrás do volante e ficou ali parada por um momento com um olho no espelho lateral para avaliar o trânsito.

— Estrita Tina.

— Ele tinha senso de humor — disse Peabody. — E provavelmente contou a outra pessoa sobre ela. Podemos conseguir os nomes dos clubes em que ele gostava de tocar.

— Ela é uma possibilidade. — Eve saiu da vaga em disparada e deixou um rastro de buzinas atrás de si. — Ela está escrevendo uma ópera; as pessoas ainda fazem isso? Achei que pessoas que escreviam óperas estivessem mortas há séculos.

— Houve aquela ópera horrorosa alguns anos atrás, chamada *Noise*. Eu tentei ouvir a gravação, me deu até dor de cabeça. Mas acho que as pessoas ainda escrevem óperas normais.

— Bem, ela está escrevendo uma, e com um nome como Estrita Tina não vai ser horrorosa. Ela quer pegar o cérebro de Kuper para aprender sobre compositores de ópera que já estão mortos. Talvez queira que ele use sua influência para produzir a ópera dela. A mãe dele está transando com o cara que comanda tudo, uma ajudinha extra em potencial vindo lá de cima. Mas ele não é sério o suficiente para os padrões dela: anda por aí tocando em clubes de jazz decadentes. Isso é desrespeitoso com ela e com a ópera.

Aquilo parecia maluquice demais para ser a motivação de um crime, mas...

— Pessoas matam pessoas por todo tipo de motivo maluco — concluiu Eve.

— E a tortura?

— Temos que conhecer essa tal de Estrita Tina para descobrir até que ponto ela é maluca. Vamos fazer uma investigação completa sobre Ethan Chamberlin. Seu nome começa com E. Talvez não tenha conseguido o que quer da mãe, com o filho tão colado nela.

— Ou talvez na verdade preferia ficar com o filho, em vez da mãe.

— Agora você está raciocinando.

— Aposto que você já foi à ópera — disse Peabody, enquanto começava a pesquisa no tablet.

— Duas vezes. Decidi voltar apenas quando terminarem de construir um palácio de gelo no inferno.

— Acho que eu gostaria de assistir uma vez, pelo menos. As roupas de época, a música, o drama, todo mundo bem-vestido...

— Na verdade é assim: você não consegue entender nada do que as pessoas estão falando ou cantando e então todos morrem de repente. Já temos muito disso no nosso trabalho.

— Mas se eles estão fazendo tudo isso em italiano, eu gostaria de ir a uma ópera italiana, acho que... deve ser romântico.

— Eu não entendo como morrer possa ser romântico.

— Bem, como em *Romeu e Julieta*...

— Suicídio duplo de adolescentes. Sim, isso derrete meu coração.

Um pouco amuada, Peabody continuou a investigação.

— É uma tragédia romântica.

— Isso é um daqueles paradóticos.

— Oxos.

— O quê?

— Paradoxos, e não paradóticos.

— Tanto faz. — Eve deu de ombros.

— Continuando... — disse Peabody. — Ethan Chamberlin, sessenta e dois anos. Divorciado duas vezes; uma única filha de trinta anos, que mora em Londres. Ele é o responsável pela orquestra há onze anos, e foi o cara responsável pela Orquestra Sinfônica de Londres, antes disso. Mora... hum, dois quarteirões ao sul da vítima e da mãe. Encontrei alguns tropeços aqui e ali. Destruição de propriedade pessoal, ele quebrou uma das violas de arco da orquestra, mas pagou pelos danos. A mesma coisa aconteceu quando ele jogou um flautim pela janela e ameaçou jogar o tocador de flautim logo atrás. As queixas de agressão e devidas acusações foram todas retiradas. Perpetrou mais uma agressão, mas teve a pena suspensa e trocada por tratamento obrigatório para controle da raiva.

— Violento. Temperamental — Eve balançou a cabeça. — Isso tudo é surto de temperamento explosivo. Esse nosso assassinato não pode ser analisado dessa forma. Mesmo assim, conversaremos com ele. Separe todos os nomes com *E*... só o primeiro nome, por enquanto, e faça uma busca rápida neles. Você consegue montar uma pesquisa por localização geográfica, para obtermos a rota mais eficiente para essas conversas?

— Consigo, claro. A mãe dele parecia bastante certa de que ninguém que o conhece poderia ter feito isso.

— A mãe dele o amava, e imaginou que todo mundo compartilhasse do sentimento. Pelo menos uma pessoa não amava, conhecendo-o ou não. Então, vamos verificar tudo.

Uma neve fina começou a cair do céu cinza e rabugento. O que significava, Eve sabia, que pelo menos cinquenta por cento dos motoristas nas ruas naquele momento perderiam no mínimo um terço de seu quociente de inteligência e cem por cento de qualquer habilidade que pudessem ter para dirigir veículos, transformando assim o que era o tráfego padrão já irritante em um caos gigantesco.

Ela seguiu seu caminho para o sul, determinada a vencer aquele início de insanidade.

No minuto em que entrou no necrotério, Eve arrancou o gorro da cabeça e enfiou-o no bolso.

O túnel de azulejos brancos ecoou os passos delas — era a calmaria comum após as festas de fim de ano; uma tundra congelada de proteção, pensou Eve. Aquilo não duraria muito.

Flagrou Peabody olhando para a máquina de venda automática que oferecia bebidas quentes.

— Você sabe que não tem nada que preste naquela máquina.

— Sim, mas está nevando um pouco, e quando neva eu começo a pensar em chocolate quente. Mesmo que o estranho líquido marrom que a máquina expele não tenha muita semelhança com chocolate. Por que as unidades policiais não podem ter máquinas de venda decentes?

— Porque senão ficaríamos todos aconchegados tomando chocolate quente em vez de fazer nosso trabalho.

Ela abriu as portas do domínio de Morris.

E reconheceu o som de ópera. Não sabia qual era, mas identificou a tragédia crescente nas vozes e a mistura triste de instrumentos, como é comum nas óperas.

Morris estava de pé ao lado do cadáver de Dorian Kuper sobre a mesa. Uma capa transparente protegia o uniforme cor de ameixa do chefe dos legistas, e seu fascinante rosto longilíneo estava sem moldura, pois ele tinha amarrado o cabelo preto em uma trança complexa, entrelaçando-o com um cordão prateado.

Sangue manchava suas mãos seladas. O peito de Kuper estava aberto pela incisão em forma de Y.

— "Giselle" — informou Morris, olhando para cima como se estivesse vendo a música. — Eu ia assistir a este balé na semana que vem.

— Você curte balé e ópera?

— Um pouco. — Ele se afastou para lavar o sangue e o selante das mãos.

— Eu o conhecia.

— A vítima? — Os pensamentos de Eve desviaram o foco do gosto eclético de Morris para música e se concentraram na ligação entre eles. — Kuper? Você conhecia Dorian Kuper?

— Sim. Era um músico brilhante, realmente brilhante. Não apenas sua habilidade, que era impressionante, mas sua afinidade com o instrumento e a música. Lamento tê-lo em minha casa desta forma.

— Vocês eram amigos?

— Um pouco. Às vezes ele vinha ao After Midnight — um clube de blues que nós dois frequentávamos. Improvisamos juntos várias vezes. Tomávamos uns drinques e conversávamos sobre música.

Saxofone, lembrou Eve. Morris arrasava no saxofone.

— Meus pêsames.

— Obrigada. Levei Amaryllis para uma festa no apartamento dele, poucas semanas antes de ela ser morta. É estranho como as coisas se conectam, não acha?

Ela viu a tristeza tomar conta dele — ainda fresca depois de tantos meses —, pela mulher que ele amava.

Ele se virou, pegou na geladeira uma lata de Pepsi, o refrigerante de laranja que ele sabia que Peabody preferia e um refrigerante de gengibre para si. Distribuiu as latas e abriu a sua.

— Um brinde aos velhos amigos — declarou.

— O que você pode me dizer sobre ele?

— Em nível pessoal? Ele tinha um grupo grande e eclético de amigos, se pudermos considerar as festas e as muitas pessoas que o acompanhavam até as casas noturnas. Ele e a mãe se adoravam, isso era evidente. Eu o vi com homens e mulheres, romanticamente. Isso também era evidente. Ele tocava qualquer coisa. Você podia lhe dar um instrumento e ele provocava alegria ou lágrimas ao tocá-lo.

Morris tomou alguns goles, olhou de volta para o corpo... e para o trabalho a ser feito.

— Eu não o conhecia bem, mas gostava dele.

— Você conhece alguém chamado Tina que tenha ligação com ele?

— Como já disse, ele tinha uma grande e variada... Tina? — Morris soltou uma risada rápida. — Estrita Tina?

— Essa mesma. Você a conhece?

— Não, de jeito nenhum. Ela apareceu uma noite... ahn, antes do Natal e do Ano-Novo. Mais ou menos no começo de dezembro, acho. Como eu não conseguia relaxar em casa, certa noite, peguei meu sax e fui para o clube. Ele já estava lá, assim como outros músicos que nós dois conhecíamos. Ela entrou, uma morena muito atraente; sentou-se junto a uma mesa e tinha um olhar reprovador. Ele foi até lá, conversou com ela durante um tempinho. Eu pensei: briga de amantes, pois ela me pareceu muito chateada.

Ele fez uma pausa e tomou outro gole enquanto estreitava os olhos.

— Deixe-me pensar. Ele... Dorian colocou a mão sobre a dela, como se fosse dar um tapinha, e ela a afastou. Não sei dizer o que foi dito, mas ela falou a maior parte do tempo, então, num rompante muito dramático, saiu de lá furiosa. Lembro-me das palavras de despedida dela: "Nunca vou te perdoar. Nunca!" Disse isso com lágrimas nos olhos. Alguém o provocou quando ele voltou a tocar, a respeito da namorada brava, e ele disse: "Não, não é uma namorada, nem mesmo uma amiga. É só a Estrita Tina", disse, mas não foi muito além na explicação. "Ela ficou revoltada porque acha que estou me misturando com a ralé..." foi tudo o que disse. Em seguida riu e propôs: "Vamos tocar alguma coisa para a Estrita Tina?"

— Sem sobrenome?

— Sem sobrenome.

— Você conseguiria descrevê-la?

— Sim, tenho certeza que sim.

— Bem o suficiente para Yancy conseguir trabalhar? — quis saber Eve, referindo-se ao artista de retratos falados da polícia.

— Eu posso tentar, se isso te ajudar de alguma forma. Aqui está o *E* no coração. Um *E* e um *D* dentro de um coração que o assassino tatuou nele.

— É isso mesmo. Não sei se alguém que se leva tão a sério usaria a inicial de um apelido sarcástico, mas pode ser que sim. Quero falar com ela, então se Yancy puder fazer um esboço próximo o suficiente para conseguirmos usar o sistema de reconhecimento facial, nós a localizaremos.

— Pode deixar que eu mesmo entro em contato com ele e combino tudo.

— Obrigada.

— Tudo bem. — Morris respirou fundo e voltou-se para o corpo. — Isso me ajudou, por estranho que pareça. Agora, vamos falar sobre o que fizeram com ele.

Morris pegou óculos de visão microscópica para si e para Eve. Como sabia que Peabody não se incomodaria de pular alegremente essa parte mais íntima e pessoal, colocou o seu e começou a analisar.

— O golpe na parte de trás da cabeça foi dado com um objeto pesado e não afiado. Pelo formato do ferimento, minha conclusão é que foi uma chave inglesa.

— Ferramenta de encanador.

— Sim, e muito fácil de encontrar. Este é o ferimento mais antigo. Ainda não finalizei minha reconstrução cronológica, mas... — Ele ordenou que a imagem aparecesse na tela e observou-a ao lado de Eve, enquanto a figura da vítima gerada por computador era atingida pelas costas por outra pessoa.

— Essa imagem me diz que o golpe veio por cima, e por trás.

— Em sentido descendente — observou Eve —, por cima da cabeça do agressor. Então, sim, a vítima estava curvada ou inclinada quando foi atingida. Abaixou-se para pegar algo, alcançar um objeto, amarrar a porcaria de um sapato, mas o golpe foi aplicado de cima para baixo e a vítima estava exposta. Ele não foi morto no beco.

— Pelas imagens da cena do crime que você me enviou, eu concordo.

— Foi atacado e depois transportado para algum lugar, a fim de que o assassino pudesse passar algum tempo com ele. Foi atacado e colocado em um veículo. Logicamente estava junto do veículo ou perto dele, e arrastado para dentro. O primeiro golpe teria deixado a vítima inconsciente, certo?

— Sim, ele ficou inconsciente.

— Então foi fácil amarrá-lo.

— Usaram fita adesiva larga, daquelas prateadas. Acredito que o laboratório concordará — disse Morris. — Há resíduos da cola nas feridas, punhos e tornozelos.

— Mas não na boca.

— As feridas nos cantos da boca foram causadas por fricção e luta contra um cordão forte e fino. Há alguns resíduos de silicone nos dentes e na língua.

— Uma *ball gag*? Aquela mordaça sexual que fecha a boca.

— Essa é minha conclusão, sim.

— Humilhação... conotações sexuais. Ele foi estuprado?

— Não há evidências de atividade sexual de qualquer tipo.

— Certo. — As mãos de Eve deslizaram para os bolsos enquanto ela deixava a imagem passar pela mente. — Então ele foi nocauteado e preso com fita adesiva. Ainda assim seria capaz de fazer sons com esse tipo de mordaça, nada inteligível, mas o assassino o ouviria tentar gritar ou implorar.

— Devo acreditar que Dorian teria feito as duas coisas. Pedi um relatório toxicológico, então veremos se alguma droga foi administrada nele. Não encontrei nenhum sinal de atordoamento, nem marcas de seringas.

— Se ele fosse sedado, sentiria menos. Onde estaria a graça disso? — Ela se conteve. — Desculpe, Morris.

— Não precisa se desculpar. Pensar como o assassino levará a encontrá-lo. Também há marcas de queimadura. Concordo com sua avaliação no local. Algumas delas foram causadas por um cigarro, outras por uma ferramenta. Como estas, por exemplo.

Ele tornou a colocar os óculos de visão microscópica, assim como Eve, e ambos se inclinaram sobre o corpo.

— Parte inferior do tronco, abdômen, genitália, ataques precisos feitos por uma chama estreita.

— Um maçarico. Membros e mãos também. Essas aqui são mais largas, não tão precisas. Provocaram fumaça de algum tipo. Também há hematomas aqui, ao longo de toda a caixa torácica. Não foram feitos por punhos.

— Mais provavelmente uma arma do tipo porrete. Ela foi usada na parte inferior dos pés também. Vejo que muitos dos cortes são superficiais. Perfurações, rasgos. Pelo menos duas lâminas diferentes foram usadas.

— São perfurações, essas que estou olhando? Foram feitas por um picador de gelo ou algo parecido.

— Algumas feridas em forma de rasgos, feitas com uma lâmina de ponta irregular, não lisa como a das perfurações.

— O assassino tinha uma caixa de ferramentas.

— Os ferimentos mais superficiais vieram primeiro, com as queimaduras. Alguns foram feitos há aproximadamente dois dias.

— Ele estava só começando. Não o queria morto. Queria o medo, a dor, o desespero.

— Seus dedos foram quebrados ao longo de dois dias, e não todos de uma vez. Na mão direita, todos os ossos foram esmagados. A esquerda foi quebrada.

— Pisou na mão direita, ou bateu com uma ferramenta, ou jogou algo pesado em cima.

— A segunda hipótese é a minha conclusão. Um martelo, batido aqui, ao longo da crista superior dos nós dos dedos... repetidamente e com força. Mão esquerda primeiro, mão direita nas últimas vinte e quatro horas. Cortes e perfurações mais profundos também aconteceram nas últimas vinte e quatro horas.

— Os ferimentos se intensificaram ao longo dessas vinte e quatro horas, até culminarem na morte.

— Sim, mas... Dallas... o assassino tratou alguns dos ferimentos.

— O quê? Como assim?

— Havia vestígios do que tenho certeza de que o laboratório identificará como NuSkin, um regenerador de pele, ou um de seus derivados. Alguns dos ferimentos mais graves foram tratados para interromper o fluxo de sangue, e depois abertos novamente. E isso aconteceu mais de uma vez, até a facada mortal que lhe atravessou o abdômen.

— Levaria algum tempo para ele sangrar até morrer.

— Mesmo com os outros ferimentos e traumas, pelo menos uma hora. Mais provavelmente duas, antes que a perda de sangue o tivesse apagado e o livrado da dor. A morte teria demorado ainda mais. Isso, pelo menos, veio suavemente.

— Ele assistiu, ele gravou? O Noivo registrava tudo, cada passo do seu grande experimento. Mas isso não me parece tão organizado, nem tão científico que chega a ser doentio. Ele humilha, tortura, aterroriza.

Ela tirou os óculos, tomou um longo gole da Pepsi e vagou pela sala enquanto tentava visualizar tudo.

— A ação foi organizada o suficiente para haver um plano, ferramentas, transporte e um lugar para trabalhar. Mas quebrar os dedos de uma mão, destruir a outra, lançar chamas nos membros, nas mãos, nos pés, usar a ferramenta no tronco e na genitália. A arma do tipo porrete, o picador de gelo, a lâmina irregular. Ele nu, usando uma *ball gag*. Isso é uma caixinha de surpresas psicótica ou... E o coração? Em que momento o assassino esculpiu o coração?

— Foi *post-mortem*, e ele fez isso com uma lâmina fina e lisa. Com muita precisão, também.

— Sim, porque é sua assinatura. Orgulho ou talvez... Pode ser que o *D* não seja de Dorian. Ele não importava. Sua dor, sim, a diversão de torturá-lo, tê-lo colocado de braços e pernas abertas para entretenimento, mas quem ele era? Qual o seu nome? E se isso não importasse nem um pouco? Se a mãe dele estiver certa, ninguém que o conhecesse poderia ter feito isso com ele. Se ninguém que o conhecesse é responsável por esse horror, seu nome não significaria nada. Mas *D* e *E*, esses sim, são importantes.

— Esculpir o coração nele — murmurou Morris —, como amantes esculpem um coração e suas iniciais numa árvore.

— Dois deles? — Peabody soltou um suspiro. — Isso é obra de um casal?

— É uma teoria, mas isso é território de Mira — respondeu Eve. — Preciso falar com ela sobre isso, mas é uma teoria interessante. Eles o despiram, usaram uma *ball gag*, uma chave inglesa ou ferramentas desse tipo; depois de o despirem, queimaram seus testículos. Mas não houve atividade sexual alguma, certo? Porque eles têm um ao outro para isso.

— Se isso for válido, o que fizeram com ele foram apenas...

— Preliminares — completou Eve, ao ver que Morris não conseguiria.

Morris colocou a mão no ombro do amigo morto.

— Eu nunca lhe pedi e não deveria pedir agora, Dallas. Mas... encontre-os, por favor!

Não, ele realmente nunca tinha pedido, pensou Eve. E ela não deveria responder como se sentiu compelida a fazer:

— Vou encontrá-los. Pode apostar nisso!

— Morris ficou triste de novo. — Peabody esperou até estarem do lado de fora. — A vítima o fez lembrar de Coltraine, então ele ficou triste de novo.

— Ele vai superar. — Mas Eve pensou em ligar para o padre, lembrando que Morris havia encontrado conforto e amizade com Chale López. — Vamos trabalhar no caso, resolvemos tudo e ele vai superar mais rápido.

— Você quer que eu tente marcar uma reunião com a Mira?

— Sim. Mas vamos à Central, antes. Quero começar a redigir os relatórios, montar o quadro do crime e refletir um pouco sobre essa teoria do casal. Diga a ela que vou lhe enviar um relatório.

— Entendi. Você acha que isso foi aleatório... quer dizer, a escolha da vítima?

— Não dá pra afirmar com certeza. Ainda nem sabemos onde ele foi atacado, ou sequestrado. Precisamos falar com amigos e colegas — continuou — enquanto dirigia pela neve espessa. — Pesquise os *E*s enquanto isso, não vamos trocar uma teoria por outra. Mas comece a contatá-los e a providenciar para que venham até nós na Central. Dessa forma, se Mira tiver um horário vago, posso passar tudo pra ela.

Peabody ficou em silêncio e começou a trabalhar, mas logo fez uma pausa e franziu a testa para a neve pela janela.

— Acho que foi um casal.

— Você diz isso só porque eu sugeri?

— Achei que pudesse ser, mas minha primeira reação foi... não. Simplesmente não, porque seria muito doentio. Mas, e vou dizer isso antes de você, já vimos coisas ainda mais doentias. *Muito mais* doentias. Foi o símbolo clássico do romance, representado pelo coração, que me fez dizer não, e agora me faz achar que sim. Eles assinaram a tatuagem juntos... ou um assinou pelo outro. Não como uma obra de arte, mas como um símbolo da ideia distorcida de amor.

Eve esperou um pouco.

— Por que isso te irrita tanto?

— Porque eu acredito em símbolos de amor, droga. Tem uma árvore enorme lá em casa. Meu pai esculpiu as iniciais dele e da mamãe antes de qualquer um de nós nascer. Quando estávamos crescendo, ele construiu um banco ao redor da árvore, e deixou bastante espaço para que ela crescesse mais. E cresceu. Servia para que eles dois pudessem se sentar lá enquanto nos observavam brincar, olhando para o jardim. Quando cada um de nós tinha cerca de seis anos, ele nos ajudou a construir nossa casa de passarinho, então ainda existe um monte de casas de passarinho penduradas nos galhos, até hoje; também existem sinos de vento que minha mãe fez. Por tudo isso aquela árvore é... especial, especial *de verdade.* E tudo começou quando ele esculpiu aquele coração e as iniciais deles dentro dele. Além do mais...

— Não chore, Peabody! — ordenou Eve, prevendo a reação emocional da parceira.

— Não vou chorar. É que, quando fomos lá no Natal, meus pais nos levaram até a árvore; meu pai entregou uma faca para McNab e disse que ele devia esculpir nossas iniciais. Porque eles sabem que eu o amo, sabem que ele me ama, e acreditam que o que temos é algo real e duradouro. Essa atitude significou muito pra mim, porque aquela árvore é especial. Ela é importante. Símbolos importam, e nunca deveriam ser usados dessa forma. É só isso.

Eve não disse nada até entrar na garagem da Central e estacionar na sua vaga.

— As pessoas maculam e roubam o que é bom, puro e especial todo santo dia. Nós vemos isso, nós sabemos disso, lidamos com essas situações todos os dias.

— Eu sei, mas...

— Pare! Pense no seguinte: quando algum monstro usa o que é bom, puro e especial de um jeito doentio, isso só torna o símbolo ainda mais forte e mais importante. Não o diminui nem um pouco, a menos que você permita.

Já que de fato tinha chorado um pouco, Peabody passou as mãos no rosto.

— Você tem razão. Está coberta de razão. Eu permiti que isso me afetasse.

— Foi legal — comentou Eve, quando elas saltaram do carro. — O que seus pais fizeram foi muito legal.

Ela olhou para trás ao ouvir o clique rápido dos saltos e viu Mira saindo da sala e cortando caminho em direção ao elevador.

Eve avaliou que a cor do casacão que chegava até os joelhos das excelentes pernas da dra. Charlotte Mira poderia ser chamada de aquamarine. Os saltos eram certamente cor de esmeralda, assim como o vestido sob o casaco. Uma boina ousada num tom rico de azul safira estava empoleirada em seu cabelo liso, castanho acinzentado. Ela carregava uma bolsa da mesma cor da boina e uma pasta flexível com alça de ombro em couro marrom.

— Ora, bom dia! Vocês estão chegando agora, ou... Peabody, você está bem?

Por instinto, Peabody esfregou o rosto outra vez.

— Ah, estou bem, sim. Tive um momento emotivo, só isso. E acabei de ligar para sua assistente, numa tentativa de encaixar Dallas para uma consulta.

— Então vocês duas acabaram de entrar no prédio, mas já estavam trabalhando? — Mira virou os olhos azuis tranquilos na direção de Eve. — Na verdade eu vim pra cá um pouco mais cedo. Só preciso chegar na minha sala daqui a uns vinte minutos. Saí de casa antes porque não tinha certeza de como estaria o trânsito quando a neve começasse. Posso ir com você até sua sala agora mesmo, Eve, se você tiver tempo.

— Eu arrumo tempo.

Quando Eve conseguia algum tempo com a melhor psiquiatra e criadora de perfis criminais do Departamento de Polícia de Nova York, ela agarrava a oportunidade.

— Há um novo caso? Vocês acabaram de voltar das férias.

— Sim, voltamos ontem à tarde. Pegamos este caso por volta das quatro da manhã, quando um androide de ronda encontrou o corpo.

Como não viu sentido em perder tempo, Eve começou o resumo do caso assim que as três entraram no elevador.

— Dennis e eu fomos ao Met com amigos e vimos *Giselle* no último fim de semana. Sua vítima deve ter tocado nesse dia. — Mira se apertou um pouco contra a parede quando o elevador sacudiu ao parar em quase todos os andares e mais policiais entrarem. — Ele ficou preso e foi torturado por dois dias, certo. Algum componente sexual?

— Nenhum, pelo que parece. O assassino usou uma chama precisa, provavelmente um maçarico, para infligir pequenas queimaduras na genitália da vítima.

Todos os policiais do sexo masculino no elevador lotado se remexeram, desconfortáveis, e Eve imaginou os sacos deles se encolhendo em empatia e autodefesa.

— Nenhuma mutilação?

— Não a mutilação normal. Há ossos quebrados, queimaduras, cortes e hematomas. Principalmente no tronco, no abdômen, nos membros, com dedos quebrados e esmagados. Cortaram o cabelo dele e deixaram pequenos tufos como insulto. Ele tinha muito cabelo, grosso e brilhante.

— Um ato de humilhação. Mas o rosto ficou quase sem marcas pelo seu relato, e não houve mutilação na genitália. Não parece algo pessoal.

— Se alguém queimar meu saco com um maçarico, certamente vou levar para o lado pessoal — comentou um dos policiais.

Mira sorriu para ele.

— Queimaduras curam, policial, com o tempo. Seria pessoal cortar os testículos ou arrancá-los fora.

— Ou usar ácido — comentou Eve, num tom casual. — Uma vez eu peguei um caso em que a namorada ficou bêbada, e quando o cara caiu tonto por usar zoner, ela jogou ácido no saco dele.

Sentindo-se grata quando o elevador enfim parou no nível da Divisão de Homicídios, Eve abriu caminho entre os policiais, e fez o melhor que pôde para deixar espaço para que Mira e Peabody saíssem.

— Todo mundo com testículos naquele elevador vai verificar se está tudo bem com eles, na primeira oportunidade — comentou Eve, arrancando uma risada de Mira.

— Acho que sua análise é precisa.

Quando entraram na Divisão de Homicídios, Eve viu o detetive Baxter fazer menção de se levantar, como se já estivesse esperando por ela, mas ele tornou a se sentar.

— Olá, dra. Mira. A senhora está bonita.

— Digo o mesmo de você, detetive. Você está sempre bonito. — Mira olhou para o canto onde eles tinham montado uma árvore de Natal absurdamente patética. No mesmo lugar onde Eve, Baxter e quase todos os policiais da Divisão na sala tinham estado muito perto da morte no último dia de 2060.

— Vou sentir falta das suas decorações de Natal bastante ecléticas e inclusivas — elogiou Mira. — Talvez vocês possam fazer algo diferente para o Dia dos Namorados.

— Nunca! — Eve disse isso em tom definitivo, para o caso de alguém ter ideias estranhas. — Peabody, comece a organizar os interrogatórios. Dra. Mira, por que não vamos logo pra minha sala? Vou logo atrás da senhora — acrescentou ela, afastando-se de Mira e indo até Baxter.

— Algum caso novo?

— Não, nada muito importante, chefia. — Ele deu de ombros, em seu terno elegante e com corte perfeito. — Era só uma coisa que eu queria falar com você, Dallas, quando tiver um tempo.

— Depois que eu falar com Mira nós conversamos. — Ela olhou para o outro lado da sala e analisou a gravata de Jenkinson. Hoje o acessório tinha flocos de neve que rodopiavam contra um azul tão ousado e animado que Eve pensou que o desenho parecia pulsar.

— Isso nunca vai ter fim, não é?

Baxter sorriu e balançou a cabeça.

— Agora isso virou uma tradição da Divisão de Homicídios. Reineke me disse que Jenkinson encontrou um vendedor ambulante que vai vender bugigangas decorativas pra ele com desconto, desde que ele compre pelo menos cinco unidades de cada vez.

— Que Deus nos ajude — murmurou Eve, e seguiu na direção da sua sala, atrás de Mira.

Capítulo Quatro

Na sala de Eve, que tinha apenas uma janela estreita, Mira sentou-se na cadeira de visitas, tão dura que beliscava a bunda, e posicionou-se o mais perto da borda que conseguiu, sem cair.

— Deixe-me só arrumar essa bagunça rapidinho, doutora, e a senhora poderá se sentar na cadeira da minha mesa. — Eve franziu a testa para a vergonhosa e ridícula cadeira de visitas que veio junto daquela sala quando ela a ganhara. — Acho que eu devia requisitar ao departamento novas cadeiras.

— Você só não fez isso ainda porque prefere não receber visitas aqui.

— Pois é, mas está ficando cada vez mais difícil não receber visitas. Não estava falando da senhora.

Como entendia Eve perfeitamente, Mira tirou sua boina e afofou o belo cabelo.

— Não, eu sei, pelo menos não hoje.

— A senhora aceita uma xícara de chá? Eu tenho um pouco.

— Na verdade, a essa hora do dia eu não me importaria de tomar um pouco do seu maravilhoso café.

Eve foi até o AutoChef — tão antigo quanto a cadeira — e programou dois cafés.

— Quero começar a montar o quadro do crime. Assim será mais fácil explicar a situação para a senhora. — Com o café a seu alcance, Eve sentou-se à mesa para começar. Depois de conectar a filmadora, mandou que o computador exibisse as fotos da cena do crime que mais lhe interessavam.

— Vou receber um relatório por escrito e uma cópia do que Morris descobriu até agora — começou Eve. — O parente mais próximo, a mãe da vítima, já foi notificado e interrogado. Além dela e do porteiro da residência da vítima, ainda não falamos com mais ninguém. Peabody e eu fomos até a casa de Kuper, marcamos os eletrônicos para serem recolhidos pela DDE, mas não me pareceu que há coisa alguma lá que indique algum problema pessoal. A foto que aparece em seguida — continuou, enquanto transferia as imagens para seu quadro do crime — é a de um homem bem-sucedido e talentoso que tinha um grande grupo de amigos. Isso incluía Morris, que era uma espécie de conhecido dele.

— Morris conhecia a vítima?

— Sim. A vítima costumava ir a clubes de jazz e blues, para tocar com outros músicos. Ele tinha uma variedade imensa de talentos e interesses musicais.

— Assim como Morris — confirmou Mira, com um aceno de cabeça.

— Uma observação rápida... Esta morte o deixou abalado, pois o lembrou da morte de Coltraine. Deu pra perceber na cara dele. Pensei em ligar para aquele padre... o padre López. Eles se deram bem.

Mira fez que sim com a cabeça mais uma vez.

— É uma ótima ideia. Antes disso, porém, eu daria a ele mais um ou dois dias, para ver se ele toca no assunto ou sente necessidade de fazê-lo. Você sabe julgar situações muito bem, e é uma boa amiga. Vai saber identificar o momento certo.

— Ok. — Isso iria ajudar, e lhe daria algum tempo antes de seguir com a ideia de bisbilhotar a vida pessoal de Morris. Decidiu que esperaria mais um ou dois dias.

— As impressões de Morris sobre ele coincidem com a conversa que tivemos com a mãe — continuou Eve, mais confortável agora ao falar sobre a morte. — Ele era um sujeito legal, um cara talentoso, amigável, que gostava de se relacionar intimamente com gente de ambos os sexos; segundo dizem, tudo acontecia de forma casual. Não tinha inimigos, nem amantes em particular. Era bastante sociável e muito dedicado ao seu ofício.

Levantando-se, Eve gesticulou para a própria cadeira para que Mira tomasse seu lugar, pois ela preferia ficar de pé.

— Ainda não estabelecemos o momento exato em que ele foi capturado, ou se foi até algum lugar por vontade própria. Como o golpe na parte de trás da cabeça foi a primeira pancada, é mais provável que ele tenha sido atacado, levado e mantido prisioneiro por dois dias. Enquanto era torturado.

Mira se levantou da cadeira bamba, mas não se sentou na de Eve. Em vez disso, colocou-se ao lado da tenente, analisando o quadro do crime ao dizer:

— Ele sofreu queimaduras, lacerações e contusões. Ossos foram esmagados e quebrados.

— A violência foi ficando progressivamente mais severa. As lesões menores são as mais antigas. Foram usados três tipos de objetos cortantes ou pontiagudos, na opinião de Morris. Um picador de gelo ou algo parecido, uma lâmina de gume irregular e outra lisa. As queimaduras são de cigarros e uma ferramenta que emite chama, uma que possa ser ajustada para lançar uma chama fina e penetrante. A vítima foi amarrada com fita adesiva larga ou um produto semelhante, mas amordaçada com uma *ball gag*.

— Um objeto geralmente de uso sexual.

— Não houve sinal algum de agressão ou atividade sexual. E dá pra perceber que os ferimentos nos órgãos genitais são menos graves que os que foram infligidos no tronco e nos membros.

— O mesmo aconteceu no rosto, mas o cabelo foi tosquiado, cortado, de forma grosseira. E o corpo estava nu. São atos de humilhação, e o cabelo poderia ser algo mais pessoal. Só que a inexistência de mutilação no rosto e nos genitais me diz se tratar de um crime impessoal.

— E tem mais uma coisa. — Eve apontou para a foto do coração esculpido com as iniciais dentro.

— *D* seria do nome Dorian. O *E* seria do nome de quem o matou? — Mira franziu a testa. — Isso seria muito pessoal, até romântico. Foi feito com muita precisão, não foi? Só que...

— Sim, só que...

— Eu esperaria ver mais alguma atenção dada aos genitais, ao rosto. Esperaria algum tipo de componente sexual. Se fosse um ou uma amante abandonada e infeliz; ou um fã alienado que imaginava um relacionamento com ele, eu esperaria ver isso refletido nos ferimentos da vítima.

— Exato. E o que vemos é uma escalada: humilhação, dor, medo, sangue... e Morris observou que alguns desses ferimentos foram tratados.

— Ah — Mira assentiu com a cabeça. — Para evitar que tudo acabasse cedo demais. O corte no abdômen foi o golpe final?

— Sim, esse corte foi a causa definitiva da morte, e levou mais algum tempo para a vítima apagar, deixando que ela sangrasse até o fim.

— Precisaremos de mais dados sobre a vítima, uma melhor noção dele e das pessoas ao seu redor. Mas se isso foi aleatório, e não pessoal, é bem possível que o que você tem aqui seja um trabalho de equipe.

Aquilo batia exatamente com as impressões de Eve.

— Então temos as iniciais *E* e *D*, conectadas de forma romântica e sexual, já que se excitam com tortura e assassinato.

— Ainda preciso de mais dados — avisou Mira —, mas se a vítima for um alvo específico, você certamente deve procurar alguém que quisesse humilhar e aterrorizar, ao mesmo tempo que tivesse controle total da situação. Se Dorian Kuper tiver sido escolhido de forma aleatória, e essa é a maior probabilidade a meu ver com os dados que temos até agora, você continuaria em busca de um sádico; alguém que usa tanto o sadismo simbólico de cortar o cabelo quanto o ato de provocar dor, enquanto a vítima está amarrada e indefesa.

— Mas o coração muda tudo. A assinatura muda tudo — insistiu Eve.

— Talvez — respondeu Mira. — Se os assassinos forem um casal, é bem provável que eles sejam sádicos sexuais que manipulam essa humilhação, esse controle e o poder de provocar tanto sofrimento como estímulo sexual um para o outro, sem nem pensar na vítima. Não se trata de machucar áreas específicas. Nada de facada nos seios, nas nádegas, nenhuma mutilação de genitais, nenhum estupro. Sem falar na variedade de ferimentos e ferramentas...

A doutora parou de falar por um instante e, como Eve costumava fazer, circulou pelo quadro do crime e pela sala.

— Normalmente você esperaria encontrar um indivíduo dominante e outro submisso — completou Mira. — Um para infligir a dor, outro para assistir. Ou alguém que ordene a submissão para infligir a dor. Só que, neste estágio preliminar, pode ser que eles sejam de fato um casal, uma equipe com igual poder e autoridade.

— Isso só pode ser planejado, não se trata de impulso. Eles teriam que ter o local, um lugar privado para torturar essa vítima durante dois dias. Sem falar no transporte e nas ferramentas.

— Um psicopata predador, ou psicopatas, que planejam e até ensaiam o ato — completou Mira. — Sádicos que gostam do que fazem e são estimulados pelo ato de provocar dor. Talvez sejam assassinatos por luxúria. A morte e os ferimentos que ele ou eles causam lhes provocam um prazer intenso. O coração da tatuagem simboliza amor, união. Eles acreditam que estão apaixonados, e a vítima é um presente de um para o outro.

— Não sei se Kuper é o primeiro — avaliou Eve. — Estamos pesquisando crimes semelhantes, mas este certamente não será o último. Predadores precisam caçar. Sádicos precisam de vítimas. E amantes, se for esse mesmo o caso, precisam dessa adrenalina sexual.

— Concordo. É possível que, embora o coração seja uma assinatura, um símbolo, o assassino romantize o assassinato e a sua vítima. Pode ser um único predador, sem o impulso e o componente sexual. Um romântico. Lamento não poder conseguir traçar uma conclusão mais precisa.

— Tudo bem, tenho caminhos claros a seguir, doutora. E teremos mais dados quando conversarmos com amigos e colegas de trabalho da vítima. Saberemos mais quando recebermos algo do CIPAC. Assim que tiver dados suficientes, enviarei um relatório. Obrigada pelo seu tempo.

— Um tempo que foi integralmente pago pelo seu café. — Ela entregou a Eve a xícara vazia e sorriu. — Você parece bem descansada. E isso não é algo que posso afirmar com frequência.

— Tive vários dias para fazer praticamente nada além de ficar deitada.

— Você merece. Nenhum de nós vai se esquecer tão cedo de tudo o que passamos no último dia do ano passado. Mantenha-me informada — acrescentou, com uma última olhada para o quadro, antes de sair. — Quero muito montar o perfil deste caso.

Sozinha, Eve sentou-se para redigir seu relatório preliminar, começar o registro dos possíveis assassinatos e refinar o quadro do crime. Adicionou o relatório de Morris quando o recebeu, então ergueu o olhar quando ouviu o barulho das botas de cano felpudo de Peabody.

— A primeira pessoa entre os interrogados vai chegar daqui a pouco — relatou a detetive. — Eu adiei tudo por trinta minutos porque consegui trazer Chamberlin. Ele convenceu a mãe da vítima a tomar um tranquilizante e ativou Maeve, a androide, para ficar com ela. Está muito ansioso para conversar com você, então eu o coloquei como o primeiro da fila.

— Ótimo. É sempre bom falar com o mandachuva. Agora, se eles me enviassem... Ah, finalmente! — exclamou, quando seu computador sinalizou a chegada de um documento. — São os resultados do CIPAC. Computador, colocar no telão.

Peabody se aproximou quando os dados começaram a rolar.

— Puta merda, Dallas! Isso é uma quantidade imensa de crimes semelhantes.

— Computador, remover da lista todos os casos encerrados. Remover qualquer resultado que inclua agressão ou mutilação sexual e estupro.

Inclinando-se para trás, Eve arqueou as sobrancelhas.

— Isso certamente vai fazer a lista diminuir. Computador, destacar todos os resultados com o elemento de um coração tatuado ou marcado a fogo no corpo das vítimas.

Eve franziu a testa e arqueou as sobrancelhas quando vinte deles foram destacados.

— Apresentar resultados com as iniciais *E* e *D* tatuadas ou marcadas a fogo no corpo.

— Repito, Dallas... Puta merda!

— Vinte! — declarou Eve. — Vinte casos do Tennessee a Nova Jersey. Homens, mulheres, de grande variedade de raça e idade. Nenhum tipo específico. O primeiro crime aconteceu em setembro do ano passado. A média é de um por semana, mas...

— Existem algumas lacunas — observou Peabody. — Algumas semanas entre alguns deles, às vezes dez dias, e depois veja como aumenta em Ohio e na Pensilvânia. O número sobe para dois por semana, e então a frequência volta a cair.

— É porque há mais de vinte.

— Mais?

— Sabe o que acontece com predadores como esses? Depois que eles experimentam, precisam de mais e então, como viciados, sentem cada vez mais necessidade em menos tempo. Será que eles destruíram alguns dos corpos? — especulou Eve. — Esconderam ou os enterraram? Talvez tenham tentado algo diferente para que não apareça na lista, mas o mais provável é que tenham escondido ou destruído. Pode ser que tenham matado alguns que ninguém está procurando. Talvez um vagabundo, um trabalhador itinerante, um morador de rua.

— O *D* não tem nada a ver com a vítima, afinal.

— Não. *E* e *D* são apenas dois jovens loucos e apaixonados. Computador, mostrar o padrão de rota por vítima, em ordem cronológica.

Processando...

— A primeira foi esta aqui — começou Eve, enquanto o computador analisava. — Morta em setembro, em Nashville. Mulher, vinte e poucos anos, estava desaparecida há cinquenta e seis horas. Foi encontrada morta em uma casa desocupada. Quem a localizou foi o agente imobiliário e um potencial comprador.

— Aposto que isso diminuiu o preço pedido pela casa.

— Rá-rá. Ela já estava morta fazia cerca de vinte e oito horas. Não passaram tanto tempo com ela. Nenhuma impressão digital ou DNA não identificado na cena do crime. Ela não foi a primeira...

Tarefa concluída, anunciou o computador.

— Exibir na tela. — Eve observou a rota se formar, ponto por ponto, morte por morte.

— Eles deram algumas voltas — observou Peabody —, mas basicamente seguiram para a direção nordeste.

— Sim, fizeram alguns desvios curtos. Talvez para visitar alguns locais nos quais tinham interesse — especulou Eve —, ou talvez para visitar amigos. Às vezes acontece de você ter que fazer uma viagem rápida para se divertir. Será que Nova York é o destino ou apenas outra parada no caminho?

Dados insuficientes para chegar a uma conclusão exata.

— Eu não estava perguntando a você. Computador, copiar todos os dados para meu computador da polícia e de casa; enviar outra cópia para a casa da detetive Peabody e para o computador dela nesta divisão. Peabody, comece a contatar os investigadores principais desses casos e descubra se o FBI está metido na investigação. Se estiver, consiga o nome do agente no comando.

— Vou começar logo. Chamberlin vai chegar a qualquer momento.

— Deixe que eu o recebo. Você já reservou uma sala?

— Você tem a Sala de Interrogatório A por até seis horas, se desejar.

Ela apenas fez que sim com a cabeça.

— Dorian Kuper não conhecia seu assassino. Era apenas o próximo da fila. Mesmo assim, talvez nos dê alguma informação. Vou começar os interrogatórios. Você recolhe os dados dos casos. Avise-me quando tiver tudo que puder. Peça para que Chamberlin seja levado à Sala de Interrogatório A, caso ele chegue antes de eu sair daqui. Preciso de cinco minutos... merda... dez!

Ela enviou um relatório preliminar para Mira. Iria fazer um relatório para o seu comandante assim que tivesse a chance, mas queria que Mira tivesse os novos dados o mais rápido possível. Antes de terminar, ouviu passos rápidos se aproximando pelo corredor.

Não era Peabody, pensou. Os passos eram mais leves, sapatos melhores.

Baxter.

E, quando ela ergueu o olhar, levemente irritada, Baxter parou diante da porta.

— Tem um tempinho?

— Estou um pouco atrasada aqui. — Ela terminou o relatório enquanto falava e o enviou.

— Sim, estou vendo. — Ele olhou para o quadro dela, no telão. — Porra! Foi o mesmo assassino?

— Ainda não tive chance de executar o programa de probabilidades, mas certamente ela é bem alta. A pessoa a ser interrogada hoje vai chegar a qualquer momento, Baxter, seja rápido.

— Tudo bem, isso pode esperar.

Se não dedicasse algum tempo para seus homens, ela poderia ser uma boa investigadora, mas seria uma péssima chefe.

— Desembucha logo, ainda tenho alguns minutos.

— É só que... Trueheart vai fazer o exame para detetive daqui a alguns dias.

— Sim, eu tenho essa informação. Algum problema?

— Não. Talvez. Não.

Eve se recostou na cadeira. Baxter estava com as mãos nos bolsos, sacudindo o que quer que estivesse dentro deles. Aquele não era o seu estilo habitual, então ela esperou que ele falasse.

— Eu o pressionei, sabe? Eu o pressionei para se inscrever e pentelhei você para liberá-lo.

— Eu não o liberei porque você me pentelhou.

— Então ele está pronto?

— Você tem algum motivo para pensar o contrário?

— Não. Quer dizer... ele está ansioso. É natural ficar um pouco preocupado. Ele tem estudado. Eu tenho cobrado ele em relação a isso.

Ele voltou a remexer as mãos ansiosas nos bolsos. Eve deixou rolar.

— Trueheart tem bons instintos, tenente, e uma ética de trabalho incrível. É um policial excelente. Ainda há um pouco de ingenuidade nele, mas isso ele nunca vai perder por completo. É parte do que o torna um policial tão bom. É só que... acho que acabei forçando-o a tentar ser detetive.

— Você acha que, se ele não se sentisse pronto, faria a prova só pra te deixar feliz?

Baxter abriu a boca e soltou um suspiro.

— Não. Ele não se esforça tanto assim pra me agradar, não mais. O problema sou eu. Juro por Deus, chefe. Sou eu! Não tenho uma noite de sono decente desde... bem, desde que quase explodimos pelos ares no último dia do ano passado. Imaginei que fosse porque quase morremos, mas não é. Caramba, neste trabalho é impossível não se acostumar com a morte de um jeito ou de outro. O problema é que não quero decepcionar o garoto.

— Então relaxe, você não o decepcionou. Quando o indiquei como mentor dele, fiquei me perguntando como as coisas rolariam entre vocês. Trueheart precisava ser lapidado; era um policial muito novo, ainda verde. E você fez isso sem tirar tudo o que o torna bom. Fez um ótimo trabalho, Baxter, você ajudou a torná-lo um policial excelente. Se ele não passar na prova para detetive desta vez, significa apenas que ainda não está pronto para isso. E, se passar, o que é mais provável, imagino que vá me pedir para designá-lo como seu parceiro, o que é exatamente o que vou fazer. Mas também quero deixar claro que se, em algum momento, você quiser treinar outro novato, tudo bem, vou apoiá-lo. Você é melhor nisso do que eu imaginei que fosse.

— Ok. Ok. Obrigado. Sabe de uma coisa? Eu não me senti tão inseguro assim nem quando ganhei meu próprio distintivo.

— É porque você estava convencido do seu valor. Vocês estão trabalhando em algum caso difícil agora?

— Não. Abrimos e fechamos um caso novo logo de manhã. Pensei em revisar alguns casos em aberto e ainda não resolvidos, só para manter o cérebro dele ligado e focado.

— Talvez eu tenha outra coisa que poderia ajudar com isso. Siga em frente com as revisões. Se isso for o que estou achando que é, então vou ter bastante material para manter o cérebro dele focado. Agora, caia fora.

— Fui!

— E, Baxter? Se um policial não for muito bom, não fica na minha divisão.

Ele fez que sim com a cabeça e relaxou um pouco.

— Obrigado, tenente.

Enquanto ele se afastava, Eve levou mais um minuto para se sentar, estudar o quadro do crime e pensar em Dorian Kuper.

Assim que se afastou da mesa e começou a sair, Peabody entrou na sala de ocorrências.

— Você calculou bem o tempo, Dallas. Acabei de colocar Chamberlin na Sala de Interrogatório A. Ele também está em péssimo estado.

— Talvez eu consiga mais informações dele dessa forma. Já enviei os dados para Mira. Você deveria redigir o relatório para Whitney. E não diga "Eu?!!!" com cara de espanto — avisou Eve. — Você sabe muito bem como escrever um relatório, e isso vai me poupar tempo. Entre em contato com todas as testemunhas principais que puder gerenciar, e vamos discutir isso quando eu terminar os interrogatórios de hoje. Se precisar de ajuda, chame Baxter e Trueheart. Eles estão livres, só revisando alguns casos abertos e ainda não solucionados.

— Ellysa Tesh, uma das violinistas da orquestra, deve chegar em meia hora.

— Vou conversar com ela depois de Chamberlin. Vamos colocar a bola em campo.

Ela encontrou Chamberlin sentado na Sala de Interrogatório A com as mãos cruzadas sobre a mesa desgastada. Os olhos exaustos se voltaram das mãos para o rosto de Eve.

— Preciso voltar para Mina o mais rápido possível.

— Não vou segurá-lo por muito tempo. Preciso gravar esta conversa. Ligar filmadora — ordenou. — Tenente Eve Dallas, interrogando o sr. Ethan Chamberlin. Sr. Chamberlin, devo recitar os seus direitos e obrigações, antes de começar. Este é o procedimento usual.

— Não é a primeira vez que ouço isso.

Eve leu a lista de direitos e deveres do interrogado.

— Entendi tudo e abro mão de chamar um advogado. Sou suspeito deste crime?

— No momento ainda estamos reunindo informações. Acho que você poderá nos ajudar com isso. Você trabalhou com Dorian, e acredito que tem um relacionamento com a mãe dele.

— Mina e eu temos um relacionamento sério e monogâmico há vários anos.

— Mas não moram juntos.

— Nós dois gostamos de nossos espaços separados. Dorian... ele era *o mundo* para ela. Isso é um clichê, eu sei, mas a verdade é que também era como um filho para mim. Se tínhamos alguns desentendimentos, era sempre a respeito de música. Ele tem... tinha... um talento extraordinário. Tanto talento às vezes traz opiniões divergentes.

Ele quase sorriu; ao menos a expressão quase chegou aos seus olhos.

— De vez em quando as opiniões dele provaram ser melhores que as minhas — continuou. — Não com frequência, mas de vez em quando.

— Você tem um temperamento forte, sr. Chamberlin.

— Tenho, sim. Já paguei minha cota de multas por causa disso, e fiz aquela baboseira de curso de controle de raiva. Que se dane! — Ele fez um gesto dramático de jogar algo fora com a mão. — A minha paixão e o meu temperamento forte são as duas coisas que me tornam ótimo no que faço. São a minha paixão e o meu temperamento forte que fazem com que todos os músicos com quem trabalho se apresentem sempre de forma excepcional. Porque eu exijo isso!

— E quando eles não são brilhantes o suficiente, você quebra o flautim deles.

— Sim, sou famoso por causa disso. — Ele deu de ombros. — Se alguém não se apresenta de maneira excepcional, não merece estar na minha orquestra.

Como tinha dito essencialmente a mesma coisa para Baxter a respeito dos seus policiais, Eve não conseguiu encontrar nenhuma falha naquilo.

— Você já quebrou o violoncelo de Dorian?

— Dorian sempre foi excepcional. O mundo ficou um pouco menor com a perda dele. Tenente...

Ele apertou as mãos outra vez, até os nós dos dedos ficarem brancos.

— Por favor, não deixe Mina vê-lo até que ele esteja... apresentável. Ela me contou que ele foi torturado, e se houver sinais físicos disso... — Ele parou e desviou o olhar por um momento. — Por favor, não deixe que ela o veja até que ele tenha sido bem-preparado. Não quero que o que foi feito com ele seja a última lembrança que ela tenha do próprio filho. Conheço ótimos maquiadores.

— Você pode confiar no dr. Morris, o chefe dos legistas, com relação a isso.

— Eu não conheço esse tal Morris.

— Eu conheço. Você pode confiar nele.

Seus olhos se fixaram longamente nos dela.

— Se Dorian não estiver apresentável... se ele não tiver a aparência que deveria ter, vou responsabilizar esse tal de Morris e você.

— Entendido. Aceito isso.

— Você realmente acha que eu poderia ter feito tudo que fizeram com ele? Tortura?

— Não — respondeu Eve, com facilidade, reparando quando Chamberlin piscou de surpresa. — Mas ainda estamos no início do processo investigativo. Diga-me: quem poderia ter feito isso com ele?

— Não sei. — A admissão o fez cerrar os punhos na mesa. — Conheço muitos amigos e conhecidos dele. Conheço bem todos os membros da minha orquestra. E ainda assim não sei.

— Ele foi, nas suas próprias palavras, sempre excepcional. É considerado como um filho pelo maestro da orquestra. Isso poderia facilmente gerar ciúmes, ressentimento, raiva.

Chamberlin negou com a cabeça.

— Ele trabalhava com qualquer um que estivesse com dificuldades. Chegava mais cedo para os ensaios ou ficava até mais tarde. Ele vivia para a música e para as pessoas. Existe competição, conflito, drama na orquestra? Claro que sim, porque se não existir não haverá paixão, e, sem paixão, não há como ser excepcional. Mas eu conheço todos na minha orquestra, e ninguém nela teria feito isso.

Ele se inclinou para a frente e continuou:

— O que foi que fizeram com ele? Você vai me contar? O que eles queriam dele? Se quisessem dinheiro, ele certamente lhes teria dado! O que esse maníaco queria de Dorian?

Queria que ele sofresse, pensou Eve. *Que sangrasse. E que morresse.* Mas tudo o que respondeu foi:

— A investigação ainda está no começo. Garanto que Dorian tem toda a minha atenção, e estamos ativamente trabalhando com todos os ângulos possíveis.

— Isso é conversa fiada!

— É verdade, e é tudo o que posso lhe oferecer no momento. Quando foi a última vez que viu Dorian?

— Duas noites atrás, três, contando com esta noite. Eu o vi após a nossa apresentação. Mina e eu jantamos tarde depois, com alguns amigos. Quando percebemos no dia seguinte que ele não tinha voltado pra casa, não ficamos alarmados, mas começamos a ficar muito preocupados quando ele faltou à apresentação na noite seguinte. Ele nunca tinha faltado, jamais faria uma coisa dessas. Expliquei tudo ao detetive, quando denunciamos o desaparecimento dele.

— Explique de novo pra mim.

— Perguntamos se alguém o tinha visto. Theo Barron, do oboé, disse que ele e alguns outros iriam encontrar Dorian num clube no centro da cidade, depois da meia-noite da véspera. Ele costumava ir lá para tocar e relaxar um pouco. Só que ele não apareceu. Theo achou que tinha ido para casa com alguém. Bebidas, sexo... Dorian tinha uma vida sexual diversa. Theo tentou ligar para o *tele-link* dele e deixou algumas mensagens, mas não pensou muito no assunto. O problema é que ele não respondeu a ninguém, e não voltou pra casa.

— Por que eles não foram juntos? Este Theo e Dorian?

—Theo estava flertando com uma das contraltos da companhia de ópera, e quis esperar que ela trocasse de roupa, depois de a convencer a sair com ele. Theo disse que Dorian saiu antes deles.

— Como ele chegava ao centro da cidade, geralmente?

— Táxi. Ele teria pegado um táxi.

— Certo. — Ela fez uma anotação. — O que você sabe sobre Estrita Tina?

— Ah. — Chamberlin soltou uma meia risada. — Uma idiota esnobe. Ela fez uma entrevista comigo e com alguns dos outros membros, tanto da orquestra quanto do palco, para um artigo que alegou estar escrevendo. "Estrita" era uma palavra gentil pra ela. Esnobe, como eu disse; autoritária, extrema. Dorian foi gentil com ela, provavelmente até pensou em levá-la para a cama, mas ela fez uma cena horrível naquele clube de que ele gostava. Não sei bem os detalhes, pois não estava lá, mas ela o deixou muito irritado. Ele nunca mais a teria levado a qualquer lugar, depois daquilo.

— Você sabe o nome completo dela?

— Tina R. Denton. Lembro-me de como ela insistiu em me informar seu nome completo, incluindo a letra R. — Ele se recostou e pressionou os dedos nos olhos por um momento. — Tenente, ela era como um mosquito. Uma mulher que zumbia em seus ouvidos até você ficar com vontade de lhe dar um bom tapa, mas seria incapaz de fazer mais do que deixar seu ouvido coçando.

— Estamos investigando todos os ângulos — lembrou Eve. — Volte para a mãe de Dorian agora. Quando o dr. Morris o tiver preparado, você será contatado. Se mais alguma coisa vier à sua cabeça, qualquer detalhe, eu quero saber.

Enquanto o acompanhava para fora, Eve viu uma mulher na casa dos trinta, longos cabelos louros presos em um rabo de cavalo; tinha um belo rosto, que estava manchado de lágrimas, e profundos olhos azuis, inchados e avermelhados.

— Maestro! — exclamou ela ao vê-lo, em uma voz embargada.

Chamberlin se virou para a mulher e, quando ela hesitou, estendeu os braços em sua direção.

— Maestro! — repetiu ela, atirando-se nele e pressionando o rosto em seu peito. — Isso é um pesadelo? Você pode me dizer se isto é apenas um pesadelo?

— Não. Ele se foi, Ellysa.

— Como? — Ela recuou, o rosto sendo tomado por tristeza e fúria ao mesmo tempo. — Ninguém vai nos dizer como? Ninguém vai nos contar por quê?

— Eu vou — respondeu Eve. — Você é Ellysa Tesh?

— Exato. Quem é você?

— Sou a tenente Eve Dallas. Conversaremos nesta sala.

— Quer que eu fique com você? — ofereceu Chamberlin.

— É melhor eu falar com a srta. Tesh sozinha — insistiu Eve, e abriu a porta da Sala de Interrogatório A.

— Vou ficar bem — garantiu a jovem. — Onde está Mina?

— Vou vê-la agora mesmo.

— Devo ir até lá? Quando puder? Você acha que eu devo ir?

— Agora não. Deixe-me ver como ela está, talvez amanhã. — Ele pousou os lábios na testa dela. — Talvez amanhã.

Depois que Eve ficou a sós com Ellysa, voltou a ligar a filmadora e leu os direitos e obrigações dela. Ellysa ergueu as mãos num gesto como se não quisesse saber daquilo.

— Não me importo com meus direitos ou sua gravação. O que aconteceu com Dorian?

— Você está aqui para responder perguntas. Vamos começar por esta: Quando foi que você viu ou falou com Dorian pela última vez?

— Na apresentação da orquestra, na mesma noite em que ele desapareceu. O que aconteceu com...

— Para onde você foi depois da apresentação?

— Ora, pelo amor de Deus! Saí de lá com Theo, Hanna e Samuel. Pegamos um táxi para o centro da cidade até um clube de música que frequentamos, o After Midnight. Dorian foi na nossa frente, mas ao chegarmos ele não estava lá. Eu queria ir com ele, mas... fiquei presa.

— Presa?

— Minha mãe. Ela mora em Austin e me ligou logo depois da apresentação. Minha irmã ficou noiva. Minha mãe estava tão animada que eu fiquei presa conversando com ela, e não alcancei Dorian a tempo de dizer que iria com ele. Se eu tivesse... Se ao menos...

Seus olhos ficaram marejados outra vez, as lágrimas brilhando.

— Devia ser mais ou menos uma hora depois que ele saiu. Hanna teve que trocar de roupa e tirar a maquiagem de palco. Levamos pelo menos trinta ou quarenta minutos depois da saída dele, não sei ao certo. Só sei que ele não estava lá, e Stewie disse que ele nem tinha aparecido.

— Stewie?

— O barman. Nós vamos lá com frequência... Dorian principalmente, mas muitos de nós frequentamos para ouvir música, ou para tocar, ou para relaxar. Ele não estava lá — murmurou ela. — Eu pensei, nós pensamos, que ele tinha encontrado alguém e resolvido ir para outro lugar. Theo tentou o *tele-link* dele, mas a ligação caiu na caixa de mensagens de vídeo. Ele também não participou da nossa apresentação na noite seguinte. Ele nunca tinha faltado a uma apresentação. Foi quando todos começaram a se preocupar. Não conseguimos encontrá-lo, mas a polícia disse que precisávamos esperar até que Mina fizesse o registro oficial de pessoa desaparecida. Se vocês tivessem começado a procurar antes...

— Não faria diferença — completou Eve. — Ele sabia que você estava apaixonada por ele?

Ellysa comprimiu os lábios e negou com a cabeça, enquanto seus olhos se encheram de lágrimas outra vez.

— Não. Eu tomei cuidado para que ele não percebesse. Ele teria sido gentil comigo, e a gentileza teria me esmagado. Eu ia pra cama com ele de vez em quando, mas eu sabia que para ele era apenas sexo e amizade. Afeto. Eu gostava de pensar que um dia, quando ele estivesse pronto, me veria de outra forma. Perceberia que eu o amei desde a primeira vez que o vi... faz três anos, dois meses e cinco dias. Foi quando entrei para a orquestra. Essa foi a primeira vez que o vi, a primeira vez que o ouvi tocar. Estou apaixonada por ele desde então. Por favor.... *Por favor*, me conte o que aconteceu com ele. Você sabe. Me conte o que aconteceu com Dorian.

— Você conhece alguém que gostaria de machucá-lo de alguma forma?

— Ninguém. Ninguém! — repetiu. — Algumas pessoas têm essa habilidade de andar com leveza pelo mundo e ainda assim deixar uma impressão duradoura. Dorian é assim. Sei quem você é, tenente. Descobri assim que sua parceira entrou em contato comigo. Eu li o livro sobre um dos seus casos e vi o filme. E também assisto aos noticiários da TV. Sei que você investiga assassinatos. Foi um assalto?

— Não. — A notícia seria logo divulgada, pensou Eve. — Nossa linha de investigação atual indica que ele foi sequestrado, mantido por dois dias em um local ainda desconhecido, onde foi torturado e morto.

—Tor... torturado? O que você quer dizer? — Seu rosto ficou paralisado; ficou tão pálida que por um momento a jovem pareceu esculpida em gelo. — O que isso significa?

— Quem o manteve prisioneiro o machucou bastante. Você conhece alguém que tinha esse tipo de rancor contra ele? Sabe me dizer se Dorian tinha alguma informação sigilosa que alguém poderia querer a ponto de feri-lo para obtê-la? Ele devia dinheiro a alguém? Tinha algum segredo?

— Não! — A palavra saiu engasgada, e ela balançou a cabeça furiosamente. — Não, não, não! Ele tinha segredos, suponho, como qualquer pessoa. Mas não devia dinheiro a ninguém, pelo menos não que eu saiba; ele também não apostava, nem usava drogas. Não fazia o tipo de coisa que pode trazer dívidas. Dois dias? Ah, meu Deus, dois dias? Levaram todo esse tempo machucando-o?

Ela se levantou da mesa, cruzando os braços e abraçou a si mesma enquanto circulava pela pequena sala.

— Dois dias! Meu Deus! Não, não, não! Ninguém que o conhecesse poderia ter feito isso.

Ela se virou para Eve, o olhar devastado.

— Você é casada. No livro e no filme ficou claro que você é apaixonada pelo seu marido.

— Minha vida é irrelevante para o caso.

— *Não é!* Você sabe o que é amar alguém e conhecê-lo; porque, para amar alguém de verdade, com tudo o que se tem, você tem que saber. Eu conheço Dorian. Ninguém que conhecemos poderia ter feito isso. Foi outra pessoa. Algum canalha louco e sádico. Bastaria Dorian ouvir "você pode me dar uma mãozinha, pode me dar alguns dólares, poderia me mostrar como chegar à Sétima Avenida?", isso seria o bastante. Ele ajudaria, Dorian ajudaria. Ele pegou um táxi.

Ela pressionou as mãos no rosto e completou:

— A que horas, que horas? Não devia ter passado muito das onze e meia. Ele teria saído direto e chamado um táxi. Descubra, por favor. Você precisa descobrir se ele pegou um táxi ou se quem fez isso o levou direto do Lincoln Center. Ou se ele chegou ao centro da cidade e alguém o levou de lá. Você tem que...

— Eu farei meu trabalho, srta. Tesh. Eu prometo.

— Você não o conhecia.

— Isso não importa. Ele é meu agora, e vai ter o melhor que eu puder oferecer.

— Você é tão boa quanto o livro e o filme dizem que é?

— Ele vai ter o meu melhor — repetiu Eve.

Capítulo Cinco

Eve voltou para a sala de ocorrências e foi até a mesa de Peabody.

— Quero tudo o que você já conseguiu. Vamos nos separar e fazer pesquisas paralelas.

— O FBI já está no caso. O agente responsável se chama Carl Zweck. Eles estão seguindo uma pista em Branson, no Missouri, mas já entraram em contato com a investigadora primária de uma ocorrência em Pleasant Acres, em Nova Jersey, que está com o caso do assassinato que aconteceu semana passada. Acabei de falar com ela — continuou Peabody. — É a detetive Francine Lupine. Eles são de uma cidade pequena, Dallas, e não têm muitos recursos ou experiência com assassinatos em série. Ela precisa de toda a ajuda que conseguir. Vou transferir minhas anotações para o seu computador neste exato momento, Dallas. Já entrei em contato com as duas investigadoras principais do caso na Pensilvânia. Tracei o caminho de volta dos locais dos crimes até o nosso caso, em Nova

York. O FBI traçou um perfil a partir do qual acreditam que os assassinatos são cometidos em dupla, o ângulo romântico, exatamente a direção que estamos tendendo a seguir.

— Algum suspeito? Descrições?

— Eles não têm nada. — Peabody estendeu as mãos. — Estou vasculhando a papelada de relatórios e encontrei algumas possibilidades ambíguas entre os federais, mas não tantas quanto esperava. Parece que os suspeitos trocam de veículo aqui e ali, e os que foram recuperados, nos casos em que o dono do carro era a vítima, estavam completamente limpos. Há dezenas de interrogatórios nos últimos meses e relatórios conflitantes, como era de se esperar. Um homem e uma mulher, dois homens, etnias e faixas etárias diferentes. A probabilidade é um pouco maior para um casal heterossexual, e os perfis traçados nos dão uma faixa etária entre vinte e cinco e trinta e cinco anos.

O que, concordou Eve, não ajudava em muita coisa.

— Vou trabalhar com isso. Os nossos interrogados afirmam que a vítima saiu depois da apresentação e tinha planos de ir até o centro da cidade, no clube After Midnight. Vários amigos iriam encontrá-lo lá. O nome verdadeiro da Estrita Tina é Tina R. Denton. Ela não se encaixa no perfil que temos até agora, mas vamos prosseguir e interrogá-la.

Isso não seria perda de tempo, pensou Eve, embora parecesse ser o caso.

— O cenário mais provável, até agora, é que Kuper pegou um táxi, foi para o centro da cidade e eles o sequestraram lá. Escolha aleatória, lugar errado, hora errada. Procure mais informações dos que ainda não foram interrogados; confirme com eles a linha cronológica que estamos seguindo e os movimentos de cada um na noite em que a vítima desapareceu. E, mesmo que eu esteja errada, qualquer indício de que ele foi perseguido ou ameaçado antes dessa noite.

— Você não vai estar errada. Tudo o que tenho aqui diz que esses dois chegavam a uma cidade ou a uma comunidade, escolhiam a vítima, se divertiam e partiam para a próxima. Os locais identificados até agora são geralmente áreas remotas ou, no caso de locais mais urbanizados, um prédio abandonado. Em dois ou três dias eles terminavam cada etapa. Pode até ser que eles já tenham terminado aqui, Dallas, e caído fora. Esse é o padrão deles.

— Vamos fazer a nossa parte. Observe a rota, Peabody. O alvo principal deles era Nova York. Era aqui que eles queriam chegar. Vamos descobrir por quê.

Em sua sala, Eve revisou as anotações de Peabody e montou um segundo quadro dos crimes. Pela primeira vez, enquanto organizava os dados sobre as vítimas anteriores, a tenente desejou ter um escritório maior na Central.

Deu muito trabalho, mas ela rastreou o transporte usado. Sua vítima pegou um táxi na Broadway e foi levada em direção ao centro da cidade onde, a pedido do próprio passageiro, o táxi o deixou na esquina da rua Perry com a Sétima Avenida, a alguns quarteirões do clube.

Por quê?, perguntou-se Eve. *Seria uma boa noite para caminhar?*

Ela fez uma rápida verificação da temperatura quando ele saltou e confirmou.

— Sim, era uma boa noite para caminhar — murmurou. — Uma boa noite para dar uma volta, esticar as pernas, espairecer um pouco. Você conhece o bairro. Como eles o escolheram?

Ela voltou a se sentar, colocou as botas sobre a mesa e fechou os olhos.

Foi a mulher que o escolheu, decidiu. Porque ela acreditava na probabilidade de um casal heterossexual, e a mulher era a isca.

Com licença? Tente flertar, mas demonstre estar meio nervosa e um pouco desamparada. Certamente inofensiva. *Você poderia me ajudar? Estou perdida.*

Sim, talvez... poderia ter sido simples assim.

Ou quem sabe tinham usado o mesmo estratagema de Jeffrey Dahmer, o famoso assassino em série. Aquele era um golpe clássico que funcionou ao longo de todas as décadas seguintes.

Uma mulher solitária lutando para colocar algo pesado na traseira de um veículo.

Posso te dar uma mãozinha?

Ah, puxa. Muito obrigada. Eu não consigo colocar essa coisa pesada no carro.

A vítima fazia a sua boa ação, o homem da dupla vinha por trás e o nocauteava. Eles o arrastavam para a parte de trás do veículo, uma van ou uma picape. Um dos dois subia com ele e o amarrava; o outro assumia o volante do veículo.

Ela abriu os olhos e estudou o quadro.

Não daria para mantê-lo dentro do veículo durante dois dias. Eles têm um buraco em algum lugar, um esconderijo. Como eles o conseguiriam? No centro da cidade, era essa a opção mais provável. Foi para lá que o levaram e o largaram.

Ela percorreu mentalmente a rota e o tempo de viagem entre a rua Perry até o Mechanics Alley. Colocou o setor em destaque no seu mapa.

Possível local do assassinato, pensou ela. Tinha sido em algum lugar daquele setor.

Um prédio abandonado? Nada ficava vazio por muito tempo naquela região, observou. Viciados, moradores de rua, invasores, alguém sempre se mudava para lá. Ela fez uma busca, encontrou seis locais em potencial e convocou policiais para ir até lá.

Então, continuou de onde Peabody tinha parado e começou a entrar em contato com os outros policiais responsáveis pelas vítimas anteriores.

No meio da tarde, com um ar levemente abatido, Peabody entrou na sala e deixou cair sobre a mesa de Eve uma sacola trazida da máquina de venda automática do corredor.

— O que é isso?

— Um troço chamado Lanche Vegalicioso, é novo. Bem, eu o batizaria de Lanche Vegahorroroso, mas preenche o buraco da fome. Posso tomar um café? Minha bunda pós-treino-diário-de--férias está se arrastando de cansaço.

Eve simplesmente apontou com o polegar para o AutoChef e contou a Peabody sobre a movimentação da vítima, além das anotações que fez sobre algumas das outras vítimas.

— O crime de Woodsbury, em Ohio, está com grande destaque. É o primeiro assassinato na cidade há mais de uma década, e todos estão levando a busca para o lado pessoal. Isso pode dar bons resultados à medida que progredirmos, e... Senhor, que diabo é isso?

Eve mal conseguiu engolir a primeira mordida que deu no lanche que a parceira trouxe. Pegou o café aguado que Peabody tinha programado e o engoliu sem mastigar:

— Argh, é quase tão ruim quanto o café. Quem fabrica de propósito algo que tem esse gosto?

— Talvez haja mais sádicos por aí do que podemos imaginar.

— Droga. Nem quero pensar no que tem nesse troço, e agora a gororoba está dentro de mim, junto do café aguado e assassinado pelo leite e pelo açúcar. E agora *eu* estou com fome — Eve jogou o lanche ofensivo no reciclador de lixo, lugar certo para aquilo. — Eu não estava com fome, e agora estou. Droga!

Ela foi até o AutoChef e programou uma vitamina.

E ficou chocada quando foi exatamente isso que o aparelho lhe entregou.

O truque tinha funcionado para Feeney, pensou Eve, com tristeza, quando ele disfarçou seu café de verdade com uma etiqueta de vitamina de espinafre no AutoChef da própria sala. Mas e ela, tinha conseguido a barra de chocolate que tinha etiquetado na máquina como vitamina?

Não, não tinha.

— Maldito ladrão de chocolate! Eu devia saber que ele atacaria nas minhas férias.

— Você tem chocolate aqui? De que tipo?

— De tipo nenhum, não tenho mais nada. — Com ar de nojo, Eve voltou para sua mesa e abriu uma gaveta. — O safado deixou minhas barras de proteína e levou o chocolate caro.

— Oba, chocolate!

— Era, porque agora sumiu. — Como penitência pelo próprio fracasso, Eve tomou um gole da vitamina, que nem estava tão ruim quanto ela esperava, e desembrulhou a barra de proteína.

— Veja no mapa — disse, apontando para a parede. — É lógico supor que eles o pegaram entre as ruas Perry e Christopher. Eles o derrubaram, deixaram-no sem poder reagir, colocaram-no no veículo e o amarraram. O esconderijo mais provável deve ser neste setor destacado. Já mandei policiais pra lá em busca de prédios abandonados.

— Não consegui nada de novo ou importante nos interrogatórios — disse Peabody. — Theo Barron e Samuel Deeks vieram me procurar por conta própria, então eu os recebi e conversei com eles.

— São parte do grupo que ia ao After Midnight, certo?

— Isso mesmo. Theo chorou o tempo todo, e se lamentou dizendo que se não tivesse tentado um encontro com a cantora, Hanna, teria ido com Dorian, e Dorian ainda estaria vivo.

— Ele está certo. — Quando os olhos cansados de Peabody se arregalaram, Eve a acalmou com um gesto. — Isso não o torna culpado, responsável ou cruel, é apenas um fato. Os assassinos não teriam tentado atacar dois caras ao mesmo tempo. Eles optam por pessoas sozinhas, até onde sabemos.

— Você ainda acha que há mais vítimas.

— Ainda não é um fato provado, mas é a possibilidade mais lógica. Há algumas lacunas na rota. Talvez eles estivessem com pressa para ir de um local para outro, ou talvez simplesmente não tenham encontrado ninguém que funcionasse pra eles, mas a conclusão mais lógica é que eles mataram alguém nessas lacunas. Nada foi relatado nesses locais, nenhum corpo foi encontrado. Mas aqui... — com a barrinha na mão, ela gesticulou para o mapa de Nova York. — Essa região tem muitas possibilidades. Vamos verificar.

— Eu agendei esse intervalo para vir até aqui, mas há outras pessoas chegando para os interrogatórios.

— Baxter e Trueheart ainda estão na sala de ocorrências?

— Sim, ainda não pegaram nenhum novo caso.

— Coloque-os a par de tudo — ordenou Eve. — Eles vão assumir os interrogatórios enquanto estivermos em trabalho de campo. Me dê só cinco minutos para eu contar as novidades a Mira e atualizar Whitney.

Ela até tentou ter uma conversa de verdade com Mira, mas foi informada com bastante clareza pelo dragão do castelo, papel desempenhado pela assistente da médica, que a dra. Mira estava em reunião. Então Eve se contentou em elaborar uma atualização rápida, redigiu uma cópia para Mira e outra para o comandante.

Ela bebeu o restante da vitamina e pegou o casaco.

— Vocês já estão prontos? — perguntou a Baxter, com um aceno para Trueheart assim que entrou na sala de ocorrências.

— Estamos.

Ela parou por um momento e olhou para o rosto jovem e sério de Trueheart.

— E você? Está pronto para as outras coisas, policial?

— Eu... sim, senhora.

— A tenente está se referindo à sua prova para detetive, meu jovem aprendiz.

— Ah, sim, senhora. Estou preparado para isso.

— Continue assim, então. Peabody, venha comigo.

Eve vestiu o casaco enquanto se dirigia para as passarelas aéreas. Lembrando-se do frio cruel daquela manhã, pegou o cachecol que Peabody tinha tricotado pra ela.

— O FBI está considerando o crime do Tennessee como tendo sido o primeiro — comentou Eve. — Eu não acredito nisso. Foi tudo muito organizado, muito limpo. O primeiro crime de todos certamente seria mais desleixado, talvez até impulsivo, certo? Como foi que eles descobriram que matar, torturar e assassinar alguém eram o grande barato?

— Talvez a primeira vítima tenha sido alguém que eles já conheciam. —Enquanto desciam pela passarela aérea, Peabody enrolou seu cachecol de um quilômetro de comprimento e formou uma espécie de nó complexo e artístico em volta do pescoço. — Alguém com quem eles, ou um deles, ao menos, estivesse chateado, ou de quem quisesse alguma coisa.

— Sim, é o cenário mais provável — concordou Eve. — Mas como foi que eles se conheceram? Há quanto tempo estão juntos? Para o primeiro crime, podemos adicionar algum elemento diferente, um possível movimento de autodefesa, acidente, outro crime que deu errado. Mas em algum momento eles encontraram um ao outro.

Quando estavam perto o suficiente da garagem, elas saíram da passarela aérea e pegaram o elevador.

— Eles são aqui de Nova York e estão voltando pra casa? Será que pelo menos um deles nasceu no interior e veio procurar diversão aqui na cidade grande? Ainda não conseguimos informações suficientes para visualizá-los. Mas uma coisa é certa: eles não estão escolhendo o tipo de vítima. Não se trata apenas de algo aleatório, também existe o fator oportunidade. O último caso antes deste nosso foi a morte de uma mulher na casa dos setenta anos, provavelmente arrancada do carro no estacionamento de um pequeno shopping ao ar livre, onde trabalhava. Ela estava fora do alcance das câmeras de segurança e foi encontrada desovada dois dias depois em uma ravina, a quase dez quilômetros de distância. Também temos um homem de vinte anos que desapareceu de uma área de descanso para automobilistas na Pensilvânia; esse foi desovado dois dias depois na rodovia em direção ao nordeste.

Eve saiu do elevador em direção ao carro e continuou:

— É sempre uma única vítima, sempre sozinha, o que parece ser uma oportunidade, em vez de alvos específicos. O corpo é desovado a alguma distância do local do crime, isso é o mais comum. O que significa que o esconderijo deles, mais provavelmente, é a região do Lower West, e não perto do local da desova, no Mechanics Alley.

Ela sentou-se ao volante e engatou a marcha à ré para sair da garagem.

— Se Kuper não tivesse saltado do táxi na Perry; se tivesse mandado o táxi levá-lo até a porta do clube, provavelmente estaria tocando seu violoncelo e outra pessoa estaria morta.

— Pode ser que eles ainda estejam a caminho do norte — comentou Peabody. — Eles nunca atacariam alguém num lugar tão grande ou tão urbano quanto Nova York.

— É exatamente por isso que Nova York me parece o destino final e não mais uma parada.

E olhe para todas essas pessoas, pensou Eve enquanto dirigia. Milhões de vítimas em potencial.

Mendigos, turistas distraídos, um executivo atrasado correndo para uma reunião com a mente nos negócios, um lojista encerrando o expediente, uma stripper indo para casa na escuridão antes do amanhecer.

Escolhas, muitas escolhas, pensou Eve. As possibilidades eram infinitas.

Ela estacionou na Perry e analisou a vizinhança.

— Faça-me um favor, Peabody. Entre em contato com Charles ou Louise, eles moram bem perto daqui, e Louise, principalmente, entra e sai dos plantões em horários estranhos, sempre sozinha.

Médicos e policiais, pensou Eve, nunca tinham horários certos. Eles trabalhavam em todos os horários.

— Eu já tinha avisado ambos, depois que vi o mapa.

— Boa ideia. O táxi o deixou bem aqui, na esquina da Perry e Greenwich. Daqui são três quarteirões até a Christopher e mais um quarteirão e meio da Christopher até o clube. Em algum lugar desses quatro quarteirões e meio, eles o atacaram.

Ela começou a andar, examinar e pensar, tentando ver mais algum detalhe.

— Ele conhece a área, vem aqui o tempo todo. Estava frio, mas o céu estava limpo. Nenhum vento forte, nem chuva e nem neve. Uma noite agradável e gelada para uma caminhada rápida, tirar a ópera da cabeça e, talvez, tocar um pouco de jazz.

— Esse percurso não levaria mais do que cinco minutos — apontou Peabody.

— Isso é tudo de que eles precisavam — Eve parou. — Veja ali. Olhe para aquele prédio com revestimento de tijolinhos. Ninguém limpou a neve da entrada ou dos degraus. Todas as telas de privacidade estão abaixadas. Quer apostar como as pessoas que moram lá estão viajando? Viagem de negócios, ou férias?

— Acha que eles usaram este lugar? Mas... como você disse, há a entrada e os degraus sujos. Se eles o levaram pra lá, haveria rastros na neve.

— Não acho que eles o tenham levado pra lá, acho que o pegaram aqui. Estacionaram em frente a este prédio. Sei que há outras casas ao redor, mas nenhuma delas dá diretamente para a rua. É quase meia-noite de uma noite fria e clara, num bairro calmo e estável. Aposto que muitas luzes estavam apagadas nas casas vizinhas. Os assassinos precisam levá-lo de forma rápida e silenciosa. A mulher distraiu a vítima, o homem entra em cena... só pode ser isso. Eles o imobilizaram, amarraram e o transportaram. Vamos bater nas portas e ver se alguém presenciou algo.

Elas tentaram o vizinho mais próximo, num outro prédio chique de tijolinhos, com um pátio frontal quadrado que o afastava da calçada. Foram atendidas pela babá; depois que ela escaneou eletronicamente a identidade das visitantes e olhou para elas por um longo tempo, abriu a porta e as levou até o saguão da casa.

— As crianças estão fazendo o lanche da tarde. Se Justin souber que tem uma policial aqui vai ficar hiperativo. Ele adora filmes, séries e jogos policiais. Aconteceu alguma coisa?

— Nada aqui. Só algumas perguntas. As pessoas da casa ao lado estão fora?

— Os Minnickers, sim, não estão em casa. — A babá quase estremeceu e fungou forte. — Não me diga que alguém invadiu aquela casa. Eles têm segurança suficiente para superar a da Casa Branca. Não são o que você chamaria de pessoas amigáveis. São muito esnobes, bem diferentes do meu pessoal. E *aquela* mulher... Ela veio aqui me encher o saco no verão passado porque minha pequena Rosie tinha colhido uma das suas flores. A flor estava crescendo em direção à rua entre as duas barras da grade e tombava diretamente sobre a calçada. Qual o problema de Rosie ter colhido uma florzinha? Mas sabe o que a minha patroa fez? Ela tem *muita classe*. Pediu para o florista entregar um grande arranjo de flores para *aquela* mulher. E nem sequer recebeu um agradecimento. É esse tipo de gente que eles são, esses vizinhos. — Ela cruzou os braços no peito e soltou uma bufada bem típica. — Aposto que eles se meteram em problemas onde estão, não é? No Havaí? É onde eles vão ficar até março, pelo que eu soube.

— Não sei dizer. Você mora aqui?

— Não. Trabalho das oito da manhã às quatro da tarde, na maioria dos dias. Do que se trata?

— Você notou algum veículo estranho na vizinhança, nos últimos dias? Talvez só circulando de um lado para o outro? Passando pela rua com frequência, ou estacionado aqui ao lado?

— Não, desculpe. — Ela parou de falar, inclinou a cabeça e estreitou os olhos. — Eles estão começando a fazer bagunça lá atrás.

Tenho que voltar. Você pode tentar o sr. Havers, do outro lado *daquela* casa. Ele trabalha muito à noite, em casa. A família é legal.

Elas encontraram Havers em casa, e ele pareceu disposto a conversar.

Era um homem corpulento na faixa dos cinquenta e poucos anos, pela avaliação de Eve, com uma expressão distante nos olhos castanho-claros.

— Não vi nada ontem à noite na rua — murmurou ele. — Nem na noite anterior. Nem na noite anterior a essa. Ok, ok, eu estava trabalhando. Escrevo romances de terror, e noites de trabalho começam para mim por volta das dez.

— Você é Drew Henry Havers? — perguntou Peabody.

— Isso mesmo.

— Você me assustou pra caramba durante anos.

O rosto simples e pálido do homem se iluminou como uma passarela.

— Uau, esse foi o melhor elogio que eu já recebi. Obrigado.

— Onde você trabalha? — quis saber Eve.

— Ahn... Lá em cima. Tenho um escritório que dá de frente para a rua, então não incomodo minha esposa e as crianças enquanto trabalho. Os quartos deles dão para os fundos do prédio. Um veículo, você diz? Um veículo diferente? Fico preso no trabalho, não percebo muita coisa lá fora. Só que... — Ele coçou a cabeça e esfregou os olhos. — Eu estava andando de um lado para o outro no escritório, tentando descobrir se o demônio psicótico da minha história devia estripar o personagem ou se esfolá-lo seria mais apropriado, dada a construção da trama. Vi alguém estacionado na frente da casa ao lado. Moram pessoas pouco amigáveis lá, mas estão viajando. Não pensei nada de estranho que pudesse estar acontecendo, desculpe. Nem me lembrava de que eles estavam fora. Eu poderia até ter pensado... "ora, os vizinhos desagradáveis devem ter comprado um carro novo". Mas eles estão fora da cidade.

— Que tipo de veículo era?

— Ah... Eu mal prestei atenção. Era escuro. Sim, não era branco ou creme, tenho certeza de que era uma cor escura. E não era um carro — considerou. — Era maior. Talvez uma daquelas picapes robustas 4x4. Ou uma van. Sim, talvez fosse uma van.

— Você viu alguém perto do carro?

— Eu mal olhei pela janela, enquanto andava de um lado para o outro, mas acho que vi alguém. Não sei dizer se era homem ou mulher. A pessoa estava bem agasalhada. Acho que estava com uma poltrona. Pode ser que eu esteja imaginando coisas e confundindo tudo. Por que alguém ficaria na calçada ao lado de uma poltrona, a uma hora daquelas? É bem provável que eu esteja me confundindo, me desculpe.

— O que essa pessoa estava fazendo com a poltrona?

— Não sei dizer, provavelmente nem era uma poltrona. Minha esposa sempre diz que eu vivo mais na minha cabeça do que fora dela. Tenho a impressão de que eles estavam colocando a poltrona na parte de trás da van, ou talvez estivessem tirando-a de lá.

— Você se lembra quando foi isso? Da hora em que você viu essa movimentação?

— Não faço ideia. Deve ter sido depois das dez, quando comecei a trabalhar. Provavelmente bem depois das dez, porque eu já tinha chegado à cena do assassinato. E deve ter sido antes das duas, quando eu parei e fui pra cama. Eu diria que foi bem *antes* das duas da manhã, quando decidi estripar a vítima e escrevi a cena completa até o fim do sacrifício, antes de encerrar os trabalhos do dia. Gostaria de poder ajudar mais. Agradeço tudo o que vocês fazem... vocês da polícia. Agradeço quando alguém da polícia lê meus livros.

— Nós é que somos gratas pelo seu tempo, sr. Havers — agradeceu Eve. — Se o senhor se lembrar de mais alguma coisa, entre em contato conosco. Peabody, deixe um dos seus cartões com o sr. Havers.

Elas bateram em mais algumas portas, mas não encontraram nada que se assemelhasse ao testemunho de Havers.

— Ele é responsável pela maioria dos meus pesadelos — comentou Peabody, enquanto elas voltavam para o carro.

— Por que você lê algo que lhe dá pesadelos? — A vida e o trabalho, pensou Eve, já lhe davam uma quantidade suficiente de pesadelos.

— Não sei. É irresistível. Ele é muito bom. Gosto principalmente de histórias que têm finais felizes, e as dele têm. O bem sempre vence o mal, depois de muito sangue, terror e morte. Mais ou menos como acontece conosco — concluiu Peabody. — Talvez seja por isso.

— Uma picape ou van escuras. Ele me pareceu mais inclinado para a hipótese da van. Não é muita coisa, mas é mais do que tínhamos antes. E tem a mulher com a poltrona.

— Ele não disse que era uma mulher.

— Vai ser a mulher. A mulher que tenta colocar a poltrona na parte de trás do veículo.

— Armação clássica — acrescentou Peabody.

— Porque geralmente funciona. Kuper aparece, vê a dificuldade dela com o móvel e se aproxima para oferecer ajuda.

Exatamente como ela tinha imaginado, pensou Eve. Tinha sido o mais lógico porque era o mais verdadeiro.

— Tudo aqui bate, incluindo a linha temporal e o momento. Vamos para o clube de música, já que estamos aqui.

O After Midnight era um lugarzinho melancólico com alguns clientes dispersos e um pianista idoso que dedilhava as teclas, enquanto uma mulher com o rosto e o corpo de sereia sussurrava uma canção sobre um amor não correspondido.

Ela conseguia enxergar Morris naquele ambiente. Conseguia vê-lo nitidamente com o sax, adicionando uma nota triste à canção. E, com a imagem formada nas últimas horas, também conseguia ver Dorian Kuper ajudando a criar o clima com as notas baixas do violoncelo.

Um lugar com clima intimista, pensou ela, cheio de mesas amontoadas, todas juntas perto do palco. Um único bar e o homem que o atendia, a iluminação era fraca e meio azulada.

Ela conversou com o barman, com a garçonete solitária, com o velho pianista e a jovem sereia. Foi recebida com uma nova onda de tristeza e choque, mas nenhuma informação nova.

— Eles realmente gostavam do Kuper — comentou Peabody, quando elas saíram do calor azulado do interior do lugar para o frio cinzento da rua.

— Ele parecia ter esse efeito na maioria das pessoas. O que nós descobrimos?

— Bem, que ele ia lá pelo menos três ou quatro vezes por mês, e todos gostavam muito dele.

— Isso. E que seus assassinos nunca foram lá. O espaço é muito pequeno, é íntimo, e, apesar de eles receberem pessoas que entram só para olhar, ou um turista que ouviu falar do bar, geralmente têm clientes regulares. Se houvesse um casal diferente que estava lá na noite em que a vítima desapareceu, certamente seria notado. E isso sustenta ainda mais a hipótese de ter sido aleatório. Lugar errado, hora errada.

— Ok, sim, eu enxergo tudo isso. Todo mundo se lembrava da Estrita Tina… em detalhes.

— Por falar nisso — Eve checou as horas. — Vou levar você de volta à Central. Se Baxter e Trueheart tiverem conseguido algum progresso nas buscas, quero ser informada. Entre em contato com a DDE, caso eles tenham encontrado algo nos eletrônicos da vítima que nós deixamos passar. A menos que algo mais aconteça, vá pra casa depois disso. Vou dar uma passada rápida para conversar com a Estrita Tina quando estiver voltando pra casa: tanto o trabalho quanto a residência dela ficam no meu caminho. Ela não se encaixa muito bem na história, mas precisamos riscá-la da lista de suspeitos.

— Ela deve estar em casa. Verifiquei sua agenda. — Peabody entrou no carro. — A última aula dela deve ter acabado há cerca de meia hora. Mesmo que ela fique na escola por algum motivo, já deverá ter voltado pra casa quando você chegar na parte norte da cidade. Talvez seja bom que você queira passar por lá antes. O trânsito vai estar assustador.

CAPÍTULO SEIS

O trânsito estava, de fato, assustador. Por outro lado, pensou Eve, ela também estava. Forçou passagem, empurrou e intimidou tudo pela frente no caminho até a parte alta da cidade. À sua maneira, ela gostava de rosnar para os maxiônibus desajeitados, ou ter pensamentos amargos sobre o motorista de um Mini para um único passageiro que serpenteava pelos espaços estreitos entre os veículos, como uma agulha de costura.

Ela podia ranger os dentes de raiva para os dirigíveis de anúncios que exibiam alegremente novidades das NOVAS TENDÊNCIAS PARA A PRIMAVERA no maldito SkyMall quando a temperatura ainda continuava dois graus abaixo de zero.

Durante o tempo que levou para chegar na parte norte, Eve atualizou suas anotações, revisou os três interrogatórios conduzidos por Trueheart e entrou em contato com a Juilliard.

Tina R. Denton de fato já havia encerrado o expediente do dia.

Foi fácil para Eve encontrar o prédio. Era uma antiga casa geminada caiada que dava para ver que tinha sido convertida em quatro apartamentos.

Não pôde dizer o mesmo a respeito de encontrar uma vaga para estacionar. Ela chegou a pensar em deixar o veículo em fila dupla, mas contribuir para algo contra o qual lutava não parecia justificar isso. Afinal, alguns dos motoristas e passageiros que circulavam eram inocentes.

No entanto, no instante em que avistou um espaço do outro lado da rua, não pensou duas vezes ao ligar a sirene, acelerar com a viatura na vertical e cruzar acima dos tetos dos carros para pousar suavemente na vaga.

O som revoltado das buzinas não a incomodou nem um pouco.

Caminhou até a esquina seguinte, atravessou a rua, subiu e, com um olhar atento aos números nas portas, apertou a campainha do apartamento da Estrita Tina.

— O que você quer?

Ao ouvir a voz impaciente, Eve levantou seu distintivo para que fosse escaneado.

— Sou a tenente Dallas, da Polícia de Nova York. Preciso falar com Tina R. Denton.

— Não é uma boa hora. Estou trabalhando.

— Ah, é? Eu também. Se agora não for uma boa hora, providenciaremos para que você seja levada até a Central de manhã bem cedo, para interrogatório.

— Você não pode me obrigar a fazer isso!

Eve apenas sorriu.

— Quer apostar?

Um som de bufo assoviado meio raivoso se seguiu, e então Eve escutou o barulho de fechaduras sendo desengatadas.

Estrita Tina parecia mais bonita na foto da carteira de identidade. Já pessoalmente, pelo menos no momento, seu cabelo castanho estava preso para trás do rosto comprido, que lembrava a cara de um cavalo. Dava pra ver que a mulher não se incomodava em buscar procedimentos para melhorar sua estética facial, mas obviamente buscava melhorias de outro tipo.

Eve conseguiu sentir o cheiro do zoner, e também viu seus efeitos nos olhos azul-claros da mulher, que assumiam uma expressão vidrada e se estreitavam por causa da droga.

— Isso é assédio.

— Faça uma reclamação. Assim não me sentirei obrigada a ignorar o cheiro das drogas ilegais que estou sentindo daqui, sem falar na leve névoa de fumaça do zoner que ainda não se dissipou. A outra opção é você me deixar entrar para termos uma conversa rápida, e depois podemos voltar a cuidar da nossa vida.

— Uma pessoa tem o direito de fazer o que quiser dentro da própria casa.

— Não, uma pessoa não tem o direito de se envolver em atividades ilegais, em lugar nenhum. — Com os pés firmes e plantados no chão, Eve encarou aqueles olhos nitidamente chapados com uma expressão de desprezo. — Você vai querer forçar a barra, srta. Denton?

— Ah, entre logo, então! Mas vou logo avisando: já anotei seu nome e o número do seu distintivo.

— E eu já anotei que você não está querendo cooperar comigo.

A sala de estar do apartamento evidenciava uma tendência à limpeza compulsiva. Nada fora do lugar, num estilo minimalista que não incluía fotos pessoais, flores ou plantas. Havia um único sofá cinza escuro de frente para um telão de parede. E uma poltrona solitária cuidadosamente posicionada junto de uma luminária de chão.

Estricnina — que era como Eve sempre pensaria nela — não ofereceu lugar algum para que ela se sentasse, e Eve não pediu.

— Você conhecia Dorian Kuper e, na verdade, teve até uma discussão com ele em um clube chamado After Midnight.

— Conhecia Dorian, sim. Ouvi dizer que ele foi morto hoje. É uma grande perda para a ópera, mas não tem nada a ver comigo.

— Você estava bem irritada com ele.

— Enojada é um termo mais preciso, por saber que um homem com talentos consideráveis como os dele os desperdiçava com vulgaridades.

— Ele não vai mais fazer isso.

— Mas também não vai mais agraciar àqueles que valorizam a verdadeira música com seu talento.

— Vamos ao seu paradeiro. Onde você estava no domingo à noite, entre onze da noite e uma da manhã?

— Eu estava aqui, devo ter ido para a cama por volta das onze.

— Sozinha?

— Minha vida pessoal não é da sua conta...

— Sozinha? — repetiu Eve, dessa vez num tom curto e grosso.

— Sim, sozinha. Fui a um musical à tarde e cheguei em casa às seis. Fiz uma refeição e trabalhei até as dez. Você não pode acreditar que eu tive algo a ver com a morte de Dorian.

— Onde estava ontem à noite, entre as dez da noite e uma da manhã?

— Fui a um ensaio de *La Bohème*, na Juilliard. Fiquei lá das sete até depois das dez. Fui tomar um drinque com dois colegas depois do ensaio, para discutirmos as áreas que precisavam de melhorias ou mudanças. Nós ficamos juntos até pouco depois da meia-noite, então dividimos um táxi e eu voltei para casa.

— Nomes.

— Você está me insultando.

— Estou, sim. Adicione isso às suas anotações. Nomes!

Ela recitou todos os nomes com o queixo erguido e completou:

— Quero que você vá embora, agora.

— É o que pretendo fazer. Você tem um veículo?

— Não, não tenho. Moro numa cidade com excelente transporte público, e meu trabalho fica a menos de cinco minutos a pé de onde eu moro.

Na intenção de irritar aquela mulher mais do que qualquer outra coisa, Eve lançou mais uma pergunta.

— Você já esteve em Nashville, no Tennessee?

— Certamente não, por que eu iria até lá? É a terra de *Opry*, não é, a meca da música country? — Ela disse a palavra "country" como se fosse o palavrão mais vil possível. — Essa única razão já é o suficiente para que eu jamais pise naquele estado.

— Tenho certeza de que eles vão conseguir sobreviver sem você. Obrigada pelo seu tempo.

— Se você me assediar de novo, vou querer um advogado.

— A única possibilidade de eu voltar é caso você tenha mentido pra mim sobre qualquer coisa que acabou de falar. Se esse for o caso, você vai mesmo precisar de um advogado.

E agora, pensou Eve, assim que sentiu o que parecia o ar maravilhosamente fresco do fim do dia ao sair da casa da Estrita Tina, que bateu a porta com força, ela precisava de um drinque.

Pelo menos o trânsito de volta já estava bem menos tumultuado, pois a distância era menor, e, não muito depois de anoitecer e os postes se iluminarem, ela enfim entrou com a viatura pelos portões de casa.

A silhueta um pouco mais profunda da casa que Roarke tinha construído, e que também se tornara dela, se erguia e assomava como um castelo, com as belas torres de vários tamanhos da arquitetura do lugar. Eram tantas as luzes que brilhavam nas janelas em torno da casa que ela nem conseguia contar.

Ela queria mais estar em casa do que beber aquele drinque. Seu lar, onde encontraria paz, espaço e tempo para espairecer a cabeça. Um lugar onde poderia relaxar um pouco antes de encarar a investigação de um assassinato.

Estacionou a viatura na entrada da casa, abriu caminho pelo vento que parecia ter esperado por ela para ficar furioso e entrou pela porta principal.

Eve já sabia que ele estaria ali... o esqueleto em preto fúnebre com o gato rechonchudo a seus pés.

Summerset, o mordomo sargentão de Roarke, arqueou as sobrancelhas ao vê-la.

— Um dia inteiro de trabalho de volta das férias e você chega em casa sem ferimentos ou danos aparentes. Até quando isso vai durar?

— Poderia acabar agora mesmo se eu decidisse quebrar na sua cabeça esse cabo de vassoura que você tem nas costas.

— Bem, o dia não estaria completo sem tal observação.

Ela jogou o casaco sobre o primeiro pilar da escada porque era mais prático, e porque ela sabia que aquilo o irritava. Com o gato se enroscando entre as pernas dela para recebê-la, Eve começou a subir as escadas.

No entanto, ela logo parou.

— Aposto que você é um grande fã de ópera. Tem tudo a ver com as coisas que você curte.

— Sim, gosto de uma gama extensa de artes, incluindo ópera. Já ouvi Dorian Kuper tocar, no Metropolitan. Também já o vi no After Midnight e em outros locais. Fiquei sabendo da morte dele agora pouco. Perder alguém jovem e tão talentoso e vibrante é uma tragédia.

— Todo assassinato é uma tragédia.

— Mas alguns são mais lamentáveis do que outros. Este caso está em suas mãos, agora? O noticiário não mencionou o nome do investigador principal.

— Sim, ele agora é meu — respondeu Eve, e voltou a subir as escadas.

Entrou no quarto e foi direto para o localizador.

— Onde está Roarke?

Roarke não se encontra na residência neste momento.

Ainda não está em casa, contemplou Eve, e então se lembrou de verificar seu *tele-link*, e deu de cara com uma mensagem dele.

Tenente, espero que seu dia esteja correndo bem.

Ela tirou o casaco enquanto ouvia a voz do marido, com o sussurro irlandês suave do sotaque dele.

Preciso fazer uma viagem de última hora para Detroit, mas não devo demorar muito. Estarei em casa às sete e meia, talvez antes. Até lá, cuide da minha policial.

Isso lhe daria algum tempo, pensou ela. Poderia montar seu quadro do crime no escritório de casa, e em seguida começar a revisar anotações e relatórios.

Ou... considerou ela, enquanto Galahad serpenteava por suas pernas como uma cobra peluda... poderia clarear a mente primeiro.

Sentou-se na beirada da cama, tirou as botas e acariciou o gato que pulou ao seu lado. Então, trocou de roupa para ir treinar.

Quando se preparou para entrar no elevador, o gato se sentou e olhou para as portas que se abriram com uma expressão desconfiada nos olhos bicolores.

— Eu também não sou muito fã dessa caixa que se movimenta sozinha, mas já volto — disse ela a Galahad, enquanto as portas se fechavam.

Ela ainda não tinha tido tempo de verdade para apreciar o presente de Natal de Roarke, já que o dojo tinha sido concluído enquanto eles estavam fora.

Portanto, entrou no espaço novo e respirou fundo, de forma relaxada.

O piso, de um tom dourado suave, brilhava. O espaço ostentava o próprio jardim, pequeno e repleto de flores brancas que se espalhavam sobre as pedras de uma fonte silenciosa de água borbulhante, no canto mais distante. Painéis que deslizavam escondiam uma cozinha compacta, repleta de garrafas de água mineral e bebidas energéticas.

Café tinha sido banido daquele espaço, uma decisão com a qual ela jamais teria concordado, mas teve que aceitar o decreto.

Mais painéis se abriam para uma área de vestiário totalmente abastecida com toalhas brancas, colchonete e quimonos pretos ou brancos. A porta interna levava ao chuveiro, que, por sua vez, dava acesso à academia normal, caso aquele espaço fosse mais do seu gosto.

Roarke tinha pensado até na decoração do local — mas a verdade é que aquele homem pensava em tudo. Jardins serenos, cerejeiras arqueadas cheias de flores, colinas verdejantes cobertas pela névoa da manhã.

O espaço transmitia paz, disciplina e simplicidade. E era um salão holográfico totalmente operacional.

O presente era dois em um. Além do dojo, ela ganhara Mestre Lu. Quando o tempo permitisse, ela podia ir até o mestre para pedir instruções ou agendar uma sessão em seu próprio dojo.

E, quando o tempo não permitisse, ela podia fazer uma chamada holográfica com ele e trazê-lo até ali.

Foi o que ela decidiu fazer naquele instante, ansiosa por um treino satisfatório e pesado com o famoso mestre das artes marciais.

A imagem dele reluzia no centro da sala. Ele usava o cabelo em uma longa trança e vestia um quimono preto simples sobre o corpo musculoso.

Ele apertou uma mão sobre a outra e fez uma reverência.

— Olá, tenente Dallas.

— Olá, Mestre Lu. Obrigada por esta honra.

— Fico feliz por ter uma aluna valorosa.

— Eu só tenho trinta minutos, mas...

— Então devemos fazer cada um desses minutos valer a pena.

— Seu chute giratório no ar é... bem, quase inacreditável, mestre. Nunca consegui chegar a essa altura ou fazê-lo dessa forma. Se ao menos...

— Você é muito gentil. Mas isso vai acontecer aos poucos, com o decorrer do tempo. Para esta nossa primeira lição, tudo o que você irá aprender é respirar.

— Vou aprender a... respirar?

— A respiração é o começo de tudo. Respire! — ordenou ele, enquanto se aproximava dela. — Depois, respire mais e se movimente um pouco. Estenda as mãos.

Ele pegou as mãos dela, pressionou uma das palmas na barriga dela e a outra em seu coração, com os olhos escuros focados nos dela.

— Respiração é vida. Você não é a pedra levada até a praia pela onda, mas o peixe que nada na onda. Inspire para preencher tudo e atrair a luz. Bem devagar — orientou. — Com plena consciência. Expire para esvaziar tudo. Faça uma pausa, mantenha esse espaço entre os dois. Agora inspire para preenchê-lo.

E foi o que ela fez.

Quando pegou o elevador de volta, Eve teve que admitir que realmente tinha espairecido a mente. Quem poderia imaginar que havia tantas maneiras de respirar?

Quando o elevador se abriu para o quarto e Roarke estava em pé desabotoando a camisa, bem, ela perdeu o fôlego.

O cabelo dele caía quase até os ombros; uma moldura de seda preta para um rosto de tirar o fôlego, enfraquecer os joelhos e roubar o coração. Eve tinha sentido tudo isso acontecer, e até mais.

Havia momentos como aquele, quando ele olhava para ela, só olhava, com aqueles lábios perfeitamente esculpidos que se curvavam de leve. Quando Eve observava os olhos dele, mais selvagens, mais azuis do que qualquer mar, e iluminados com o que ela sabia que era amor, ele não era apenas algo mais em sua vida. Era tudo.

— Você fez uma sessão com Mestre Lu?

— Fiz. — Ela entrou no quarto para que a porta pudesse se fechar atrás dela. — Fiz uma lição de como aprender a respirar. Pensei que já soubesse, porque estava viva e tudo o mais, só que pelo jeito estava errada. Você alguma vez aprendeu que pode respirar pelos dedos dos pés? Acho que consegui fazer isso. Parece maluquice, mas acho mesmo que respirei pelos meus dedos dos pés.

Ele deu uma risada e, colocando as mãos nos quadris dela, puxou-a para si.

— Porque você era o peixe, não a pedra. Já fiz as primeiras lições. — As mãos dele deslizaram ao redor da cintura dela. — Aqui está o que eu senti falta hoje. — Ele afastou o rosto e a beijou, lenta e profundamente, como uma respiração. — Eu me acostumei a poder fazer isso a qualquer hora do dia ou da noite.

— De volta à realidade. Como foi em Detroit?

— Só alguns parafusos que precisavam ser apertados, e foi preciso a minha mão na chave spanner, na chave *inglesa* — corrigiu ele. — E você, pelo que ouvi, já pegou um novo assassinato?

— Devem ter acontecido mais deles enquanto eu estava fora.

— Sem dúvida. Dorian Kuper, o violoncelista.

— Você o conhecia pessoalmente?

Negando com a cabeça, Roarke deu um passo para trás e despiu a camisa.

— Só o conhecia de nome, mas já o ouvi tocar. Como ele foi morto? Os relatos me pareceram muito imprecisos, o que deve ter sido proposital, eu imagino.

— Ele foi torturado durante dois dias antes de eles, e eu sei que são "eles", esfaquearem a sua barriga e o deixarem sangrar até a morte.

Roarke vestiu um suéter cinza, o que fez Eve se perguntar por que a cor parecia tão sem graça e formal no apartamento da Estrita Tina, mas tão rica e suave sobre o torso de Roarke.

— Já vi que estamos mesmo de volta à realidade — murmurou Roarke. — Você disse "eles"? Já identificou os assassinos?

— Ainda não, mas são dois, e ele não foi a primeira vítima. Estava muito longe de ter sido o primeiro a morrer nas mãos deles.

— Parece que é uma boa hora para tomarmos uma taça de vinho e fazer uma refeição, então você teria a chance de me contar tudo.

— Eu bem que estou precisando de uma taça de vinho. São sádicos sexuais — começou ela, enquanto saíam do quarto um ao lado do outro. — Com uma reviravolta inesperada.

Ela repassou tudo pra ele, como faria com outro policial. Talvez ele estremecesse se a ouvisse fazer essa comparação, mas a verdade é que Roarke não só era capaz, como de fato pensava como um verdadeiro policial.

Enquanto ela arrumava a mesa, ele foi preparar a refeição. O que significava que ela não comeria pizza, mas concessões tinham que ser feitas. Isso estava nas regras do casamento. Ele certamente fazia a parte dele, pensou, só pelo fato de concordar com jantar ali, no escritório dela, com assassinato e morte como prato principal.

— Você acredita que Nova York era o destino deles?

— A longo prazo, não sei dizer com certeza, mas basta olhar o mapa e ver os lugares onde aconteceram os assassinatos. Não é uma seta de um ponto a outro, mas, sempre que eles desviam, voltam à direção anterior... sempre para o norte e para o leste.

Ela pegou o vinho que ele ofereceu e apontou com a taça para o mapa.

— Fizeram pequenos desvios, é o que me parece. Talvez tenham precisado de combustível para o veículo, ou para si mesmos; talvez fossem visitar alguma atração, ou algum conhecido, e nesses momentos se afastaram alguns quilômetros da meta traçada.

— Mas sempre voltam — concluiu Roarke, assentindo. — Sempre para a mesma direção. O que eles tiram das vítimas?

Viu só?, observou Eve para si mesma. *Ele pensa como um verdadeiro policial.*

— Dinheiro e joias, se houver. Um veículo... ou, em alguns casos, as peças de um. A maioria das vítimas, embora não todas, circula em áreas de alto risco. São acompanhantes, pessoas em situação de rua, mas eles têm outras figuras como alvo. Geralmente em áreas remotas. Uma mulher na casa dos setenta vivendo sozinha, por exemplo. Eles usaram a residência dela como zona de tortura e morte, levaram os objetos de valor mais fáceis de transportar. Ou um cara na casa dos vinte anos que voltava pra casa por uma estrada erma, saindo tarde do bar. Eles usaram uma cabana vazia para matá-lo.

— E não deixaram nenhum vestígio?

— Eles limpam tudo. Talvez selem as mãos e os pés, talvez a perícia tenha sido desleixada. — Havia muita coisa para ela verificar, pensou, muitos detalhes, passo a passo. — Não posso dizer com certeza. Mas pelo menos um deles é organizado o suficiente para ser cuidadoso. Ainda não foram encontrados todos os locais dos crimes. Os assassinos não deixam o corpo onde trabalham, é a regra que seguem. Usam locais de despejo para a desova, geralmente a uma distância razoável. E sacos grossos de plástico.

— Então, alguém pode pensar que sofreu um arrombamento; mas, sem o sangue e a sujeira, não tem como relacionar esse fato a um possível assassinato.

— Exatamente. E, quando eles juntam um pouco disso tudo, a cena do crime fica completamente comprometida. Sorte — refletiu ela. — Parte disso é apenas sorte. Organização e cuidado, mas basicamente sorte.

— Venha comer. — Ele pegou a mão dela e puxou-a para a mesa.

Os pratos quadrados de cor branca exibiam uma fileira de medalhões de porco regados com algum tipo de molho, um amontoado dourado de batatas assadas salpicadas com ervas finas e uma mistura colorida de legumes e folhas.

Ele era bastante criativo com o AutoChef, considerou Eve. Mais do que ela jamais seria.

— E o coração com as iniciais… — começou Roarke.

— É a assinatura deles.

— Sim, mas também uma declaração, você não acha? Não só fizemos isso juntos, mas *estamos* juntos.

— Amor verdadeiro.

— O coração ao redor de suas iniciais simboliza exatamente isso. Além do fato de eles não usarem suas vítimas sexualmente.

— Porque eles estão comprometidos apenas um com o outro, e isso seria traição.

— Sem o coração, o que você teria concluído?

Ela comeu uma garfada antes de responder. Independentemente do que era feito, o molho estava uma delícia.

— Eu provavelmente teria concluído que é um trabalho de equipe. É possível que um assassino selecione, atraia, e subjugue com golpes diversos. No entanto, é mais provável que sejam duas pessoas, dada a variedade de vítimas. É menos provável que uma mulher pare na beira da estrada para ajudar um estranho, ou abra a porta para um deles à noite. Duas das acompanhantes mortas não tinham licença para o mesmo gênero. Isso não significa que elas não pudessem variar o cardápio, mas a melhor probabilidade é: o cliente era um homem. Também é mais fácil para uma mulher sozinha atrair um homem solteiro com o truque do "você poderia me dar uma mãozinha com esse objeto pesado?".

— Então sua conclusão mais provável é que seria uma equipe de duas pessoas: um homem e uma mulher.

— É o mais provável. Eu não teria descartado a possibilidade de se tratar de um único assassino, mas provavelmente são duas pessoas. E também… — ela meneou a cabeça enquanto comia. — Sem o coração, eu não os teria imaginado como um casal, como duas pessoas com uma conexão romântica. Haveria sexo, claro, mas não ligado a romance.

Ela completou:

— E é assim que eles querem ser reconhecidos. Interessante.

— Onde está o gatilho?

Ela sorriu ao ouvir isso, e, embora sempre os deixasse por último, provou os legumes.

— Sabia que nem todos os criminosos pensam como um policial?

— Os bem-sucedidos — até os que já cumpriram pena — pensam. — Ele pegou a taça de vinho e estudou-a por sobre a borda. — É improvável que eles tenham acordado uma manhã e decidido: "Bem, o que você acha de darmos uma voltinha hoje e encontrar alguém para torturar e matar? Pelo menos não sem o que eles viram como motivo específico. Um deles pode ter matado em fúria ou em defesa do outro, o ângulo romântico outra vez, ou até por acidente.

— Isso pode ter servido de gatilho para todo o resto — concordou Eve. — Ou então eles descobriram a tortura como um estimulante sexual enquanto cometiam outro crime. Ou um trouxe o outro para o seu hobby pervertido.

Roarke olhou para o quadro.

— Parece que eles são amadores habilidosos.

— Sim, e isso é um obstáculo pra mim. Como você se torna bom em alguma coisa?

— Habilidade inata e interesse genuíno estabelecem uma base. Mas é a prática que aprimora uma habilidade. Eles não começaram com a vítima que está atualmente como número um do seu quadro.

— Também não acredito nisso. Dá pra ver que eles seguiram uma escalada gradual. Menos tempo entre um crime e outro, mas então um intervalo maior. De forma consistente, eles mantiveram a vítima viva por mais tempo até que se acomodaram ao período de dois dias. Mas o trabalho em equipe parece muito tranquilo para ter começado no estágio atual. E quanto a essas lacunas?

— Vítimas ainda não encontradas ou identificadas como tal.

— Nesse ponto o FBI e eu estamos em desacordo — afirmou Eve. — Os profissionais responsáveis pelos perfis deles acreditam que se trata de vinte vítimas ou quase isso. Vinte e uma agora, com Kuper. Eu acho que essas lacunas provavelmente se referem a vítimas ainda não encontradas. Assassinos como esses não diminuem o ritmo, a menos que sejam forçados a parar por algum tempo. Eles tendem a concordar comigo em relação aos intervalos maiores, mas estão focados neste grupo, nesta rota. Para eles há uma baixa probabilidade de ter existido uma vítima antes dessa mulher em Nashville. E passaram muito tempo debatendo se são assassinos em série ou em sequência.

— Duvido que a terminologia importe para as vítimas, ou para aqueles que as amavam.

— Sim. Você apenas preenche essas lacunas com vítimas, sem parar. Você considera a vitimologia, nenhum tipo específico, apenas uma escolha aleatória. Temos assassinos sequenciais, sádicos sexuais que *são* capazes de ter sentimentos, mas apenas um pelo outro. Deve se tratar de um homem e de uma mulher, provavelmente atraentes em algum nível, de aparência ou comportamento não ameaçadores. Em nenhum dos interrogatórios ou pesquisas, incluindo a minha, alguém se lembrou de um indivíduo ou indivíduos que se destacaram, ou que parecessem estranhos.

— Então eles não se destacam e parecem comuns.

— Sim, pessoas comuns o suficiente para não chamarem atenção. Inteligentes o suficiente para não fazerem nada que se destaque. Um casal, isso diminui a suspeita logo de cara. Tomam drinques em um bar, vão a um motel, alugam uma cabana num parque. Trocam de veículo com frequência, de forma que, quando as autoridades começam a procurar por algum veículo específico, eles já estão em outro.

— Ainda é cedo pra sentir frustração, não é?

— Para Kuper, sim, mas quando você olha para o panorama do caso, eles já estão surfando essa onda por um tempo absurdo. Tenho muitos dados, mas nenhum deles ajuda a identificá-los.

— O que você vai fazer agora?

— Continuar insistindo no caso de Kuper. Por que eles escolheram aquele bairro? Foi completamente aleatório ou houve algum motivo específico? Temos uma testemunha que viu o veículo, então vamos seguir por esse ângulo. Ele viu uma picape ou uma van escura, parece ter mais certeza da van. Faremos tudo o que pudermos por Kuper, mas precisamos encontrar a primeira vítima. Temos que trabalhar a partir do primeiro morto conhecido; precisamos pesquisar pessoas desaparecidas; temos que revisar casos não resolvidos, verificar todos os que tenham sido considerados morte acidental. Tudo se irradia a partir do primeiro crime.

— Não é exatamente isso que os federais estão fazendo?

— Eles têm alguém pesquisando os dados, mas estão focados basicamente na primeira vítima conhecida e seguindo dali em diante. Preciso entrar em contato com a polícia das cidades ao sul e a oeste do primeiro caso. Pessoas desaparecidas — continuou. — Fugitivos, acidentes, desaparecimentos não solucionados.

— Não vai ser divertido?

— Nem perto disso. — Ela soltou um suspiro e pegou sua taça. — Vou rodar um programa de probabilidades usando a rota atual; depois vou fazer o caminho inverso até a primeira vítima conhecida.

— Posso fazer isso por você, e bem mais rápido. Já que você não tem nenhuma pesquisa de dados financeiros para me entreter, a geografia e os caminhos percorridos por eles vão servir.

— Então é tudo seu, garotão. Obrigada. — Ela cortou um pequeno pedaço de carne de porco. — Este casal surgiu em algum lugar, essa é outra informação-chave. Cresceram com pais verdadeiros ou adotivos, tiveram acesso a alguma educação, alguma fonte de renda. E dado o perfil deles, um ou os dois provavelmente tem ficha criminal e algum histórico de comportamento violento.

— Podem ter uma história juntos? — especulou Roarke. — Algo que tenha gerado esse vínculo?

— Não vejo uma história de longo prazo, a menos que seja descoberto que os assassinatos remontam a vários anos anteriores. E não consigo vê-los escapando da lei por tanto tempo, antes de chamar a atenção. Eles não são crianças — continuou Eve. — As pessoas tendem a reparar em crianças. *Ei, vi umas crianças perambulando por aí. Por que elas não estão na escola? O que devem estar aprontando?* Além disso, qualquer um que seja adolescente, ou na casa dos vinte e poucos anos, provavelmente não terá o controle necessário para focar em uma vítima, ter um lugar para mantê-la prisioneira e depois apagar os rastros. Por outro lado, também não devem ter muito mais de trinta anos.

— Por que diz isso?

— Como conseguiram reprimir esses impulsos durante tanto tempo? Eles estavam lá o tempo todo, só precisavam do gatilho certo. Todo mundo é capaz de matar, sob as circunstâncias certas. Mas nem todo mundo é capaz de torturar. E, voltando ao coração, nem todo mundo é capaz de curtir ou romantizar a tortura.

Ela empurrou o prato para o lado e o encarou:

— Você mataria por mim?

— Mataria, sim, claro.

— Por Deus, não diga isso sem ao menos pensar por um segundo.

— Eu não preciso pensar um segundo sequer. Considere quem somos, Eve. Nós dois somos capazes de matar, e já fizemos isso. Mas existem... critérios. Eu mataria para proteger você? Para salvar sua vida? Para salvá-la de algum mal? Sem hesitação. Mas eu mataria porque você me disse "Faça um favor pra mim, eu gostaria que essa pessoa morresse?" Eu nem precisaria pensar duas vezes, porque você nunca diria isso, nem iria querer ou pedir.

— E se eu pedisse?

Ele terminou seu vinho.

— Acho que nesse caso teríamos que ter uma boa conversa.

— Ok. — Isso a satisfez. — Você torturaria alguém por mim?

Ele arqueou uma sobrancelha.

— Estamos entrando em territórios estranhos. Tudo bem, então, vou acompanhar sua linha de raciocínio. Se fosse para salvar você ou te proteger do mal, se eu acreditasse que alguma tortura de qualquer natureza faria isso, então, sim, eu torturaria. Eu ou você, nessas mesmas circunstâncias, acharíamos que nossa paixão sexual aumentaria com isso? Não. Causar dor de forma deliberada é algo muito feio. Nós dois já fomos usados física e emocionalmente nesse sentido, e sabemos o quanto é feio.

— Isso mesmo. Mas algumas pessoas que sofreram abuso se tornam abusadores. Então eu também preciso olhar para essa possibilidade. Alguém a machucou no passado... um pai, uma figura de autoridade, um cônjuge, um parceiro. Agora você é quem está no controle. Você é quem pode provocar dor e medo.

Ela se levantou e foi até o quadro do crime.

— Mas não no sentido de se vingar, não de imediato. Simplesmente porque é bom. Quem poderia imaginar o quanto seria bom e excitante provocar tanta dor e medo? E agora que você sabe, não consegue parar.

— Um vício, então.

— Exatamente. E, mais uma vez, é por isso que eu acho que a coisa não começou aqui. — Ela bateu no quadro, na imagem da primeira vítima. — Esta não foi a primeira vez que eles mataram alguém. Eles já sabiam como seria, quando chegaram aqui. Mas a primeira vez? Aquilo deve ter sido uma surpresa. Talvez o que chamam de revelação. Eu sei o que eles são. Já tenho uma boa noção. Mas quem são e por quê? É isso o que não consigo enxergar.

Ele também se levantou e se colocou atrás dela. Pousou as mãos em seus ombros e roçou os lábios no topo da cabeça dela.

— E isso te preocupa porque você sabe que haverá outra vítima.

— Nova York é a maior área urbana em que eles estiveram, disso podemos ter certeza. E, quando analiso o mapa e olho para a rota, sei que é verdade. Aqui eles podem escolher melhor do que em nenhum outro lugar. Deve ser excitante pra eles. E motivador.

— Então eles vão querer passar para a próxima vítima depressa.

— Se eles ainda não têm uma, certamente vão escolher em mais um ou dois dias. Eu ficaria surpresa se demorasse mais. Dois dias para brincar com a vítima antes de matá-la. As duas mais recentes, Kuper e a vítima em Nova Jersey, mal se passou uma semana entre as duas capturas. Os viciados sempre precisam de mais sensações, e mais depressa.

— Como os fatores "quem eles são" e "quando começaram" são informações-chave, vou avaliar suas probabilidades.

— Obrigada. Você preparou e serviu a refeição, eu cuido da sujeira.

— Parece justo. — Ele ergueu o rosto de Eve na direção do dele por um momento, e passou o dedo na covinha do queixo dela. — No geral, considerando quem somos, é bom estar em casa.

Quando ele entrou no escritório adjacente ao dela, Eve levou os pratos para a cozinha e acomodou-os na máquina de lavar louça. Eles formavam uma boa equipe, pensou; trabalhavam bem juntos: a policial e o (antigo) criminoso. O homem tão rico que chegava a ser ridículo, com suas raízes nos becos de Dublin, e a mulher que sempre tinha se sustentado com o apertado salário de policial, e que tinha crescido naquele sistema após o pesadelo de seus primeiros oito anos de vida.

Poucos — incluindo ela — teriam imaginado ou previsto que ela e Roarke combinariam tanto e se dariam tão bem. Poucos poderiam imaginar que eles seriam tudo um para o outro.

Ela duvidava de que os assassinos que procurava parecessem ser incompatíveis à primeira vista. As pessoas também percebiam essas coisas. Eles pareceriam combinar, era a opinião dela. Certamente aparentariam ser um casal típico, como as pessoas tendem a esperar.

E com certeza também trabalhavam bem juntos.

Eve pensou em Roarke mais uma vez, e na facilidade com que ela concordou em aceitar sua oferta de ajuda em uma investigação oficial.

Isso era confiança, percebeu. Não apenas atração, não apenas paixão, não apenas um objetivo mútuo. Tinha que existir confiança para um trabalho em equipe funcionar.

Com isso em mente, voltou para a mesa de trabalho, a fim de revisar suas anotações.

Capítulo Sete

Eve leu o resumo dos interrogatórios de Baxter e fez uma verificação pontual nas gravações. Não encontrou nada especial, nem nada que lhe desse alguma ideia nova, não que estivesse esperando por isso. No entanto, a revisão lhe deu uma boa oportunidade de avaliar as técnicas de interrogatório de Trueheart e o seu ritmo de trabalho.

Ele equilibrava bem a postura discreta com o estilo mais habilidoso de Baxter.

Anotou um lembrete para mandar Trueheart participar de interrogatórios com outros detetives, a fim de tirá-lo da zona de conforto.

Finalizou mais um relatório para Whitney e Mira, com suas conclusões de quais dados e evidências a levavam a crer que Kuper tinha sido uma vítima aleatória. A última vítima em uma longa onda de assassinatos sequenciais cometidos por dois suspeitos desconhecidos e sem alvo específico.

Em seguida, informou a Morris que eles já tinham identificado a Estrita Tina. Ele lhe contou que a mãe da vítima já tinha chegado e lhe perguntara quando poderia levar o corpo do filho. Eve recomendou que o corpo fosse entregue ao parente mais próximo ou ao seu representante o mais rápido possível.

Não tinha por que mantê-lo no necrotério, pensou. Simplesmente não serviria de nada prolongar o sofrimento daquela mãe. O corpo de Kuper já tinha contado a eles tudo que poderia contar.

Entrou em contato com mais dois investigadores principais, o que resultou em conversas longas e sinuosas, das quais não surgiu nenhuma perspectiva ou informação nova, apenas promessas de ambos os lados para haver um compartilhamento geral dos dados.

Quando Roarke voltou, ela rodava um novo programa de probabilidades sobre a vítima de Nova Jersey.

— Gerei várias rotas e separei três delas como as principais possibilidades — explicou Roarke. — Esses três caminhos têm probabilidades muito próximas quanto ao que pode ter acontecido, mas, neste estágio, não dá pra separar uma só. E mesmo essas três têm um considerável número de variáveis.

— Posso vê-las, no telão?

Ele configurou o sistema.

— Essa primeira traz os suspeitos saindo do sudeste do Texas, passando pela Louisiana, seguindo para o Arkansas e dando um pulo no Mississippi antes do assassinato conhecido até o momento, no Tennessee. Essa rota também especula, como você pode ver nos pontos destacados, outras paradas mais prováveis no próprio Tennessee, seguindo através da divisa com o Missouri e atravessando o Kentucky, o que elimina a lacuna antes da Virgínia Ocidental, e o segundo ponto também nesse mesmo estado. Outro ponto que eu marquei na parte ocidental de Maryland elimina a lacuna que antecede Ohio. Você tem dois crimes possíveis na Pensilvânia, mas isso me pareceu incomum. O próprio programa concordou que eles não caçariam em uma das áreas mais rurais e menos populosas daquela região, então há outro ponto mais adiante, antes de chegarem a Nova Jersey, de onde vieram para Nova York.

— Houve alguns desvios — observou Eve —, mas é uma rota bastante direta para o nordeste.

— A segunda probabilidade vem do oeste. Comecei no local mais a oeste possível, a Califórnia. Dali eles cruzaram Nevada, Arizona e Novo México. Passaram por uma parte do Texas, depois por Oklahoma, mais uma vez no Arkansas, e a partir daí segue igual à primeira.

— Califórnia... Essa é uma rota longa demais que levaria muito tempo a percorrer. — E geraria muitos cadáveres em potencial, pensou Eve.

— Concordo com as duas coisas. O mais provável seria uma rota sudeste para começar, que em seguida fez uma curva na direção nordeste. A última rota possível parte da hipótese de que eles tinham algum propósito no Tennessee ou mudaram de direção lá, partindo da Flórida, passando por regiões do Alabama, da Geórgia, e potencialmente pelo Mississippi novamente antes da primeira vítima conhecida no Tennessee. A partir daí, a rota permaneceria semelhante às outras duas.

— O programa calculou quais probabilidades, para cada uma dessas rotas?

— De 70,2 a 73,4 por cento. Temos dados especulativos demais para o programa fornecer números mais elevados sem que ele receba dados mais concretos.

— Vamos analisar a terceira rota. — Ela estudou o caminho e tentou visualizá-lo. — Eles vieram do sul, onde é mais quente e ensolarado, certo? Teriam começado tudo no outono, pelo menos é o mais provável por essa linha do tempo, mas o inverno está chegando. Tem gente que deixa um lugar quente e ensolarado para experimentar o frio cinzento, mas se você está numa vibe de matar pessoas aleatórias e conseguiu fazer isso no calor, por que não esperar a primavera para dirigir até um lugar tão ao norte?

— Nova York era o destino deles — lembrou Roarke.

— Sim, eu sei disso. Queriam vir dar uma mordida grande e sangrenta na Big Apple. Mas, então, por que não se planejar e chegar aqui antes do Natal e do Ano-Novo, pra ver tudo enfeitado? As pessoas fazem isso. Elas vêm em exércitos para ver a agitação das festas de fim de ano. Por que abandonar um lugar razoavelmente quente e ir para outro absurdamente frio? Dada a natureza humana, vou classificar esta rota como a terceira opção. A segunda é a que partiu da Califórnia, certo?

Ela andou de um lado para o outro do quadro do crime e olhou de volta para o telão.

— Aquela rota que veio do sul tinha os mesmos problemas, mas talvez um imprevisto tenha acontecido e eles tenham sido obrigados a sumir do mapa. Ou simplesmente resolveram dar início à diversão. É uma viagem mais longa do que a que tem início no sudeste, então pode ser que tudo tenha começado no verão. E provavelmente não tão longe. Eles não pensaram no inverno e deram início à jornada. Mas essa opção ainda deixa um monte de gente desaparecida e não encontrada e/ou crimes não resolvidos.

— Escolha qualquer lugar ao longo dessa rota como ponto de partida — sugeriu Roarke. — Arizona, Novo México, Oklahoma. Qualquer um desses estados é mais provável do que os locais destacados ao norte deles.

— Sim, é por isso que eu gosto e desgosto dessa possibilidade. — Enquanto estudava e especulava cada uma das opções, ela enfiou os polegares nos bolsos da calça e tamborilou os outros dedos. — Eles podem ter começado em qualquer lugar do ponto mais a oeste, e isso faria sentido, ao analisarmos o mapa. Quanto à linha cronológica... ela me parece mais plausível se eles tivessem cometido o primeiro crime neste aqui. Que estado é este?

— Novo México.

— Por que essas pessoas que trabalham com mapas, ou pessoas que batizam os estados, escolhem tantos "Novo Isso", "Novo Aquilo"?

— Olha quem fala! Uma mulher de Nova York.

— Mantenho meu questionamento mesmo assim. Se eles eram tão apegados ao México, Hampshire ou York, por que não ficaram por lá? Ou na mesma região, ou naquela parte do Texas ou Oklahoma. Isso acende um sinal de alerta maior pra mim, bem como a primeira possibilidade. Eles podem ter vindo do sudeste do Texas, atravessaram a Louisiana, o Mississippi, o Arkansas... por falar nisso, por que diabos o S-A-S no fim da palavra Arkansas é pronunciado em inglês como se estivesse escrito S-Á-W? O certo seria ser Ar-*Kânsas*. Será que o Kansas se opôs a isso?

Para a estranheza de Roarke, ele achou a pergunta pertinente.

— Não tenho como tirar sua dúvida.

— Não se aplica diretamente ao caso, mas é uma boa pergunta. A probabilidade da segunda rota é a mais alta a meu ver.

De novo, pensou ele, essa também teria sido a sua conclusão. Por isso quis saber:

— Por que pensa assim? Esta também é uma boa pergunta.

— Talvez seja aquela vontade de ir do sul para o norte outra vez. Sair de onde está quente e ir para onde está frio. É só uma sensação instintiva, mas é o que me parece.

— Tive a mesma impressão — concordou Roarke. — Mas pode ser porque já estou acostumado com o modo como sua mente funciona.

— Ou pode ser porque parece a opção certa. Vamos focar em pessoas desaparecidas e crimes não resolvidos nas outras rotas, mas vou concentrar meus esforços na segunda opção.

Ela se virou para pegar seu café na mesa e percebeu que a xícara não estava lá. Quando a viu franzir a testa, Roarke entregou-lhe o que restava da bebida.

— Essa tática é boa — disse a ele. — Vai nos dar alguns ângulos para trabalhar até o próximo corpo aparecer.

Ele bagunçou o cabelo dela.

— Isso é que é pensamento positivo.

— Pensamento realista. Tenho certeza de que outro corpo aparecerá em breve. Mas é terrível a ideia de que outro cadáver vai nos dar mais informações com as quais trabalhar.

Ela voltou a estudar o mapa e meneou a cabeça.

— Então vamos começar as investigações pelo fim, é o melhor que podemos fazer. Vou montar um roteiro com o que temos e enviar para os investigadores. Peabody pode começar a fazer algumas buscas na primeira rota.

— Por que não faço o mesmo na rota menos provável? De todo modo, vai ajudar você a descartar essa possibilidade.

Ela olhou para ele. Mesmo em roupas casuais, ele irradiava energia de quem estava acostumado a comandar. E certamente já tinha muito do próprio trabalho para dar conta.

— Isso é muito trabalho policial chato para uma noite de inverno — comentou.

— Chato o suficiente para que eu consiga cuidar de algumas questões menos chatas do meu trabalho ao mesmo tempo.

— Vou ficar te devendo essa.

— Podemos elaborar um cronograma de pagamento.

— Ah, tá! Até parece que eu não conheço a moeda com a qual você vai querer ser pago.

Ele riu, puxou-a para junto de si e a beijou.

— Isso me tornaria o homem mais rico do mundo.

— Você já é... na prática.

— Não se eu não tiver você. — Desta vez ele beijou a testa dela com muita ternura.

Ele disse isso de coração, refletiu Eve, enquanto voltava para a mesa. Ela entendia o sentimento. Antes de conhecê-lo, o distintivo tinha sido mais que suficiente pra ela. Tinha sido tudo.

Não era mais.

Com a primeira rota enviada para Peabody e a terceira sendo investigada por Roarke, Eve se concentrou na segunda probabilidade. Acessou o CIPAC, refinou região por região, dividindo tudo em três buscas. Pessoas desaparecidas, homicídios não resolvidos e, por último, incidentes que combinavam ambos os crimes.

Aquilo iria levar tempo, pensou Eve, sempre levava. Então, enquanto esperava pelos resultados iniciais, ela voltou para o quadro dos crimes e escolheu uma das vítimas, de forma aleatória.

Sentou-se à mesa e revisou o arquivo do caso. Perguntou o que poderia ter sido feito diferente, se havia alguma lacuna que ela poderia preencher, algum padrão que poderia mapear.

O padrão da escalada dos crimes era nítido. Dava pra notar pelo aumento da violência e da duração da tortura, além da diminuição do intervalo entre as mortes conhecidas.

O padrão típico, pensou, para o perfil e a patologia dos assassinos.

Da primeira à última vítima registrada, reparou, a média do intervalo de tempo entre as capturas e o momento exato da morte era de quarenta e nove horas. O intervalo entre a hora exata da morte da primeira vítima conhecida e a da penúltima tinha sido de dez dias. O intervalo entre a vítima em Nova Jersey e Kuper foi de apenas quatro dias.

Se a análise de Eve estivesse correta, eles tinham parado de viajar. Tinham se estabelecido em Nova York. Chega de cidades pequenas, chega de estradas secundárias. Era hora da cidade grande.

Ela se virou e olhou pela janela, para a escuridão.

Eles já deviam ter capturado outra pessoa àquela hora, ou fariam em breve. Antes do próximo amanhecer, se o padrão permanecesse o mesmo. E isso lhe dava apenas dois dias para pegá-los e conseguir salvar uma vida.

Ela arregalou os olhos quando os resultados solicitados começaram a chegar. Havia pessoas demais registradas como desaparecidas que não tinham sido encontradas, observou. Muitas foram consideradas como casos sem solução.

Ela se concentrou na terceira busca e seu respectivo menor número de vítimas.

— Talvez eu tenha encontrado algumas possibilidades — anunciou Roarke ao entrar, mas logo arqueou as sobrancelhas ao ver o olhar feroz no rosto de Eve, enquanto ela trabalhava. — E eu diria que você encontrou o rastro deles.

— Sudeste do Missouri. Aquela regiãozinha em formato de V espremida entre o Arkansas e o Tennessee.

— Uma cidadezinha chamada Cutter's Bend.

Aquele olhar feroz de Eve se ergueu.

— Exatamente.

— Quase passou despercebido na minha busca. Um garoto de dezenove anos desapareceu em setembro do ano passado a caminho de casa, voltando do campo de beisebol em uma noite fresca.

— O corpo dele foi encontrado quase uma semana depois, jogado em uma área arborizada na divisa com o Tennessee. Àquela altura, a decomposição e os animais já o haviam atacado. Punho fraturado, dedos quebrados, cortes, perfurações. Nenhuma evidência de abuso sexual, mas há marcas de que ele foi amarrado no que restou de seus punhos e tornozelos. Traumatismo craniano por objeto contundente na parte de trás da cabeça, e várias marcas de queimadura.

— Isso aconteceu dez dias antes do desaparecimento da primeira vítima oficialmente confirmada. Não foi encontrada nenhuma tatuagem de coração, mas por causa da decomposição do corpo e da ação dos animais, provavelmente não seria possível que encontrassem. E se você seguir em frente a partir desta vítima...

— Noah Paston.

— Isso mesmo. Depois, vá de Paston até a primeira confirmação e encontrará Ava Enderson.

Roarke se aproximou e encostou o quadril na mesa dela.

— Ela não apareceu nas minhas pesquisas.

— Não apareceu nas de ninguém. Ela desapareceu mais ou menos no mesmo intervalo em que duas crianças tropeçaram nos restos mortais de Paston. Estava viajando sozinha de Memphis para Nashville. Foi vista pela última vez, oficialmente, ao jantar em um restaurante por volta das sete da noite, a cerca de dezesseis quilômetros da rodovia. Era uma pessoa amigável, segundo o depoimento da garçonete que a serviu. Ela contou que estava indo para Nashville para encontrar algumas amigas, mas como elas só chegariam lá no dia seguinte, estava pensando em parar em algum lugar ali por perto pra passar a noite e descansar até o dia seguinte. Também comentou que o carro que dirigia estava meio estranho.

Enquanto falava, Eve mostrou a foto da identidade da mulher na tela.

— A garçonete recomendou alguns lugares na região. Enderson disse que queria algo tranquilo e rústico, algo isolado. Então a garçonete contou a ela sobre um estabelecimento novo, uma espécie de pousada. Enderson pesquisou no tablet, gostou da aparência do lugar e reservou um quarto.

— Imagino que ela não tenha chegado lá.

— Acertou. O carro dela foi encontrado a cerca de quatro quilômetros do lugar sugerido... Aqui! — Ela destacou um local na tela. — Sundown Inn. Carro enguiçado, capô levantado, toda a bagagem dela ainda no porta-malas. O computador de bordo foi removido com muita habilidade. Eles nunca a encontraram.

— Mostre-me a rota — pediu Roarke. — É, dá pra visualizar com muita precisão. É uma rota bastante lógica: do garoto eles passaram para esta mulher, e depois para a primeira vítima oficialmente confirmada.

Sim, ela conseguiu encontrar o rastro deles.

— Tem outra vítima no Kentucky que me chamou a atenção, um homem, e então mais uma vítima na Virgínia Ocidental que eu sei, por instinto, que foi trabalho deles. No primeiro caso, o sujeito estava fazendo aquele tipo de trilha que envolve acampar pelo caminho, algo que sempre me deixa perplexa. Por que alguém faria algo assim de livre e espontânea vontade? Por que alguém iria querer se aconchegar junto de uma fogueira ao ar livre e dormir numa barraca? Mas tem quem goste. A esposa dele estranhou quando ele não fez contato com ela, como fazia todas as manhãs, e não atendeu ao seu *tele-link*. Ela insistiu muito com os policiais, até que eles foram ao acampamento; ele havia registrado a localização. O homem não foi encontrado lá, mas os policiais acharam que ele tinha apenas decidido fazer a trilha além do local do acampamento, pois não havia sinal de crime.

Ela voltou e olhou para a tela.

— Isso aconteceu seis dias antes de encontrarem o corpo dele numa ribanceira. Animais o tinham encontrado, e o corpo estava em decomposição. A morte dele foi declarada como acidental. Só que a esposa fez questão de chamar atenção sobre o caso, procurou a mídia, conseguiu advogados e contratou um investigador particular. Só então foi aberto um registro sobre o caso dele.

Eve gesticulou enquanto voltava a se sentar, dividindo a tela da foto de identificação com a rota.

— Jacob Fastbinder era o nome dele. E eu acredito na esposa quando ela contou que ele era fanático por trilhas, fazia duas anualmente desde os doze anos. Ele conhecia a região, era inteligente, preparado e cuidadoso. Não estava com sua mochila quando o encontraram. Moradores locais disseram que ela pode ter se perdido ou sido arrastada por alguma correnteza, mas isso é papo-furado. Ele também não estava com o *smartwatch* sofisticado que carregava, feito especialmente para grandes atletas que fazem trilha. O legista não conseguiu afirmar com certeza se alguns dos seus ferimentos foram infligidos propositalmente ou sofridos durante a queda.

— Você vai falar com a esposa?

— Ah, pode apostar que sim. Ela optou por enterrá-lo, pelo que vi no obituário dele. Acho que ela pode estar disposta a autorizar que os restos mortais sejam exumados e examinados por um antropólogo forense.

— Você vai chamar DeWinter, então — assentiu Roarke. — É uma decisão esperta.

— Há mais alguns casos que quero analisar com calma. — Ela esfregou os olhos cansados. — Mas eu sei que eles vão aumentar o número de vítimas. Não sei dizer se o garoto do Missouri foi o primeiro. Ainda não tenho certeza, mas acho que foi assassinado por eles.

— E agora ele é seu.

Ela deu de ombros e olhou para o AutoChef.

— Você precisa dormir — lembrou Roarke. — Não pode contatar a esposa da vítima da trilha a essa hora, nem perturbar nenhum policial de algum desses casos, não tarde da noite assim.

Ele a colocou de pé.

— A menos que Peabody também chegue a uma conclusão semelhante, você pode começar sua rota no Missouri e fazer o caminho a partir de lá, caso ache que o garoto não foi a primeira vítima deles. Dê um descanso ao seu cérebro e aos seus instintos.

Ela não discutiu com ele, simplesmente porque queria deixar tudo se assentar melhor em seu subconsciente. Quanto a Noah Paston, que ela iria com certeza adicionar ao seu quadro dos crimes pela manhã, ele não tinha sido o primeiro.

— Noah Paston — disse ela, enquanto Roarke a puxava para fora do escritório. — Os policiais locais fizeram um trabalho bem atento, mas quando ele foi encontrado morto do outro lado da divisa do estado, chamaram os agentes federais. Trata-se de uma comunidade pequena, rural. As pessoas conheciam a vítima, gostavam muito do garoto. A namorada e ele tinham terminado, e ele entrou numa de tirar satisfação e trocar empurrões com o cara por quem ela o largou, nada sério. Mas o novo namorado tinha um álibi forte e não parecia ser um assassino.

No quarto, ela tirou os sapatos.

— Paston se saiu bem na escola, mas optou por fazer cursos online, em vez de ir para a faculdade. Queria poder ficar em casa e ajudar com os negócios da família. Eles têm um horto. Ele jogava beisebol, era técnico da liga infantil, ao lado do pai. As pessoas gostavam dele, dá pra perceber pelos relatórios.

— Por que acha que ele não foi o primeiro?

— Simplesmente não parece que tenha sido, pra mim. Mais uma vez, acredito que ele estava no lugar errado, na hora errada. Ele costumava voltar de carro para casa, depois do beisebol. Tinha uma caminhonete. Mas emprestou-a para um amigo cerca de uma hora antes de o treino terminar. Ficou mais tempo depois do horário para trabalhar individualmente com uma das crianças, e acompanhou-a até em casa. Essa não era a rotina habitual de Noah, então se alguém o estivesse aguardando, ele não teria aparecido na hora e no lugar que esperavam. Ele pegou um atalho, já que estava a pé, ou disse isso à criança; seguiu na direção da estradinha lateral que cruzava um campo e por ali foi até sua casa. Isso tudo aconteceu ao anoitecer. Estava ficando escuro.

— E os dois suspeitos passaram de carro e o viram.

— Sim, pode ser isso. Perguntaram se ele queria uma carona, pediram alguma informação. Ou então a mulher o atraiu de alguma forma. Ele é um atleta, jovem, rápido. Carregava um taco de beisebol, mas eles o pegaram. Ele não seria um alvo fácil, na verdade, mas eles viram um jovem sozinho no escuro, numa estradinha. Era pouco mais que um garoto, então não foi por dinheiro. Ele não carregava nada de valioso, apenas um *tele-link*, que nunca foi encontrado. Também carregava um bom taco e uma luva, mas nada de grande valor. E eles não o estupraram, nem abusaram sexualmente dele, então o motivo também não foi esse.

— Obra do acaso.

— É o que parece. — Tudo ainda circulava na mente de Eve, e ela queria assimilar aqueles detalhes com precisão. — Vamos descobrir que o primeiro assassinato não aconteceu desse jeito, como obra do acaso. O primeiro certamente teve um motivo, a faísca que causou tudo. E eu ainda não o encontrei nesses dados.

— Mas por que se livrar do corpo em um local tão distante, além das divisas estaduais e chamando o FBI para o caso?

Ela vestiu uma camiseta de dormir.

— Eles estavam a caminho de algum lugar, deviam ter um destino para passar a noite. Levaram-no junto, provavelmente incapacitado. Suponho que cruzar a divisa estadual não tenha sido uma decisão consciente, acho que simplesmente não pensaram nisso. Apenas o levaram a uma boa distância dali, para poderem ter mais tempo de brincar com ele.

Ainda pensando, Eve se esticou na cama e passou uma das mãos pela cabeça de Galahad, no automático, quando ele pulou no colchão para se juntar a ela.

— Havia muitos lugares isolados por lá, como aconteceu com a vítima que viajava para Nashville. Uma casa velha ou vazia, uma cabana de pesca, tanto faz. Limpe tudo quando terminar e desove o corpo longe o suficiente do local do crime. Quem iria se dar o trabalho de procurar?

— Você.

— Agora, sim. Mas estou com muita informação no momento, e preciso analisar tudo em retrospectiva.

— Estou falando que você iria se dar o trabalho de procurar com mais atenção *na ocasião do crime* — corrigiu ele, e deslizou para a cama ao lado dela. — Você teria analisado a rota que a vítima fez, como está fazendo agora. Também teria deduzido que eles iriam precisar de um lugar para manter a vítima presa, e certamente teria investigado melhor.

— Isso não ajuda em nada, agora. Há mais um desaparecimento no Arkansas. A probabilidade é baixa, mas quero dar outra olhada. E um segundo em Virgínia Ocidental, eu acho...

— Amanhã. — Roarke passou um braço em volta dela e puxou-a mais para perto de si. — Deixe isso pra amanhã.

— Você só quer que eu pague minha dívida.

— Eu tinha considerado deixar essa dívida rolar e cobrar juros consideráveis, mas estou mais que disposto a aceitar o pagamento agora mesmo.

— Você está sempre disposto.

Com os olhos fixos nos de Roarke, ela traçou a mão por seu peito e abdômen, desceu mais um pouco e encontrou seu membro, que estava quente e rígido.

— Viu só? — Ela colocou os dedos ao redor dele. — Como vocês homens conseguem viver com esse troço pendurado?

— É o fardo que todo homem se acostuma a suportar.

— Apenas alguns centímetros, e, no entanto, ele governa o cérebro, o ego e pode até destruir o bom senso.

— Alguns centímetros? — reclamou ele, fazendo-a rir.

— Eu sabia que isso te incomodaria.

— Quando usado de forma apropriada, pode governar o cérebro de uma mulher, seu ego e até destruir o seu bom senso.

— Acho que você vai me mostrar como usá-lo de forma apropriada.

— Seria um prazer.

Ele rolou pra cima dela, mas primeiro usou a boca, de forma muito apropriada, na dela.

Ela se deixou afundar e, com certa facilidade, deixou o assassinato e a morte de lado, uma tarefa que ela acharia impossível antes de ele aparecer em sua vida. Dar e receber prazer sem deixar o mundo se aglomerar em sua cabeça.

Ali eram apenas os dois, pelo menos foram só os dois que permaneceram na enorme cama sob a claraboia que dava para o céu depois que o gato pulou da cama com um baque de irritação. Do mesmo jeito que tinham sido apenas os dois na ilha algum tempo antes, durante dias longos e ensolarados, seguidos por noites frescas e com vento calmo.

Ele conseguia levá-la para longe dali com aquela boca e aquelas mãos habilidosas, que deslizavam pelo corpo dela inteiro traçando suas curvas como se moldasse em vidro.

O amor, ela sabia, apesar de um dia não ter acreditado nisso, podia ser tranquilo, doce, e ainda assim fazer o mundo parar.

Ela se enroscou nele, o corpo relaxado e sedento, fazendo seu coração aumentar de tamanho com um suspiro que sussurrava contentamento, bombeando o sangue dele com um toque. E ele estava entrelaçado nela — coração, sangue e espírito — tão intrincadamente que se fundiam em um só.

— Eu te amo — murmurou ele, e repetiu a mesma frase em irlandês enquanto sentia o batimento cardíaco dela aumentar sob seu toque e a pulsação acelerar sob seus lábios.

Ela se apertou mais ao redor dele, com força e rapidez.

— Você é amor para mim. Você é amor. — Ela emoldurou o rosto dele e afastou-o apenas o suficiente para olhá-lo nos olhos. — Meu — disse ela, puxando-o com muita delicadeza para tocar seus lábios com os dela.

Ela podia se soltar, mergulhar naquele poço sem fundo de amor até o fundo, até perder o fôlego. Ela podia flutuar, mesmo quando as sensações a preenchiam como luz. E então se erguer, encharcada, quando a luz se transformava em faísca.

Ela o recebeu por inteiro, quente e duro, levou-o consigo para o abismo profundo e ofegante, então eles subiram e desceram juntos, como numa cavalgada.

Mãos apertadas com força, as batidas dele ecoando as dela. Quando afastaram as mãos, o amor transbordou através deles.

Ela se enrolou contra ele, se agarrando ao calor, às curvas do corpo dele, inspirando seu cheiro. E os lábios curvaram-se contra a pele da garganta dele.

— Pagamento integral feito, meu chapa.

— Vou anotar isso no livro contábil, com um memorando especial para lembrar que você me ajudou a suportar meu fardo por mais um dia.

Eve bufou uma risada enquanto sua mente começava a se confundir em direção ao sono.

— Como está o seu cérebro, o ego e tudo o mais?

— Estão bem, obrigado. E o seu?

— Está bem. Tudo bem. Estamos ótimos.

Ele acariciou suas costas enquanto ela se afastava; sentiu a cama balançar quando o gato deduziu que o espaço dele estava liberado e pulou de volta.

Aquilo era bom, pensou ele. Muito bom mesmo.

Mas não seria bom para Jayla Campbell. Ela estava muitíssimo irritada enquanto caminhava pela rua Carmine, o corpo curvado por conta do frio. Se Mattio não tivesse sido um babaca, ela não teria ido embora daquela festa; não estaria a quilômetros do seu apartamento — e sem um maldito táxi à vista.

Ele estava *com as duas mãos* na bunda avantajada daquela loira, e ainda estavam se esfregando. Não haveria desculpas desta vez. Nada de "era só brincadeira". Sem papo de "mas querida, eu estava meio chapado".

Aquela tinha sido a última gota.

Ela não deveria ter saído naquela noite, para começo de conversa. Mas o expediente acabou mais cedo e ela nunca tinha estado naquela região. E não conhecia ninguém na festa idiota.

Deveria ter ouvido sua colega de quarto e ficado em casa. No entanto, estava um pouco chateada com Kari por ter dito que Mattio era um babaca que a chifrava. E estava ainda mais chateada agora, admitiu, porque sabia que era verdade.

Por que diabos ele tinha que ser tão bonito e tão bom de cama?

Tinha sido a última gota, lembrou, piscando para conter as lágrimas e aceitando as críticas enquanto enviava uma mensagem para a colega de quarto.

Estou indo pra casa — cansei desse bosta. Espere acordada, ok, se você ainda não estiver na cama. E levante se estiver. Quero vinho e chororô. J

Ela piscou para as lágrimas que teimavam em cair, tanto de raiva quanto pela perda do babaca traidor.

— Ei, senhorita! Olá, desculpe!

Ela ouviu a voz, de sotaque acentuado, mas continuou andando.

— Por favor, me desculpe, mas estou perdida. Você pode me dizer como chegar até a rua Broome? É assim que se fala? Broome, está certo?

A voz estridente correu atrás dela, e a mulher que falava estremeceu e mordeu o lábio.

— Estou perdida e muito nervosa. Se ao menos você puder me dizer para que direção ir. Está muito frio e não consigo encontrar um táxi.

— Eu que o diga! — suspirou Jayla. — Você disse Broome?

— Sim, com um 'e' no fim, certo? Não sou de Nova York.

— Ah, não diga?

A mulher sorriu e olhou para baixo como se visse algo.

— Ah, você reparou nisso aqui?

Instintivamente, Jayla olhou para baixo e curvou um pouco o corpo.

O golpe pareceu o de um martelo. Talvez fosse um martelo. A dor explodiu, o mundo girou e pareceu vermelho nas bordas. Ela tentou gritar, mas só conseguiu gemer baixinho.

Algo, ou alguém, a empurrou e puxou. Ela caiu com muita força, com tanta força que a dor roubou o pouco ar que ainda tinha nos pulmões.

— Eu a peguei, querido! — A voz estridente soou como se através de um túnel, um túnel inundado de água. — Vamos logo, eu a peguei. Eu *disse* pra você me deixar pegar alguns, Darryl. Tenho talento pra isso.

Alguém riu. Enquanto Jayla choramingava e tentava se virar, o martelo a atingiu outra vez e a jogou na escuridão total.

Capítulo Oito

Eve acordou com os sons e o ambiente familiar. O cheiro de café, Roarke em um dos seus ternos de mestre do universo empresarial no sofá da saleta de estar, trabalhando no tablet enquanto a tela, sem som, rolava com dados financeiros que ela jamais entenderia. E o gato esparramado no topo do sofá, como um rei felino.

Sério, nada podia ser melhor que aquilo.

Ela se manteve imóvel por um momento, absorvendo tudo, e ainda assim ele sentiu, por intuição, que Eve tinha acordado, e voltou o olhar na direção dela.

— Bom dia!

— Parece mesmo um bom dia — considerou Eve.

Por fim, ela se levantou, pois nada a seduzia mais do que o cheiro de café. Como Roarke tinha preparado um bule grande, ela se aproximou, serviu-se de uma bela caneca e deu a si mesma a glória especial do primeiro gole matinal de café.

— Com quantos países e/ou estações fora do planeta você já falou esta manhã? — perguntou, quase para si mesma.

— Só Itália e Olympus. É um dia calmo.

— No seu mundo — rebateu ela, pois eram apenas seis da manhã. — Vou tomar banho — declarou, e levou o café com ela.

Além do café, café de verdade, jatos pulsantes e uma ducha quente eram o melhor jeito de começar qualquer manhã. Havia dias em que ela não pensava muito nessas mordomias porque todas elas já tinham se tornado rotina. Em outros dias ela se lembrava, com uma clareza brutal, do frio e da fome, dos lugares escuros, das luzes tão fortes que machucavam seus olhos.

Teve um flash do seu quarto em Dallas. A luz vermelha da boate de strip-tease piscava sem parar. Ela se lembrou do frio gélido, porque o termostato do aquecedor estava quebrado; sentiu a fome roendo como um rato em sua barriga, que lutava com o medo ávido de que seu pai voltasse bêbado, mas não bêbado o suficiente para deixá-la em paz, e a machucasse mais uma vez.

Aos oito anos de idade, a fome, o medo e a dor eram seus companheiros constantes.

Mas por que ela tinha que pensar nisso logo agora, numa manhã tão boa quanto aquela, quando estava tomando um banho quentinho e o aroma limpo e fresco do sabonete subia pelo box com o vapor?

É que ela tinha sonhado, percebeu. Não, não aquele antigo pesadelo. Não aquela noite horrível em que a menina de oito anos matara Richard Troy enquanto ele a estuprava. Mas ele estava presente no sonho, em algum lugar.

Seu primeiro instinto foi descartá-lo. Ela não podia afirmar que já tinha superado por completo os anos de trauma, mas ao menos tinha aprendido a lidar com aquilo, a colocar tudo no devido lugar e seguir em frente. Mas descartar tudo dava à situação, a ele, poder demais, e a chance de subverter o que quer que seu subconsciente estivesse matutando, enquanto ela dormia.

Então Eve deixou a mente vagar, e deixou que os pensamentos fluíssem enquanto saía do chuveiro e entrava no tubo de secagem corporal. E, enquanto o ar quente soprava ao seu redor, ouviu música.

Violoncelo. Ele tocava violoncelo. Um réquiem, como o próprio Dorian Kuper o chamou quando estava sentado, vestindo traje a rigor enquanto arrancava notas tristes do instrumento, com um arco e os dedos habilidosos.

Um réquiem para todos.

Ela viu os rostos dos mortos, sentados em silêncio na plateia do que costumava ser o teatro da ópera, repleta de lustres que refletiam luzes brilhantes e douradas. Cada um dos mortos era iluminado por um feixe azul gelo.

Cuide de mim. Defenda-me!

Tanta gente, pensou Eve. Todas elas vítimas já conhecidas, e outras que ela acreditava que também tinham sido mortas.

Mas também havia muitos assentos vazios, para os que ainda não eram oficialmente conhecidos, ou pior... os que ainda viriam a morrer.

Havia assentos vazios demais, pensou, ao sair do ar quente que a envolvia e pegar o roupão pendurado cuidadosamente no gancho.

Richard Troy entrou no palco, exibindo aquele sorriso selvagem, com uma batuta de maestro na mão.

Vamos animar isso aqui! É hora de música alegre. Matar melhora os ânimos e deixa as pessoas felizes. Você devia saber disso, garotinha.

— Vá se foder e volte para o inferno — murmurou, e ouviu a raiva ecoando na sua voz do sonho.

Isso a fez sorrir, apesar de ser um sorriso feroz. Ele já não podia alcançá-la, não era mais capaz de fazê-la tremer sem parar.

Mas o sonho, ou a lembrança dele, não lhe contou nada de que ela já não soubesse. Havia muitas vítimas, e haveria mais.

Voltou para o quarto e notou que Roarke tinha colocado dois pratos cobertos sobre a mesa.

Com certeza haveria mingau de aveia, outra coisa com a qual ela se resignara.

Quando se aproximou e se sentou ao lado do marido, ele tocou o queixo dela e a beijou. Outra ótima maneira de começar o dia. Apesar do mingau de aveia que viria em seguida.

Depois que ele removeu as tampas aquecidas dos pratos, ela viu que estava certa a respeito do mingau. Mas ele tinha adicionado algumas fatias de bacon, uma tigela de frutas vermelhas e outra de coisas crocantes e caramelizadas. O prato descia com muito mais facilidade quando misturado com essas delícias.

— Por que coisas como aveia, que são boas para a saúde, têm que ser tão esquisitas?

— Há muita gente que não considera aveia esquisita.

— Aposto que há muito mais gente que considera — murmurou, e disfarçou a aveia com as frutas vermelhas e as coisas crocantes.

— Esse é um ótimo jeito de começar um dia de nevasca.

— Nevasca? — Ela ergueu a cabeça, olhou para a janela e viu o cinza e o branco que tomavam conta.

Não era a fina camada de neve da véspera, reparou. Eram flocos brancos grossos e pesados que caíam com rapidez.

— Merda.

— É uma paisagem linda de se admirar daqui, com o café da manhã na mesa e o fogo crepitando na lareira.

— O que seria ótimo se pudéssemos ficar sentados aqui até a neve parar de cair.

— Tem alguma coisa no trabalho que você não possa fazer de casa?

O equipamento do escritório que tinha em casa e os outros recursos disponíveis só pra ela deixavam os recursos da Central no chinelo. Só que...

— Preciso da Peabody — reconheceu ela.

— Posso providenciar o transporte para trazê-la.

Ele realmente podia cuidar daquilo, pensou, e certamente o faria. Ainda assim...

— Acabei de voltar de licença. Meu pessoal precisa de mim por perto o máximo de tempo que eu conseguir. E Trueheart vai fazer a prova para detetive amanhã. Baxter está todo ansioso por causa disso.

— Ficar todo ansioso por causa da possível promoção do seu auxiliar é um bom sinal. Não me diga que você não ficou do mesmo jeito quando foi a vez da Peabody fazer a prova.

— Eu a treinei. Se ela tivesse sido reprovada eu teria lhe dado uma boa esculhambada.

— Como você acha que nosso jovem Trueheart vai se sair?

— Ele vai passar. Se não passar, significa que ainda não está pronto. Que deixou os nervos estragarem tudo. Um policial não pode deixar os nervos estragarem as coisas, então isso mostraria que ele ainda não está pronto. A menos que ele e Baxter estejam com algum caso novo pipocando, pretendo usá-los na minha investigação. São mais dois pares de mãos e olhos investigando e isso os manterá ocupados e com a mente focada.

— Você é uma boa chefe, tenente.

— Os policiais sob meu comando merecem uma boa chefe, então preciso ser. Se Trueheart passar, vou requisitar mais um policial para a divisão.

— Alguém em mente?

— Se e quando chegar a hora, vou dar uma boa olhada em alguns. — Ela sentiu o gato começar a se esgueirar sobre o sofá como uma cobra quando pegou um pouco de bacon. — Quais são seus compromissos de hoje?

— Várias reuniões e inspeções... muitas das quais, para minha sorte, posso fazer daqui mesmo, via *tele-link* ou por projeção holográfica. Só vou me aventurar lá fora mais tarde. Quero dar uma passada no abrigo para jovens, o trabalho está progredindo muito bem por lá. E como também estive fora por vários dias, quero passar algum tempo no escritório. — Ele pegou uma colherada de mingau de aveia com um ar feliz. — Também sou um bom chefe.

— Para legiões de pessoas.

Enquanto o gato se aproximava com os olhos fixos no bacon, Roarke simplesmente virou a cabeça e arqueou uma sobrancelha. Galahad rolou de costas e deu um bocejo enorme.

— Por que ele acha que vai conseguir nos enrolar desta vez? — brincou Eve. — Ele nunca consegue.

— Quem não arrisca não petisca.

Reconhecendo a verdade da afirmação, ela arriscou pegar mais café no instante em que seu comunicador tocou.

— Que inferno! — praguejou ao se levantar para pegá-lo na cômoda. — Dallas falando.

— Emergência para a tenente Eve Dallas. Procure a residente da rua Bond 623, apartamento 902. Nome Kari Whittiker, possível registro de pessoa desaparecida. A notificação de todos os registros de desaparecimentos deverá ser informada, segundo seu próprio pedido.

— Isso mesmo. Quem desapareceu?

— Jayla Campbell, mulher de vinte e quatro anos, raça parda. Vista pela última vez na rua Carmine, número 754, apartamento 615, aproximadamente à meia-noite e trinta minutos desta madrugada.

— Notificação recebida, deixe o caso comigo. Dallas desligando.

Ela franziu a testa para o comunicador, antes de colocá-lo de volta na cômoda.

— Provavelmente não é nada — disse a Roarke. — É possível que ela tenha passado a noite com alguém, mas eu pedi que eles me avisassem sobre qualquer pessoa desaparecida ou que estivesse fora de contato com mais de dezesseis anos. Até onde sabemos, eles nunca atacaram crianças.

— Uma pequena bênção. Quer que eu vá até lá com você?

— Não precisa. Vou sozinha, depois encontro Peabody na Central. Faz menos de oito horas que a suposta desaparecida parou de atender ligações, então não deve ser nada.

— Mesmo assim...

— Pois é, mesmo assim. — Ela foi até o closet. — Se isso for obra deles, então temos muito mais tempo para salvar esta vítima do que qualquer um já teve. É um começo.

Ela saiu do closet com um suéter azul-marinho de gola rolê e calça e jaqueta marrons. E franziu a testa de novo quando ele olhou pra ela e arqueou uma única sobrancelha, como fez quando Galahad tentou surrupiar o bacon.

— Que foi? Qual o problema com as roupas que escolhi?

— Fique com o suéter e a calça. — Ele se levantou, pegou a jaqueta da mão dela e foi até o closet.

— Por que você sempre acha que eu não consigo escolher a roupa certa? — exigiu Eve. — Acho que acerto, mas você gosta de me fazer pensar que não.

— A roupa que você escolheu não está totalmente errada. Só que há uma escolha melhor.

Ela vestiu uma camiseta regata básica, resmungando sobre escolhas melhores. Contorceu-se para entrar na calcinha e já afivelava a calça quando ele saiu do closet com uma jaqueta. Uma jaqueta marrom, droga!

Se bem que, embora fosse marrom, tinha listras sutis em azul-marinho. As botas eram do mesmo tom de azul, com uma faixa marrom mais larga nas laterais até o tornozelo.

Eve sabia que nunca tinha visto aquelas roupas antes.

— As botas são à prova d'água e têm um ótimo forro isolante — explicou ele. — Seus pés ficarão mais felizes.

— Quantos pares de botas eu tenho naquele closet?

— Eu não saberia dizer ao certo.

— Mas você continua comprando, então deveria saber. — Ela vestiu o suéter e ajeitou o cabelo quando passou a cabeça pela gola.

Ele a beijou.

— Este é um dos meus pequenos prazeres na vida. Você me negaria isso?

Ela pegou as botas e sentou-se para calçá-las. Sentiu o forro macio e a sustentação do material no minuto em que seus pés se acomodaram dentro do sapato.

— Você sabe quantos pares de botas eu tinha antes de te conhecer?

Ele apenas sorriu depois que ela se levantou e pegou o coldre. Sem dúvida uma prova de que ele sabia, sim.

— Dois pares — completou Eve, respondendo à própria pergunta. — Só que um par não contava de verdade, pois era só para emergências e estava destruído. Mesmo assim eu pegava os bandidos.

— É verdade, só que agora pode pegá-los com os pés mais confortáveis e estilosos.

Ela segurou a jaqueta, vestiu e começou a encher os vários bolsos das roupas com o que precisava para trabalhar.

— Você sabe que me casei com você pelo sexo e pelo café, e não por causa de botas novas, não sabe?

— Não é legal ter um bônus pensando por esse lado, então?

Nesse momento, ela agarrou o rosto dele e o beijou.

— Muito legal. Vou pegar algumas coisas no escritório, depois vou para o trabalho de campo. Vejo você hoje à noite.

— Planejo ficar por aqui até umas onze da manhã, caso precise de mim. Enquanto isso, cuide bem da minha policial.

— Isso está quase no topo da minha lista — disse ela, e saiu.

— Não está, nem de perto no topo. — Ele se virou, viu que o gato tinha conseguido tirar vantagem da distração e surrupiar o pedaço de bacon que sobrou no prato de Eve. — E é por isso que você continua tentando, não é? De vez em quando, você arrisca e petisca.

Galahad passou a língua pelos bigodes e arrotou.

Quando ela desceu as escadas, seu casaco estava pendurado no primeiro pilar, com o cachecol que Peabody lhe deu de presente cuidadosamente sobre ele, bem como o gorro de flocos de neve que o sr. Mira também lhe deu. Um novo par de luvas foi acrescentado ao mix de acessórios.

Ela pensou em enfiar o gorro no bolso, mas, ao ver a neve espessa que caía, voltou atrás e o vestiu. Ela simplesmente pensaria naquele gorro como uma espécie de amuleto, decidiu. Até que conseguisse alcançar a proeza de perdê-lo, como fizera com todos os gorros e todos os pares de luvas que já teve ao longo da vida. Enrolou o cachecol no pescoço e, como aquelas pontas penduradas eram, na opinião dela, a oportunidade de um oponente estrangulá-la na ocasião de uma luta corpo a corpo, enfiou-as dentro do casaco.

Calçando as luvas, Eve saiu para enfrentar a muralha de neve; seu carro já estava ligado e os aquecedores, imaginou ela, na potência máxima.

Aquilo era rotina, pensou mais uma vez. Essas coisas tinham se tornado parte da rotina. Aquilo não significava que ela devia tomá-las como certas.

Ela imaginou que Summerset tinha dado uma risadinha seca e macabra ao vê-la enfiar o gorro de lã com floquinhos de neve na cabeça, e fungado de desdém quando arrumou as luvas que ela certamente perderia. Ainda assim, ele tinha preparado tudo para ela.

— Então... obrigada — murmurou Eve, e foi embora no veículo quente e feio.

Enviou uma mensagem de voz para Peabody, informando à parceira que ela iria investigar um possível desaparecimento e depois seguiria direto para a Central como de costume.

— Continue a investigar os casos em potencial que te enviei — acrescentou. — Precisamos ter uma ideia das vítimas, e a visão dos policiais locais a respeito. Se alguma coisa na visita que vou fazer tiver ligação com o caso, eu te aviso.

Ela poderia pedir a Baxter e Trueheart que começassem a pesquisar os dois nomes que ela não tinha revisado por completo, considerou. Mas aquilo podia esperar.

Forçou passagem pelo trânsito pesado até o NoHo, mas foi forçada a dirigir de forma defensiva por todos os quarteirões até lá. Porque havia idiotas com fobia de neve a cada passo, concluiu. Isso incluía pedestres com tanta pressa pra sair da neve que nem se preocupavam em olhar para os lados ao atravessar a faixa na rua.

Os maxiônibus avançavam com tanta lentidão que ela sentiu vontade de dizimá-los da face da Terra, mas consolou-se dizendo a si mesma que o clima adverso tinha impedido que os dirigíveis com publicidade pudessem voar.

Levou o dobro do tempo que deveria para chegar à rua Bond, e o choque de encontrar uma vaga de estacionamento quase em frente ao prédio por pouco não a fez perdê-la para um sedã que surgiu do nada.

Ela ligou a sirene. Isso provocou um baita susto no motorista do sedã espertinho, e deslizou suavemente para dentro da vaga.

O condutor do sedã, obviamente irritado e desconfiado, permaneceu a centímetros de distância da sua viatura. Eve saltou do carro já pronta para a briga, pensando: Que foi? Vai me enfrentar, amigão?

Abriu o sobretudo, exibindo a arma no coldre, ergueu o distintivo e o encarou.

O sedã seguiu em frente.

Mais um momento agradável naquela manhã, decidiu, e caminhou pela neve até a entrada do prédio. A construção exibia tijolos recém-pintados, degraus cobertos de neve e corrimão de ferro fundido.

Um bom prédio, cuidadosamente reformado, com segurança decente, câmeras e sistemas de identificação palmar.

Ela chegou a tirar sua chave mestra do bolso, mas pensou melhor e apertou a campainha do apartamento 902.

O chamado foi atendido tão rápido que Eve se deu conta de que a pessoa do outro lado da linha devia estar colada na porta, esperando.

— Quem é?

— Sou a tenente Dallas, do Departamento de Polícia de Nova York. Quem fala é a srta. Whittiker?

— Sim, sou eu. Vou abrir a portaria. Por favor, suba logo. Estou esperando. Pode subir direto.

Eve empurrou a porta ao ouvir o zumbido e o clique das fechaduras sendo desativadas. O pequeno saguão exibia o mesmo cuidado que o exterior do prédio, com pisos de madeira falsa bem limpos e um par de elevadores com portas pretas brilhantes.

Pegou um deles até o nono andar, satisfeita quando ele subiu de forma suave e quase totalmente silenciosa. No instante em que saltou da cabine, uma porta no fim do corredor se abriu.

A mulher exibia dreads curtos e elegantes no cabelo, que emoldurava um belo rosto. Enormes olhos castanhos pareciam exaustos e preocupados; ela apertava as mãos, os dedos entrelaçados.

— Você é da polícia?

Eve exibiu o distintivo.

— Tenente Dallas. Você é Kari Whittiker?

— Sim, entre, por favor. Eles me disseram que... bem, quando entrei em contato com a polícia, eles me informaram que Jayla ainda não estava fora de contato por tempo suficiente para ser considerada desaparecida. Mesmo depois que eu expliquei tudo, eles me mandaram esperar mais um dia, continuar tentando entrar em contato pelo *tele-link* dela e de outros amigos em comum. Mas então me ligaram agora há pouco para avisar que alguém viria conversar comigo. Vocês já a encontraram? É por isso que você está aqui?

— Não. Estou apenas acompanhando o caso.

— Mas você é tenente. — Aqueles olhos cansados e preocupados reluziram. — Tenentes não "acompanham casos" sem motivo. Meu pai é fuzileiro naval, assim como meu irmão. Sei como funciona a patente.

— Estou acompanhando enquanto verifico relatos de desaparecimentos que possam ter conexão com outro caso que estou investigando. Por que não nos sentamos e você me explica com calma tudo que disse quando ligou pra polícia?

— Que outro caso?

Inteligente e perspicaz, observou Eve, o que poderia ser útil. No entanto, ela precisava obter informações.

— Srta. Whittiker, neste momento, me fazer perguntas não vai ajudar a localizar sua amiga. Já responder às minhas perguntas, pode, sim, ser bastante útil.

— Ok, você tem razão, desculpe. Não consegui dormir a noite toda.

Ela apontou para a poltrona numa sala de estar cujo ambiente era feminino, mas sem frescuras. Cores quentes, uma infinidade de almofadas, mantas macias, flores e velas.

— Quando você viu a srta. Campbell pela última vez? — quis saber Eve.

— Ela saiu de casa por volta das nove da noite passada, com Mattio. Mattio Diaz. Eles iam a uma festa, mas não sei dizer exatamente o local. Acho que era no West Village.

— Vocês dividem este apartamento?

— Isso. Moramos juntas já faz quase quatro anos. Éramos colegas de quarto na faculdade e assim que nos formamos viemos pra cá.

— Devo presumir que ela já passou a noite fora outras vezes, mas desta vez você tem algum motivo diferente para se preocupar.

— Sim e sim para as duas coisas.

Kari juntou as mãos outra vez. Vestia uma calça justa cor de cobre e um suéter vermelho grosso que descia até o quadril. Pelo que Eve podia notar, ela se esforçava para permanecer calma e coerente.

— Ela me mandou uma mensagem de texto por volta da meia-noite e meia desta última madrugada, disse que estava voltando pra casa naquele momento porque eu tinha razão e Mattio era um babaca. Me pediu que eu a esperasse acordada, caso já não estivesse na cama... e eu não estava. Quer dizer, eu já tinha me deitado, mas assistia a um filme. Então me levantei, peguei uma garrafa de vinho e nosso estoque de brownies de chocolate para emergências. Mas ela não chegava. Esperei até dar uma hora, tentei o *tele-link* dela, mas a ligação nem completou.

— Como assim, não completou?

— É como se a bateria tivesse descarregado, o aparelho tivesse quebrado ou algo assim. Não consegui sequer acessar o *vídeo-mail* dela. Tentei de novo, várias vezes, mas ela nunca respondeu.

— E quanto a este tal Mattio?

— Ah, eu liguei para aquele idiota. — Agora ela irradiava nojo. — Esperei até quase duas da manhã porque não queria falar com ele, mas acabei ligando. Ele ainda estava na tal festa, completamente chapado... que grande surpresa! Me disse que ela já tinha ido embora da festa, mas não soube dizer quando, e, se quer saber, nem pareceu se importar com o fato de ela ter ido embora. Ainda veio com o papo-furado de sempre de que ela tinha entendido mal um lance que rolou com ele e ficou com ciúmes.

Lágrimas surgiram em seus olhos, mas não o suficiente para desfocar o fogo que havia neles.

— Ele a traía o tempo todo, é um bundão. Fiquei muito feliz quando Jayla me mandou a mensagem porque ela realmente parecia farta dele. Posso mostrar a gravação da chamada pra você.

— Sim, faça isso, por favor.

Kari pegou o *tele-link* no bolso.

— Eu já ouvi a mensagem várias vezes, como se a cada vez fosse notar algo que tivesse passado despercebido, mas...

Ela apertou play.

Eve escutou e começou a sentir que havia algo de errado.

Era a voz de uma mulher que estava muito chateada, dizendo que estava indo pra casa naquele exato momento porque queria sua amiga e precisava de alguém que a escutasse. Não parecia uma pessoa que tinha decidido voltar para a festa ou ficar com outro cara para passar a noite.

— Como é que ela viria para cá?

— Ela teria pegado um táxi, se achasse algum. Não gosta do metrô, não gosta de ficar debaixo da terra. Se por acaso não conseguisse encontrar um táxi, certamente teria vindo a pé.

— É uma caminhada longa para uma noite fria — comentou Eve.

— Mas ela estava tão revoltada que isso a manteria aquecida por um tempo. Tenente, sei o que você deve estar pensando. Ela é uma mulher adulta. Brigou com o namorado, resolveu voltar pra casa e mudou de ideia. Talvez tenha entrado em um bar, contratado um acompanhante licenciado ou encontrado alguém que conhecia e saído com ele. Mas Jayla não faria isso. Ela me pediu para esperar por ela acordada. Nunca teria me deixado preocupada desse jeito. Certamente teria me avisado se fosse a outro lugar. Somos amigas. Somos melhores amigas, praticamente irmãs. Eu a *conheço*, e ela jamais faria isso. Algo aconteceu com ela.

— Onde sua amiga trabalha?

— Ela trabalha para uma agência de modelos; foi lá que conheceu o Mattio Babaca Diaz. Ele é modelo. Ela conecta modelos com agências de publicidade e designers. Frosted. Ela trabalha para a agência Frosted. A sede fica no edifício Flatiron, aqui em Nova York. Também tem agências na Europa e na Ásia. Ela viaja, às vezes.

— Ela teve problemas com alguém de lá? Ou alguém a incomodou?

Kari segurou um dos dreads nos dedos, enroscou e desenroscou.

— Ela trabalha com modelos, então sempre há muito drama e alta demanda. Ela é boa em lidar com isso. Claro que haveria alguém irritado se ela o rejeitasse, ou se o cliente recusasse quem ela enviasse. Mas não consigo pensar em ninguém específico.

— Havia algum cara que quisesse estar no lugar de Mattio, ao lado dela?

— Muitos. Ela estava perdendo tempo com aquele babaca. Tem um exemplo aqui mesmo, um cara do outro lado do corredor.

— Do outro lado do corredor?

— Isso. — Ela baixou a mão e suspirou um pouco. — Luke Tripp. Ele é solteiro, bonito, e já demonstrou estar interessado em Jayla. Mas ela só tinha olhos para o Mattio, queria fazer as coisas darem certo com ele.

— Esse vizinho já forçou a barra com ela? Foi agressivo?

— Ah, não! Bem que eu gostaria que ele fosse um pouco mais direto, porque assim talvez ela prestasse mais atenção.

— E o Mattio? Ele já foi agressivo, fisicamente, ou cometeu algum tipo de abuso com ela?

— Nada físico, não. "Abuso"... — O fogo em seus olhos faiscou em meio ao medo outra vez. — Acho que é bastante abusivo o fato de ele ser um traidor mulherengo que a chifra o tempo todo, depois distorce tudo e sempre coloca a culpa nela. Mas essa é só a minha opinião. Ele é um babaca, mas nunca a machucaria desse jeito. Nem qualquer outra pessoa. Alguém poderia revidar e dar um soco na cara preciosa dele.

Eve fez mais algumas perguntas e obteve a imagem clara de uma mulher jovem, feliz e bem-sucedida em seu trabalho. Uma com um círculo eclético de amigos, e que tinha estado obcecada pelo homem errado durante mais ou menos oito meses.

— Posso dar uma olhada no quarto dela?

— Claro. Pode olhar em qualquer lugar, qualquer coisa. Você poderia emitir um alerta, como é mesmo o nome? Um boletim de pessoa desaparecida ou algo assim? Pode ser que ela tenha sofrido um acidente. Já liguei para os hospitais e clínicas da região, até os ambulatórios. Fiz tudo que poderia pensar em fazer, só que...

— Por favor, me dê uma foto recente dela — pediu Eve a Kari, nem que fosse apenas para lhe dar algo para fazer. — Nós vamos procurá-la.

— Você vai procurá-la? — Kari agarrou a mão de Eve. — Promete?

— Já estou procurando por ela agora, juntando informações de você, vendo o lugar onde ela mora, analisando seus pertences. Vamos verificar nos hospitais outra vez.

E no necrotério, pensou Eve.

— Obrigada. Muito obrigada! Venha, o quarto dela é este. Tenho muitas fotos. Vou pegar uma pra você.

— Gostaria de ficar com o seu *tele-link* também.

— Com o meu *tele-link*? Por quê?

— Vou pedir a alguém da DDE, a Divisão de Detecção Eletrônica, para tentar descobrir a localização dela. Talvez seja possível localizar onde ela estava quando mandou a mensagem.

— Vocês conseguem fazer isso? — Kari pegou seu *tele-link* do bolso. — Aqui está, leve tudo o que for preciso.

Eve usou o próprio *tele-link* para contatar McNab.

— Oi, Dallas. — O rosto bonito de McNab surgiu na tela — O cintilar dos piercings prateados na curva da orelha dele quase ofuscou a visão dela. — Dia de nevasca, hoje!

— Preciso da localização de onde foi enviada uma mensagem ontem à noite. Você pode fazer isso sem precisar do *tele-link* para qual a mensagem foi enviada?

— Sou um mago. Ligue pra mim por esse *tele-link* ou conecte-o ao seu e me dê só alguns minutos. She-Body! — berrou ele do outro lado da linha. — Vou resolver uma tarefa que recebi da sua tenente. Não coloque a roupa de sair ainda! Estávamos prestes a colocar o equipamento de neve para sair — explicou.

— Vou ligar pra você pelo *tele-link* da testemunha civil.

— Use este código — disse ele, enquanto a tela o exibia se movimentando pelo apartamento até o segundo cômodo que os dois usavam como escritório.

Eve usou o código que ele forneceu e ouviu o barulho do equipamento do lado dele da linha.

— Ok, qual modelo você está usando?

— Como diabos vou saber?

— Não se preocupe, tudo bem, espere um pouco, deixe-me... — Ela viu seu computador e um monte de códigos piscando na tela. — Aqui está, ok. Clique em Funções/Controle/Interface.

Eve seguiu as instruções e sentiu o *tele-link* vibrar de leve em sua mão.

— As mensagens estão chegando. Quais delas é a que você precisa da localização?

— Aquela ali! — Eve conseguiu ver o nome de Jayla na tela de McNab. — Quero a última de Jayla Campbell.

— "Vinho e chororô"... boa. Só mais alguns minutinhos. Você sabia que esse *tele-link* que enviou as mensagens está desativado, no momento?

— Como assim?

— Posso investigar isso, se você quiser, mas não há sinal de atividade. Essa última mensagem foi enviada perto da rua Carmine, quase na esquina da Sexta Avenida. Em uma margem de dois quarteirões de lá.

O rosto de Peabody surgiu na tela.

— Que foi? Alguma pista pipocou?

— Sim, surgiu alguma coisa. No momento estou na rua Bond, verificando o caso de uma possível pessoa desaparecida. Vá até a rua Carmine e fale com as pessoas que deram uma festa ontem à noite neste lugar — ela passou o endereço. — O nome da pessoa desaparecida é Jayla Campbell. Reúna todas as informações que conseguir. Adiante o meu lado, contate o policial Carmichael e peça pra ele verificar todos os registros médicos de Campbell. Eu te ligo daqui a pouco.

— Você está mesmo procurando por ela — disse Kari, soando surpresa, atrás de Eve. — Você acha que algo muito ruim aconteceu.

— Seja lá o que tenha acontecido, sim, estou procurando por ela.

Eve conseguiu uma boa percepção de Jayla Campbell. Ela gostava de música popular, nada muito inovador nem muito nostálgico. Tinha um caso de amor com sapatos e mantinha seu guarda-roupa separado entre roupas profissionais, roupas de festa e roupas casuais.

Ela seguia uma abordagem conservadora no que dizia respeito a relações sexuais, ao que parecia. Tinha optado pelo implante anticoncepcional anual e deveria reforçar a dose dali a três meses.

Gostava do trabalho que fazia, tinha esperanças de subir na carreira para se tornar sócia plena da empresa, lutava para manter uma rotina de alimentação saudável e se exercitava regularmente.

Tinha uma irmã mais nova que ainda estava na faculdade, e pais que iriam comemorar o vigésimo sexto aniversário de casamento no outono.

Ela acreditava, segundo o diário que mantinha no computador pessoal encontrado no quarto, que era a mulher que transformaria Mattio numa grande estrela, e num bom homem.

No entanto, não estava apaixonada por ele, deduziu Eve. Achava que talvez estivesse, mas não a longo prazo. E havia material suficiente sobre Luke Tripp, o vizinho gato, evidenciando que Jayla já vinha prestando atenção nele.

Ela gostava de uma vida social diversificada, grande parte dela centrada no trabalho. Mantinha um orçamento decente com gastos ocasionais, que incluíam cuidados com o cabelo e a pele, que pelo jeito eram prioridade para ela.

Quando Eve saiu do apartamento, visualizou uma mulher com uma boa ética de trabalho, que gostava de interagir com as pessoas, tanto amigos quanto estranhos. Uma mulher confiável. Não era alguém que deixaria a melhor amiga e colega de quarto de muitos anos na mão e com o cabelo em pé de preocupação.

Ela bateu à porta do outro lado do corredor.

O homem que a abriu tinha um corpo compacto e um rosto atraente. O cabelo escuro estava arrepiado em tufos selvagens, como se ele o tivesse penteado com um ancinho. Seus olhos, azuis e calorosos, se arregalaram quando ela exibiu o distintivo.

— Luke Tripp?

— Eu mesmo. Você é da polícia. Já a encontraram?

— Não, ainda não.

— Ah, Cristo. — Ele passou os dedos pelo cabelo, erguendo mais alguns tufos. — Kari me contou tudo há cerca de uma hora. Estou ligando pra todo mundo que consigo lembrar, mas ninguém a viu.

— Quando foi a última vez que você esteve ou falou com ela?

— Chegamos do trabalho no mesmo horário ontem, e entramos no prédio juntos. Conversamos por alguns minutos, como sempre costumamos fazer. Mais tarde, por volta das nove, talvez, eu estava inquieto e decidi ir à academia. Fica logo depois da esquina. Desci de elevador com ela e Mattio.

Ele disse o nome do homem num tom de desprezo.

— Você não gosta muito dele.

— Não gosto *nem um pouco* dele — corrigiu Luke. — Ele é um babaca que a trata como lixo. Ela merece coisa melhor.

— Alguém como você?

Ele soltou uma risada seca e suspirou.

— Quem me dera…

— O que você fez depois da academia?

— Depois? Eu... Ah, tudo bem, Deus, você quer saber onde eu estava quando ela desapareceu. — Desta vez, ele pressionou os dedos nos olhos. — Ok, qualquer coisa que ajude. Encontrei alguns amigos na academia e saímos pra tomar uma cerveja. Cheguei em casa por volta da meia-noite. Você quer entrar e dar uma olhada?

— Não. Estou apenas riscando algumas possibilidades da lista.

— Kari disse que estava muito revoltada com Mattio. Nada de novo aí, mas você precisa acreditar em mim: ela nunca teria feito isso com a Kari, nunca iria simplesmente sumir do mapa sem avisar aonde ia. Elas são como irmãs.

Não, concordou Eve ao sair do prédio. A mulher que ela imaginou tinha um ótimo senso de responsabilidade, e não faria isso com uma amiga.

Eve pegou seu *tele-link* para coordenar com Peabody qual seria o próximo passo.

Capítulo Nove

Ela combinou de encontrar Peabody no prédio de Mattio Diaz, na extremidade oeste do Greenwich Village. Não teve a mesma sorte de achar uma vaga e foi obrigada a se contentar com outro estacionamento subterrâneo com preço abusivo, a três quarteirões de distância.

A caminhada a convenceu de que Roarke estava certo, como sempre, a respeito das botas.

A neve fazia o trabalho de manter o trânsito, tanto de pedestres quanto de veículos, bem menos tumultuado que o normal ali, um bairro que estava sempre na moda, e ela notou que várias lojas optaram por não abrir, pelo menos não durante a manhã.

Avistou um vendedor de lanches vestido para explorar a Sibéria, com direito a óculos para neve. Um casal de gênero indeterminado se aconchegava junto do vapor da grelha, acima de um saco de castanhas que perfumava o ar. E um grupo de crianças corria com tanta energia ali por perto que ela deduziu que as escolas também tinham decretado folga por conta da nevasca.

Ela avistou Peabody, o casaco rosa que irradiava alegria era impossível de passar despercebido, mesmo através da espessa cortina de neve. McNab estava com ela. Ele usava um chapéu de um tom vibrante de cereja com protetor de orelha em lã em cores tão chamativas que ela só podia imaginar que aquilo devia ser obra das mãos estranhamente habilidosas de Peabody.

Eles também estavam colados um no outro e carregavam um saco de castanhas.

— Oi, Dallas! — Assim como o casaco, a voz de Peabody irradiava alegria. — Você já soube?

— Soube do quê?

— Estão prevendo entre quinze e vinte centímetros de neve!

— Oba...

— Eu não tinha nenhum caso urgente — explicou McNab, e estendeu o saco de castanhas para oferecer a Eve. — Falei com Feeney, e ele me liberou para vir com Peabody.

Eve delicadamente recusou as castanhas, que logo desapareceram em um dos meio milhão de bolsos de McNab.

— Ótimo. Vou conversar com o tão falado babaca a respeito do que aconteceu ontem à noite. Você poderia nos ajudar a triangular as localizações. Peabody tem os locais do sequestro e de onde desovaram o corpo do Kuper. Vamos ver como isso funciona em relação ao local exato de onde Campbell enviou a mensagem, ontem à noite.

— Posso fazer isso rapidinho.

— Antes disso, vamos sair dessa maldita neve.

— Ah, mas é tão lindo! — Peabody ergueu o rosto para o céu e deixou que alguns flocos grudassem em seus cílios.

— Esse monte de neve linda vai tornar mais difícil, para nós, desenterrar qualquer transeunte que possa ter visto Campbell ou as pessoas das quais eu suspeito fortemente que a pegaram. O que você conseguiu a respeito da festa de ontem?

— Nada de especial. Alguns caras organizaram a festa, aquele é um bom espaço para eventos, diga-se de passagem. Nenhum deles percebeu que a desaparecida tinha ido embora. De todo modo, eles não a conheciam. Mas havia outro cara lá esta manhã, ele passou a noite lá.

— E participou de um *ménage* — completou McNab, enquanto Eve usava sua chave mestra para entrar no prédio. — Isso foi confirmado.

— Foi isso mesmo — confirmou Peabody. — O terceiro cara conversou com ela por alguns minutos. Ele quer entrar na carreira de modelo. Como tem a aparência certa, ela lhe entregou seu cartão. Depois, ele reparou que ela trocou algumas palavras com Diaz, que estava ocupado se esfregando numa loira na pista de dança. A testemunha confirmou que Campbell ficou revoltada, e ele não podia culpá-la, pois o namorado não se deu nem o trabalho de disfarçar. Diaz disse algo para a loira depois que viu Campbell pegar o casaco e ir embora. O nome da loira é Misty Lane.

— Duvido que o nome seja esse — comentou Eve, sacudindo a neve do casaco.

— Bem, esse é o nome *profissional* dela. Trata-se de uma modelo/atriz/garçonete de eventos. Essa loira simplesmente riu e disse que caras como Mattio eram apenas para ela se divertir, não para ficar sério. Um outro cara garantiu que tudo isso se passou depois da meia-noite, mas não conseguiu definir a hora exata.

— Foi bom saber detalhes.

O armazém convertido em lofts imensos ostentava um elevador de carga que algumas pessoas achavam charmoso. Já Eve considerava aquilo uma armadilha mortal e optou pela escada.

— Nadine está pensando em comprar um lugar como este — anunciou Peabody.

— Igual a este?

— Está na lista de possibilidades dela. Um loft grande e moderno. A outra é um apartamento tradicional num prédio de tijolinhos, no mesmo estilo da casa de Charles e Louise. A terceira opção é uma cobertura de vários andares em algum prédio bacana.

— Número três — afirmou Eve.

— Ah, ela já decidiu? Da última vez que falei com ela, Roarke tinha lhe mostrado algumas propriedades diferentes, mas foi só até aí que ela chegou.

— Ela vai acabar optando pela cobertura.

— Talvez, mas não importa para onde ela vá, vai ser algum lugar que tenha segurança completa e de primeira linha. Aquele quase incidente com Roebuck a assustou.

— Ótimo. Eu avisei a ela pra não abrir aquela maldita porta. Da próxima vez, ela vai me ouvir. — Eve parou no terceiro andar. Apesar da estupidez momentânea, Nadine Furst era uma boa amiga. — Ela está bem?

— Sim. Tirou férias atrasadas, sozinha dessa vez, mas já voltou. Só ficou alguns dias fora, acho que é porque ela quer se mudar o mais rápido possível.

E, supôs Eve, porque a principal repórter criminal da TV não conseguia ficar longe da ação por muito tempo.

Ela entendia bem aquela sensação.

Tocou a campainha da porta de Mattio Diaz e foi recebida por uma voz computadorizada e metálica.

O sr. Diaz ativou a opção "Não perturbe".

Uma confusão de ruídos se seguiu e uma espécie de chiado soou, como se o computador tivesse asma.

Por favor, deixe o seu nome.

— Tecnologia barata — comentou McNab. — Comprada em algum buraco e sem qualidade.

Barata ou não, aquela tecnologia estava no caminho da polícia naquele momento. Eve pegou o distintivo.

— Digitalize isso aqui! — ordenou. — Este é um assunto oficial da polícia. Informe isso a Mattio Diaz agora!

A função de digitalização está atualmente desativada. Por favor, deixe seu nome.

Eve apertou a campainha, apertou-a com força.

O **Não perturbe** pelo alto-falante dessa vez veio com o equivalente ao ruído moribundo de um computador.

Seu nome não pode ser processado.

Implacável, Eve ignorou os suspiros agonizantes e manteve o dedo pressionado na campainha.

Demorou mais alguns minutinhos, mas o próximo som que se seguiu foi humano.

— Que porra é essa?

— Polícia de Nova York. Abra a porta, sr. Diaz.

— Mas... Caraca, *mal amanheceu*!

Sons de objetos sendo chacoalhados e mexidos se seguiram, até que a porta se abriu e ele enfiou a cabeça pra fora, a fim de ver quem era.

Sim, ele era bonitão, pensou Eve, mesmo meio desacordado e obviamente chapado. Olhos verdes que pareciam de outro mundo, cílios pretos grossos, bochechas esculpidas cobertas pela barba por fazer e mechas de cabelo castanho acobreado davam a ele o tipo de sensualidade refinada que costumava ser vista em outdoors.

— Você pode nos deixar entrar, sr. Diaz, ou levaremos esta conversa até a Central.

— Central do quê?

Pelo visto os deuses tinham usado todo o orçamento no rosto dele, e não tinha sobrado muita coisa para o cérebro.

— Somos policiais, então é da Central de Polícia que estou falando.

— Que porra é essa?!

— A porra será explicada no decorrer da conversa.

— Ai, caraca! — repetiu ele, e abriu a porta por completo.

Ele não tinha se dado ao trabalho de se vestir. Ao que parecia o orçamento incluía um corpo que combinava com o rosto.

Ao lado dela, Peabody engoliu em seco audivelmente.

— Eu estava dormindo — explicou ele, e se espreguiçou como se fosse o rei da selva. — Qual é o problema?

Eve se abaixou e pegou uma calça de couro falso do chão.

— Esta calça é sua?

— É sim, e daí?

— Vista-a!

— Claro, se isso te incomoda... — Ele sorriu. — Mas andar nu é natural. Alguém aí tem café?

— Com certeza, acabou de sair.

Havia peças de roupa, uma camisa, roupas íntimas dele e dela, supôs Eve, e um vestido preto bem curto espalhados pelo chão. Botas pretas de cano alto e saltos altos brilhantes amontoadas em outra pilha.

— Imagino que você não dormiu sozinho — comentou Eve.

O sorriso reapareceu quando ele puxou as calças para cima.

— Normalmente não durmo sozinho. — Então bocejou alto e conseguiu fazer a cena parecer sexy. — Preciso tomar um Vitasmooth.

Dito isso, ele meio que deslizou por uma passagem emoldurada em um bloco de vidro ondulado. Eve ouviu sons que indicavam uma cozinha sendo revirada.

— Idiota — murmurou McNab, e Peabody apenas limpou a garganta e engoliu em seco de novo.

Ele voltou com um copo gigante cheio de um líquido verde--espinafre.

— Desculpe, este era o último. — E tomou três grandes goles. — Uau, isso deixa a gente ligado rapidinho. Legal! Então, do que se trata?

— Jayla Campbell.

— Jay-jay? — Ele deu de ombros, voltou a andar quase desfilando na direção de uma das duas poltronas que ocupavam o cômodo amplo, largou o corpo e tomou mais um gole. — O que tem ela? Até onde eu sei, dançar com alguém não era considerado crime. Ela ficou chateada comigo, tudo bem, mas não havia razão para chamar a polícia.

— Ela desapareceu.

— O que desapareceu?

Eve se aproximou, bateu as mãos nos braços da poltrona e se inclinou para bem perto dele.

— Ouça com atenção.

— Claro. Você tem olhos mais que demais. Alguém já te disse isso? Você poderia ser uma tremenda modelo com esses olhos e esse corpo. Eu conheço pessoas que trabalham com modelos.

— Cale a boca e escute! Jayla Campbell saiu daquela festa para onde ela foi com você ontem à noite, mas ninguém mais a viu ou fez contato com ela desde então.

— Ela só deve estar de mau humor, enfiada em algum canto. Ela é bem temperamental.

— Temos motivos para acreditar no contrário. Você foi uma das últimas pessoas a vê-la. Quando foi a última vez que a viu ou falou com ela?

— Sei lá… na festa, quando ela ficou puta por causa de Misty. Estávamos só dançando. — Seu olhar se voltou para outra passagem coberta por uma cortina preta transparente.

— E você e Misty trouxeram a dança pra cá também?

Ele voltou a sorrir. Era como se não conseguisse evitar.

— Não há crime algum nisso.

— Que horas eram?

— Caraca, não sei exatamente. Ficamos lá até umas duas da manhã, eu acho. Então viemos andando pra cá, não conseguimos um táxi, mas transamos bastante. — Ele sorria abertamente agora, exibindo os dentes brancos perfeitos. — Jayla disse que estava tudo acabado entre nós, então... sabe como é, voltei a ser um homem livre. Pode acreditar que ela está apenas de mau humor, enfiada em algum lugar — repetiu. — Ela não ia querer ir pra casa e ver a vagabunda da colega de quarto dela esfregar tudo isso na cara dela, certo? Aquela mulher entendeu errado quando eu disse que talvez nós três pudéssemos nos entender muito bem juntos.

— Você é mesmo um tremendo babaca.

— Ei!

Eve o empurrou de volta na poltrona.

— Considere o que vou dizer: eu poderia conseguir um mandado, passar aqui e revirar este lugar pelo avesso. A busca encontraria todas as drogas ilegais que você ainda não consumiu.

— Eu não uso drogas! Você não pode provar nada disso.

— Poderia provar, sim, mas você não vale a pena. Escute, imbecil, a mulher com quem você se envolveu por vários meses, aquela que ajudou a mostrar ao mundo esse rosto do qual você tanto se orgulha, está desaparecida. Ela pode estar ferida em algum lugar por aí, pode até estar morta. Pelo menos finja que se importa.

— Não é minha culpa que ela tenha ficado puta com o que aconteceu. O que você quer dizer com "'morta"?

Pela primeira vez, ele pareceu preocupado com o que ouviu. Eve apenas se virou para a porta e gesticulou para Peabody e McNab a seguirem.

— O que você quis dizer com "morta"? — repetiu ele, enquanto eles saíam.

— Vamos deixar que ele reflita sobre isso — concluiu Eve.

— Ele é muito, muito gato — reconheceu Peabody. — E também é muito babaca.

— Esse babaca gato não teve nada a ver com o desaparecimento de Campbell. A única coisa que ele fez foi irritá-la, o que a fez ir embora da festa sozinha. Eu o colocaria durante algumas semanas numa cela só por isso, se pudesse.

— Ele não duraria nem dois dias na prisão — murmurou McNab.

— Exatamente — respondeu Eve.

— E você bem que ficou olhando! — Ele fez uma careta para Peabody enquanto desciam as escadas. — Quando ele estava nu.

— Bem, o cara estava pelado. E é todo musculoso. Se fosse uma garota, você certamente também teria olhado.

Eve encarou o teto, acelerou o passo de uma leve caminhada para uma corrida escada abaixo. No entanto, não foi suficiente para abafar a conversa.

— Aposto que ele comprou aquele corpo.

— Então ele fez um ótimo negócio, se for o caso. Mas eu gosto do seu, até da sua bunda ossuda.

Eve não precisou olhar, graças a Deus por isso!, para saber que Peabody deu um aperto na tal bunda ossuda para confirmar o que tinha dito.

— O cara teve o cérebro espremido! — Pelo visto, McNab era incapaz de deixar pra lá. — E ele ainda deu em cima de você, Dallas. Roarke o esmagaria até virar suco concentrado de babaca.

— Se ele valesse a pena ser esmagado, eu mesma teria feito isso. — Ela parou no fim da escada, fazendo-os parar de repente. — Ele é um suco concentrado de babaca — ela gostou da expressão. — É um imbecil completo e teve o cérebro espremido. Ele certamente é tudo isso e mais nada.

— E mais um pouco. A expressão é: "Tudo isso e mais um pouco" — lembrou Peabody.

— Para ser mais um pouco ele teria que ter pelo menos um pouquinho do cérebro ainda na cabeça. Pelo visto não sobrou nem isso.

— Hã... — Peabody franziu a testa antes de concordar. — Até que faz sentido.

— O mais importante é que ele não sabe e não se importa em saber onde Jayla Campbell está. Nós também não sabemos, mas nós nos importamos. Esqueçam esse sujeito. Ainda temos que enfrentar uma caminhada de cerca de três quarteirões até onde estacionei. Considerando o clima, vou chamar alguns androides, espalhar a foto de Jayla e pedir que eles vasculhem a área entre a festa e o apartamento dela, seguindo a rota mais provável que a levaria pelo caminho quando ela mandou mensagem para a colega de quarto.

— Posso cuidar disso.

— Então pode começar — disse a Peabody. — E você, McNab, faça uma lista com todas as localizações. O local do primeiro sequestro, o local onde o primeiro corpo foi desovado e a última localização conhecida de Campbell.

O *tele-link* de Eve tocou e ela logo o pegou, viu que era Baxter e abriu caminho para enfrentar a tempestade de neve.

— Dallas falando.

— Oi. Tem um delegado aqui pra te ver, um tal de William T. Banner. Veio de um lugar chamado Silby's Pond, no Arkansas, acabou de chegar. Ele quer falar com você sobre nossos assassinos sequenciais. Eu verifiquei, e a identidade dele confere. Trabalha no gabinete do xerife de Silby's Pond há cinco anos. Eu o coloquei para esperar no saguão, pois ele não arredou pé daqui e insiste em conversar com você primeiro.

— Silby's Pond? — Ela tentou se lembrar se o nome lhe era familiar, mas havia muitos nomes nas opções de rotas. — Estou saindo do Greenwich Village. Temos outra pessoa desaparecida. Pegue esses dados e coloque a engrenagem para funcionar.

— Pode mandar tudo pra mim.

— Jayla Campbell — começou Eve, e o informou de tudo.

Ela dirigiu pelo trânsito abominável com o cheiro das castanhas assadas de McNab e Peabody exalando, assim como o aroma do chocolate quente que eles mandaram preparar no AutoChef do banco traseiro.

Neve e aromas caseiros eram aceitáveis durante as festas de fim de ano, pensou ela, mas as festas já tinham acabado. Por que eles não podiam acabar com tudo aquilo também?

Quando chegou à sua vaga no prédio da Central, sentiu como se tivesse feito uma longa jornada pelo Círculo Polar Ártico.

— Por que todo aquele povo está lá fora? — questionou ela. — As pessoas, principalmente as que não sabem dirigir? O número da placa é: NY Eco-Charlie-Charlie-oito-sete-três. Emita uma multa de trânsito automática para esse veículo.

— Uma... "multa de trânsito automática"? — repetiu Peabody enquanto eles desciam do carro.

— Foi o que eu disse. Você não viu aquela mulher idiota? Ela estava trafegando a vinte quilômetros por hora!

— Hum... Bem, meio que compensa ser cauteloso quando...

— Enquanto dirigia, ela estava bem ocupada passando batom, com o espelho virado pra ela. Olhava para si mesma, em vez de prestar atenção à porra do trânsito. E ainda por cima falava no *tele-link*. Poderia ter colocado o carro no piloto automático, se precisasse se admirar em vez de dirigir, mas não, estava costurando de um lado para outro pela rua, enquanto prestava atenção na porra da maquiagem.

— Ok. Mas... você quer mesmo multá-la? Eu sempre me senti meio mal emitindo multas quando trabalhava no trânsito.

— Supere isso. Dê um tapa nela com essa multa por conduta irresponsável na direção.

Com McNab dando um tapinha em sua bunda para dar apoio, Peabody emitiu a multa automática enquanto eles pegavam o elevador para a Divisão de Homicídios.

— Eles não perseguem as vítimas — observou Eve, mudando de assunto. — Não têm tempo pra isso. É um sorteio. Não importa quem é a vítima: rico, pobre, jovem, velho, homem, mulher. Se o padrão seguido até agora se mantiver, temos apenas dois dias para encontrá-los antes que eles matem Jayla Campbell.

— O clima está a favor deles — comentou McNab. — Frio, vento, nevasca, granizo. As pessoas pegam táxi, saem de transporte público, ou ficam perto de casa. Eles só precisam encontrar uma pessoa caminhando sozinha em um local relativamente tranquilo.

— Agora, já são duas vítimas em Nova York.

Quando o elevador começou a parar em cada andar e policiais e visitantes lotaram a cabine, Eve saltou.

— É provável que eles tenham roubado essa picape ou van escura que estão usando. Peabody, faça uma busca por veículos roubados que batam com a descrição do que procuramos. Tente nas regiões de Nova Jersey e Pensilvânia também. E, sim, são veículos genéricos numa área grande — ressaltou, antes que Peabody lhe lembrasse disso. — Mas pelo menos já vai ser um começo, e talvez seja possível que eles decidam trocar de veículo outra vez. Podem ter roubado o carro de outra vítima.

Ela abriu caminho entre as pessoas nas passarelas aéreas e continuou.

— McNab, quero notícias das localizações. Eles estão em algum lugar de Manhattan. Precisam ter um espaço onde morar, e para onde levar as vítimas. Algum lugar com pouca segurança, porque não podem se arriscar a serem flagrados por câmeras que os pegarão transportando as vítimas. Até agora não apareceu nada na busca por lugares abandonados. Portanto, ou eles ainda não encontraram um local ou conseguiram um privado.

Quando Eve entrou na Divisão de Homicídios, Baxter ergueu a mão da mesa onde estava.

— Os alertas sobre Campbell já foram distribuídos, tenente. A mídia já começou a emitir boletins periódicos.

— Ok. — Ela viu o olhar dele se fixar por um instante no seu gorro de floco de neve. Eve o arrancou na mesma hora e enfiou o acessório no bolso. — Qual é o lance com esse policial que veio do Arkansas?

— Bem, ele é muito educado, mas foi bem firme ao dizer que precisava falar com você.

Ela tirou as luvas e o cachecol.

— Ele continua no saguão do andar?

— Da última vez que verifiquei, sim.

Com um aceno de cabeça, ela enfiou as luvas em um bolso, o cachecol em outro e saiu.

Ela queria muito tomar um café, quase tanto quanto queria continuar viva. Também queria sentar-se à sua mesa em silêncio absoluto e anotar todas as informações novas que reunira. Precisava atualizar os dados, analisar e pensar.

Em sua cabeça havia um relógio correndo rápido, e faltavam menos de quarenta e oito horas para o tempo acabar.

Parou na porta do saguão do andar, que abrigava filas de máquinas de venda automática, mesas minúsculas e cadeiras desconfortáveis. Eve avistou-o logo de cara.

Uma perna de meio quilômetro estava encolhida sob a mesa. Mãos longas com dedos estreitos trabalhavam em um tablet, enquanto um copo de uma das máquinas de venda automática com algo dentro repousava negligenciado à sua frente.

O homem tinha mechas generosas de cabelo ondulado da cor de um campo de trigo, e um rosto longo e estreito para combinar com as mãos. Ele não tinha se barbeado recentemente, ou então adotava o estilo da barba por fazer de propósito.

Usava jeans, botas que aparentavam estar gastas, uma camisa de flanela que a fez se lembrar da imagem de lenhadores, embora não tivesse muita certeza de como um lenhador se parecia exatamente.

Uma parca preta pendia sobre o encosto da cadeira, e uma mochila estava sob a mesa.

Ele ergueu o olhar assim que ela foi em sua direção. Olhos azuis, notou. Não como os de Roarke, mas poucos eram tão azuis quanto os do seu marido. Os do delegado eram de um tom meio acinzentado e acompanhavam olheiras, mas exibiam um ar de policial alerta.

— Delegado Banner?

— Sim, senhora. Will Banner. — Ele moveu as pernas longas, ou melhor, desdobrou-as, e se levantou. Ele tinha um metro e noventa e cinco, com tipo físico esguio.

— Sou tenente. Tenente Dallas.

Ele cumprimentou a mão que ela estendeu. A pele de sua palma era áspera.

— Eu realmente agradeço muito por me receber, tenente.

— Você está muito longe de casa, delegado Banner.

— É a pura verdade. Este é o lugar mais longe em que já estive.

— Onde fica Silby's Pond?

— Nos lagos de Ozarks, dona, não fica tão…

— *Tenente.* Ou *senhora*, se preferir. Só *Dallas* também serve.

— Desculpe. Vocês fazem as coisas de forma diferente por aqui. Fica no norte do Arkansas, tenente, não muito longe da divisa com o Missouri. É o lugar mais bonito que alguém poderia imaginar.

A voz dele soava em algum lugar entre um sotaque arrastado e um mais pesado.

— O que o trouxe aqui?

— Estou caçando os mesmos dois criminosos que a senhora. Os mesmos que mataram Dorian Kuper. Ele é apenas a vítima mais recente. A senhora emitiu uma busca ontem à noite, através do CIPAC, sobre desaparecidos e homicídios na minha área.

— Como sabe disso?

— Recebo um alerta sempre que outra vítima é encontrada, ou sempre que uma busca oficial por mais desaparecidos é iniciada. — Embora os pés do delegado estivessem inquietos, seus olhos permaneceram fixos nos de Eve. —Tenente Dallas, eu já sei que a senhora está trabalhando com os federais, e que eles já lhe forneceram os perfis e os dados que conseguiram levantar, mas eles não têm todas as informações.

— E você tem?

— Se eu tivesse, sua vítima provavelmente ainda estaria tocando violoncelo. Mas eu acredito... eu *sei* que tenho mais material do que os federais. Se a senhora pudesse apenas me dar quinze minutos. Entendo que está muito ocupada, com uma investigação em aberto, mas peço só quinze minutos. Vim de muito longe para isso.

— Vamos conversar na minha sala.

Ela quase conseguiu sentir um suspiro de alívio ressoar pelo peito dele, antes de o delegado se abaixar para pegar a mochila.

— Fico muito grato.

— Nós geralmente não chutamos colegas policiais do interior porta afora.

— A gente ouve muitas coisas sobre a cidade de Nova York.

— Aposto que sim. Quando você chegou?

— Essa é uma longa história.

Eve imaginou que aquele sotaque forte, arrastado e quase preguiçoso devia funcionar muito bem para contar histórias.

— Eu só recebi o alerta sobre sua vítima ontem à tarde. Falei com o agente especial Zweck, como já tinha feito com a vítima anterior e a outra antes desta. Os assassinos estão vindo faz algum tempo na sua direção, tenente. Há vários meses. Me parece que, com a busca a que deu início ontem à noite, a senhora também está se inclinando nessa direção.

— É um dos ângulos da investigação.

— É o ângulo certo. Quando eu reparei que a senhora estava indo por esse lado e, espero que me desculpe por isso, depois de fazer algumas pesquisas sobre seu trabalho, imaginei que a senhora poderia estar aberta a uma troca de ideias comigo.

Ele parou ao entrar na sala de ocorrências e olhou ao redor.

— Puxa, vocês com certeza estão sempre muito ocupados por aqui. Lá na minha cidade temos apenas o xerife, eu, mais outros dois delegados e o nosso despachante.

— Quantos habitantes há em Silby's Pond?

— Cerca de três mil e duzentos.

— Há mais gente que isso só neste setor do prédio.

Eve apontou o caminho para sua sala. Ele parou outra vez assim que passou pela porta e analisou o quadro dos crimes, enquanto ela tirava o casaco.

— A senhora certamente sabe que existem mais vítimas. Talvez cinquenta por cento a mais.

— Ele não foi atualizado desde que eu saí daqui ontem. Acabei me atrasando pra chegar porque temos outra pessoa desaparecida.

— Jayla Campbell. Eu estava lendo o boletim de pessoa desaparecida na hora em que a senhora chegou — acrescentou ele, quando a viu estreitar os olhos. — O intervalo de tempo entre uma vítima e outra bate, mas imagino que a senhora também saiba disso. Eles a pegaram. Devem ter dado início às torturas ontem à noite. Estão empolgados por já terem mais uma vítima. Certamente já começaram a machucá-la.

— Não existe nenhuma vítima oficial em Silby's Pond. Eu me lembraria, se houvesse.

— Não, dona, digo, senhora, tenente. Desculpe. — Ele esfregou os olhos por um momento. — Eu estava dizendo que imaginei que a senhora estivesse disposta a conversar comigo, então dirigi até Branson, é a melhor opção para pegar um transporte até Nova York. Peguei o último da noite, que já estava saindo, e pensei que teria sorte. Até que nos deixaram no meio do caminho, em Cleveland, por causa da nevasca. Então saltei, aluguei uma caminhonete e dirigi o restante do caminho.

— Desde Cleveland, com toda essa neve?

— A única maneira de pegá-los é persegui-los até alcançá-los. Ainda não consegui alcançar esse objetivo.

— Sente-se. Você quer café?

— Nossa, tudo o que eu puder tomar. Preto e sem açúcar seria ótimo, obrigado.

Ela pegou dois cafés no AutoChef.

— Quem você acha que eles mataram na sua cidade?

— Melvin Little. Ele é o que você poderia chamar de figurinha carimbada, por lá. Serviu às Forças Armadas durante as Guerras Urbanas, só que nunca conseguiu superar o trauma, se é que a senhora me entende. Voltou dos combates direto para a casa dos pais. Tinha um irmão mais novo e uma namorada. O que o meu pai me conta é que Little Mel, como ele era conhecido porque era muito baixinho, usava qualquer substância que conseguisse encontrar para abafar os pesadelos, as lembranças e as vozes em sua cabeça. Sei que nada disso importa, mas quero que a senhora saiba como ele era.

— Você vai ter seus quinze minutos de conversa — disse-lhe Eve.

Concordando com a cabeça, Banner tomou um gole do café. Então arregalou os olhos, que assumiram uma expressão vidrada.

— Jesus, que substância é essa? Isso é café de Nova York?

— Não exatamente. É apenas café de verdade. Tenho uma ligação com alguém que me fornece.

— Café de verdade! — repetiu ele, como uma prece, com admiração e reverência.

Ao se lembrar de como ela mesma tinha se sentido ao tomar o primeiro gole do café do Roarke, Eve sorriu.

— Você precisa de um minuto para se recuperar?

— Isso pode levar dias. — Ele sorriu de volta e ela viu, por baixo do cansaço, uma grande dose de charme escondida. — Espere até eu contar aos meninos em casa. — De repente, ele suspirou. — Little Mel... ele não conseguiu se ajustar depois que voltou pra casa. Eles tentaram de tudo, mas ele era apenas um dos que tinham se perdido. Foram muitos, eu acho. Ele não gostava de ficar dentro de casa, então começou a dormir nas colinas, na floresta. Vocês têm o que chamam aqui de "moradores de rua".

— Temos, sim.

— E eles, alguns deles, bem, fazem uma espécie de lar para si mesmos com as coisas que catam por aí. Foi exatamente o que ele fez. A família levava comida e suprimentos. Depois de algum tempo, ficou claro que ele não voltaria. Na maioria das vezes, estava bêbado ou drogado, mas nunca machucou ninguém além de si mesmo.

Eve conseguia enxergar Melvin Little porque Banner descreveu a pessoa que ele era muito bem. Mas ela sentiu que havia mais.

— Qual era a relação dele com você?

— Sabe a namorada dele, que eu mencionei? É a minha avó. Ela o amava, amava o garoto que ele tinha sido, mas não conseguia se aproximar do homem que tinha voltado dos combates. Ela acabou se casando com o meu avô, mas ainda visitava Little Mel de vez em quando. Levava comida e roupas limpas pra ele. Já eu adquiri o hábito de sair para vê-lo a cada uma ou duas semanas.

— Então vocês cuidavam dele.

— Fazíamos tudo que podíamos. É verdade que ele invadia carros, em cabanas ou galpões, se não estivessem trancados, e pegava qualquer coisa que lhe chamasse atenção. Esse comportamento passou a ser mais frequente nos últimos dois anos. Ele jamais entrava quando havia alguém nesses lugares, entende? Nunca arrombou nada. Se o lugar estivesse trancado, ele ia embora. Caso contrário, simplesmente entrava, vasculhava as coisas e pegava algo para adicionar ao que ele chamava de sua "coleção". Podia ser um garfo, uma maçaneta ou um relógio quebrado.

— Você o considerava inofensivo.

— Totalmente inofensivo. — Banner esperou um momento e tomou mais um gole de café. — Tivemos o caso de um menino desaparecido uma vez. A família tinha ido acampar e o menino se perdeu. Estávamos montando a equipe de busca quando Little Mel entrou no acampamento com o menino nos ombros. O menino disse que estava perseguindo um coelho, se perdeu e estava chorando porque machucou o pé. Little Mel apareceu, deu-lhe uma barra de chocolate, enrolou seu pé em um lenço que, verdade seja dita, não estava lá muito limpo, e disse que o levaria de volta para a mãe. E foi isso que ele fez. Little Mel nunca machucou ninguém.

— O que aconteceu com ele?

— Eu sabia, quando saí para ver como ele estava, que havia algo errado. Não pelo fato de ele não estar lá, mas porque suas coisas estavam todas remexidas e bagunçadas. — Banner fez uma pausa e meneou a cabeça. — Ele tinha muito orgulho da sua "coleção", havia um sistema de organização. Naquele dia, nada estava organizado.

Ele ergueu o olhar, fixou-o no de Eve.

— Você sabe como é quando sentimos uma fisgada de apreensão na barriga?

— Sei, sim.

— Pois é, foi o que eu senti. Fui procurá-lo nos locais que ele costumava frequentar. Fui aonde ele gostava de pescar, onde ele levava o que chamava de seus "preâmbulos". Não o encontrei em lugar algum. Voltei na manhã seguinte, levei o filho do sobrinho dele, que é amigo meu, para que pudéssemos cobrir mais território. Eu o encontrei no fundo de um barranco alto, todo quebrado. Qualquer um imaginaria que talvez ele pudesse ter escorregado da trilha mais acima, que tivesse sofrido uma queda longa e feia. Mas ele era um tremendo especialista em montanhas, eu juro. E já estava morto fazia três dias.

— Havia evidências de tortura, marcas de cordas ou algo assim?

— Ossos quebrados, cortes, hematomas, algumas queimaduras. No entanto, a polícia considerou tudo aquilo como acidental. As queimaduras poderiam ser explicadas pelo fato de ele fumar tudo o que conseguia, ou talvez por alguma fogueira que tivesse feito. As fraturas, os cortes e hematomas teriam sido resultado da queda. Recebemos um relatório de que uma cabana tinha sido arrombada. Fechadura quebrada. Algumas coisas foram levadas de lá, não era exatamente consistente com o comportamento de Little Mel, como já falei, ele nunca arrombou lugar algum. Eles encontraram um pouco de sangue, e era dele, então tudo fazia parecer que ele simplesmente tinha entrado na cabana e se cortado em alguma coisa. Não havia muito sangue. Só que não encontramos nada que estivesse faltando em sua coleção, nem ao longo do caminho que ele teria feito, se tivesse subido aquela colina e de fato levado um tombo. Realmente tudo poderia ter acontecido dessa forma: ele invadiu uma cabana, se cortou, talvez tenha sido descuidado na trilha e caiu de lá de cima. Dá pra entender a lógica da história, para quem não o conhecia. Só que, pouco mais de uma semana depois, um garoto desapareceu no Missouri.

— Noah Paston.

— Exatamente, dona, digo, *tenente* — corrigiu. — A senhora precisa me dar um tempo para mudar o hábito de uma vida inteira. Não há dúvida de que ele foi sequestrado. Não houve acidente algum ali. E vi sinais claros de que ele foi amarrado, retalhado, queimado e esmagado. Um garoto jovem de porte atlético e o pobre Little Mel não parecem ter muita coisa em comum, mas ambos estavam sozinhos, ambos caminhavam no que poderíamos chamar de áreas remotas, ambos sofreram cortes, queimaduras e tiveram ossos quebrados. Eu não consegui deixar isso passar em branco. Tenente, posso lhe mostrar a lista que montei, com os nomes e locais que venho reunindo desde agosto.

Arkansas, refletiu Eve. Se encaixava perfeitamente na rota que ela traçara.

— Estou muito interessada nisso, para poder comparar com a minha própria lista. Que não está atualizada — repetiu, quando ele olhou para o quadro dela. — Não apenas com Jayla Campbell, mas com as possíveis vítimas que reuni ontem à noite. Ava Enderson está na sua lista?

— Está sim, com certeza.

Quando ela disse mais alguns nomes, ele fechou os olhos como um homem que encontrou um lar, assentindo com a cabeça, apenas assentindo, até que ela chegou a Jacob Fastbinder.

— Esse caso foi de partir o coração. Jennifer, a sra. Fastbinder, ela insistiu o máximo que pôde, mas o marido não se encaixava no padrão de vítimas do FBI. E, como aconteceu no caso de Little Mel, tudo parecia tão simples quanto um acidente.

— Você a conhece?

— Nunca nos vimos pessoalmente, mas tivemos várias conversas e trocamos e-mails.

— Eu pretendia contatá-la ainda hoje e pedir a permissão dela para que o corpo do marido fosse exumado e trazido para Nova York, para ser analisado pela nossa antropóloga forense.

— Se a senhora me deixar falar com ela, acho que posso fazer com que isso aconteça. Imagino que a senhora não estaria interessada em dar uma olhada em Little Mel, certo?

— Há restos mortais para olhar?

— Ele está enterrado no cemitério da família, como era o desejo da mãe.

— Ter restos mortais de duas pessoas daria uma boa base de comparação para a DeWinter. — Eve considerou aquela possibilidade e não precisou de nem um segundo a mais para tomar a decisão. — Vamos mandar pegá-lo. Preciso conversar com meu comandante antes, mas traremos os dois, se você conseguir convencer a mãe e a esposa.

— A mãe de Little Mel vai precisar de mais persuasão do que Jennifer Fastbinder, mas eu consigo ser bem convincente. E espero poder convencer a senhora, tenente, a me deixar tomar outra xícara deste café.

Eve gesticulou para o AutoChef.

— Você sabe como usar um aparelho desses?

— Eles são quase iguais em toda parte.

— Então, sirva-se à vontade. Depois volte para o saguão deste andar. Você consegue encontrar o caminho de volta até lá?

— Tenho um bom senso de direção.

— Comece a persuadir as pessoas. Preciso de um tempo aqui para fazer o mesmo, depois vou reservar uma das nossas salas de conferência. Quando você deve voltar para o Arkansas?

— Estou com todo o tempo livre do mundo. Tirei folga do trabalho.

Isso atrapalhava as coisas.

— Por acaso o seu chefe sabe que você está aqui? Sabe o que está fazendo?

— Ele está ciente de tudo. — Banner cutucou o AutoChef. — Ele não concorda com todas as minhas teorias, mas me deu bastante espaço para investigar. E tenho muitas folgas pra tirar.

— Certo. Vá trabalhar na autorização das exumações que vou trabalhar do lado de cá para explicar tudo aos peritos.

Ela se sentou e, quando ele saiu da sala, fez uma rápida e completa verificação dos dados pessoais dele, antes de entrar em contato com o gabinete de Whitney, a fim de solicitar alguns minutos de conversa com seu comandante.

Capítulo Dez

Whitney estava sentado à sua mesa, a cidade que ele servia emoldurada na grande janela às costas do comandante. As mãos grandes repousavam nos braços da cadeira, enquanto os olhos, escuros e penetrantes, permaneciam focados em Eve à medida que ela lhe passava as informações que reunira sobre o caso.

Ele comandava como usava seu terno: no tom certo e com linhas retas. Enquanto a tenente falava, o rosto largo e de pele escura permaneceu impassível.

— E este delegado viajou para cá, vindo das Ozarks, usando dias de folga e o próprio dinheiro porque as buscas que você fez chamaram a atenção dele?

— Exatamente, senhor.

— E o motivo de ter feito isso é, basicamente, porque acredita que um veterano de guerra com transtorno de estresse pós-traumático, histórico de abuso de drogas e comportamento antissocial teria sido uma das vítimas dos assassinos sequenciais procurados por este departamento, outras delegacias e o FBI. Tudo isso apesar da decisão do médico-legista que ele mesmo contatou e da subsequente determinação pelo FBI de que essas mortes foram acidentais.

Em termos tão diretos e lógicos, não parecia fazer sentido, mas...

— A médica-legista responsável também é a médica da cidade, uma clínica geral. Eu pesquisei e vi que ela só trabalhou em meia dúzia de assassinatos em dezessete anos de carreira. O FBI traçou o perfil desses suspeitos não identificados e consolidou o padrão de vítimas. Até agora, eles não se mostraram muito flexíveis em considerar qualquer hipótese fora desses padrões. A vítima do delegado Banner está na rota que especulei por minha conta, bem como várias outras vítimas que o delegado Banner e eu temos em nossas listas separadas. Eles não começaram no Tennessee, comandante. Até onde sabemos, a vítima de Nashville foi apenas a primeira que tinha um coração marcado na pele. E, a menos que as preenchamos com os nomes que Banner e eu adicionamos por conta própria, as lacunas entre os assassinatos são inconsistentes.

— Você já conversou sobre tudo isso com o agente especial Zweck?

— Não, senhor, nem pretendo conversar, por enquanto. — Ela parou de falar por um instante quando o viu arquear as sobrancelhas. — Eles não estão interessados nesta linha de investigação, nem nessas vítimas. O próprio Banner já foi dispensado por eles. Se encontrarmos evidências significativas de que nossas vítimas fazem parte do rastro desses assassinos, é claro que vou compartilhar com Zweck todos os dados e informações. Entendo que isso é baseado em especulação, comandante, mas é uma especulação lógica. Tudo se encaixa. E seria precipitado descartar o fato de Banner e eu termos chegado a conclusões que incluem um número tão alto de vítimas em comum.

Ele bateu com um dedo na borda da mesa.

— Também seria precipitado exumar dois corpos e transportar os restos mortais pra cá, para que nosso pessoal e nossos recursos os estudem com o propósito de anular causas de morte já determinadas.

— Se qualquer uma dessas causas de morte for anulada, eu já tenho um terceiro corpo. Noah Paston, um rapaz de dezenove anos, foi sequestrado, torturado e assassinado em setembro... só não tinha o coração tatuado.

— Isso elevaria a contagem de vítimas para vinte e quatro — observou Whitney.

— O corpo de Paston não foi cremado, foi enterrado. Se determinarmos que Mini Mel ou Fastbinder foram mortos por esses mesmos suspeitos, e é esta a minha hipótese, eu acredito que os pais de Paston também concordariam em exumar o corpo para perícia.

— E quanto a Jayla Campbell?

— Ela é a próxima vítima, mas não será a última. Acredito que coordenar nossos dados com os de Banner, compilar nossas investigações independentes e abrir novas vias de pesquisa nos ajudarão a encontrá-la a tempo.

Já se passaram quase dez horas das quarenta e oito que ela tem, pensou Eve.

— Não temos nomes, nem rostos. Eles são como fantasmas, comandante. Isso me diz que têm a aparência de pessoas comuns, mas sabem como se misturar e se comportar de forma a não chamar atenção. Tenho policiais e androides vasculhando a área que fica entre o local onde Campbell foi vista pela última vez e o apartamento dela. Usei a localização exata de onde, de acordo com McNab, ela mandou uma mensagem para a colega de apartamento. Ela chegou até ali, mas não sabemos o quanto mais andou depois disso. Sabemos que caminhava sozinha, tal como Kuper, Mini Mel e Fastbinder.

"Há sempre um erro em algum lugar", continuou Eve. "Sempre há, mas ninguém o encontrou até agora. Esse erro pode ter acontecido mais para trás, onde ninguém olhou com a devida atenção. Se o encontrarmos, talvez ainda tenhamos tempo de salvar Campbell."

Ele tamborilou os dedos nos braços da cadeira e se inclinou para a frente.

— Quero falar com o superior de Banner.

— É o Chefe de Polícia Lucius Mondale. Fiz uma pesquisa rápida dos dois. Ambos são policiais de cidade pequena, senhor, mas são competentes, pelo que consegui encontrar. Já lhe enviei os dados e o contato de Mondale.

— Vou falar com ele e então te dou minha posição sobre o assunto. Enquanto isso, coordene seus dados com os de Banner. Informações extras nunca são desperdício.

— Sim, senhor.

— Eles estavam vindo para cá — observou ele, enquanto Eve deu um passo para trás.

— Sim, senhor. Em todas as rotas que eu projetei, Nova York é o provável destino dos dois.

Colocando-se de pé, ele caminhou até sua imensa janela de vidro e olhou para fora com as mãos entrelaçadas nas costas.

— Esse será um dos erros deles. Mantenha tudo isso fora do radar da mídia pelo máximo de tempo possível.

— Com certeza, senhor.

— Dispensada.

— Sim, senhor.

Era uma corrida contra o tempo, pensou Eve, enquanto corria de volta para sua divisão. O tique-taque do relógio marcava cada minuto restante para Campbell, e agora um segundo cronômetro fora acionado. Quanto tempo ela levaria para colocar os restos mortais das vítimas nas mãos da DeWinter e de Morris? Ela queria essa equipe cuidando disso.

Eles não deixavam passar nada.

Será que Melvin Little tinha sido o primeiro? Ela também tinha feito uma pesquisa sobre ele. O homem pesava menos de sessenta quilos e tinha mais de setenta anos. No entanto, aquilo não significava que ele era um alvo fácil. Era um veterano de guerra que conhecia a floresta, as colinas. Tinha sobrevivido nelas durante décadas.

Com todas essas informações na cabeça, ela voltou à sala de ocorrências.

— Peabody, marque uma das salas de reunião e reúna todos os dados que temos nesta investigação. Onde está Baxter?

— Eles pegaram um caso novo.

Eve mudou de foco e olhou ao redor.

— Detetive Carmichael e Santiago, vocês estão trabalhando em algum caso?

— Acabamos de encerrar uma investigação e só falta o relatório final, tenente — respondeu Santiago.

— Encerrem tudo o mais rápido possível e depois trabalhem com Peabody. O policial Carmichael ainda está em campo?

— Ainda não chegou de volta, mas posso ligar pra ele — ofereceu Peabody.

— Faça isso, então.

Eve seguiu na direção do saguão e pegou seu *tele-link* enquanto caminhava.

— Preciso falar com a dra. Mira — disse ela, antes que a assistente da psiquiatra conseguisse identificar quem ligava. — O mais rápido possível. Tivemos outro sequestro e tenho novas informações sobre os suspeitos cujos perfis foram montados pela doutora.

— Vou repassar sua solicitação, tenente.

— Faça isso agora.

Eve desligou. Logo em seguida, deixou uma breve mensagem de voz para Garnet DeWinter e outra para Morris, no instante exato em que entrava no saguão do andar.

— A bola já está rolando — disse ela, erguendo a mão para que Banner continuasse sentado onde estava. — Quero que isso seja feito depressa. Preciso que você fale com quem for preciso para acelerar as coisas o máximo possível. Já te ligo de volta. Algum progresso? — perguntou a Banner.

— A sra. Fastbinder não apenas concordou, como já tem um juiz na manga que vai aprovar a ordem de exumação do corpo do marido. Acho que o tal juiz ficou aliviado porque a esposa vai mudar o caso de estado e largar do pé dele. Acabei de conversar com meu chefe. E conversei também com a mãe de Mini Mel, e ele vai fazer a coisa andar. Acho que ele deve estar se sentindo igual ao juiz.

— Não importa o porquê, desde que funcione. Meu comandante falará com seu chefe. — Ela o estudou com cuidado. — Se Whitney tiver a impressão de que você é um lunático querendo fazer justiça com as próprias mãos, Banner, não conseguiremos ir muito longe.

— Talvez eu esteja mesmo obcecado com este caso, e conheço uma garota que decidiu que eu era um lunático quando entrei para a polícia, mas eu aguento qualquer tranco.

Ela se sentou e o estudou outra vez. Não viu um sujeito obcecado, nem lunático.

— A cabana onde o sangue de Mini Mel foi encontrado, e de onde itens foram levados e não recuperados, quem mora lá?

— É uma cabana para locação. Há muitas delas por aquela área. Esta, especificamente, estava fechada havia várias semanas por problemas de tubulação de esgoto que o proprietário não conseguiu resolver.

— Então estava vazia.

— Isso mesmo.

— Tinha sistema de segurança?

— Apenas uma fechadura na porta.

— Um alvo fácil para alguém que precisa de alguns itens fáceis de transportar. Os suspeitos invadiram e começaram a pegar o que queriam. Mini Mel apareceu, houve uma altercação e ele foi morto ou aprisionado. A que distância da cabana você o encontrou?

— Sem contar a queda? Talvez uns oitocentos metros até a estradinha transversal, mais uns quatrocentos metros até a trilha de onde disseram que ele caiu. Tem gente que acha que ele saltou lá de cima, mas isso não tem porra nenhuma a ver com...

Ele respirou fundo e passou a mão pelo cabelo.

— Desculpe meu linguajar.

— No dia em que "porra nenhuma" for um linguajar ruim numa delegacia de polícia, também será o dia em que vou desistir desse trabalho e devolver meu distintivo. Não vai rolar. Havia sinais de que alguém tinha limpado o lugar?

— Era só um pouco de sangue. Eles nem notaram quando limparam, na minha opinião. Os assassinos usaram plástico grosso para forrar o chão, como usaram outras vezes. Sempre mantiveram o sangue fora da cena do crime.

Exatamente o que Eve pensava.

— Então ele também não foi o primeiro a morrer. Foi só um dos primeiros. Vamos fazer o caminho inverso e procurar rastros anteriores a partir desta vítima, a partir de Mini Mel. E encontraremos a primeira. E, quando a encontrarmos, nós os encontraremos.

As sobrancelhas de Eve arquearam quando ele estendeu o braço e cobriu a mão dela com a dele. O delegado endireitou a postura na mesma hora.

— Desculpe! Isso provavelmente não é permitido. É só que... Eu estava esperando há muito tempo para ouvir alguém dizer isso.

— Não basta dizer, precisamos provar e temos que encontrá-los, há muitos passos até chegarmos lá.

— Estou aprendendo alguns desses passos da melhor maneira que consigo. Vou ser franco com a senhora. Eu só trabalhei em dois assassinatos até hoje, e ambos eram bem óbvios desde o início. Primeiro foram os irmãos Delroy: Zach e Lenny. Nenhum deles era muito inteligente, e ambos adoravam consumir bebida ruim e *jump* caseiro. Os dois ficaram agitados depois de consumir as duas substâncias e brigaram durante um jogo de cartas. Zach pegou um atiçador de lareira e enfiou na cabeça do Lenny. Tentou disfarçar o crime dizendo que alguém tinha invadido a casa deles, mas... como eu disse, não era lá muito inteligente.

Ele se mexeu um pouco, como se procurasse mais conforto na cadeira dura.

— O segundo caso foi o de uma mulher que veio de Pittsburgh com o marido para passar férias. Não foram férias muito tranquilas porque ele tinha o hábito de bater nela quase todo dia, só por diversão. Naquele dia, ele já tinha deixado o olho dela roxo e o lábio ferido antes de ela conseguir fugir para o carro e se trancar lá dentro. Então ela resolveu atropelá-lo quando ele saiu correndo atrás dela e se colocou diante do carro.

— É difícil culpá-la.

— Pois é. Ela nos contou, logo de cara, que queria ter certeza de que ele estava morto, e por isso deu ré no carro e atropelou o marido de novo. Três vezes. De qualquer forma, como eu disse, foi caso aberto e encerrado. Não temos muitos assassinatos, pelo menos não propositais, em Silby's Pond.

— Mas você chegou longe na investigação deste aqui.

— Desde que Mini Mel morreu passei a trabalhar no caso todos os dias. Às vezes apenas uma hora ou pouco mais do que isso, mas todos os dias sem falta. Fiquei mais esperançoso agora, que conheci alguém como a senhora, uma policial de homicídios de verdade. Acho que vou conseguir justiça.

— Então vamos em frente. O próximo passo é levar tudo que temos para a sala de reuniões.

Ela se levantou e esperou enquanto ele pegava o casaco e a mochila.

— É um lugar e tanto, essa sua Central de Polícia — comentou Banner, quando os dois começaram a caminhar. — Há muita coisa acontecendo ao mesmo tempo.

— Se você estiver interessado, posso pedir a alguém que mostre o departamento pra você.

— Certamente vou estar interessado.

Um grito de guerra, alto e selvagem, soou no corredor do saguão. Eve se virou e viu dois policiais correndo atrás de alguém. O homem que eles perseguiam avançava como um touro, com a cabeça baixa, os dentes à mostra e os olhos acesos como lanternas por causa de alguma substância que tinha fumado, engolido ou injetado. Ele derrubou uma pobre funcionária civil cujas pernas cederam na mesma hora, fazendo com que ela e a bolsa de arquivos que carregava caíssem violentamente.

— Com licença — pediu Eve para Banner, colocando-se no meio do corredor enquanto o homem, que tinha cabelos longos e ruivos que desciam pelas costas em tranças finas, corria com os punhos erguidos como se estivesse possuído.

O cruzado de direita que Eve deu nele mal surtiu efeito, mas desviou a atenção do fugitivo o suficiente para fazê-lo balançar os punhos cerrados na direção dela. Um deles passou raspando junto do ombro da tenente, mas ela acompanhou o movimento, girou o corpo e devolveu o golpe com um chute lateral no abdômen do homem.

Ele grunhiu e tentou agarrá-la. Ela pisou com força no peito do pé dele, acompanhou o movimento com uma joelhada forte em seus testículos e aplicou-lhe mais um cruzado de direita.

Foi isso que o fez cambalear para trás, mas ele sorriu pra ela com a boca ensanguentada. Ela se preparou para o próximo round, mas a perda de equilíbrio levou tempo suficiente para que os policiais o alcançassem.

Eve deu um passo para trás enquanto eles lutavam. Sentiu vontade de avançar outra vez enquanto punhos e cotoveladas golpeavam, batiam aleatoriamente e gritos de guerra ecoavam. Nesse momento, um terceiro policial pulou sobre os outros dois que tentavam imobilizá-lo.

— Pelo amor de Deus! — exclamou ela, quando eles finalmente o derrubaram e o algemaram, embora o homem continuasse a rir como um louco. — Pelo amor de Deus! — repetiu.

— Este é Fergus Furioso, tenente. — Foi um dos policiais que se jogaram sobre o fugitivo, com o lábio sangrando, que conseguiu falar. — Achamos que já o tínhamos imobilizado, mas nunca se sabe o que vai despertar a fúria dele.

— Algum de vocês vá cuidar daquela mulher que ele derrubou e levem-no daqui. Se não conseguem controlar os prisioneiros, mantenham-nos longe da minha divisão. Estão me fazendo passar vergonha!

Ela se virou e viu que Banner estava ajudando a funcionária a se levantar.

— Desculpe por isso — disse Eve, ao se aproximar dele novamente.

— A senhora se move muito rápido. Se tivesse me dado um chute daquele, eu ainda estaria no chão esperneando e ofegante como uma truta no anzol.

— Acho que Fergus Furioso é feito de material mais resistente.

— Ele lhe deu um bom golpe.

— Não é a primeira vez. — Girando o ombro, ela seguiu em frente na direção da sala de reuniões e gesticulou para que ele entrasse antes dela.

— Detetives Peabody, Santiago, Carmichael... Este é o delegado Banner.

Após uma troca de cumprimentos do tipo "prazer em conhecê-los", Eve analisou o quadro dos crimes, já quase completo.

— Vocês já foram informados de tudo? — perguntou a Carmichael e a Santiago.

— Sim, Peabody nos atualizou. — Santiago bateu de leve na foto de Campbell. — Temos menos de dois dias para encontrá-la.

— Então não vamos perder tempo. Delegado, repasse tudo o que você tem para Peabody. Ela vai reunir e organizar cronologicamente as informações. Vou repassar o que conversamos para os outros enquanto terminamos de montar o quadro. Mini Mel... — começou ela.

Ela teve uma surpresa agradável quando Mira entrou na sala. Isso significou ter que interromper tudo para fazer novas apresentações e uma rápida recapitulação do que tinha sido dito até aquele momento.

— Uma trilha íngreme e acidentada como essa? — Carmichael estudou as imagens de Banner enquanto cada uma delas era apresentada no telão. — Ele pode ter escorregado. Não estou dizendo que foi o que aconteceu — acrescentou ela. — Estou só apontando que se você analisar a probabilidade de ser este o caso, os resultados serão altos.

— Sim, dona, seriam... e foi o que aconteceu, mas não convenceu quem conhecia Mini Mel. Não me importa o quão problemático ele era, a verdade é que ele nunca na vida deu um passo em falso quando cruzava um caminho acidentado ou fazia trilha.

— Temos a cabana e a pequena quantidade de sangue encontrada lá. — Mira cruzou as pernas e inclinou a cabeça de leve. — Se, como o laudo determinou, ele se machucou enquanto vasculhava a propriedade invadida, deveria haver mais sangue, não apenas algumas gotas em um único local.

— Concordo — disse Eve. — Seus varredores passaram as luzes especiais, Banner?

— Varredores?

— É como às vezes eu chamo os peritos técnicos da cena de um crime.

— Ah, sim, senhora, eles passaram sensores especiais. Não havia sinal de que algum sangue tinha sido removido. E lhe garanto que ele nem teria se dado ao trabalho de limpar.

— Nenhum dos itens roubados foi recuperado? — quis saber Santiago.

— Na verdade, nada de muito valor foi levado. E não seria o tipo de coisa que levantaria suspeita se você a levasse para uma casa de penhores ou, sei lá, um bazar.

Mira cruzou as mãos enquanto examinava a imagem da vítima.

— Seu legista determinou que essas queimaduras foram autoinfligidas, certo?

— Exatamente, senhora. Ou acidentais ou ocorridas quando ele estava chapado.

— Discordo fortemente, e acredito que nosso legista também discordará.

— Fico muito feliz em ouvir isso.

— Morris e DeWinter vão examinar os restos mortais dele e os da suposta vítima encontrada na Virgínia Ocidental — acrescentou Eve.

— Seus legistas fizeram uma cagada nessa investigação. — Santiago olhou para Banner. — Os agentes federais também. Sem querer ofender.

— Não me ofendi.

— Nós especulamos — começou Eve — que eles trabalharam como uma equipe e montaram uma estratégia para cuidar de Mini Mel. Podem ter entrado na cabana que estava vazia no momento e a vítima os pegou no flagra ao entrar ou passar pelo local. Eles o agarraram, usaram um plástico grosso para não deixar marcas de sangue e fluidos; depois o transportaram até a trilha alta, jogaram-no lá de cima e seguiram seu caminho. Quanto à ausência do coração tatuado? Suponho que eles ainda não tinham começado a deixar esse floreio ou "assinatura", até aquele momento. Ele foi um dos primeiros a morrer. Não o primeiro, mas um deles. Então, trabalhamos a partir deste ponto.

— Temos muito a vasculhar para trás a partir daí. — Carmichael franziu a testa. — O que os fez começar a cometer esses assassinatos? Isso vai ser a chave. O que desencadeou esse processo? Se eles são amantes, e parece ser esse o caso, talvez alguém, um pai, uma figura de autoridade ou um cônjuge, estivesse tentando mantê-los longe um do outro. Ou alguém partiu para cima de um deles e as coisas correram mal a partir daí. A primeira morte, seja de quem for, onde for e por que motivo tiver ocorrido, foi o que desencadeou tudo.

Ela olhou para Mira em busca de confirmação.

— Na minha opinião, sim — concordou a doutora. — Esse foi o momento de ignição, ou a "centelha" que deu início a tudo, se preferir.

— Levantei algumas possibilidades — afirmou Banner, olhando para todos. — Eu tenho trabalhado cronologicamente a partir de Mini Mel, sempre batendo cabeça com o FBI, mas também comecei a fazer o caminho inverso. Tenho três vítimas que... bem, ainda são apenas possibilidades.

— Então vamos vê-las.

Ele olhou para o computador que Peabody usava.

— Isso é um pouco mais avançado do que o computador onde eu trabalho.

— Vou encontrar os dados. Qual o código do arquivo?

— Ah, não é exatamente um código, por assim dizer. Eu os arquivei numa pasta chamada TAM: "Talvez Antes de Mel."

— Já achei. Tenho uma prima que mora nas Ozarks — comentou Peabody, enquanto trabalhava. — Em um lugarzinho perto de Pigeon Run.

— Eu conheço Pigeon Run. Lugar muito bonito.

— Muito! Não vou lá desde os meus dezesseis anos, mas me lembro bem. Minha prima, o marido e os filhos administram uma cooperativa de mercado de agricultores.

— Lydia Bench e Garth Foxx?

Surpresa, Peabody voltou o olhar pra ele.

— Puxa, são eles mesmos. Você os conhece?

— Um pouco. Minha irmã é que tem mais contato com eles. Ela leva as colheitas até a cooperativa e traz produtos de lá ao menos uma vez por mês. Mundo pequeno este nosso, por mais que pareça imenso.

— Vamos manter o nosso mundo focado em assassinatos por enquanto — sugeriu Eve. — Coloque os dados no telão, Peabody.

— Estão chegando.

— Esta pode ter sido a primeira vítima — sugeriu Banner, apontando para a tela enquanto o nome e a foto apareciam. — Vickie Lynn Simon. Uma acompanhante licenciada que trabalhava a maior parte do tempo em Tulsa. O corpo dela foi encontrado na estrada que corta uma fazenda, a cerca de dezesseis quilômetros da cidade. Foi espancada e esfaqueada. Um "assassinato que extrapolou", foi o que disseram.

— Essa investigação foi encerrada ontem — informou Eve. — Você provavelmente já estava vindo para cá. Eles acharam uma conexão entre uma segunda vítima e o suspeito e rastrearam o assassino. O resultado me convenceu, e a segunda vítima foi morta na semana passada. Esta vítima não é uma das nossas.

— Então eu só tenho mais dois na lista do "talvez". Um é este aqui: Marc Rossini, dono de um restaurante em Little Rock. Foi espancado, esfaqueado e sofreu várias queimaduras pelo corpo. Tudo aconteceu dentro do restaurante da vítima, depois do expediente. O lugar também foi vandalizado.

— Já pesquisei sobre esse caso — recordou Eve. — Podemos deixá-lo na lista do "talvez" e investigar mais a fundo, mas não me parece provável. Rossini tinha um problema com jogos de azar e devia algumas centenas de milhares de dólares. Parece que a aplicação do castigo foi longe demais.

— Tenho mais um, então: Robert Jansen — disse Banner. — A vítima sofreu espancamento severo e foram encontrados ferimentos defensivos nele. O crânio foi afundado, pelo que parece ser um golpe com uma chave de roda. Perna quebrada, pancadas nas costas e no rosto. Ferimentos defensivos nas mãos e nos braços. O corpo dele foi achado fora da estrada, atrás de uma moita alta na Rodovia 12, um pouco ao sul de Bentonville. A polícia acredita que ele já estava morto havia cerca de uma semana, quando uma criança precisou fazer xixi na estrada, sua mãe parou o carro e o levou para trás do arbusto. O garoto provavelmente vai ficar traumatizado pelo resto da vida. Depois de tanto tempo, os animais já tinham atacado o que restara do corpo.

— Esse é um dos meus — disse Eve, estreitando os olhos. — Eu tinha acabado de começar a dar uma olhada neste caso com mais atenção. Ele se encaixa na rota que eu tracei. Viagem de negócios, certo? O cara está em uma viagem de negócios e dirigia de Fort Smith para Bentonville em um carro alugado. O carro nunca foi encontrado.

— Nunca, dona. — Banner notou a risada abafada de Santiago e emendou. — Digo, senhora. Mas o FBI descartou logo de cara. Nenhum sinal de tortura. Parece que talvez ele tenha tido problemas com o carro, parou para fazer xixi ou ajudar alguém. Nesse momento, alguém o atacou, ele reagiu e levou um golpe de chave de roda na nuca e no rosto, só pelo trabalho que deu ao reagir.

— Eles pegaram o carro dele porque queriam o veículo. — Era assim que Eve analisava o ocorrido. — Onde está o veículo?

— Não encontrei nenhum. Pesquisei a fundo e nenhuma das empresas de reboque da área pegou um veículo por lá. E nenhuma das autoridades locais tem relatório algum sobre qualquer veículo abandonado naquela área.

— Eles poderiam estar a pé, mas não gosto muito dessa possibilidade. Cada um dos assassinos pode ter dirigido cada um dos dois veículos, e em seguida um deles foi vendido. Uma questão de oportunidade. — Eve começou a andar de um lado para o outro. — De algum jeito, conseguiram fazê-lo parar e sair do veículo. Um viajante de negócios experiente, por que ele iria parar em alguma estrada no meio do nada como essa?

— Foi atraído por uma mulher — sugeriu Santiago.

— Sim, provavelmente foi isso. "Está com problemas no carro, querida? Puxa, estou sim, muito obrigada por parar. Está escuro e assustador aqui fora." É nesse momento que o parceiro entra em cena. Parecia moleza, certo? Talvez até já tivessem feito isso antes. Estavam só querendo um carro, mas o motorista estragou tudo. Talvez tenha se engraçado com a mulher e o parceiro o agrediu. Ou então o viajante estava levando a melhor na luta com o parceiro, então a mulher pegou a chave de roda e o atacou com força. "Opa, olha no que deu." O cara estava morto ou seriamente ferido. "E agora, o que vamos fazer?"

— "Vamos arrastá-lo para trás do arbusto" — concluiu Peabody. — "E vazar daqui o mais depressa que conseguirmos."

— Em seguida — continuou Eve — chegaram à parte do "Olha só o que a gente fez! Não foi *emocionante*? Uma tremenda descarga de adrenalina!"

Ora, não é que tudo aquilo fazia perfeito sentido?, pensou Eve, repassando mentalmente a possível cena. A melodia soava tão bem em sua cabeça quanto um violino grande e gordo soava na ópera, e o som era tão trágico quanto.

— O sangue dele está grudado neles, se espalhou por toda parte. Golpes fortes na cabeça fazem isso. O cheiro, a sensação, a aparência, tudo quente, vermelho e grudento. Essa emoção os impulsionou a continuar.

— Juntos — concordou Mira, acenando com a cabeça. — Isso fortalece o relacionamento deles, leva a coisa toda para outro patamar. Ele, a vítima, se torna o inimigo comum que eles derrotaram um pelo outro. E o sexo é uma recompensa para tal ação. Depois disso, a ação se torna um objetivo. E exige mais sangue, mais tempo, mais experiências. Esse assassinato, se tiver sido o primeiro, ou pelo menos um dos primeiros, provavelmente foi rápido e brutal, e não necessariamente premeditado.

— Jansen foi o acaso feliz deles — completou Eve. — Então eles pensam: "E se planejássemos melhor? Se armássemos uma cena diferente e fizéssemos de novo, já sabendo como isso nos fará sentir?" Sim, doutora, isso faz todo o sentido para mim.

— Simples assim. — Banner olhou ao redor com uma espécie de admiração.

— Não, não deve ter sido nada simples. Santiago, Carmichael, vocês vão até... onde diabos fica esse lugar?

— A cidade mais próxima seria Monroe, no Arkansas, não muito longe da divisa com Oklahoma.

— Vocês vão para lá — decretou Eve.

— Oba! — foi a reação de Santiago.

— Investiguem a fundo. Em algum momento dessa cronologia, existiu um segundo veículo. Encontrem-no. Peabody, faça uma busca completa a respeito desta vítima, fale com as pessoas que o conheciam, monte um bom perfil dele e puxe todos os relatórios e arquivos importantes relacionados a este caso. Esta pode ser a primeira vítima, tudo se encaixa. Eles não queriam realmente fazer o que fizeram, mas foi muito bom. A respeito de Mini Mel, chequem a rota. Ele pode ter sido a segunda vítima. Algo mais planejado. Ainda não refinado, mas certamente mais planejado. Talvez encontremos outro assassinato no meio, mas não mais do que um. Agora, Oklahoma no mapa — disse a Peabody, para que abrisse o mapa da região.

— Se esta for a primeira vítima, eles provavelmente vieram de Oklahoma. Talvez essa seja a origem deles. É uma boa e lógica possibilidade. Vamos fazer uma busca no CIPAC em veículos roubados ou sequestrados desta data para trás. Talvez eles tenham começado roubando carros, usaram uma rede de contatos para desmontá-los, depená-los e vender as peças. Trabalhavam nas estradinhas transversais, em cidades pequenas. Bem nesta área, eles precisariam estar familiarizados com o lugar para fazer tudo isso. Então é por Oklahoma que vamos começar. Peguem alguns equipamentos — ordenou Eve a Santiago e Carmichael. — Vou reservar um jatinho e um veículo estará à espera de vocês quando chegarem lá.

— Beleza, viagem de carro! — empolgou-se Carmichael, levantando-se e socando o ar com o punho. — Eu dirijo primeiro!

— Droga — lamentou Santiago.

Ignorando-os, Eve pegou seu *tele-link* e se afastou da equipe. O tempo está passando para Jayla Campbell, recordou.

Pensou em ligar para Caro, a assistente eficientíssima de Roarke. Só que foi o rosto dele que surgiu na tela.

— Oi, tenente.

— Oi. Preciso de um favor.

— Não acabei de receber o pagamento por um desses favores?

— Vamos esquecer esse pagamento e começar do zero. Preciso de um jatinho, rápido.

— Para onde vamos?

— Não é para nós. Santiago e Carmichael vão para o Arkansas porque surgiu uma nova pista. Preciso deles lá o mais rápido possível, e quero que recebam um veículo ao chegar, algo discreto, nada extravagante, assim que saltarem do jatinho.

— Vou pedir para a Caro enviar os dados necessários.

— Obrigada. Posso pagar o preço dessa operação usando o orçamento da polícia.

— Prefiro outros métodos de pagamento. Vocês já encontraram o nome da primeira vítima, como esperavam?

— Parece que sim.

— Então vou providenciar tudo. Caro vai repassar os documentos e outros detalhes necessários. Mais tarde eu cobro meus honorários.

— Rá-rá — disse ela, e desligou. — O jatinho já está sendo providenciado — anunciou para a sala, e completou: — Vou liberar a papelada de vocês. Carmichael, Santiago, peguem seus equipamentos e estejam prontos para viajar. Peabody, cuide de Banner. Mira, seria ótimo se a senhora pudesse me dar um pouquinho do seu tempo antes de terminar seu turno.

Com isso, Eve deixou a sala de reuniões.

Banner soltou um longo suspiro.

— Tudo sempre funciona tão depressa por aqui? *Ela* é sempre tão rápida assim?

Peabody considerou a pergunta e sorriu:

— Praticamente o tempo todo.

Capítulo Onze

Mira enfiou a cabeça na porta entreaberta da sala de Eve.

— Tenho cerca de dez minutos antes de começar uma sessão — avisou a médica.

— Ótimo. — Eve se levantou. — Temos dois dias, um pouco menos agora, mas a senhora concorda que esse é o padrão, certo?

— É improvável que eles encurtem o tempo de ação. Poderão surgir imprevistos que o encurtem, mas são a tortura e a emoção que formam o verdadeiro vínculo. A matança é necessária porque representa o objetivo principal e a libertação final do sentimento, mas prolongá-lo um pouco adoça essa libertação.

— Mas eles precisam de um lugar.

— Sim, um local privado.

— Eu diria uma casa particular ou um prédio com baixo nível de segurança. Até agora, os locais abandonados e vagos não deram em nada. Também não se trata de um abrigo ou algo improvisado, pois não ofereceria privacidade suficiente. Também não é um hotel, e eles certamente não me parecem o tipo de pessoas com grana o suficiente para alugar um belo e espaçoso apartamento num prédio com revestimento de tijolinhos. Além do mais, para qualquer lugar desse tipo, eles precisariam se submeter a alguma verificação de segurança, ou deixar um depósito para possíveis danos. Talvez estejam em algum porão, num prédio de nível baixo a médio. Ou então... pegaram alguém que já tinha o que eles queriam.

— Você acha que pode haver outra vítima?

— O tempo é curto e eles precisam de um local. Ou eles armaram tudo no caminho pra cá e pegaram alguém assim que chegaram. Ou acharam alguém que tem um lugar adequado ao longo da rota, talvez em Nova Jersey, ou trancaram alguém logo na chegada. Se for esse o caso, eles tomaram cuidado ao se desfazer do corpo, ou mantiveram a vítima viva para que não conseguíssemos rastreá-los através dela. A minha pergunta é: eles são inteligentes o suficiente para tudo isso, doutora? São inteligentes o suficiente para planejar tantos detalhes, para investigar um local, um prédio, e sequestrar uma vítima que pudesse dar acesso livre a eles?

— São, acho que são. Eles já vêm executando esses assassinatos sequenciais há muitos meses. Se, como você acredita, Nova York for o destino, eles teriam planejado tudo. Aprimoraram o hobby ao longo do tempo. Não se trata de uma missão — destacou Mira, quando Eve arqueou as sobrancelhas ao ouvir o termo. — Não é a vocação deles. É simples entretenimento para ambos, porque fortalece a ligação dos dois.

— Mas as pessoas se cansam de hobbies e desistem deles.

— Sim, elas se cansam, e sim, em algum ponto do caminho eles podem desistir da farra. Mas, agora, é tudo muito emocionante, e eles tiveram sucesso. Lembre-se de que nossa teoria é a de que eles são um casal, em termos românticos e sexuais, bem como uma unidade assassina. Só que os casais têm brigas, desentendimentos. Eles deixam de se amar. Se isso acontecer...

— Eles poderão se voltar um contra o outro — especulou Eve. — Ou se separar. Temos que torcer para que fiquem juntos. Se eles se separarem ou um matar o outro, isso mudará o padrão, e também mudaria o modus operandi.

— Enquanto estiverem unidos, enquanto se amarem, não só trabalharão como uma unidade, eles protegerão um ao outro. Se ou quando você os encontrar e eles ainda estiverem juntos, é possível e até provável que também morram juntos, em vez de se deixarem levar separados.

— Sim, eu já considerei esse ângulo de suicídio para não serem pegos pela polícia. Agarrá-los é mais importante, é a minha prioridade. Não dar a eles a satisfação de sair dessa juntos com a porra de um coração tatuado na nova vítima é minha segunda missão.

Ela se levantou e andou de um lado para o outro pela sala.

— Qual a sua impressão sobre Banner?

— Ele é comprometido com o que faz. Está sempre com os olhos um pouco arregalados, mas é consistente e confiável. Suspeito de que ele já tenha sofrido muita rejeição pessoal, do FBI e de outras autoridades, ao longo dessa investigação. Mesmo assim ele não desistiu. Desistir e deixar tudo de lado teria sido muito mais fácil.

Eve concordou com a cabeça, enquanto se movia pela sala.

— Ele não me parece alguém que ficaria revoltado com tudo e decidiria agir por conta própria. Se esse fosse o caso, eu iria dispensá-lo da investigação. Ok, obrigada, doutora.

Ela voltou a se sentar na cadeira e olhou para o quadro.

— Jayla Campbell está sentindo dor e está assustada. "Por que isso está acontecendo comigo?" Essa é a frase que passa sem parar pela cabeça dela. Ela quer voltar para sua família, para seus amigos. Quer que tudo aquilo pare, simplesmente acabe. Se descobrirmos alguma coisa no Arkansas, se eu conseguir descobrir o local onde ela está, porque eles têm que estar no centro de Manhattan, e se Jayla ainda for forte o suficiente para aguentar, ainda teremos uma chance de salvá-la.

— Se houver mais alguma coisa que eu possa fazer por você, Eve, basta me avisar.

Eve se virou para a doutora.

— Quando os restos mortais das duas vítimas chegarem, ajudaria muito se a senhora trabalhasse com DeWinter e Morris, ou revisasse os relatórios deles. O ângulo psiquiátrico é sempre importante. Não quero perder nada.

— Pode contar comigo — disse Mira ao sair da sala.

Sozinha, Eve organizou mais uma busca por pessoas desaparecidas. Desta vez, procurava qualquer indivíduo relatado como desaparecido desde agosto do ano anterior e que tivesse alguma residência ou empresa em Nova York.

Quando seu *tele-link* tocou, ela viu o nome de Garnet DeWinter na tela e atendeu.

— Dallas falando.

— Você podia ter me perguntado.

— Perguntado o quê?

— Se eu tinha tempo para examinar e fazer relatórios de restos mortais exumados de dois indivíduos. Talvez você não entenda completamente o que fazemos aqui, pode ser que não saiba que no momento eu tenho na minha mesa ossadas de dois indivíduos recentemente descobertos, enterrados em fundações de concreto após a demolição de um prédio.

— Quantos anos eles têm?

— Aproximadamente cento e vinte anos.

— Então eles provavelmente podem esperar, cacete. Jayla Campbell! — retrucou Eve com voz firme, e se virou para que o *tele-link* mostrasse o quadro e a foto de Campbell. — Ela tem, talvez, trinta e seis horas de vida, se tiver sorte, antes que o casal de lunáticos que a está torturando acabe com tudo cortando ao meio sua barriga de um quadril até o outro, para depois deixá-la sangrando até a morte, provavelmente enquanto fazem sexo selvagem ao lado da vítima moribunda.

O ar de insulto no rosto bonito e marcante da DeWinter desapareceu. Com um suspiro, ela passou a mão no cabelo arrumado demais para o trabalho.

— Você poderia ter me dado algum contexto junto do aviso.

— Estou com um pouco de pressa, considerando que Campbell é apenas a última de pelo menos vinte e uma vítimas já confirmadas. E tenho outras quatro prováveis, incluindo os restos mortais que estão vindo para vocês analisarem.

— Se você tivesse me dado esse contexto antes, eu poderia usar alguma influência que tenho para trazer os restos mortais pra cá mais depressa.

— E como você faria isso?

DeWinter lançou um olhar frio com seus olhos verdes afiados para Eve.

— Tenho boas ligações e maneiras de usá-las. Algo que farei agora mesmo, mas vou precisar de um relatório completo sobre esta investigação, os perfis e todas as vítimas anteriores.

— Já enviei tudo isso pra você há cerca de quinze minutos.

— Ah... — Dessa vez, DeWinter bufou de desânimo. — Nós realmente precisamos aprender a nos comunicar melhor, Dallas.

— Certo. Vamos chegar lá.

— Se você chegar, eu também chegarei.

Eve lutou para conter uma resposta irritada, principalmente pelo fato de que DeWinter tinha razão.

— Tudo bem, então. Revise o que já enviei. Se tiver qualquer dúvida, me ligue. Morris trabalhará com você, e Mira vai arranjar tempo para participar. Preciso saber de tudo que for possível descobrir sobre as duas vítimas. Os federais não acreditaram na hipótese de que eles talvez tenham ligação com o caso, mas eu acredito. Prove que estou certa.

— Eu provo que você está certa e você me paga um drinque.

— Claro, pode ser. Estou na correria por aqui.

— Eu também. Te ligo de volta.

Eve levou um momento e pressionou a base das mãos sobre os olhos. Pense, pense, pense: Café!

Ela se preparou para se levantar quando ouviu as botas cor-de--rosa de Peabody dando passos pesados em direção à sua sala.

— Tenho mais dados sobre Jansen, potencialmente a nossa primeira vítima — declarou Peabody, voltando o olhar para o quadro onde Eve já havia adicionado a foto dele.

— Ele morava em Columbus, Ohio. Era especialista em eficiência empresarial. As empresas o contratavam para viajar até elas e dar conselhos sobre, bem, eficiência. Onde cortar custos, onde comprar novos equipamentos. Tinha quarenta e três anos, divorciado, sem filhos. Ninguém o reportou como desaparecido durante cerca de uma semana porque ele trabalhava de forma autônoma na maior parte do tempo, e tinha acabado de terminar um trabalho em Fort Smith. Estava a caminho de Bentonville e tinha alguns dias de folga que pretendia tirar lá. Alugou um sedan Priority na cidade anterior. Um modelo ano 2060 na cor prata brilhante. Aparentemente, o carro desapareceu. Ele recebeu muitas multas de trânsito ao longo da vida, mas não tem nenhum registro criminal. Levava uma vida confortável, com boa reputação profissional, passava cerca de trinta e seis semanas por ano na estrada e pelo visto gostava disso. Tinha mais colegas e clientes do que amigos, mas isso é opinião minha. Lutou boxe durante alguns meses enquanto estava na faculdade e mantinha-se em forma.

— Ele reagiu e lutou ao ser atacado, mais do que eles esperavam. Imagine um cara em um carro legal, viajando sozinho: você quer apenas ficar com o carro bonito, e não imagina que terá muitos problemas. Mas ele reage, lhe dá trabalho e acaba morto. Tinha mais colegas e clientes do que amigos — refletiu Eve. — Era menos provável que ele parasse para um casal ou outro homem sozinho. Então uma mulher na beira da estrada ainda é a minha melhor teoria. Aposto que ela é atraente. Ele desceu do carro. Se ela estivesse só pedindo carona ou apenas fazendo sinal para ele, não precisaria descer.

— O carro em que estavam enguiçou, ou então ela fingiu que estava machucada e ele desceu do carro para ajudá-la.

— "Carro enguiçado" é o mais provável. Eles tinham que chegar ao destino, e não é fácil ir a pé para qualquer lugar por lá, até onde eu consigo enxergar. Alguém soube informar o que ele estava transportando?

— Bagagem comum. Tinha dois bons ternos, algumas camisas, gravatas, roupas íntimas, produtos de higiene, roupas esportivas. Dois pares de sapatos sociais, dois pares de tênis de corrida. Um tablet, um laptop, dois *tele-links*, algum dinheiro. Ele sacou oitocentos dólares de um caixa eletrônico em Fort Smith na tarde da sua partida. O supervisor dele imediato disse que todos os que fazem esse tipo de trabalho carregam uma bolada razoável de dinheiro para gorjetas. Pelo visto, boas gorjetas resultam num serviço mais eficiente. Tinha um cartão de crédito empresarial e dois pessoais. Nenhum foi usado desde que ele deixou Fort Smith. Tinha um *smartwatch* de boa qualidade. Anotei a marca e o modelo e comecei uma busca. Fiz o mesmo com os eletrônicos dele.

— Anote os tamanhos.

— Como assim?

— Das roupas e dos sapatos. Se eles não os venderam ao longo da rota projetada, então usaram. E, se usaram, teremos um tipo específico de corpo e uma numeração de sapato.

— Ora... Quem pensaria nisso?

— Eu! Anote os tamanhos, veja se um dos colegas ou clientes dele consegue descrever o tipo de roupa que ele teria levado na viagem. Se não conseguir, tente contatar os hotéis onde ele ficou. Deve ter usado o serviço de lavanderia em algum lugar.

— Vou correr atrás disso. Ahh... Dallas?

— Que foi? Preciso terminar de redigir o relatório para Whitney.

— Consegui arranjar que um funcionário civil faça uma visita guiada com Banner por todo o prédio da Central de Polícia. Também falei para ele dar uma olhada no refeitório.

— Ok, ótimo. Agora, vaza daqui.

— Dallas, ele não tem onde ficar... aqui em Nova York.

— Como assim? Há um zilhão de lugares para ele ficar em Nova York.

A expressão de Peabody como um cachorrinho que caiu da mudança devia tê-la alertado sobre o que viria a seguir, mas Eve estava distraída.

— É que, bem, ele me perguntou se eu poderia recomendar um hotel, talvez perto da Central. Ele está de pé há mais de trinta e seis horas direto e está viajando por conta própria. Tenho a impressão de que os delegados em Silby's Pond são mais mal pagos que os detetives em Nova York.

— Pelo amor de deus, Peabody! — A percepção de tudo aquilo e as pontadas de culpa atingiram Eve ao mesmo tempo. — Eu já percebi onde você está tentando chegar.

— Só me escute, ok? — Peabody balançou as mãos no ar como se quisesse afastar qualquer coisa arremessada em direção ao seu nariz. — Se você der alguma função a Banner, ele vai topar na hora. Qualquer coisa nova que pintar no caso, em qualquer lugar, ele vai chegar junto. Além do mais, eu estava pensando, McNab e eu poderíamos dormir na sua casa, pelo mesmo motivo — completou, depressa. — E poderíamos mantê-lo ocupado o tempo todo para poupá-la de ter que fazer isso. Carmichael e Santiago já estão a caminho do oeste. Algo pode surgir ainda esta noite.

— Porra! — Eve baixou a cabeça na mesa e a deixou bater no tampo algumas vezes, porque, assim como aconteceu com DeWinter, Peabody tinha razão.

— Combine isso com ele, então. Mas é você que vai cuidar dos detalhes com Summerset. — Pelo menos dessa tortura ela seria poupada, decidiu Eve. — Não quero ele reclamando no meu ouvido de ter que cuidar de um monte de policiais.

— Deixa comigo. Vamos passar em casa para pegar algumas coisas. Poderíamos levar Banner conosco, mas...

— Ah, mas não vão precisar porque eu o levo comigo, certo? Mas só quando eu tiver terminado tudo e me sentir pronta para ir pra casa. Ele pode dormir um pouco no dormitório daqui mesmo, se quiser. Agora suma, antes que eu tenha que oferecer abrigo e comida para metade do meu departamento esta noite.

Eve enterrou a cabeça entre as mãos por um momento. Café primeiro, decidiu. Depois ela entraria em contato com Roarke. Na verdade, mandaria uma mensagem. Essa seria a melhor forma de lhe contar que levaria policiais para dormir na casa deles, incluindo um que era um completo estranho. Primeiro ela iria atualizar Whitney, revisar as buscas por desaparecidos e então...

Seu *tele-link* tocou e, rangendo os dentes, ela atendeu mais uma vez à chamada de DeWinter.

— Que porra aconteceu agora?

— Ora, olá pra você também. Ambos os restos mortais serão exumados daqui a uma hora. Devo tê-los na minha mesa antes das dezoito horas.

Toda a irritação de Eve desapareceu.

— Uau, isso foi rápido. Talvez eu te deva um drinque por isso também.

— Vou aceitar. Combinei de começar os exames ainda esta noite com Morris. A dra. Mira participará via chamada holográfica, se necessário, e vai passar na minha casa pela manhã.

— Certo. Que tal eu te oferecer uma garrafa inteira?

— Quero apenas drinques — disse DeWinter. — E um bom papo, tenente. Já está na hora de conversarmos. Vou manter você atualizada.

— Farei o mesmo. E... obrigada. Caramba, tenho outra ligação chegando. Até mais tarde.

Ela desligou e atendeu à próxima ligação.

— Comandante, estou prestes a lhe enviar uma atualização.

— Antes que faça isso, devo confirmar que Banner está liberado pelo superior dele. Isso não é oficialmente parte da investigação federal; no entanto, quero cada centímetro de todas as nossas bundas fora da reta. Seja precisa e coloque todos os detalhes nessa atualização, tenente, e mande uma cópia de tudo para Tibble, o secretário de Segurança.

Eve assentiu. Todas as bundas do departamento estavam completamente fora da reta, incluindo a do próprio comandante.

— Sim, senhor. Posso falar mais uma coisa, rapidinho? Pode ser que tenhamos novas pistas. — Ela repassou rapidamente o que lhe escreveria com mais detalhes a respeito de Jansen.

— Para agilizar tudo, pedi a Roarke que cuidasse do transporte. Os detetives já estão a caminho.

— Inclua esse pedido no relatório, para a devida compensação financeira.

— Ele não vai aceitar receber nada por isso, Comandante.

— Registre isso, então. Roarke é livre para doar esse transporte, mas por meio dos canais certos. Quero toda a papelada necessária.

— Sim, senhor.

Ela desligou, imaginando que teria que cuidar da maior parte dessa tal papelada o mais rápido possível. Se deixasse pra fazer em casa, isso provocaria problemas e iria deixá-la puta da vida.

Eve recapitulou mais uma vez: café, e depois mandar uma mensagem para Roarke. Desta vez quase conseguiu chegar ao AutoChef antes de ouvir passos indo em direção à sala dela.

— Desculpe, tenente.

Ela poderia ter rosnado para Baxter, mas ele estava pálido e parecia cansado.

— O que houve?

— Queria que você soubesse que já estamos de volta e podemos fazer um pouco do trabalho pesado.

— Ok, temos bastante. Sente-se. — Ela pegou dois cafés. — E o caso que você pegou?

— Foi um caso do tipo "abrir e fechar" na mesma hora. Meu Deus. — Ele pegou o café, olhou para a caneca por um longo tempo. — Você sabe o jeito como as coisas são, acha que nada mais pode te afetar. Acha que já viu de tudo, já viu o pior de tudo que pode acontecer. Mas é mentira. O cara apareceu para pegar os filhos a fim de passar o fim de semana, segundo o acordo de divórcio. Uma garota de quatorze e um menino de oito anos. O cara está desempregado há algum tempo e já tinha sido agressivo com a ex-mulher várias vezes. Nada grave, basicamente falava um monte de merdas pra ela. Gritavam e discutiam. Ela abriu a porta hoje, enquanto as crianças pegavam suas coisas. E ele a esmagou, logo de cara, com uma marreta. Depois foi procurar as crianças. Simplesmente foi até onde elas estavam. Dava pra ver como os filhos tentaram escapar do pai, e como a garota usou o próprio corpo para proteger o irmão.

Baxter olhou para o café, sacudiu a cabeça com força e bebeu.

— Ele pulverizou aquela garotinha, Dallas. Como se ela fosse uma coisa, e não a própria filha. O garoto, os médicos disseram que pode ser que sobreviva. As pernas foram esmagadas, e um dos braços também, mas a irmã levou a pior. Quando o homem achou que já tinha acabado com os filhos, voltou e acabou com a esposa.

Ele tomou mais um gole do café devagar.

— Os vizinhos ouviram o barulho, ligaram para a polícia e foram acudir. Ele simplesmente saiu da casa e correu para a rua, no meio do trânsito. A motorista que o atingiu tentou parar, mas não deu tempo. Tinha um bebê no banco de trás. Eles estão bem, apenas abalados. O impacto sobre o homem o atirou em outro carro que vinha da direção oposta, e o motorista não teve nem tempo de tentar parar.

— Ele está morto?

— Gostaria que não estivesse — respondeu Baxter, com violência. — Eu queria que pudéssemos tirá-lo de cima do asfalto e colocá-lo numa cela. Queria que passássemos filmes daquelas crianças pra ele vinte e quatro horas por dia pelo resto da porra da vida dele. Os próprios filhos, Dallas! Os miolos da filha dele ficaram espalhados por toda a parede, pelo chão. Por quê?!

— Nunca saberemos as respostas, Baxter, e nunca teremos visto o pior. Sempre há algo pior esperando pra acontecer a qualquer momento. E, se não nos afetar, se não sentirmos a dor disso, então será hora de devolver nossos distintivos. Onde está Trueheart?

— Eu o dispensei, mandei que ele fosse pra casa, tirar um tempo só pra ele. Mas eu sei que ele vai ficar no hospital. Quanto ao menino, os avós dele estão lá, e ele tem mais familiares, então já é melhor que nada. Trueheart tem o exame para detetive amanhã, então eu lhe disse pra tentar deixar isso de lado, por enquanto, e se concentrar apenas na prova. Mandei ele pegar o novo distintivo e talvez, da próxima vez, cheguemos lá antes que os miolos das vítimas estejam espalhados pela parede.

— Você também deveria ir pra casa.

— Não consigo. — Ele ergueu o olhar. — Me dê um trabalho, tenente, algo para investigar. Qualquer coisa!

— Estou fazendo outra busca por pessoas desaparecidas — respondeu ela, explicando os parâmetros. — Procure residências e empresas no centro da cidade. Faça um paralelo com os dados dos desaparecidos nas últimas duas semanas.

— Entendi. Obrigado.

Ele se levantou e olhou para o quadro dela.

— Você sabe que alguns deles nunca vão sair da sua cabeça. Nós seguimos em frente, mesmo sabendo que o trabalho vai colocar mais deles lá dentro. Mas é preciso acreditar que nosso trabalho importa.

— Pois pode acreditar nisso, porque é a verdade. Esses dois que buscamos? O tempo está acabando pra eles. Vamos encontrar os filhos da puta.

— Vou trabalhar nisso.

Quando ele saiu, Eve abriu o relatório do caso, viu a família, as fotos da esposa e dos filhos que estavam na cabeça de Baxter. Ela também pensaria neles agora...

Tendo em vista a sequência de interrupções constantes, ela até que conseguiu fazer o relatório, com detalhes dolorosos, e enviou tudo para Whitney. Depois, após um rápido debate consigo mesma, decidiu levar o restante do trabalho para casa, onde as interrupções seriam menores. Só então Eve notou que já havia passado do fim do seu turno.

Pegou o que já tinha da busca por desaparecidos, guardou o restante do que precisava e pegou o casaco.

Então se lembrou de que tinha que levar Banner com ela.

Encontrou-o na sala de ocorrências, ainda repleta de policiais.

— Pegue suas coisas. — ordenou, então foi até Trueheart.

— Como está o garoto?

— Já saiu da cirurgia. Ele vai precisar de pelo menos mais duas operações, segundo o médico. Eles o estão mantendo em coma induzido, mas me disseram que ele deve se recuperar porque as probabilidades estão a seu favor. Quanto à família dele...

Ele parou, respirou fundo e continuou:

— Quer dizer, os avós e outros familiares estão com ele. O médico disse que o fato de ele ser jovem e saudável aumenta a possibilidade de escapar com vida.

— Certo. Agora deixe tudo isso de lado, por hoje. Vá pra casa e estude. Não pense mais nisso! — advertiu ela, antecipando as intenções do policial. — Você não vai adiar seu exame, nem a sua vida, por algo que não pode mudar. O garoto está em boas mãos e você fez o seu trabalho.

— Foi o que Baxter me disse.

— Então escute. — Ela olhou para Baxter. — Mande-me o que você tem, e vá tomar uma cerveja com Trueheart. Depois leve-o pra casa. Certifique-se de que ele não vai nos envergonhar amanhã.

— Farei isso. Dallas, eu gostaria de continuar no caso. Enquanto o garoto estiver fazendo o exame, eu posso continuar com a busca, amanhã.

— Vou colocar você oficialmente no caso. Peabody, pegue o que você precisa levar e seja rápida. Temos muito trabalho. Onde está o Banner?

A cabeça dele surgiu de uma das baias.

— Eu estava trabalhando em algumas anotações e contatos. A detetive Peabody disse que eu podia usar este espaço.

— Traga tudo o que tiver levantado. Estamos de saída.

Ela vestiu o casaco enquanto saía, deixando que ele a alcançasse.

— Eu agradeço muito que a senhora me ofereça um quarto para dormir, tenente, mas não quero incomodá-la.

— Temos muitos quartos, e você vai pagar pela hospedagem, começando com uma parada a caminho de casa. Peguei um endereço aleatório na lista das vítimas e vou verificar um local. Eles estão em algum lugar, talvez os encontremos.

— Só dá pra saber tentando. A sra. Denning me guiou no passeio de cinquenta dólares pelo prédio. Este lugar é infinito. Eu dei uma olhada na sua DDE e devo dizer que nunca na vida vi algo parecido.

— Eu digo isso toda vez que entro lá.

Um sorriso surgiu no rosto dele.

— É um lugar muito colorido. E o capitão lá de cima...

— Feeney.

— Isso mesmo, capitão Feeney. Ele lembra meu tio Bill. Inteligente como uma raposa e fácil de conviver como um bom cão de caça. Ele certamente valoriza muito a senhora, tenente.

— Ele me treinou. É o melhor policial que conheço, e olha que conheço alguns.

— Ele disse que se você estiver no encalço desses dois, não vai parar até conseguir agarrá-los.

— Você está fazendo uma pergunta ou uma declaração, Banner?

— Talvez as duas coisas.

Com uma espécie de alívio ofegante, ela saltou do elevador no andar da sua vaga na garagem.

— Dorian Kuper — disse ela. — Ele não foi o primeiro a morrer, mas foi minha primeira vítima dessa longa lista. Tocava violoncelo e tem uma mãe que nunca vai superar sua morte. Descobri que era amigo de um amigo.

— Eu vi a foto dele no seu quadro.

— Isso mesmo. E eu também vou olhar para ele todos os dias, até que isso acabe. Este é o meu carro.

Ela viu a expressão surpresa de Banner antes que ele conseguisse disfarçar, então apertou o código para destrancar as portas. A surpresa tomou conta outra vez quando ele dobrou o corpo para entrar e o assento se ajustou automaticamente pra ele.

— Parece muito confortável.

— Me leva para onde quero ir. — Ela saiu e fez a curva em arco para a saída. Parou por um momento, estudando o tráfego e as condições da rua. — Maldito inverno! — murmurou, e saiu rápido o suficiente para fazer com que Banner ajustasse sutilmente o seu cinto de segurança.

— Ele também acelera com muita facilidade.

— Você não está acostumado com mulheres que dirigem rápido?

— Não é isso. Peço desculpas se eu ficar boquiaberto — acrescentou enquanto esticava o pescoço para obter um ângulo melhor do dirigível que anunciava uma "grande liquidação de nevasca" no céu pintado de cinza ardósia. — Não vi muita coisa no caminho para cá. Estava preocupado — explicou, engolindo em seco quando Eve se espremeu entre um Táxi da Cooperativa Rápido e um Mini que parecia se arrastar pela rua. — Não sabia o que esperar quando cheguei à Central de Polícia.

Ela virou uma esquina e passou poucos segundos antes de o sinal de pedestres abrir, que já se empurravam sobre o meio-fio para atravessar.

— Eu certamente não esperava andar pela cidade com uma policial tão importante, muito menos a caminho de investigar uma pista.

— Não sei se chega a ser uma "pista". O desaparecido é Wayne Potter, sessenta e três anos, divorciado duas vezes, com três filhos de um casamento e mais três de outro. Trabalhava com frete de móveis. Foi visto pela última vez em dezoito de agosto.

Ela virou na esquina seguinte, colocou a viatura em modo vertical e sobrevoou uma van que se arrastava pela rua.

— Potter alugou um trailer — continuou ela. — Supostamente iria tirar duas semanas de férias. Ele e o trailer foram vistos pela última vez nas proximidades de Louisville, no Kentucky. Nunca mais voltou para casa, e tanto ele quanto o trailer desapareceram.

— Parece que ele pode se encaixar no caso.

— Pode. Ou então Potter, que aparentemente desprezava e era desprezado pelas duas ex-esposas, tinha um relacionamento escasso ou nulo com o restante da sua família. Isso inclui um irmão a quem devia cerca de sete mil dólares. Potter pode ter decidido simplesmente continuar a vida longe daqui e atualmente está acampado em algum lugar, dando uma banana para Nova York e para todos que moram nela.

Ela considerou as opções de estacionamento, pensou "que se foda" e parou em fila dupla.

— O apartamento onde ele morava fica no subsolo deste prédio. — Ela acendeu a luz de "viatura em serviço" e as buzinas atrás dela dispararam sem descanso. Ignorando-as, Eve desceu do carro com toda a calma e contornou a viatura.

— Você está armado, Banner?

— Tenho minha arma de serviço. Tive de entregá-la quando cheguei à Central, mas a detetive Peabody providenciou para que eu a pegasse de volta.

— Fique ligado — aconselhou Eve, enquanto se aproximava do prédio. — Mas não fique nervoso.

— Eu só precisei sacar a arma quatro vezes desde que comecei a trabalhar na força policial, e nunca precisei disparar.

Era algo difícil de Eve imaginar, mas ela fez que sim com a cabeça.

— Esse é um bom histórico a ser mantido.

Ela abriu o casaco, apoiou uma das mãos na arma e pegou o distintivo com a outra.

A porta tinha um nível mínimo de segurança, notou, mas havia grades nas janelas.

— Vou tocar a campainha.

Não demorou muito, e apenas um segundo para Eve tirar a mão da arma e ajustar o casaco para escondê-la.

Ela olhou para o rosto redondo e sardento de um garoto que parecia ter cerca de dez anos.

— Você não é Sarri! — acusou ele.

— Não, não sou. Seus pais estão em casa?

— MÃE!

O grito trouxe outra criança até a porta. Uma menina, deduziu Eve, pois usava um vestido rosa-choque com meia-calça azul brilhante. E olhou para ela tão desconfiada quanto o irmão.

— Você não pode entrar na nossa casa porque é uma estranha. — Ela gritou alguns decibéis mais alto que o irmão para chamar a mãe.

— Estou indo, já vou! Deixem-me só... Nathan Michael Fitzsimmons, o que eu disse a você sobre abrir a porta para estranhos sem me avisar?

— Pensei que fosse a Sarri.

— Mas não é! — A mulher, obviamente agitada com a situação, os cabelos escuros presos de forma desleixada, chinelos felpudos nos pés, se colocou na frente de ambas as crianças.

— Polícia de Nova York, senhora. — Eve ergueu o distintivo mais uma vez. — Sinto muito incomodá-la.

— Qual é o problema? Sarri está bem?

— Está sim, nada de errado — garantiu Eve rapidamente. — Estamos investigando casos de pessoas desaparecidas. A senhora conhece um homem chamado Wayne Potter?

— Não, sinto muito, eu... Ah, espere um pouco. Desculpe, entrem aqui em casa um instantinho. O frio está congelando tudo aí fora e estamos deixando o calor sair.

Ela fechou a porta quando eles entraram.

— Acho que se trata do homem que morava aqui. Um dos vizinhos de cima mencionou esse nome. Nós nos mudamos pra cá em outubro passado. A sra. Harbor, do andar de cima, me contou que ele foi embora num dia e nunca mais voltou. Deixou todas as suas coisas e sua família. Fiquei um pouco nervosa por um tempo quando ela me contou isso. Tinha receio de que ele pudesse voltar e tentar retomar a antiga casa.

A campainha tocou outra vez, e as duas crianças gritaram em uníssono: “Sarri!”

— Obrigada por nos deixar entrar.

Eve se afastou e deixou a mulher abrir a porta.

Sarri, enrolada em um casaco, gorro, cachecol, botas, luvas, cada uma das peças exibindo uma cor diferente, foi imediatamente rodeada pelas crianças.

— Esta é a minha irmã — disse a mulher, rindo. — A melhor tia do mundo. Desculpe por não ajudar mais.

Eve voltou para o carro em meio ao coro de buzinas furiosas e xingamentos.

— Vamos fazer mais uma parada — disse ela. — Fica no caminho de casa.

Ela teve mais sorte para estacionar diante de uma casa geminada muito estreita que tinha uma pequena vaga de carro no segundo andar, mas pouco espaço no interior.

Outra mulher, uma que parecia ser do tipo chorona, relatou que o antigo inquilino/amante tinha desaparecido por completo uma noite, quando saiu para comprar uma caixa de chicletes. Um pequeno santuário ficava sob a janela da frente, com direito a fotografias, flores, velas, uma garrafa vazia de vinho (a última, ao que parecia, que eles tinham compartilhado), uma única meia vermelha e um par de luvas pretas.

Não demorou muito para Eve elaborar uma teoria. Não a de abdução alienígena na qual a mulher insistia em se agarrar, mas o suficiente para ela e Banner darem o fora do lugar.

— Já chega, por enquanto. Jesus Cristo. — Eve balançou a cabeça enquanto voltava para o trânsito. — Alienígenas, pelo amor de Deus.

— Tenho um primo em casa que afirma ter sido abduzido quatro vezes.

— Não acho que Curtis Hemming tenha tido a próstata examinada por cientistas do planeta Grum. Ele saiu para comprar chiclete e continuou andando sem parar porque queria fugir da lunática que decidiu que ele era sua alma gêmea. Sexo é uma coisa, obsessão é outra. De qualquer forma, verificamos que os suspeitos não estão usando nenhum desses locais, e é improvável que tenham cruzado o caminho de Potter ou Hemming. Vamos refinar a busca para ver se conseguimos eliminar alguns dos outros desaparecidos.

Ela forçou a passagem entre um nó no trânsito, desviou de um maxiônibus e abriu caminho por uma longa e sinuosa fileira de táxis.

— A senhora realmente manda ver no volante, tenente. Manda ver mesmo!

Eve olhou pra ele.

— Esse não é um elogio que ouço com frequência — decidiu, e seguiu seu caminho para o norte da cidade.

Capítulo Doze

Quando Eve passou pelos portões, Banner assoviou baixinho entre dentes:

— Puta merda!

Ela voltou o olhar pra ele, viu-o se inclinar para a frente, os olhos fixos na casa adiante.

Eve já tinha se acostumado com a beleza e a magnificência do lugar, mas entendeu perfeitamente a impressão forte que a casa provocava, com as janelas iluminadas contra o céu escuro, a poderosa silhueta delineada pela neve, que exibia tons de branco e azul entre as luzes.

— Eu vi o filme — comentou Banner. — Mas com certeza tira a gente do eixo ver tudo ao vivo. É como um castelo, não é? E bem dentro da cidade.

— Ele é irlandês — disse Eve, como se isso explicasse tudo.

— É a maior casa que eu já vi na vida.

— Digo o mesmo. — Levemente envergonhada, ela diminuiu a marcha e estacionou.

— Summerset, o... faz-tudo de Roarke já deve ter preparado um quarto pra você. Vá se acomodar e desfazer a mala. Nós vamos trabalhar no meu escritório.

— Pra mim está ótimo. Mais uma vez, agradeço muitíssimo por tudo isso.

— O que mais tem aqui são quartos.

— Dá pra notar. — Ele desceu da viatura com a bagagem. — É a maior casa que eu já vi — repetiu, em meio ao vento que ainda soprava. — E no lugar mais frio onde já estive. É como uma experiência divina.

Ela entrou primeiro e deparou, como esperado, com Summerset no saguão e o gato agachado ao lado dele. Ambos olharam para Banner.

— Este é o delegado Banner. Banner, este é Summerset.

— Sim, a detetive Peabody já me informou, tenente. Seja bem-vindo a Nova York, delegado.

— Obrigado, e muito obrigado pelo quarto. Meu nome é Will Banner — acrescentou, dando um passo à frente e estendendo a mão.

Summerset inclinou a cabeça e apertou a mão do visitante de forma educada, enquanto o gato cheirava, desconfiado, as botas de Banner.

— Você deve ser, como é mesmo o nome? Lancelot?

— Galahad — corrigiu Eve, no instante em que Banner se agachou e passou a mão suavemente sobre o gato, da cabeça ao rabo.

— Galahad! Sabia que era um daqueles cavaleiros do Rei Arthur. Como eu disse, assisti ao filme. Gato de sorte, tem um olho de cada cor. É um gato de sorte.

Pelo visto, Galahad concordou, enquanto arqueava o corpo sob a mão de Banner, e em seguida esfregava-se nas pernas do visitante.

— O delegado Banner ficará na Suíte Park. — Diante do olhar vazio de Eve, Summerset sorriu. — Eu o levarei até lá. — Ele gesticulou em direção ao elevador. — Quer que eu o ajude a carregar a mala?

— Eu mesmo levo, obrigado. Um elevador dentro de casa! Outra novidade pra mim.

— Estarei no meu escritório quando você acabar de se acomodar — avisou Eve.

Estava apenas levemente irritada ao ver que o gato quase pulava nos calcanhares de Banner. Sem nem disfarçar o quanto estava boquiaberto, mais uma vez, Banner lançou um sorriso para Eve no instante em que as portas do elevador o fecharam com Summerset e o gato junto.

Tudo parecia estranho, decidiu Eve. Nenhum comentário rabugento de Summerset, um sorriso meio travado não contava, e o gato indo embora com o visitante sem sequer olhar pra ela.

Eve se deu conta de que não só estava acostumada com o ritual de fim de dia deles, ela gostava daquilo. Então, um pouco amuada, despiu o casaco e o pendurou no pilar do primeiro degrau da escada, antes de subir.

Foi direto para o quarto. Banner levaria algum tempo para desfazer as malas e se orientar. Só então ela tirou a jaqueta e pensou em desafivelar o coldre com a arma, mas decidiu mantê-lo.

Debatia consigo mesma se trocaria as botas pesadas por sapatos de ficar em casa quando seu *tele-link* tocou.

— Santiago aqui.

— Dallas falando. O que vocês conseguiram?

— Carmichael está em pleno choque cultural, mas vai se recuperar. Encontrou-se com os moradores locais, já conversou com a mulher e a criança que tropeçaram no corpo. Vamos nos encontrar com o legista em breve. Nada especial a acrescentar até agora, mas quanto àquele trecho da estrada onde o corpo foi encontrado, tenente... certamente quase não passa carro por lá. Circulamos ali por uma boa meia hora e não vimos um único veículo sequer. É um ótimo lugar para um assassinato.

— Alguém teve sorte, conhecia o lugar ou sabia como funcionam as estradinhas menos movimentadas do interior.

— Algo assim. A outra constatação é que Carmichael e eu concordamos que tinha que haver um segundo veículo. Aquele lugar fica no meio do nada. O relatório do legista diz que a arma do crime foi uma chave de roda, mas uma especial, de tamanho grande. Quem pega carona e anda por aí carregando uma chave de roda enorme?

— Houve um possível problema no carro da vítima. A vítima estava trocando o pneu e foi atacada. Mas então eles teriam que pegar a chave de roda dela. Um segundo veículo faz mais sentido.

— Estamos rastreando os movimentos da vítima e seguiremos em frente, repetindo a verificação que os moradores fizeram no verão passado sobre as pessoas que passaram a noite nos quartos para alugar. Ninguém tirou impressões das marcas de pneus na cena do crime, na ocasião, nem verificou se havia marcas de sangue na estrada.

— Merda!

— Sim, foi o que dissemos. Vamos repassar isso amanhã, à luz do dia, mas já se passaram meses.

Enquanto Eve falava com Santiago, Roarke entrou pela porta da frente. Estava levemente irritado, pois sua última reunião tinha passado do horário, e o clima em Halifax estava atrasando um projeto.

Tirou o casaco e se perguntou onde Summerset poderia estar. Jogou o casaco sobre o de Eve no primeiro pilar da escada e começou a subir os degraus. Foi direto para o escritório, onde largou sua pasta. Tinha algum trabalho a fazer, mas isso ficaria para mais tarde. Agora ele queria sua esposa e uma taça de vinho tranquila, só os dois. Tinha se mantido atualizado com as reportagens da mídia e, como nada de novo foi divulgado a respeito da investigação dela, imaginou que eles estariam enterrados em trabalho até a cintura, naquela noite.

Depois que ele trocasse de roupa, pensou, tomaria aquele vinho com Eve. Isso tiraria de vez os negócios da sua cabeça.

Ele ouviu movimento no escritório de Eve e entrou.

Deparou-se com um homem alto e magro, com uma cabeleira loira bagunçada e alternando o peso entre os pés, que calçavam botas desgastadas. Os polegares estavam enfiados nos bolsos do jeans desbotado. E tinha uma arma de atordoar no cinto.

Roarke enfiou a mão no bolso e pegou a miniarma de atordoar que ele mesmo carregava.

— Posso ajudar? — perguntou Roarke, com voz fria.

O homem se virou e sua mão foi parar na coronha da própria arma. Seus olhos azuis calmos encontraram o azul selvagem dos de Roarke, e foi então que este reconheceu que se tratava de um policial. Mas manteve a mão onde estava.

— Sou o delegado Banner. Will Banner. Estou esperando pela tenente.

Eu também, pensou Roarke.

— Por quê?

— Por causa daquilo. — Ele apontou para o quadro do crime com a mão esquerda. — Você é Roarke, certo?

— Sim, sou eu.

— Desculpe por estar aqui... Summerset me deixou entrar. Cheguei do Arkansas esta manhã. Agradeço muito por sua hospitalidade.

Banner soltou a arma e estendeu a mão, enquanto cruzava o escritório até Roarke.

Roarke aceitou o cumprimento, mas permaneceu alerta.

— Você está envolvido na atual investigação da tenente?

— Parece que sim. Sei que às vezes você trabalha como consultor civil em alguns casos, mas não sei até que ponto está envolvido neste. Eu ficaria mais confortável, se não se importar, se fosse a tenente Dallas a informá-lo sobre tudo.

— Eu também.

Roarke notou o gato deslizar da poltrona de dormir, caminhar lentamente até lá, enrolar-se nas pernas de Banner e depois fazer o mesmo nas pernas dele. E então voltar para a poltrona.

— Esse é um ótimo gato. Eu tenho um cachorro. Ele ficou com meus pais enquanto estou viajando, mas esse bichano aqui me faz pensar que eu deveria ter um gato também. Ele é uma ótima companhia. Ah, estou ficando na Suíte Park! É fantástica. Tem vista para o Central Park.

— Esta é sua primeira vez em Nova York?

— É, sim. Por isso que minha cabeça ainda está girando um pouco. Hã, os detetives Peabody e McNab também estão vindo para cá.

— Ah, estão? — comentou Roarke, com um ar brutalmente agradável. — Se você esperar aqui, vou procurar a tenente.

— Estarei aqui. — Banner se virou para o quadro. — Bem aqui.

Roarke foi até o quarto. Ele queria tirar a porcaria do terno e queria uma maldita explicação sobre o porquê de ter encontrado um policial do Arkansas em sua casa, que aparentemente tinha sido convidado para dormir em um dos quartos de hóspedes.

Eve ainda estava no *tele-link* quando ele entrou, mas ela levantou um dedo para mandá-lo esperar.

Seria menos pior se ela tivesse ateado gasolina numa fogueira.

— Vou te repassar tudo o que tivermos encontrado conforme reunirmos as informações. Quanto a vocês, façam o mesmo. Quero tudo, na mesma hora que aparecer. O tempo está passando.

— Sim, senhora.

Ela encerrou a transmissão e alongou o pescoço.

— Nossa, passei mais tempo no maldito *tele-link* hoje do que... — A expressão gélida nos olhos de Roarke a alertou de que algo estava errado. — O que houve?

— Acabei de encontrar um tal delegado Banner, aparentemente vindo do Arkansas, e aparentemente envolvido na sua investigação... e aparentemente hospedado em nossa casa.

— Sim, é o Banner, eu te avisei sobre tudo isso. Ele já está no escritório?

— Ele está, sim, e você não me avisou nada sobre isso.

— Avisei, sim. Eu te mandei uma mensagem antes de... — Café, ela se lembrou. Em seguida, ela ia mandar uma mensagem para Roarke... mas foi interrompida.

— Eu estava prestes a fazer isso — corrigiu ela. — Mas fui interrompida. — Ela fez uma careta para o *tele-link*, que continuava em sua mão, e o enfiou no bolso. — Fui interrompida um milhão de vezes hoje. Eu ia te mandar uma mensagem e comecei a fazer exatamente isso.

— Um homem que eu nunca vi na vida e ainda por cima armado está vagando livremente pela casa.

— Ele é um policial.

— E que diferença isso faz?

— Ora, não é como se ele fosse roubar a prataria ou algo assim. Eu já o investiguei. Meu comandante já conversou com o chefe dele. Está tudo sob controle.

— Mais uma vez: que diferença isso faz?

Ela ergueu as mãos, perplexa.

— Toda!

Ele arrancou a gravata com força.

— Porra nenhuma, Eve. Acredito que tenho o direito de ser consultado, ou pelo menos informado, antes de abrigarmos um completo estranho em nossa casa.

— Mas eu ia fazer isso! Você traz pessoas pra cá sempre que quer.

Os olhos dele, que agora faiscavam de irritação, mantiveram-se fixos nos dela enquanto ele tirava o paletó.

— E qual foi o estranho com uma arma presa no cinto que eu deixei vagar livremente pela casa sem o seu conhecimento?

— Ok, ok, você quer ficar puto, pode ficar puto. Fui interrompida e me esqueci. Tenho andado um pouco preocupada com assassinatos.

— Não vou aceitar assassinato como desculpa para qualquer coisa que aconteça, já que se preocupar com isso é algo que faz parte de você. Algo que eu aceitei por completo.

Ela pensou em responder no mesmo tom, mas então se colocou no lugar dele naquela situação. Não queria fazer aquilo, mas agora tudo estava nítido pra ela. Sentindo-se culpada e na defensiva, ela se afastou e andou pelo quarto.

— Duas crianças e a mãe delas foram esmagadas até virar polpa com uma marreta... pelo pai.

— Ah, meu Deus, o mundo em que você vive é inacreditável — Roarke esfregou as mãos no rosto.

— Baxter e Trueheart pegaram esse caso e Baxter entrou na minha sala para me relatar isso. Estava completamente abalado e chegou logo quando eu estava prestes a te mandar uma mensagem falando sobre Banner. Ele não é do tipo que se abala fácil. Eu sou a tenente dele, Roarke, tive que deixar as coisas de lado e ouvi-lo.

— E foi o que você fez, é claro.

— Então as coisas continuaram rolando, uma atrás da outra, e eu esqueci. Portanto... me desculpe. Fique puto.

— Já estou. — Ele trocou a camisa por um suéter. O movimento o acalmou. — Você gosta das suas Regras de Casamento, então acrescente mais uma à lista: se e quando você pretender hospedar um estranho na nossa casa, não se esqueça de me avisar com antecedência. Da próxima vez, talvez eu ataque com uma arma de atordoar primeiro e deixe as perguntas para depois. Estou falando sério.

— Não sou muito boa com essas coisas, você sabe. Não entendo por que você continua puto, já pedi desculpas.

— Você não costuma errar, então quando faz algo assim, como se esquecer de me avisar, por exemplo, é muito irritante. — Ele continuou a trocar de roupa enquanto ela permanecia em silêncio. — Os dois filhos, você disse?

— Parece que o menino vai sobreviver. A irmã mais velha o protegeu o máximo que pôde com o próprio corpo.

— E Baxter?

— Ele vai superar. É o que fazemos.

— É, sim. É o que você faz. — E, na alegria ou na tristeza, era algo que ele agora também fazia com frequência. — E esse tal de Banner?

— Ele é confiável, como eu disse. Bancou a viagem até aqui com o próprio dinheiro. Pegou um ônibus assim que recebeu o alerta das minhas buscas. Então, quando a neve o deixou preso em Cleveland, decidiu vir dirigindo o restante do caminho. Está perseguindo esses assassinos por contra própria, a maior parte em seu tempo livre desde o último verão, porque os federais e os moradores locais não acham que sua vítima faça parte da lista dos assassinatos que estamos investigando. Eu acho que faz. Qualquer coisa que pudermos descobrir poderá nos ajudar a encontrar Jayla Campbell antes que seja tarde.

— Então é melhor começarmos a trabalhar.

— Me desculpe. De verdade. — Embora ela estivesse incomodada com cada motivo pelo qual dizia aquilo. — Vou me sentir ainda mais culpada porque esqueci de te dizer que Peabody e McNab também estão vindo pra cá.

— Banner me contou.

— Merda.

Ele foi até Eve e colocou as mãos nos ombros da esposa. Ela notou, com alívio (e um pouco mais de culpa), que a raiva tinha sumido dos olhos dele.

— Esta é a nossa casa — disse Roarke. — As pessoas que você quiser receber serão sempre bem-vindas aqui. Com exceção de...

— Estranhos armados com pistolas de atordoar.

— Isso mesmo. A menos que você me avise com antecedência.

— Entendi.

— Tudo bem, então. Já deixamos nosso convidado policial sozinho no seu escritório por tempo o suficiente.

— Achei que ele demoraria mais para se acomodar. Ele já está conosco desde ontem.

— Então imagino que ele precise de uma boa cerveja e uma refeição.

— Obrigada. — Ela segurou o rosto dele e o beijou. Depois lhe deu mais um beijo porque, se fosse ela a dar de cara com um desconhecido armado na própria casa, ela teria ficado muito mais revoltada do que ele. — Sério mesmo... obrigada.

— De nada. — Ele a beijou de volta. — Sério mesmo.

Eles saíram do quarto juntos.

— Talvez você possa me contar tudo — sugeriu Roarke —, já que estou bem atrasado pelo visto.

— É muita coisa.

Enquanto seguiam para o escritório de Eve, ela resumiu o rumo das coisas. Ao chegar lá, Banner estava sentado na poltrona de dormir, com o gato confortavelmente enroscado em seu colo. Ele parecia ter caído no sono, mas acordou assim que eles entraram.

— Desculpem. Estava tirando um cochilo.

— A tenente me contou que sua vida parou e você está por conta disso desde ontem. Imagino que precise de uma boa cerveja.

O olhar cauteloso no rosto do policial se ergueu com um sorriso fácil.

— Eu certamente não recusaria uma.

— Que tal, Eve?

— Sim, cerveja é uma boa. Deixem que eu pego. E comida, acho. Pizza funciona?

Banner abriu aquele sorriso pela segunda vez.

— Quando não funcionaria?

— Policiais são os mesmos em todo lugar. Você é do Arkansas, não é? — perguntou Roarke a Banner, enquanto Eve ia para a cozinha.

— Silby's Pond. Um lugar que parece a anos-luz daqui.

— Fica nas Ozarks, não é? É uma região adorável.

— Você já foi lá?

— Circulei por ali. E você, como começou a trabalhar na polícia?

— Sempre imaginei que fosse trabalhar na fazenda da família. Fiz alguns trabalhos com o delegado durante as férias de verão, quando havia tempo para isso. Ajudava com problemas com turistas e coisas do tipo. Mas, bem, a fazenda está na família há cinco gerações, e eu me sentia obrigado a ficar por lá. Mas meu pai se sentou comigo uma noite, alguns anos atrás, e disse que era fácil ver que aquele não era o desejo do meu coração, e que eu devia fazer o que o meu coração mandava. E era o trabalho policial.

— Seu pai me parece um homem sábio. Obrigado, querida — agradeceu ele, quando Eve trouxe a cerveja.

— Ele é, sim, um bom fazendeiro. Assim como minha irmã e o marido. Portanto, a fazenda está em boas mãos. Eu sempre ajudava, quando tinha tempo, mas queria ser policial. Ótima cerveja! Nós fazemos nossa própria receita de família lá em casa. Vou mandar um engradado da nossa cerveja artesanal quando eu voltar.

— Ouço passos saltitantes — anunciou Eve, e recebeu um olhar confuso de Banner. — Peabody e McNab chegaram.

— Vou cuidar da pizza — disse Roarke, quando eles entraram.

— Será que ouvi a palavra "pizza"? — McNab deu mais um passo saltitante ao entrar na sala, mas foi inteligente o bastante para soltar a mão de Peabody diante do olhar de reprovação de Eve.

— E cerveja. Você prefere uma taça de vinho, Peabody.

— Se estiver tudo bem.

— Só uma — decretou Eve. — Depois vamos ter apenas café e trabalho. Santiago deu notícias.

Enquanto Roarke preparava a refeição, Eve colocou os outros a par das novidades.

— Que tipo de idiota burro não verifica se há sangue numa cena de crime? — questionou McNab, então olhou para Banner. — Desculpe.

— É difícil se ofender. Eles não eram os idiotas burros da minha equipe, mas quase isso.

Assim como os outros, ele se serviu de uma fatia de pizza e se sentou.

— Isso que é *pizza*! É como o café? — perguntou a Eve.

— É Nova York. Morris e DeWinter já devem ter recebido os primeiros restos mortais. Vão começar a trabalhar no material ainda esta noite.

— Um trabalho muito eficiente.

— O tempo é fundamental. Quando eles confirmarem se essas duas vítimas fazem parte da nossa lista, poderemos obter mais recursos. Precisamos de Santiago e Carmichael. Se conseguirmos confirmar a identidade da primeira vítima, estaremos mais perto de identificar os assassinos. A primeira vai estar mais perto de casa, mais perto de onde eles conheciam as pessoas, e eram conhecidos. A primeira vítima é a chave.

Ela voltou o olhar para o quadro.

— Mas Campbell talvez não tenha tempo para ver isso. — Quando ela se levantou, Banner começou a fazer o mesmo. — Sentem-se e comam. Quero atualizar o quadro porque isso me ajuda a pensar.

Ela começou a trabalhar.

— Por que você não informa o restante da equipe sobre as duas paradas que fizemos antes de vir pra cá? — sugeriu a Banner.

— A tenente está fazendo buscas por desaparecidos que têm casas ou negócios nesta cidade. Acredita que talvez exista alguma vítima que ainda não encontramos e os assassinos possam estar usando a casa ou o apartamento deste indivíduo como local do crime.

— Esse lugar teria que ser privado — especulou Roarke. — E à prova de som. Mesmo com as vítimas amordaçadas, essas coisas fazem muito barulho. E eles precisam ter um sistema público de segurança muito ruim na área, senão apareceriam nas imagens do sistema da polícia ao entrarem na casa.

— Paramos em dois possíveis locais e os eliminamos. São civis comuns que vivem lá.

— Temos outros para eliminar — comentou Eve. — Vamos nos separar amanhã e trazer alguns policiais de fora para ajudar nas buscas. Eles têm um lugar específico onde se sentem confortáveis. Um lugar para onde conseguiram levar Kuper. Um lugar onde estão torturando Campbell neste exato momento.

— E fica no centro da cidade — acrescentou Roarke.

— Sim, essa probabilidade é alta. Peabody, coloque o setor no telão.

* * *

Enquanto comiam e trabalhavam, Jayla Campbell lutava para superar a dor. Apagar e adormecer, pra ela, era uma espécie de fuga, mas eles sempre a traziam de volta e a torturavam ainda mais.

Ela parou de tentar entender. As coisas simplesmente eram.

Por quanto tempo já estava ali? Não saberia dizer... não mais. Horas, dias, semanas? Tudo o que sentia era dor e medo, e a certeza de que haveria mais.

Eles tinham feito sexo no chão, contra a parede, e, às vezes, graças a Deus, fora da vista dela. Embora ela pudesse ouvi-los grunhindo e morrendo de rir.

Eles gostavam quando ela tentava gritar, quando ela chorava e implorava. Então ela tentava não fazer isso, mas às vezes não conseguia. Simplesmente não conseguia.

Eles pareciam tão normais. Monstros não deveriam parecer tão normais, não deveriam parecer pessoas comuns. A mulher era bonita, de um jeito afiado e vulgar, e o homem também era bonito, meio desengonçado, mas... burro, agora que ela parou pra pensar.

Ele concordava com tudo o que a mulher dizia.

Corte aqui, dizia ela, e ele cortava.

Eles estavam comendo alguma coisa naquele momento, e o cheiro da comida chinesa para viagem a fez querer vomitar. Ela não comia nada desde que saíra daquela festa. Às vezes eles pingavam um pouco de água em sua boca, mas nunca lhe davam comida. Às vezes, a água estava misturada com sal, e eles riam sem parar quando ela se engasgava.

Monstros não deveriam parecer pessoas comuns.

Eles tinham tirado todas as roupas dela, mas Jayla já tinha superado isso. Nenhum deles a tocou de forma sexual, como se ela fosse se importar àquela altura. Eles guardavam o sexo apenas um para o outro.

Eles também circulavam nus enquanto comiam. Às vezes, passavam molho um no outro e lambiam.

Isso também a fazia querer vomitar de nojo. Pelo menos ela podia fechar os olhos ou virar a cabeça. Quando eles estavam envolvidos um com o outro, ela mal existia para eles.

Ela queria poder parar de existir para eles.

Eles sempre conversavam sem parar, ávidos.

Ele disse que eles eram amantes desafortunados. A mulher, Ella-Loo, adorava quando ele citava Shakespeare, ou falava de como eles eram amantes do tipo Bonnie e Clyde.

Jayla não sabia quem eram Bonnie e Clyde, mas a mulher sabia. Ela ria e fazia poses sedutoras que faziam o homem, Darryl, gemer alto ou lamber os lábios.

Ela ouvia as conversas deles quando podia, cada palavra do que diziam. Se ela sobrevivesse, e ela já não acreditava nessa possibilidade, mas se isso acontecesse, ela se lembraria de tudo. Contaria cada detalhe à polícia. E torceria com cada célula de seu corpo machucado e dolorido que a polícia os matasse da maneira mais sangrenta, brutal e horrível possível.

Ela queria matá-los com as próprias mãos.

Também queria ver a mãe. E Kari. Às vezes, quando flutuava para longe, ela queria ver Luke e seu sorriso tímido.

Ela queria qualquer coisa que não fosse aquilo. Qualquer lugar onde não estivesse amarrada a uma mesa sob luzes brilhantes com algo redondo e duro preso entre os dentes, algo que a impedisse de sentir o próprio sangue escorrendo do corpo, ou a dor afiada de ossos quebrados esfregando-se uns nos outros, a cada vez que ela se movia um centímetro que fosse para tentar encontrar algum conforto.

Não havia conforto.

— Seria algo diferente e ousado — dizia a mulher, naquele instante. — Não queremos ficar entediados, certo, querido?

— Você está entediada, Ella-Loo?

— Não com você, amor. Nunca! Você é meu herói. Mas pense em como seria emocionante. Se tivéssemos dois conosco, ao mesmo tempo. Se os mantivéssemos durante mais tempo. Ah, fico molhada só de pensar.

— Gosto de você molhada.

Ele enfiou a mão entre as pernas da mulher. Jayla fechou os olhos.

— Eu ficaria ainda mais molhada e mais quente se tivéssemos dois presos conosco. Você pode escolher desta vez. Isso mesmo! Desça aqui, amor, e comece a trabalhar.

Ela gritou, riu, gemeu.

— Me fode com força, amor, com força! E depois vamos pegar outro. Vamos pegar um homem. Talvez possamos fazê-los trepar um com o outro. Vamos obrigá-lo a estuprá-la enquanto assistimos. Ah, ah, *Darryl*!

— Qualquer coisa que você quiser eu topo. Qualquer coisa! Eu te amo, Ella-Loo.

— Não para, Darryl. Não para. E depois vamos pegar mais um.

E ela sorriu, selvagem e feroz, virando a cabeça para olhar Jayla enquanto Darryl estocava com força e sem parar, até o suor pingar de seu rosto.

Ela sorriu seu sorriso monstruoso enquanto gozava.

No escritório, Roarke ouviu os policiais na sala elaborarem teorias e fazerem buscas. Ouviu Eve falar com Morris ao *tele-link*, enquanto também conversava com Mira.

Sua mente voltou ao primeiro homem, à primeira vítima, aquele que todos acreditavam ter sido o primeiro da lista.

Um empresário morto na beira da estrada. Nenhum veículo deixado para trás. Ele foi espancado porque revidou. Crânio esmagado.

Muito diferente dos outros, pensou ele. Nenhuma tortura, nenhuma noção de tempo perdido. Mas Roarke confiava nos instintos da esposa.

O primeiro talvez tivesse acontecido por acidente, ou por uma questão de impulso. A centelha, quem sabe, para tudo que veio depois.

— Alguém o rebocou — declarou, em voz alta.

Distraída e um pouco irritada, Eve olhou ao redor.

— O quê?

— Você tem duas opções para esse primeiro crime, para Jansen. Eles tinham um segundo veículo e foram embora separadamente, ou deixaram um dos veículos para trás.

— Nenhum veículo foi recuperado ou relatado na cena do crime.

— E você nunca ouviu falar de roubo de carro, imagino. Sair em dupla não é impossível, claro, mas nesse caso eles teriam que se livrar de um dos veículos, e não continuariam juntos depois do assassinato... quando ainda estariam excitados e com o sangue quente.

— Espere. — Ela ergueu a mão para calar comentários e estreitou os olhos. — Quando ainda estariam com o sangue quente — repetiu. — Se esta foi a primeira vez... se isso fez com que a bola começasse a rolar para eles, eles ainda estariam excitados e com o sangue quente, depois de matá-lo. Deixar a cena separados? Isso esfriaria a empolgação. Então, é bem menos provável. Mas não houve relato de veículo rebocado ou recuperado naquele trecho da estrada.

— Querida Eve — disse ele, e isso fez Banner olhar pra ela de rabo de olho. — Aquela é uma área muito remota e rural, não é?

— E daí?

— Aposto mais de uma cerveja que haveria um serviço de reboque ou dois, no máximo, e... como aquela era uma área agrícola, com certeza haveria vários moradores locais com barras de reboque à mão. Seria assim: "Veja só, cara, um carro/caminhão/van na beira da estrada. Vamos lá dar uma olhada? Pode ser que esteja enguiçado..."

— O que seria um motivo para rebocá-lo com outro carro, ok, faz sentido.

— Algum problema mecânico? Pode ser. Ou o carro deles dava muitos problemas e já estava na hora de trocar. Mas, de qualquer forma, uma alma empreendedora poderia rebocá-lo, desmontá-lo ou mexer nas peças da van e revendê-la. Sem dúvida, mesmo numa área como aquela, eles teriam uma oficina de desmanche à mão, ou alguém que pagaria para ter outro veículo em suas terras.

Quando ela franziu a testa, ele sorriu.

— Falando hipoteticamente, é claro, alguém que já ganhou um pouco de dinheiro na vida em busca de oportunidades com veículos podia estar viajando por aquelas estradinhas laterais e atalhos atrás de uma oportunidade como essa.

— Então eles colocaram uma barra de reboque nele e o transportaram para outro lugar.

— Tiveram algum lucro com pouco esforço — concluiu Roarke. — Você pode fazer seu pessoal pressionar as empresas de reboque, fazendeiros, mecânicos e coisas do tipo.

Ele olhou para Banner.

— Isso também acontece no Arkansas, Will?

— É bem capaz. Havia um sujeito no condado vizinho que tinha uma oficina de desmanche. Basicamente, eles pegavam carros parados na rodovia interestadual, mas também levavam alguns das estradas laterais. Nunca pensei nessa possibilidade. As pessoas se conhecem, e você ouve todo tipo de histórias.

Eve já estava com seu *tele-link* na mão.

— Carmichael, Dallas falando.

— Eu estava prestes a entrar em contato com você, tenente. Estou comendo um churrasco do Arkansas e tenho que concordar com Santiago: Yee-haw. Quanto ao legista...

— Espere aí. Quero que vocês trabalhem numa nova possibilidade de busca, agora mesmo. Alguma empresa de reboque, oficinas, garagens, talvez em pequenas fazendas ou seja lá o que for. Máquinas que tenham capacidade de rebocar um veículo. Vamos seguir a seguinte teoria — começou Eve.

Quando ela terminou e desligou, olhou para Roarke.

— É um bom ângulo de investigação. Os moradores devem saber de tudo que acontece por lá. Você é útil.

— Faço o melhor que posso.

— Talvez realmente tenha acontecido dessa forma. Gosto da lógica do cenário. Pode ser que eles tenham rebocado o que quer que fosse e tenham se livrado do veículo. Ou simplesmente jogado fora. De qualquer modo, isso pode nos levar de volta ao passo anterior, ao local anterior. Pode nos dar nomes.

Ela olhou para o quadro, para Jayla.

— Café! — disse.

— Acho ótima essa ideia — concordou Banner. — Dallas, pode ser que eu conheça alguém que tenha conhecimento na área. Estou meio chateado por não ter pensado nisso antes.

— Você já passou um tempinho roubando carros, Banner?

— Nunca, mas não posso negar que conheço algumas pessoas que passaram. Talvez eu consiga ajudar seu pessoal.

— Então, vá em frente. Peabody?

— Sim, senhora.

— Café. Uma caneca cheia. Agora!

* * *

Enquanto eles trabalhavam no novo ângulo de investigação, Ella-Loo, vestindo uma microssaia roubada de uma acompanhante licenciada que eles tinham matado, e cujo nome ela já esquecera, se esforçava para arrastar uma poltrona pesada.

Estava congelando na saia curta, com meia arrastão e uma jaqueta também curta de couro falso, essa roubada de outra vítima. Mas por dentro sentia-se quente como uma fogueira.

Um homem vinha chegando a passos rápidos com o *tele-link* na mão e o capuz da parca sobre a cabeça.

— Vou sim, já estou a caminho daí. Caraca, Nova York está parecendo mais o Polo Sul esta noite. Já estou pertinho, quase na porta. Liguem o aquecedor no máximo!

— Ei, gatinho?

A mulher gritou, jogou o cabelo pra trás e viu o homem virar a cabeça para olhá-la.

— Já te ligo de volta — disse ele ao *tele-link*, e o enfiou no bolso. — O que está rolando, querida?

— Será que você poderia me dar uma mãozinha, rapidinho? Não consigo levantar esse troço, e preciso colocá-lo na van antes que meu ex-namorado volte.

— Claro, tudo bem. O namoro acabou mal?

— Muito mal. Ele me bateu!

— Ah, qual é, isso é um absurdo! — O rapaz se agachou para levantar a poltrona. — Você vai ficar melhor sem ele. Eu consigo erguer a poltrona, mas vai ser mais fácil se você pegar do outro lado e...

Darryl pulou sobre o rapaz com um porrete na mão, ideia de Ella-Loo, golpeando a parte de trás da cabeça do jovem.

Ele emitiu o som de um balão perdendo o ar subitamente e dobrou o corpo para a frente.

— Rápido, amor, rápido, antes que alguém apareça!

Foram necessários alguns puxões para colocá-lo, junto da velha e confiável poltrona, na traseira da van. Ella-Loo entrou logo atrás, dando alegremente outra boa pancada no homem que gemia, antes de enrolar a fita adesiva grossa em volta dos punhos dele.

— Vamos, amor! Nós o pegamos com vontade. Mal posso esperar! Já estou molhada. Já estou com calor.

— Guarde isso pra mim — respondeu Darryl, afastando o veículo do meio-fio para dirigir os dois quarteirões curtos de volta até em casa.

Capítulo Treze

Jayla sabia que lutar só traria mais dor, mas entrou em frenesi quando os ouviu sair. Gritou contra a mordaça até sua garganta ficar ardendo e sangrando. Torceu seu corpo e esticou os braços com toda a força que lhe restava.

Não foi suficiente.

Novas feridas se abriram em seus punhos, seus tornozelos estavam tão inchados que a fita que os prendia se esfregava em carne viva e úmida. Seus movimentos racharam a pomada NuSkin que eles tinham colocado em algumas das feridas, então elas voltaram a sangrar. Ela provou as próprias lágrimas e os gritos até que, exausta, ficou imóvel.

Lembre-se, ordenou a si mesma. *Lembre-se de tudo para o caso... apenas para o caso de você sobreviver.*

Eles a tinham prendido sobre uma tábua, e ela estava bem amarrada com fita adesiva. Havia corda em volta da cintura e da barriga de Jayla. Às vezes eles a estrangulavam com outro pedaço de corda até que ela desmaiasse.

Havia plástico no chão, pensou, sob a mesa improvisada. Ela podia ouvi-lo chiar e amassar sob os pés deles enquanto eles a machucavam.

Uma janela. Ela só conseguia ver uma janela, com grades, e um grande sofá marrom onde às vezes eles faziam sexo. Além de um telão. Eles assistiam a filmes pornô e a game shows nele.

Aquele lugar era um apartamento. Talvez no nível da rua, pensou, porque era possível ouvir o barulho do trânsito quando eles saíam ou entravam pela porta.

O teto era branco, branco sujo, para ser mais específica, teto branco sujo com luzes redondas embutidas.

Eles nunca apagavam as luzes.

Sempre traziam comida para viagem, nunca pediam delivery, ao menos quando ela estava consciente. Bebiam muita cerveja e vinho de garrafão. E pelo menos uma vez ela sentira cheiro de *zoner*.

Jayla era capaz de descrevê-los perfeitamente.

Tudo o que ela precisava fazer era escapar, e conseguiria descrevê-los perfeitamente, até as tatuagens de ambos, que combinavam.

Pequenos corações com as letras *E* e *D* dentro, gravados em azul e vermelho na altura dos próprios corações.

As pessoas certamente estariam procurando por ela, ao menos isso servia de consolo. Havia pessoas que se importavam com ela.

Mas como eles a encontrariam?

Por que ela não tinha chamado um táxi? Por que não usou o cérebro e chamou um táxi quando saiu daquela festa idiota? Por que ela foi até lá, para início de conversa? Por que não tinha ficado em casa assistindo a filmes, com Kari?

Começou a chorar outra vez, voltou a tentar se soltar. E caiu num sono trêmulo.

O barulho a acordou. Por um momento, ela estava de volta ao seu dormitório da faculdade com Kari, tentando dormir enquanto uma festa acontecia no quarto ao lado. Tentou se virar para o outro lado, mas a dor lancinante a trouxe de volta.

Eles ouviam música, um country horrível com uma mulher cantando sobre como ela iria caçar seu homem. Eles cantavam a letra juntos, a plenos pulmões, enquanto montavam uma espécie de mesa dobrável.

A mulher dançou ao redor dela, esfregou a bunda na virilha do homem, tornou a se afastar e deu uma risadinha.

Jayla viu o plástico no chão, um pouco adiante.

E o corpo esparramado de bruços sobre ele.

Sua primeira reação foi uma espécie de júbilo enlouquecido. Ela não ficaria mais sozinha. Eles tinham sequestrado outra pessoa e talvez esquecessem de machucá-la, mesmo que fosse só por um tempo.

O sentimento de vergonha caiu como uma avalanche sobre a alegria maldosa, e lembrou-a de que não importava o que fizessem com ela, ainda era humana. Ainda era capaz de sentir vergonha. E pena.

Juntos, eles rolaram o corpo de barriga para cima e começaram a despir o homem, não, era apenas um garoto, e a vergonha aumentou. Mais novo do que ela. Vinte anos, talvez menos, pálido como a morte.

Ele se remexeu um pouco, gemendo. Darryl pegou o porrete, eles já tinham quebrado pelo menos uma das costelas dela com aquele porrete de couro pesado, e o usou para dar um golpe na lateral da cabeça do garoto. Darryl o fez com ar de quem dá um tapa para afastar uma mosca, distraído, livrando-se de um leve aborrecimento.

— Não quero que ele acorde por enquanto — disse Darryl. — Preciso ajeitá-lo direito antes.

— Ele é a coisa mais branca que já vi, tirando a neve que cobre o chão lá fora. — Ella-Loo riu enquanto tirava as calças do garoto. Despejou na mão o conteúdo dos bolsos enquanto Darryl terminava de despi-lo. E abriu a carteira.

— Tem menos de vinte dólares. Merda, e nenhum *smartwatch* nem nada. O nome é Reed Aaron Mulligan.

Jayla repetiu mentalmente o nome várias vezes. Ela se lembraria de Reed Aaron Mulligan. Cerca de vinte anos, magro, pele branca como leite, algumas sardas, cabelo louro avermelhado com um cavanhaque de aparência ridícula no rosto ainda macio de garoto.

— Cartão de abrir portas, algumas fichas de crédito soltas, um belo canivete. Um desses canivetes... como é o nome mesmo?

Darryl olhou de relance.

— Multiuso. Deixe-me ver. — Ele pegou o objeto dela e o examinou. — É bonito — disse, e colocou o canivete no próprio bolso.

— As botas são bem novas e o casaco também.

Presentes de Natal, imaginou Jayla. Dos pais. Pais que estariam procurando por ele em breve.

— O casaco é muito pequeno pra você — disse Ella-Loo a Darryl, ficando de pé para experimentar a peça. — É quente.

— Mas não é bonito o bastante pra você, amor.

— Aposto que podemos conseguir alguma grana por este casaco e pelas botas. — Ela as jogou, junto das calças do garoto, na direção do sofá, e só então estudou Reed Aaron Mulligan, com as mãos nos quadris.

— O pinto dele não é nada de especial, mas se dermos a ele um pouco de Erótica e ajudarmos a deixá-lo de pau duro, ele vai se dar muito bem.

Ela se virou para Jayla e exibiu aquele sorriso quente e selvagem.

— Ele vai estuprar você sem parar.

Jayla queria fechar os olhos, simplesmente fechá-los e ir embora dali de novo, mentalmente, mas obrigou-se a encontrar aqueles olhos afiados. Obrigou-se a encará-los de volta até que Ella-Loo pegou o porrete e deu um golpe na virilha dela, depois mais dois.

A dor explodiu no centro do corpo de Jayla e irradiou para todos os lugares.

— Isso é só uma amostra grátis. — Inclinando a cabeça, como se estivesse pensando em algo, ela deu um tapa em cada um dos seios de Jayla.

Enquanto o corpo de Jayla arqueava e caía, Ella-Loo observou os hematomas florescerem.

— Eu nunca tentei nada sexual com nenhum deles. Nossa, isso me deixa excitada.

— A mim também.

Ela olhou de relance, viu o brilho nos olhos de Darryl, a maneira como a mão dele apertava o volume entre suas pernas.

— Ainda não, amor. Ainda não. Vamos colocar nosso novo amigo "ajeitado aqui", como você disse. Vamos precisar amolecê-lo um pouco.

Jayla rastejou para dentro de si mesma, para o espaço apertado e escuro onde a dor empurrava as bordas de sua consciência. Depois de um tempo, ela não saberia dizer quanto tempo, ouviu um som agudo horrível e quase inumano, um que ela mesma havia deixado escapar.

Então soube que eles tinham começado a "amolecer" Reed Aaron Mulligan.

Pela segunda vez, Eve leu o relatório preliminar de DeWinter.

Ainda era muito cedo para ser um relatório conclusivo, que simplesmente a deixava louca, mas DeWinter acreditava, e Morris também, que vários dos ferimentos de Melvin Little tinham sido infligidos antes da queda. Alguns deles cerca de vinte e quatro a trinta e seis horas antes.

Ela passou pela linguagem científica, probabilidades, possibilidades e coisas igualmente irritantes, até que foi direto ao que interessava.

Um instrumento de lâmina afiada cortou seus ossos; outro objeto obtuso foi usado no ferimento mais antigo, na parte de trás do crânio. A fratura do fêmur tinha ocorrido por conta de um golpe forte dado de cima para baixo.

Talvez por uma chave de roda, pensou Eve, enquanto lia e caminhava de um lado para o outro.

Vários ossos na mão direita tinham sido esmagados.

Mais testes seriam feitos a partir das sete da manhã.

Ao fim do relatório, o comentário de Morris deu alguma esperança a ela.

Garnet ainda não está pronta para dar sua análise final e tem razão em proceder assim. Mas certamente ele é uma das suas vítimas. A autópsia local foi muito malfeita. Este homem sofreu vários ferimentos, facadas, espancamentos, golpes, pelo menos um dia antes do momento exato da morte. Seria uma coincidência absurda ele ter lutado com alguém ou ter sido atacado por outros que não fossem os seus suspeitos.

— Coincidência é balela — murmurou Eve.

— É como você mesma já disse. — Com sutileza, Roarke se colocou entre ela e o que ele acreditava ser outro bule de café vazio. — Vocês, todos vocês, já fizeram tudo o que podiam fazer esta noite.

— Mas Santiago e Carmichael...

— Certamente entrarão em contato, caso descubram alguma nova informação. Mas como já passou da meia-noite no fuso de lá, é provável que só consigam continuar as buscas de manhã.

— Que horas são aqui?

— Já passa da meia-noite lá e de uma da manhã aqui. A diferença entre os fusos é de uma hora.

— Essa história de fuso horário me deixa louca.

— É de deixar mesmo. — Banner passou as mãos pelos cabelos, segurando as mechas como se fosse a única maneira de manter a cabeça erguida. Exibia o olhar enevoado e atordoado de uma pessoa sonâmbula. — Basta atravessar alguma divisa estadual e você ganha uma hora, mas às vezes perde uma hora. É tudo muito confuso.

Ela apontou um dedo para ele em solidariedade.

— Viu só? — disse ela, olhando para Roarke.

— Vejo que nosso delegado que veio do fuso horário da região central do país precisa dormir, e o restante de vocês também — comentou Roarke.

Ela pensou em oferecer a todo mundo ali um energético aprovado pelo departamento, mas logo percebeu a futilidade daquela opção. Além do mais, ela odiava os efeitos daquelas substâncias. Todos funcionariam muito melhor com algumas horas normais de descanso.

— Ok, vamos encerrar por agora. Mas voltamos pra cá às seis da manhã em ponto.

— Ok, já entendi. Desculpem — acrescentou Banner. — Meu cérebro está meio mole de sono. Não consigo me lembrar de como chegar ao meu quarto.

— Onde eles te colocaram? — Peabody esfregou os olhos enquanto se levantava.

— Ahn...

— Ele está na Suíte Park — respondeu Roarke.

— Nós sabemos onde é, certo? — perguntou Peabody a McNab, que assentiu, levantou-se e passou um braço em volta dela enquanto a detetive se apoiava nele.

— Sabemos sim, é bem ao lado do nosso. Nós levamos você até lá — ofereceu McNab.

— Obrigado. — Banner olhou de volta para o quadro e focou em Melvin Little. — Ele já tem mais do que eu consegui até hoje. Não vou me esquecer disso.

Quando Banner seguiu Peabody e McNab para fora do escritório, Eve olhou para a cafeteira.

— Nem pensar! — advertiu Roarke.

— Você não pode me proibir de...

— Posso, sim. E esperaria que você fizesse o mesmo por mim. Seu sangue já deve estar com três quartos de cafeína a essa altura. Você está vibrando de tanto café.

— Sim, estou um pouco ligada — admitiu Eve.

— E, se ainda houvesse qualquer coisa que pudesse fazer esta noite, eu mesmo pegaria outro bule e me juntaria a você.

Talvez ele fizesse isso mesmo, pensou ela. Ou talvez simplesmente lhe desse um tranquilizante e pronto. Mas Roarke estava certo. Ela já tinha feito tudo o que era capaz de fazer por ora. Talvez conseguisse ter uma perspectiva diferente sobre o que descobrira na manhã seguinte.

— A empresa de reboque recebe ligações vinte e quatro horas por dia, sete dias por semana — declarou ela, enquanto ele a puxava para fora do quarto. — Talvez Carmichael e Santiago encontrem algo por lá, hoje à noite.

— Eles entrarão em contato com você, caso isso aconteça.

— Assim que DeWinter der sua palavra final a respeito de Mini Mel e a outra vítima que está no necrotério, o FBI vai começar a se intrometer, ou tentar.

— Isso incomoda você?

— Com certeza me irrita em um nível, como se diz? Visceral. É claro que quanto mais recursos, melhor. Eles têm agentes investigando Jayla, mas o foco da investigação deles é o norte. Eles enxergam Nova York como parte do padrão, não um destino.

Ao entrar no quarto, Eve notou que Galahad tinha chegado primeiro e se esparramara bem no centro da cama.

— Quanto mais recursos, melhor — repetiu Eve, enfiando as mãos nos bolsos, numa tentativa de controlar o excesso de energia acumulada. — Não teríamos avançado tanto no caso de Mini Mel sem Banner, e não teríamos confirmado que ele foi, sim, uma das vítimas sem DeWinter e Morris. Quanto à possibilidade de um reboque, essa sacada foi ótima, e não teríamos essa ideia sem a sua perspectiva.

— Fico feliz em ajudar. — Ele a virou na sua direção e desafivelou o coldre.

Ela moveu os braços para se livrar do acessório.

— Os policiais locais não queriam essa conexão, a que colocava o crime bem na porta deles. Preferiam a versão em que Jansen tivesse a cabeça esmagada por um assassino ao qual poderia ter dado uma carona. Isso está declarado em todos os relatórios.

— Hum... — Roarke a virou para ele mais uma vez e desafivelou o cinto dela.

— Quanto a Mini Mel, a versão mais fácil é que tudo tivesse sido só azar dele.

Ele arrancou o suéter dela pela cabeça.

— A mesma coisa com Fastbinder, na Virgínia Ocidental. O cara deu um passo errado e caiu de cabeça na fissura de uma rocha. Uma tragédia, claro, mas os moradores não ficaram cobrando à polícia que pegasse os assassinos.

Roarke a empurrou na direção da cama e cutucou-a para que ela se sentasse no colchão.

— O que você está fazendo?

— Estou aqui para ajudar, lembra? — Ele levantou uma das pernas dela e descalçou a bota.

— Você está tentando me deixar nua.

— Essa é a recompensa pela ajuda.

— Quer mais uma parcela do pagamento?

— Tinha planejado abrir uma conta para um pagamento a prazo, mas consideradas as circunstâncias... — Ele descalçou a outra bota.

— Estou ligada demais agora. — Ela ergueu um pouco os quadris enquanto ele arriava a calça dela e jogava a peça longe. — Poderia muito bem fazer bom uso dessa energia toda.

— E se eu te ajudar com isso, talvez você até consiga ficar quieta por tempo o bastante para nós dois termos a chance de dormir.

Com a palma da mão, ele tocou o rosto dela e lhe deu um empurrão suave para trás, na direção da cama.

Com um rosnado gutural, Galahad caminhou até o canto mais distante da cama e deu as costas para eles, irritado.

— Como é que ele sabe que não vamos apenas dormir?

— Instinto animal — supôs Roarke, tirando o próprio suéter antes de colocar o corpo sobre o dela.

— Eu compartilho um pouco desse instinto. — Eve o puxou na direção dela e acrescentou uma mordida rápida ao beijo que lhe deu. — Depressa. — Usou os dentes em sua garganta. — Quero você dentro de mim, rápido, duro e com força.

Ela já estava pulsando, o sangue bombeando a toda velocidade. E a avidez rápida e gananciosa dela o deixou do mesmo jeito. Enquanto ela lutava para despi-lo, ele colocou uma das mãos entre as pernas dela, fazendo-a tremer ao sentir a primeira pontada afiada de prazer.

Não havia mais nada, agora. Nada além daquela necessidade urgente que queimava como febre, uma chama que tomava conta de tudo ao redor. Louca de desejo, ela arqueou o corpo e se esfregou contra o dele, até que ambos estremeceram.

Ainda arqueada, ela prendeu as pernas com força em torno dos quadris dele e estendeu os braços para agarrar os lençóis como se pudesse voar para longe dali se não se segurasse bem.

— Rápido — repetiu, mal conseguindo respirar. — Com força.

Ele a penetrou com tudo, pressionou o púbis contra o dela, o que a fez gritar. Então estocou outra vez, com o prazer tão afiado que o atingiu como uma lâmina.

Ele não parou, penetrou-a sem parar, com uma loucura tão intensa que a própria visão pareceu se embaçar, de modo que ela parecia suspensa em meio à fumaça abaixo dele.

Ele a tocou com as mãos e com a boca, sentindo a pele macia e trêmula, enquanto a penetrava cada vez mais rápido e com força.

Ela queria aquela ganância sombria que existia dentro dele, a fúria sem amarras, então foi o que ele deu a ela, deixou que a fúria tomasse conta dos dois até que o grito estrangulado da esposa ecoou em seus ouvidos, até os tremores tomarem conta de seu corpo, como se derretesse de prazer sob ele.

Ainda assim, ele não parou, continuou cavalgando-a além da razão e arrancou dela ainda mais. Arrancou tudo.

Com isso, permitiu a si mesmo uma libertação completa.

Ela podia ouvir as batidas do próprio coração, enquanto o dele batia sobre o dela, selvagem. Ela sentiu que Roarke começou a se mover e conseguiu colocar os braços flácidos ao redor dele.

— Não saia. Fique dentro de mim — pediu ela. — Só mais um pouquinho.

E adormeceu.

Ela acordou no escuro, arrancada do sono profundo abençoado sem sonhos pelo toque insistente do seu comunicador.

Desorientada e ainda enroscada em Roarke, ela tentou se levantar.

— Espere — disse ele. — Acender luzes a dez por cento! — ordenou.

Ao comando de Roarke, a escuridão se dissipou enquanto ele rolava para longe.

— Meu comunicador ainda está...

— No bolso da sua calça. — Ele a encontrou e pescou o comunicador, enquanto ela tentava afastar a névoa do sono.

— Ahn...

— Bloqueie o vídeo — aconselhou Roarke.

— Por Deus, claro. Bloquear sinal de vídeo! — ordenou. — Dallas falando.

— Emergência para a tenente Eve Dallas.

Exatamente às quatro e dezoito da manhã, ela foi informada do desaparecimento de Reed Aaron Mulligan.

Mais uma vez, bem no centro da cidade, pensou. Um dia inteiro antes do previsto. A menos que...

— Você quer que eu acorde Peabody? — indagou Roarke.

— Sim... Não! Não adianta. Vai ser outra vítima deles, mas digo isso por instinto. Vou conversar com a mãe desse Mulligan antes.

— Então vou com você. Sem reclamações — alertou, antes de ela ter chance de protestar.

Eve tomou banho, se vestiu e tomou café em dez minutos, com Roarke apenas um minuto atrás, pois pilotava um veículo da garagem remotamente.

Então eles saíram pela porta da frente e enfrentaram a noite fria e clara, onde um de seus robustos automóveis 4 x 4 já estava à espera com o motor e os aquecedores ligados.

— O possível desaparecido mora com a mãe em Leonard, perto da Broadway.

— Ouvi o recado da Emergência. — Ele passou de forma rápida e suave pelos portões e saiu em direção às ruas silenciosas de inverno, ainda antes do amanhecer. — Isso significa que eles quebraram o padrão, não é?

— Se foram eles que o pegaram, sim. Jayla Campbell deveria ter tido mais um dia de vida. Talvez algo tenha dado errado. Pode ser que já tenham se livrado do corpo dela num local que ainda não encontramos. Podem ter se livrado do corpo de outro jeito. Ou...

— Ainda estão com ela. Viva.

— É uma hipótese duvidosa, mas eu gostaria de pensar que sim. E também pode ser apenas um alarme falso. O desaparecido acabou de completar vinte e um anos.

Ela examinou seu tablet e a busca a respeito do desaparecido, que já havia iniciado.

— Passou por alguns sobressaltos na adolescência em batidas policiais, me parece. Drogas ilegais muito leves, nada grave. Atualmente trabalha durante o dia como gerente assistente numa loja de instrumentos musicais e aulas de música. Consegue alguma renda de uma banda chamada Thrashers.

Ela cavou um pouco mais fundo nas informações.

— Toca violão e canta. Parece que se apresenta em algumas boates baratas. Preciso verificar outros detalhes, mas...

— Ele pode ter se dado bem e ido pra casa com alguém, pode ter ficado chapado. Ou pode ter acabado dormindo na casa de um amigo.

— Talvez. Mas este é o território de atuação deles. O garoto tem mãe solteira, é garçonete de bar, sem irmãos. — Eve guardou seu tablet. — Vamos ouvir o que ela tem a dizer.

Os Mulligan moravam em um prédio de três andares com boa segurança e um saguão razoavelmente limpo.

Não havia pichações na escada que levava ao terceiro andar, notou Eve. Isso já dizia muito sobre os inquilinos. Ouviu o murmúrio de uma reportagem ao chegar ao segundo andar, através das portas do apartamento.

Isolamento acústico ruim, e havia alguém trabalhando em casa.

Ela ergueu o punho para bater na porta, mas não foi preciso.

— Eu ouvi você chegando — disse a mulher ao abrir. — São policiais?

— Tenente Dallas, senhora. — Eve exibiu o distintivo. — Este é o meu consultor civil. Falo com a sra. Mulligan?

— Sim, sou eu. Entrem, por favor. Obrigada por chegarem tão rápido. A primeira pessoa que me atendeu no *tele-link* mal me ouviu.

Ela usava uma saia preta curta que valorizava as belas pernas e um top branco decotado que emoldurava belos seios. Roupas de trabalho, pensou Eve, ela só tinha trocado os sapatos de trabalho por sapatos de ficar em casa, e vestira um cardigã volumoso por cima da blusa.

A mulher irradiava preocupação.

— Reed jamais passaria a noite fora. Quero dizer... ele me avisaria se ficasse fora a noite toda. Esse é o nosso acordo. Eu também o avisaria se fosse o contrário.

— Por que não nos sentamos para que você repasse as informações?

— Ah, desculpe. — Ela olhou ao redor como se não conseguisse encontrar um assento no próprio apartamento. — Não consigo pensar direito porque estou muito preocupada. Sentem-se. Tenho café.

— Isso seria ótimo — aceitou Eve, basicamente para dar à mulher algo para fazer, algo que a acalmasse. — Café sem açúcar para nós dois.

— Me deem só um segundo.

Ela foi para o fundo da sala até o corredor, de onde se via uma cozinha estreita.

Usava o cabelo vermelho-fogo preso em um rabo de cavalo saltitante que deixava o rosto estreito e angular sem moldura. A investigação que Eve já tinha feito lhe informou que a sra. Mulligan tinha quarenta anos, mas conseguiria se passar por trinta e cinco com facilidade, mesmo com a palidez e as olheiras sob os olhos verdes enevoados.

— Trabalho cinco noites por semana no Bar Secreto. Fica a poucos quarteirões daqui. É um bom estabelecimento, não é uma espelunca. É elegante, atrai bons clientes. Roarke é o dono... vocês sabem de quem estou falando.

Eve lançou um olhar de soslaio para Roarke.

— Sabemos, sim.

— É um ótimo local para trabalhar, não é comum assediadores frequentarem. E fica perto de casa. Como Roarke é o dono deste prédio, também é bom. É seguro e limpo. Quanto a Reed, ele é um bom garoto. Responsável. Tem um emprego fixo. Quer ser uma estrela da música, é o sonho dele. Toca em uma banda, e já conseguiram alguns contratos. Ele é bom. Sei que sou a mãe dele, mas ele é mesmo muito bom. Enfim, é isso.

Ela trouxe café numa bandeja com a graça e a facilidade de uma garçonete experiente.

— Trabalho quatro noites das sete à meia-noite, e uma noite, como hoje, por exemplo, das cinco às duas da manhã. Reed disse que poderia voltar pra casa mais tarde porque ia tocar um pouco com a banda. Eles estão trabalhando em um som novo, impulsionado por computador. Ele tem um talento especial com computadores. Foi por isso que quando cheguei em casa e ele não estava aqui, não fiquei preocupada. Mas quando verifiquei o *tele-link* da casa e o aparelho piscava sem parar, vi que havia muitas mensagens acumuladas e fiquei preocupada.

Ela pegou a própria xícara de café, mas pousou-a de novo na bandeja.

— A primeira mensagem foi de Benj, melhor amigo de Reed, que também faz parte da banda. Ele estava um pouco irritado. "Onde é que você está?", esse tipo de coisa. "Por que você não atende ao *tele-link?*" Vocês querem ouvir a mensagem?

— Sim, seria bom.

Rapidamente, Jackie se levantou e colocou a mensagem para tocar.

Ei, cara, que porra é essa? Ainda estamos esperando você. Atenda à porra do tele-link, cara. Você me disse que chegaria aqui em alguns minutos e já faz mais de uma hora! Me liga.

A mensagem foi enviada à 1h06 da manhã.

A seguinte, novamente de Benj, era de vinte minutos depois. Uma terceira era de uma mulher, identificada como Roxie Parkingston e vocalista principal da banda. Foi feita vinte e dois minutos depois da anterior.

Reed, você está me assustando, sabia? Juro que se eu não tiver notícias suas em meia hora, vou ligar pra sua mãe. Não me obrigue a ligar pra ela!

— Ela ligou mesmo — confirmou Jackie. — Eu ouvi a última mensagem de Roxie, e ela me contou que Reed tinha falado com Benj quando já estava a caminho de lá... rumo a um espaço num porão que Benj e alguns outros garotos compartilham em Morton, perto da Sétima Avenida. Eles fizeram isolamento acústico completo no lugar, então ensaiam lá. Fica a apenas dez minutos a pé, no máximo. Algo aconteceu — insistiu ela. — Ele não faria isso, temos um acordo. Para tudo o que qualquer um de nós dois precisa fazer, basta avisar que não estará em casa, sem explicações, sem perguntas. Mas temos que avisar um ao outro. Sempre fazemos isso. E ele estava a caminho do local de ensaio da banda. Era o sonho dele.

— Que roupa ele vestia?

Jackie soltou um longo suspiro.

— Olhei no armário, para ter certeza. Comprei um casaco novo e botas novas pra ele. Primeiro para o aniversário e depois no Natal. Botas Trailblazer marrons, de couro legítimo. Ele completou vinte e um anos e estava doido por essas botas. O casaco era uma parca da marca Moose, verde-escura. Acho que ele também devia estar de calça preta e suéter preto. É o código de vestimenta da banda.

— Alguma namorada?

— Ele está meio que saindo com uma garota, Maddy. Já confirmei com ela, cheguei a acordá-la. Faz alguns dias que ela não o vê. Mas ele está a fim da Roxie, dá pra notar. Caramba, até ela consegue notar, mas ele ainda não deu o primeiro passo, não se declarou. Eu saberia. Então ele está meio que saindo com Maddy, mas não é nada sério, e ela não o vê desde que saíram para comer uma pizza, há algumas noites.

Eve fez mais perguntas, teve a sensação de que ele era um jovem despreocupado que trabalhava, ajudava a mãe a pagar o aluguel e seguia em frente, para um dia cair na estrada e realizar o sonho de alcançar fama e fortuna, ganhando milhões.

Com a melhor amiga de Eve tinha acontecido exatamente aquilo, e Eve sabia que era de fato possível.

Recolheu as informações de contato dos colegas de banda, da namorada que não era namorada e de alguns colegas de trabalho.

— Vocês vão procurá-lo, certo?

— Sim, senhora, vamos procurá-lo.

— Sei que ele já é maior de idade, mas ainda é um garoto. E é bonito. — Ela comprimiu os lábios. — Sei que tem gente por aí, gente que caça garotos, até garotos maiores de idade.

Sim, tem mesmo, pensou Eve, mas disse apenas:

— Vamos procurá-lo.

No minuto em que deixou o apartamento da sra. Mulligan, ela se virou para Roarke.

— O prédio é seu.

— Pelo visto, sim.

— Então conseguir os discos de segurança não deve ser um problema. Há câmeras na porta. Elas o mostrariam saindo de lá.

— Já entrei em contato com a empresa de segurança que cuida desta propriedade. O sistema está no utilitário que fica estacionado no porão. E eu tenho os códigos.

— Você pode me dar cópias da filmagem? Quero divulgar a descrição dele. Vai aparecer nos relatórios da manhã. Talvez alguém o tenha visto.

— Cinco minutos — pediu ele, e pegou a saída que dava para o porão.

Voltou em menos de quatro minutos e entregou as cópias a ela.

— Copiei as imagens entre dezenove horas até uma da manhã. Só para cobrir o intervalo com folga.

— Isso vai resolver.

Ela correu as imagens pelo tablet, avançando até avistar Reed.

— Aqui está ele, à meia-noite, vestido exatamente como a mãe descreveu. Usava um gorro. Está frio.

Ela ficou onde estava e acelerou as imagens até ver Jackie Mulligan caminhando até a porta e entrando.

— Três pessoas saíram, duas no meio. Nenhum casal. E não há razão para pensar que eles pegaram o garoto e depois vieram pra cá.

— Mas agora você tem certeza.

— Sim. Você quer dar uma volta por aí?

— Uma volta no frio e no escuro? Parece adorável.

— Ele iria para o oeste — disse ela, quando saíram do prédio. — Siga para a oeste, na direção da Sétima Avenida, e vire para o sul. Seriam dez minutos de caminhada. Provavelmente um pouco menos, pois ele estaria andando rápido pra espantar o frio. Em algum lugar ao longo dessa rota, ele se deparou com eles. Aconteceu entre meia-noite e meia-noite e dez, se ele foi em linha reta. É um intervalo bom e estreito.

Ela examinou a rua enquanto caminhavam, procurando outras câmeras de segurança, janelas iluminadas e locais estranhos onde as acompanhantes licenciadas, os traficantes ou assaltantes pudessem se esconder.

Mas o instinto de Eve dizia que Reed não tinha entrado em conflito com um assaltante, nem um viciado, nem se envolvera em algum incidente aleatório de rua. Então procurou por possíveis trechos onde alguém pudesse colocar um veículo perto o suficiente do meio-fio para...

— Merda! — Ela parou numa zona de carga e descarga, verificou quanto tempo havia se passado: cerca de seis minutos. Havia um poste de luz quebrado, bem ali. E vidro na calçada.

— Eles quebraram uma das luzes para se proteger e entraram direto na zona de carga e descarga — deduziu Roarke.

— Sim, e usaram a mulher para atraí-lo. "Ei, querido, você pode me ajudar um segundinho?" — Eve analisou os prédios e as vitrines enquanto falava. — Não há bares por aqui, o que é uma pena. Nem lojas de varejo, nem uma cafeteria, um prédio residencial ou uma firma de contabilidade. Nada que pudesse ter algum movimento à meia-noite de uma noite congelante. Mas tinha que haver algum tráfego aqui a essa hora. Portanto, eles tiveram que ser muito rápidos com ele.

Ela ergueu o rosto.

— É, eles tiveram que ser bem rápidos. E isso é um erro, porque zonas de carga e descarga têm câmeras. Câmeras ruins, e muitas delas nem funcionam, mas temos uma pista aqui.

Ela pegou o comunicador.

— Apareceu uma pista! — repetiu.

Capítulo Quatorze

Levaria algum tempo, mas ela já havia solicitado que as gravações da câmera da zona de carga e descarga fossem enviadas para seu computador doméstico e para o seu tablet, só por garantia.

E, enquanto esperava que o Departamento de Trânsito cuidasse disso, eles seguiram a pé pelo resto do caminho até o apartamento no subsolo onde morava Benj Fribbet. Ele e os colegas de quarto foram acordados.

Eve observou quando a atitude deles passou de irritados para incrédulos e sorridentes, para então serem tomados por preocupação genuína.

— Ah, qual é?! Não aconteceu nada com ele. — Benj, um rapaz musculoso e bonito, coçou o peito por cima de uma camiseta estampada com o rosto de Mavis Freestone exibindo um sorriso cativante e sedutor.

Eve achou muito esquisito ver o rosto da amiga cobrindo o peito de um sujeito que ela nunca tinha visto.

— Ele está bem — insistiu Benj. — Tem certeza de que não está em casa?

— Eu não estaria aqui se ele estivesse em casa. Quando foi a última vez que você o viu ou falou com ele?

— Eu o vi ontem. Passei pela loja onde ele trabalha só pra bater um papo rápido, e fizemos planos pra trabalhar aqui hoje à noite, quer dizer, ontem à noite. Falei com ele mais ou menos, sei lá, à meia-noite ou pouco depois, acho. Ele estava vindo pra cá. Garantiu que já estava quase chegando e...

— Você fez essa ligação pelo seu *tele-link*?

— Sim, claro. Fiquei muito puto com ele. — Benj olhou para os colegas de quarto. Um deles era baixo e corpulento e exibia mechas de cabelo roxo, o outro era magro, tinha metade da cabeça raspada e muitas tatuagens nos braços.

A sala de estar ostentava um sofá caindo aos pedaços, uma mesa coberta com caixas de comida pra viagem, garrafas de cerveja e muitos equipamentos musicais.

Benj encontrou o *tele-link* nos escombros das embalagens de comida. Clicou em um botão e reproduziu a conversa.

"Qual é cara, você vem ou não? Roxie já está aqui, estamos todos aqui."

"Vou sim, já estou a caminho daí. Caraca, Nova York está parecendo mais o Polo Sul esta noite. Já estou pertinho, quase na porta. Liguem o aquecedor no máximo!"

Nesse instante, Eve ouviu outra voz, quase imperceptível.

— Espere! — ordenou ela. — Reproduza essa conversa de novo, mas aumente o volume.

— Tudo bem, mas não consigo aumentar muito porque meu *tele-link* é uma merda.

Eve pegou o *tele-link* que ele lhe estendeu e segurou-o junto do ouvido.

— "Ei, gatinho?" — repetiu, ao ouvir uma voz fraca.

Então a voz de Reed explodiu no seu ouvido:

"Já te ligo de volta."

— Isso foi tudo — disse Benj. — Você pode ver no meu aparelho que eu tentei ligar para o *tele-link* dele várias vezes depois disso. Também deixei um e-mail e depois enviei uma mensagem de voz para o *tele-link* da casa dele. Roxie fez a mesma coisa.

Ignorando-o, Eve reproduziu a conversa mais uma vez, escutou atentamente e anotou a hora exata. Tinham se passado cinco minutos e quarenta e oito segundos desde a saída do prédio onde ele morava até o fim da transmissão.

— Preciso levar esse *tele-link* comigo — anunciou Eve.

— Ei, é o único que eu tenho — começou ele, mas logo balançou a cabeça. — Tudo bem, pode levar. Tenente, você realmente acredita que... Talvez ele tenha mudado de ideia e ido pra casa da Maddy. Eles não estão juntos de verdade, mas quem sabe...?

— A mãe dele entrou em contato com ela, ele não foi pra lá. Mais alguém com quem ele possa ter se encontrado?

— Nós somos a banda dele! — Ele olhou para os amigos novamente. — Somos a galera dele, entende? Ficamos putos com ele. Ficamos todos muito putos por ele ter nos deixado na mão, mas o que mais podemos fazer? Podemos procurar por ele.

Ela não viu sentido nisso, mas também não adiantava dizer que não seria preciso.

— É a voz dela aqui. — Eve guardou o *tele-link* no bolso e olhou para Roarke. — "Ei, gatinho?" Vagabunda! Era ela que estava bem ali, na zona de carga e descarga daquele lugar. Tenho *certeza*. O local fica mais ou menos na metade do caminho entre a casa e o destino dele.

— Lugar errado, hora errada — disse Roarke, e fez carinho nas costas de Eve com as mãos.

— Isso funcionou pra eles até agora, mas essa sorte vai mudar. Vamos conseguir alguma pista nas imagens das câmeras, e temos a voz dela neste *tele-link* capenga. Sabemos o minuto exato em que ele foi agarrado e, droga, eles estão perto. Estão muito perto!

Precisavam de trabalho de campo, decidiu. Enquanto voltavam, ordenou que androides e policiais batessem em todas as portas ao longo daquele trecho da Sétima Avenida.

Ela começaria a analisar as gravações feitas naquela zona de carga e descarga, colocaria McNab a postos para ampliar a imagem de qualquer coisa que encontrassem, e amplificaria eletronicamente a voz da mulher na gravação do *tele-link*.

Seria preciso alguma sorte para conseguirem encontrar uma correspondência vocal no banco de dados, mas era possível.

Assim que entrou novamente no carro, pegou o próprio *tele-link*.

— Para quem você vai ligar, assim tão cedo?

— Para Carmichael. Ela e Santiago já podem continuar as buscas.

— Eve, ainda não são nem cinco da manhã onde eles estão.

— Por quê?

— Porque o elefante mágico que carrega a imensa Terra Plana sobre as costas se move com dificuldade e lentidão em sua jornada diária ao redor do Sol.

— Ah, vá enxugar gelo! — Roarke sempre a zoava, mas a imagem que ele pintou fazia tanto sentido pra ela quanto a teoria científica. No entanto, acabou decidindo dar aos seus detetives mais trinta minutos de repouso.

— Não houve planejamento algum. Igualzinho aos outros dois aqui em Nova York. Não poderia ter havido um planejamento, não é possível que tivessem um alvo específico. Então... o que os levou a sair para caçar ontem à noite? A primeira hipótese é que eles já mataram Campbell, antes do previsto; a segunda é que ela morreu inesperadamente, antes do tempo que eles tinham planejado; a terceira é que eles não estavam se divertindo o suficiente com ela.

— Em qualquer desses casos, eles iriam se livrar do corpo dela depressa, certo? — respondeu Roarke. — Você provavelmente a encontrará logo depois que o sol nascer.

— Sim, não lhes serviria nada ficar com ela. Mas pode ser que estivessem a caminho de se livrar dela, e de repente surgiu uma nova vítima, direto no colo deles. Mas por que não esperar para fazer a desova da vítima anterior mais tarde? Mal passava da meia-noite, cedo demais para fazer a desova de um corpo em Nova York. Seria melhor se tivessem esperado uma ou duas horas.

— Essa pressa não poderia ser parte da adrenalina da coisa? Correr o risco?

— Sim, talvez. Vamos abrir um pouco o leque de possibilidades. Um outro cenário é eles terem decidido pegar a próxima vítima antes de acabar com Campbell. Eles têm um lugar só para isso, estão exatamente onde querem estar. Será que teriam lugar para outra vítima? Bem, eles certamente têm um bom espaço, então por que não colocar logo o próximo na cela de tortura?

— Ou então...

— Uma dupla — concordou Eve com a cabeça. — Dois de uma vez. Não podemos ter certeza, não ainda, porque eles nunca fizeram isso. Já analisamos os perfis de cada um, e isso seria o provável, mas não podemos ter certeza de que eles optaram por uma dupla.

— Com dois é possível usar um para aterrorizar o outro. Ou cada um poderia ter a própria vítima e trabalhar em conjunto.

— Há muitas possibilidades terríveis. Até encontrarmos o corpo de Jayla Campbell, vamos focar no cenário de que eles pegaram uma segunda vítima de forma premeditada. Por impulso, talvez. Pegar a nova vítima diante de uma zona de carga e descarga não foi inteligente. Mas, se eles não moram numa grande área urbana, pode ser que não saibam que sempre há câmeras de segurança próximas a essas áreas.

— É provável que muitos que moram em grandes áreas urbanas e não têm um veículo, ou não dirigem, também não saibam disso. E mesmo quem tem e sabe pode não pensar ou se lembrar desse detalhe. Além do mais, é preciso passar pelo sensor das câmeras para ativá-las, e todo mundo sabe que são de péssima qualidade.

Ele deu a ela um meio sorriso e completou:

— Eu morei em áreas urbanas e muitas vezes precisei de um lugar prático para... estacionar. Devo acrescentar, tenente, que bloquear ou misturar os sinais dessas câmeras com sensor de movimento é brincadeira de criança.

— Vamos torcer para que nenhum deles tenha experiência com essas coisas que você fazia quando era mais jovem.

O trânsito ficava cada vez mais pesado conforme eles seguiam para o norte da cidade. Os maxiônibus rugiam e expeliam vapores diversos enquanto transportavam trabalhadores que deixavam o turno da noite e chegavam para os turnos do dia. E os bondes aéreos levavam ainda mais gente.

Poucos táxis circulavam, pois a maioria dos trabalhadores dos primeiros turnos da manhã e os últimos da noite não tinha dinheiro para táxis. Mas sempre havia os que resolviam voltar de maxiônibus, ou algumas acompanhantes de alto nível que voltavam pra casa depois de uma noite lucrativa.

— Eles deviam vir aqui às vezes — murmurou Eve. — Se você viajasse para Nova York, certamente iria fazer programas de turistas, não é? Iria conhecer as grandes lojas do centro, o rinque de patinação no gelo do Rockefeller Center e visitar o Central Park. Com certeza gostaria de ver o Empire State, ou participar das festas infinitas na Times Square.

Ela se virou para ele e continuou:

— Você não vem até aqui e fica fora da festa, não é? E com certeza não fica escondido o tempo todo, não importa o quanto esteja se divertindo. Para isso não é preciso vir até aqui, dá pra fazer em qualquer lugar.

— Você tem razão. O que isso lhe diz?

— Só um dado a mais. Eles são um casal. São amantes. Mira os descreve como apaixonados... do jeito doentio e escroto deles. Um jantar romântico em algum lugar, talvez? Em um dos pontos turísticos? Isso significa ter de usar as roupas certas e obviamente comprá-las. Algo que custa dinheiro, a menos que eles usem o cartão de crédito das vítimas, mas nesse caso já estaríamos em cima deles como ratos quando encontram queijo. Mas tem as lembrancinhas. Você tem que comprar algumas lembrancinhas.

Ela deixou essa ideia se assentar em sua cabeça e analisou todas as possibilidades que isso implicava, enquanto Roarke os levava de volta pra casa.

Assim que entraram, foram direto para o escritório dela. Eve sentiu o cheiro de bacon antes de virar o corredor.

Isso poderia tê-la feito bufar, mas a parte boa é que também sentiu o cheiro de café.

Entrou no instante exato em que Peabody entregava um prato da mesa do bufê, já montado e com comida à vontade, para Banner.

— Oi, aí estão vocês! Pensamos em começar a distribuição do café da manhã antes de... vocês saíram?

Eve tirou o casaco e o jogou de lado.

— Temos outro desaparecido.

— Outro? Então Campbell...

— Não temos certeza, ainda. A vítima mais recente se chama Reed Aaron Mulligan, tem vinte e um anos. Foi levado pouco depois da meia-noite, no início da madrugada, quando seguia na direção sul pela Sétima Avenida, entre as ruas Waverly e Charles.

— Você conseguiu alguma testemunha? — quis saber McNab.

— Não, mas temos a gravação de uma ligação de *tele-link* e potencialmente imagens de câmeras de segurança feitas no local da captura. Roarke, coloque tudo o que conseguimos no telão enquanto vejo se as imagens do Departamento de Trânsito já chegaram.

— Reed Aaron Mulligan — repetiu Roarke, usando o equipamento auxiliar para colocar os dados na tela — está desaparecido, segundo sua mãe.

Enquanto Roarke os colocava a par de tudo, Eve enfim conseguiu falar com alguém do Departamento de Trânsito que parecia ter a mínima ideia do que estava fazendo, pelo menos foi o que lhe pareceu.

— As imagens começaram a chegar, vou jogar tudo no telão. Droga! — reclamou segundos depois, quando as imagens tremidas e turvas apareceram. — Você consegue melhorar isso? — perguntou a McNab.

— Claro, pelo menos um pouco. Posso...?

Eve franziu a testa ao perceber que ele queria usar sua mesa; levantou-se e se afastou.

— O ângulo das imagens também está péssimo — murmurou ela. — Isso tudo não vai nos levar a nada. Não vamos conseguir pegar um rosto de forma decente, o ângulo das imagens está muito para cima. Mas pelo menos vão servir para definirmos a marca e o modelo do carro ou da van. Onde eles estão? Onde... Ali! Tem alguém saindo de um veículo na esquina. Não tem? McNab!

— Só um minuto, estou tentando limpar e clarear as imagens. Posso levar para o laboratório daqui ou na Central, para conseguir resultados melhores mais rápido.

— Pelo menos me dê alguma coisa, por menor que seja.

Roarke se aproximou e inclinou-se sobre o ombro de McNab. Os dois começaram a resmungar em idioma nerdês.

— Não consigo ver a porta lateral. Essa câmera é uma bosta, mas a mulher é esta aqui. Saia curta, jaqueta curta.

— Não dá pra ver a cara dela com detalhes. — Assim como Eve, Banner estreitava os olhos a fim de conseguir enxergar alguma coisa. — Dá pra saber a altura, talvez. Tendo como base a altura da van... talvez um metro e sessenta e cinco? Cabelo coberto, rosto virado para o outro lado, luvas. Não consigo ver o suficiente dela.

— Isso aqui é a ponta da placa do veículo? Acho que sim — apontou Peabody. — E também dá pra ver um tipo de adesivo na janela traseira. Algo triangular.

— Está melhor, pelo menos um pouco melhor — comentou Eve, enquanto a imagem começou a clarear aos poucos. — Sim, essa é a mulher. Dá pra perceber pela forma como ela se movimenta que está caçando, e está usando meias de puta.

— Meias arrastão — corrigiu Peabody.

— Olha em volta e abre a traseira da van. Vocês conseguem dar zoom na traseira, no interior do veículo, enquanto ela abre?

A imagem tremulou, piscou por um momento e, por fim, se estabilizou.

A mulher arrastou uma poltrona até a metade da parte traseira da van. Era uma poltrona grande, mas ela não parecia ter muita dificuldade em movê-la. Tinha bom condicionamento físico, avaliou Eve, e seguia um trajeto ensaiado.

Havia uma bolsa aberta no chão. Uma mochila pequena, talvez... Ela viu uma sombra se mover na parte de cima da imagem.

— Diminua o zoom dessa parte! Vejam, ali está o homem, se movendo na direção do meio-fio. Ele está nas sombras, mas... merda! Usou alguma coisa para quebrar a lâmpada do poste de luz.

— Um estilingue, talvez — comentou Banner.

Eve franziu a testa para o delegado.

— Um... estilingue?

— Esse é o meu palpite. Temos crianças que fazem isso na minha cidade, quando estão entediadas. Agora não dá mais pra vê-lo.

— Ele tem que sair de vista. Correu para a frente da van, ou talvez tenha se posicionado ao lado de uma das portas do veículo que dão para a rua. As vítimas são atingidas por trás. Peabody, quero todas as imagens das câmeras de segurança dos prédios do outro lado da rua.

— Deixa comigo.

— Ela está olhando pra trás, meio de perfil. Será que vê alguém? Sim, sim, veja como ela também olha pra trás e faz sinal para o parceiro. É agora! Ah, sim, ela tira o chapéu e sacode o cabelo pra trás, para que ele possa vê-la... para que Mulligan consiga reparar nela. Cabelo louro e longo. Ela provavelmente é caucasiana.

— Caraca, Dallas, você consegue saber a cor da pele dela só vendo essas imagens?

Ela manteve os olhos colados na tela enquanto respondia a Banner:

— É o que nós vamos fazer. Lá vem Mulligan. Está chegando com sua parca verde, capuz levantado. Está bloqueando-a do ângulo da câmera, mas nós conseguiremos vê-la. "Me dê uma mãozinha, você consegue?" — sussurrou Eve. — "Não sou forte o bastante pra colocar essa poltrona aqui dentro sozinha. Você pode me fazer essa gentileza? Parar um instantinho só e me ajudar?" Ele dobra os joelhos, agarra um dos lados da poltrona e começa a levantá-la.

Foi rápido, sombras e solavancos se moveram pela imagem, seguidos de piscadas e borrões, mas Eve captou o suficiente. O porrete, uma espécie de porrete, desceu com força e agilidade. Então o homem e a mulher empurraram Mulligan para dentro da van e a mulher entrou logo atrás dele. A porta bateu e, num piscar de olhos, deram partida e foram embora, para longe do alcance da câmera.

— Eles não ficaram lá nem dez minutos. A sorte deles não vai durar, esse tipo de sorte nunca dura. Levem todo esse material para o laboratório e usem o daqui de casa também — ordenou a McNab. — Deixem as imagens mais precisas e claras, o máximo que conseguirem, e me enviem cada quadro do vídeo em que os suspeitos aparecem, cada pedacinho. Também quero identificar o adesivo na janela traseira, quero a marca e o modelo da van.

— E a pontinha da placa! — acrescentou Peabody.

— Se puder, investigue isso também, McNab.

— Vou te dar uma mãozinha com isso, McNab — ofereceu Roarke. — Mas prepare um prato de comida pra você antes. Um homem precisa comer — disse a Eve, antes que ela pudesse reclamar.

— Tudo bem. Chamar Feeney pra vir pra cá faria alguma diferença?

— Faria uma diferença considerável — Roarke pegou um prato para si. — Se ele vier, poderemos dividir a identificação, o tratamento e o aprimoramento das imagens.

— Vou ligar pra ele. Peabody, acorde Carmichael. Quero que ela e Santiago trabalhem na parte deles. Coloque-os a par das novidades que descobrimos.

— Onde você precisa de mim? Estou me sentindo um peso morto — admitiu Banner.

Eve abriu o mapa.

— Estes são os pontos de captura e estes são os locais das desovas. Meu palpite é que agarrar Mulligan foi um ato impulsivo, então o buraco onde eles estão escondidos é próximo dali. Quero uma lista de todas as lojas de lembrancinhas dessa área.

— Lembrancinhas?

— Você planeja voltar pra casa sem comprar uma?

Ele sorriu, envergonhado.

— Peabody disse que ela poderia me dar uma camiseta da Polícia de Nova York, e talvez um moletom também. E minha mãe coleciona globos de neve. Não me pergunte por quê, ela simplesmente gosta dessas coisas. Pensei em procurar um por aqui, antes de ir embora.

Ele fez que sim com a cabeça e completou:

— Não acreditamos que eles sejam de Nova York, então certamente pretendem comprar lembrancinhas.

— E, quando os identificarmos, vamos começar a mostrar as fotos dos suspeitos nos lugares que você listar. Aproveite a busca e procure também os estabelecimentos que vendam comida para viagem, Banner. Pedir entregas para onde eles estão seria algo arriscado, mas dá pra comprar comida, qualquer tipo de comida, e levá-la pra viagem. Aposto que nenhum deles é do tipo que cozinha em casa. E, como Roarke lembrou, um homem precisa comer. Mulheres também.

— Vou começar.

— Quer mais uma missão?

— Faço o que a senhora mandar.

— Lojas de penhores e brechós. Eles precisam de dinheiro pra comprar comida e lembrancinhas, certo? Aparelhos eletrônicos seriam a primeira coisa a vender e a mais fácil. Mas temos uma lista das roupas que Kuper e Campbell estavam vestindo quando foram levados. E agora também sabemos a vestimenta de Mulligan. Se eles gostassem das roupas e elas servissem, as guardariam. Mas, do contrário, obviamente as venderiam. Pegue um prato —, sugeriu ela. — Trabalhe enquanto come.

Ela foi até a mesa e entrou em contato com Feeney.

O rosto abatido do antigo parceiro de Eve parecia um pouco mais largo, o emaranhado de cabelos ruivos com fios prateados um pouco mais bagunçado. Entretanto, como ele não havia bloqueado o vídeo, Eve presumiu que já não estava mais na cama.

— Pera aí — disse ele, ao atender, e bebeu o que Eve sabia ser café de uma caneca vermelha brilhante. — Que foi?

— Temos uma pista sobre os assassinos sequenciais. Tenho as imagens das câmeras de segurança de uma vaga para carga e descarga.

— Essas câmeras são uma bosta.

— São. É por isso que estou perguntando se você pode me dar algum tempo para tentarmos melhorar as imagens. Roarke e McNab já vão começar a fazer isso no meu laboratório de casa. Temos uma imagem decente do veículo e algumas imagens parciais dos suspeitos. Talvez tenhamos parte de uma placa e uma espécie de adesivo na janela traseira. São imagens de quando eles sequestraram a última vítima.

— A garota?

— Ela não é a última. Eles pegaram mais uma vítima nesta madrugada, logo depois da meia-noite. Um homem que acabou de completar vinte e um anos. Não temos informações sobre a possível desova do corpo de Campbell, mas ainda é muito cedo.

— Eu que o diga! — Ele esfregou um dos olhos inchados. — Consigo chegar aí em trinta minutos. Vou querer café.

— Você terá seu café. Obrigada. Peabody! — gritou Eve, no instante em que desligou. — Qual a situação atual?

— Carmichael e Santiago têm alguns fios soltos pra investigar. E ouviram falar de uma loja, mas apagaram de cansaço ontem à noite e vão retomar as buscas agora de manhã.

Peabody se serviu de uma porção de ovos mexidos.

— Produtos para o corpo, Reboque e Tortas do Bubba.

Eve começou a falar, pensou novamente, então balançou a cabeça.

— Você inventou o nome dessa loja!

— Não, juro por Deus. — Peabody levou um momento para colocar a mão sobre o coração e levantar a outra, em posição de juramento. — Carmichael disse que a esposa de Bubba faz as tortas, enquanto Bubba e o filho cuidam do restante da loja. Ela e Santiago notaram uma leve sensação de culpa ao conversar com o filho, mas pegaram a pista e não vão desistir.

— Eles precisam conversar um pouco mais com o filho, longe dos pais.

— Esse é o plano.

Com um grunhido, Eve voltou a atenção para seu computador, a fim de redigir o relatório sobre Mulligan e atualizar todos os envolvidos relevantes. Já tinha calculado as chances de Campbell estar morta ou viva, mas precisava saber a opinião da doutora Mira.

Algo de novo iria ceder logo, logo. Ela conseguia sentir, quase ouvir essas primeiras rachaduras na parede.

Mas seria esse "logo" rápido o suficiente?

Ele chorou enquanto a estuprava.

Não, não era estupro o que acontecia naquele instante, pensou Jayla. Ela não podia chamar… se recusava a nomear aquilo daquele jeito. Não quando eles o espancaram primeiro e fizeram cortes em várias partes do seu corpo.

E então fizeram a mesma coisa com ela.

Não poderia chamar aquilo de estupro porque eles lhe injetaram uma terrível droga sexual e então apontaram uma faca para a garganta dele, ameaçando enfiá-la em seu pescoço a menos que ele se colocasse em cima dela. Jayla tentou conversar com ele com o olhar. Tentou dizer a ele para simplesmente fazer aquilo, sem se importar com o resto, porque ela não o culparia.

As lágrimas dele pingaram sobre a pele dela. Jayla se perguntou se não iria se afogar nelas.

Eles também tinham encostado a ponta de uma faca na garganta dela, depois que forçar Reed a penetrá-la não foi suficiente. Ella-Loo tirou a mordaça e mandou Jayla gritar e implorar.

— Implore, implore pra ele parar. Grite!

Então ela o fez. Embora seus gritos fossem roucos e fracos, seus olhos diziam ao garoto que chorava que nada daquilo importava. Nada daquilo era culpa dele.

Antes ela acreditava, de forma inequívoca, que estupro era a pior coisa que poderia acontecer a uma mulher, a violação máxima.

Agora ela sabia que nem sempre era assim. O que eles o obrigaram a fazer com ela, Reed, ela guardou bem o nome, não era nada quando comparado ao que já tinham feito.

Ou o que ela temia que ainda pudessem fazer. O que iriam fazer.

Todo mundo dizia que estupro tinha a ver com poder e controle, não tinha a ver com sexo. Talvez fosse verdade, mas para Darryl e Ella-Loo, sexo também fazia parte da coisa.

Eles se apalpavam com as mãos livres enquanto o garoto fazia o que eles o obrigavam a fazer. E descreviam um para o outro o que fariam mutuamente, mais tarde. E estavam com tanta pressa de trepar que puxaram o garoto de cima dela, amarraram-no novamente no chão onde ele tinha caído e o deixaram lá. Em seguida saíram correndo, porque Ella-Loo disse que queria fazer tudo em cima da cama, desta vez.

Eles se esqueceram de amordaçá-la. Jayla levou um minuto para perceber isso, para entender que os sons ásperos que ela emitia eram palavras de verdade.

— Você pode me ouvir? Reed? Você consegue me ouvir?

Ele continuava chorando, de cara no chão, as mãos presas atrás das costas, as pernas amarradas das panturrilhas aos tornozelos.

— Meu nome é Jayla. Jayla Campbell.

— Me desculpe. Me desculpe. Por favor.

— Não importa. Não foi culpa sua. Eu não me importo com o que aconteceu. — Talvez ela se importasse depois, talvez nunca mais conseguisse suportar ser tocada. E era bem capaz de que eles a matassem, e então nada daquilo faria a menor diferença.

Mas agora, naquele minuto, ela estava viva. E não estava sozinha.

— Por favor. Meu nome é Jayla. Você consegue falar comigo?

— Desculpe! — lamentou ele, quando enfim virou a cabeça para que seus olhos inchados e cheios de hematomas encontrassem os dela. — Eles me obrigaram a...

— Eu sei. Eles poderiam ter me matado, poderiam ter matado nós dois se você não tivesse feito isso. Eu não me importo com o que aconteceu. Se eles obrigarem você a fazer isso de novo, lembre-se de que eu não me importo. Você sabe que dia é hoje? Eu não sei que dia é hoje. Não sei há quanto tempo estou aqui.

— Eu... acho que é quinta-feira. Ou quarta-feira, talvez. Não consigo raciocinar. E me sinto mal. Por que eles estão fazendo isso?

— Não sei. Eles são doentes. Você consegue se mover? Consegue ver as facas, ou qualquer coisa afiada?

— Eu não sei. Tudo dói. Acho que eles quebraram alguns ossos ou alguma coisa em mim. Minha mão está... — Ainda assim ele tentou se virar. — Quem são eles?

— Eles se chamam Darryl e Ella-Loo. — As palavras arranharam a garganta de Jayla como pregos em madeira seca, mas ela precisava falar. — Você precisa decorar os nomes deles. Precisamos tentar fugir daqui. Eles vão te machucar mais do que já fizeram. Eles gostam disso.

— Onde estamos?

— Não sei, mas é um apartamento, eu acho. Fica perto de uma rua movimentada, porque quando eles abrem a porta, o trânsito lá fora parece próximo. Se você conseguir chegar até a porta, ou até a janela, talvez consiga abri-la. Quem sabe consegue encontrar algo afiado. Eles me amarraram a esta mesa, ou tábua.

Ele tentou. Ela conseguia ouvir os assobios de dor do garoto, os soluços sufocados e a respiração áspera enquanto ele se aproximava dela.

Quando ele conseguiu se ajoelhar, ela viu seu rosto outra vez, pálido e meio acinzentado pelo esforço, os olhos vidrados pela dor e pelos resquícios da droga que eles lhe deram à força.

A pele brilhava de suor e sangue nos lugares onde eles o tinham cortado. Ele tremia como um homem envolto em gelo.

— Tem uma faca... vejo uma faca em cima daquela mesa. Se eu conseguir chegar até lá, talvez consiga derrubá-la no chão.

— Tente. Tente, Reed!

Ele tentou, se arrastando devagar, de joelhos. Ela viu sua mão, branca como osso e muito inchada. Também viu o sangue de outros cortes, que eram muitos, ao longo das suas costas.

Uma sensação de piedade se agitou em algum lugar no âmago dela; no entanto, ainda mais pesada que isso havia uma esperança feroz e violenta. Se ele conseguisse chegar até a faca...

Ele balançou e quase caiu.

— Estou tonto. Preciso...

— Pare um minuto. Recupere o fôlego com calma.

Mas era tarde demais. Ele tombou para o lado e tentou se colocar novamente de barriga no chão para conseguir rastejar. Só que se desequilibrou, caiu para trás e aterrissou em cima da mão quebrada.

O grito de Reed soou estridente por um momento antes de ele desmaiar.

Capítulo Quinze

Quando Feeney chegou, Eve gesticulou para a mesa do bufê e o que havia sobrado do café da manhã.

— Ainda tem comida — avisou ela.

— Eu aceito. — Ele olhou para o quadro enquanto pegava um prato. — Há quanto tempo eles estão com a vítima mais recente?

— Cerca de oito horas.

Ele assentiu, serviu-se de bacon, descobriu os ovos mexidos na bandeja aquecida e se serviu.

— Pode ser que estejam tentando torturar os dois ao mesmo tempo.

— Espero que sim, pois isso poderia manter Campbell viva. Acabei de enviar um relatório e vou conversar melhor com Mira a respeito dessa novidade. Pode ser a próxima escalada. Uma vítima para cada um deles. Carmichael e Santiago talvez tenham descoberto uma pista no Arkansas. Mas nossa melhor aposta até agora são as imagens das câmeras da vaga de carga e descarga.

— Dallas! — Peabody ergueu uma das mãos e segurou seu comunicador com a outra. — Pode ser que tenhamos um pouco mais. Acabou de ser inaugurada uma cafeteria próxima ao local do sequestro. Um androide de vigilância urbana está enviando as filmagens das câmeras deles. As imagens estão meio irregulares e tremidas, mas talvez tenham capturado o suspeito nelas.

— A parede está começando a rachar. — Eve virou-se para Feeney. — Mais umas boas pancadas e ela quebra.

— Mande tudo o que chegar para o laboratório de informática de Roarke. Vou me juntar aos rapazes. Delegado! — acrescentou com um aceno para Banner. — Parece que você teve um ótimo faro o tempo todo.

— Agora temos certeza. — Ele esperou até Feeney sair. — Listei os lugares que vendem lembrancinhas, tenente. Nenhum deles abriu ainda. Também listei um monte de estabelecimentos que fazem pedidos para viagem. E já comecei a fazer um levantamento dos bazares, mas nenhum deles ainda abriu para o expediente.

— Me envie tudo que você conseguiu e começaremos a forçar a barra de acordo com a sua lista. — Ela verificou as horas. — Se Mira ainda não estiver acordada, está prestes a acordar.

Eve saiu em direção à sua mesa quando seu *tele-link* tocou.

— É Santiago — informou aos outros. — Me faça feliz, detetive.

— Conseguimos falar com o filho longe da família por um momento e começamos a interrogá-lo. Ele com certeza está metido nisso, ou pelo menos em parte disso, tenente... ou então sabe de alguma coisa. Mas o pai apareceu antes de conseguirmos arrancar mais informações dele. Agora estão todos nervosos.

— Chamem a polícia local para ajudar. Leve todo mundo para a delegacia e mantenham-nos em qualquer lugar que eles tenham aí pra isso.

— Esse é o problema. — Santiago voltou o olhar aborrecido para algum lugar, ou alguém, fora da tela. — O cunhado de Bubba é advogado e está colocando obstáculos para a detenção. Ele também é parceiro de pesca dos policiais locais, e todas essas conexões estão atrapalhando qualquer tipo de cooperação por aqui. Estamos empacados, Dallas. Podemos continuar em campo, mas vai levar algum tempo para fazermos um gol.

— O tempo é o nosso problema. Até que ponto vocês têm certeza sobre o envolvimento desse tal de Bubba... nossa, fico até com vergonha de dizer esse nome em voz alta.

— A culpa do filho é nítida. O nome do rapaz é Jimbo. Mas Bubba também parece nervoso. A mãe, que se chama Maizie, faz uma torta de maçã incrível, mas achamos que ela está limpa e não sabe de nada. Mas não dá pra dizer o mesmo sobre Bubba e Jimbo. Eles sabem de alguma coisa e com certeza estão mentindo, Dallas. Se um de nós conseguisse colocar Jimbo numa cela por vinte minutos, ele cantaria como um canário.

— Isso é uma metáfora?

Ele abriu um sorriso.

— É mais uma comparação.

— Mande uma comparação dessas na cara deles, Santiago. Alguém tem que fazer isso pela equipe.

O sorriso do detetive desapareceu na hora.

— Ah, droga, Dallas! Bubba tem mãos tão grandes como bifes. Literalmente.

— Seja forte. Faça com que ele te dê um soco, de preferência na frente de testemunhas. E faça com que Carmichael fique na cola desse tal de Jumbo.

— É Jimbo.

— Tanto faz! Mantenha o advogado e a lei centrados em Bubba, e eu consigo mandar prender o filho por algumas horas.

— Vou levar um soco na cara e vocês vão se divertir muito.

— Faça valer a pena — aconselhou Eve e encerrou a transmissão.

Em vez de Mira, ela acordou Cher Reo, a assistente da promotoria.

— Eu tinha mais dez minutos para dormir, droga! — reclamou Cher.

— Preciso que você dê ordens em alguém que possa dar ordens a uma pessoa em Monroe, no Arkansas. E também preciso de um mandado de busca para um estabelecimento chamado "Produtos para o corpo, Reboque e Tortas do Bubba".

— Isso é só um pesadelo, certo?

— Rápido, Reo. Quero uma busca nas instalações, nos livros, no lugar todo. Isso está ligado aos assassinatos em sequência que estamos investigando, e eles capturaram mais uma vítima ontem à noite.

O farfalhar do lado de Reo da linha mostrava que ela já estava se levantando da cama.

— Repasse os dados completos para mim outra vez e me indique uma causa provável.

— Bubba está prestes a agredir um dos meus detetives.

— Como assim, "prestes a"?

— A qualquer momento. Enquanto espera que isso aconteça, comece a preparar a papelada. A mais recente vítima fez vinte e um anos um dia depois do Natal.

— Não me culpe por isso. Droga! Me dê só alguns minutos. Eu costumava levar um cara pra cama que conhece um outro cara.

Eve sorriu quando Reo desligou.

— A coisa não funciona tão diferente aqui quando comparado com minha cidade — comentou Banner. — É tudo numa escala menor, isso é certo, mas não é tão diferente.

— Tiras são tiras em qualquer lugar. Peabody, cuide do forte enquanto estivermos fora. Banner, você me acompanha. Pode ser útil ter você no interrogatório.

— Você vai ter que fazer o papel do "policial bom" — avisou logo Peabody.

Eve assentiu com a cabeça:

— Isso vai funcionar.

Ela pegou o elevador até o salão holográfico. A caminho de lá, elaborava a estratégia que iria usar.

— Quantos cômodos tem esse lugar? — quis saber Banner.

— Não faço a mínima ideia. Continuo encontrando vários que eu jurava que não estavam lá antes.

— Há quanto tempo você mora aqui?

— Três anos. Já faz três anos... — repetiu, quase para si mesma. — Nossa, passou tão rápido.

— Você se importa se eu fizer uma pergunta?

— Você já fez.

— É outra coisa. Roarke era mesmo... bem, o que você chamaria de "ladrão"?

Eve manteve a voz suave e o rosto impassível.

— Eu nunca o peguei roubando nada.

Dava para ver o lampejo de humor no olhar de Banner.

— Nem ninguém, até onde eu sei.

Ele a seguiu pelo corredor e entrou no ambiente totalmente limpo do salão holográfico.

— Eu imaginei que ele fosse uma pessoa diferente.

— Diferente do quê? — quis saber Eve, enquanto tentava descobrir como programar o que precisava.

— Do que ele é. Eu não esperava que ele fosse tão querido e tão gente boa.

— Querido? — Ela deixou uma meia risada escapar ao lançar um olhar para Banner.

— Imaginei que ele seria mais... rígido. E o que você chamaria de "pretensioso". Não um cara gente fina, com quem a gente divide uma cerveja e bate um papo. Posso perguntar o que você está querendo fazer aqui?

— Ele deve ter o ambiente certo em algum lugar deste painel — murmurou Eve. — Com certeza tem! Quero o cenário holográfico de uma das minhas salas de interrogatório. Vamos colocar Jambo nela.

— Jimbo.

— Ok... mas por que diabos alguém toleraria ser chamado de Bubba ou Jimbo?

— É uma questão geocultural, eu acho.

— Vamos interrogá-lo quando o pai dele estiver ocupado sendo detido por agredir um policial, o advogado estiver ocupado tentando dizer que Santiago incitou seu cliente a agredi-lo e blá-blá-blá. Nós o colocamos aqui conosco, e se Santiago estiver certo, e ele estará, vamos tirar a verdade do Benjo como se tira doce de criança. Achei! Eu sabia que Roarke tinha esse cenário programado.

Eve ainda levou o dobro do tempo que Roarke levaria na mesma tarefa, mas digitou tudo certinho e aguardou.

De repente surgiram em volta deles, em três dimensões, as paredes opacas familiares, a mesa desgastada, as cadeiras que rangiam e o imenso vidro, espelhado por dentro, da sala de interrogatório da Central de Polícia.

— Uau! — Com os olhos arregalados, Banner girou o corpo para ver todos os ângulos. — Nunca fiz um interrogatório desses trabalhando oficialmente. Só vi salas como esta em feiras de equipamentos e demonstrações. Uma vez também vi um desses numa... deixa pra lá.

Boate de sexo, deduziu Eve.

— Eles têm esses equipamentos do tipo "deixa pra lá" em Silby's Pond?

— Não, mas têm em Little Rock.

— Preciso ver como as coisas estão por lá, mas quando isso acontecer nós vamos precisar ser muito rápidos. Então, quero que você seja simpático... até certo ponto. A ideia de você bancar o policial bonzinho vai funcionar bem.

Ela colocou sobre a mesa o arquivo que tinha trazido.

— Você vai amolecê-lo. Eu vou assustá-lo como ele nunca imaginou, e o que temos neste arquivo vai dar conta do resto.

Ela pegou o *tele-link*.

— Carmichael!

— Ainda estou cuidando do assunto — murmurou Carmichael, olhando para longe em vez de focar na tela. — Santiago está só... ai! — sibilou entre dentes, e Dallas ouviu os gritos de briga fora da tela. — Esse soco vai deixar um hematoma dos bons na cara dele. Me dê só cinco minutos para eu acudir meu parceiro, e já te ligo de volta.

— Vá e ligue de volta rápido.

Eve assentiu para Banner.

— Quanto mais rápido, melhor. Seja como for, Banner, isso é oficial, é sério pra caramba. Será tudo registrado. Há três nerds espertos no laboratório suando para conseguir algo útil pra nós, e certamente vão dar conta. Enquanto isso, durante todo esse tempo, esses dois idiotas sabiam de algo que poderia ter levado aos suspeitos… e poderia ter salvado vidas. Eles sabiam de tudo desde que o corpo de Jansen foi encontrado, e mantiveram em segredo para tirar os próprios rabos da reta. Isso não me agrada nem um pouco.

— Também não me agrada. Não está certo. Nada disso está certo.

— Então me dê algum espaço e intervenha apenas quando achar que pode contribuir.

Calculando o tempo, Eve entrou em contato com Mira.

— Desculpe por ligar tão cedo, doutora, tenho apenas alguns minutos. Já lhe enviei um relatório.

— Eu ainda não li. Acabei de…

— Leia assim que puder — interrompeu Eve. — Eles pegaram outra vítima ontem, por volta da meia-noite. Homem, vinte e um anos. A probabilidade é de que vão seguir o padrão, mas também há grandes chances de Campbell já estar morta. Quero sua opinião.

— Me dê um segundo... Eles podem ter ido longe demais, rápido demais, ou o corpo dela simplesmente desistiu de viver. Podemos afirmar com absoluta certeza que isso nunca aconteceu antes, então, sim, a probabilidade de que ela esteja morta é alta.

— Quais são as chances de eles decidirem que seria bom tentar lidar com duas vítimas ao mesmo tempo? Uma desova e um novo sequestro na mesma noite? Pode ser... Mas um segundo sequestro, talvez feito por impulso, também funciona.

— Seria uma escalada lógica. Com certeza é possível, só que...

— A senhora poderia ler meu relatório assim que tiver a chance? Coloquei alguns cenários possíveis lá, e algumas especulações. Estamos trabalhando em algumas boas pistas neste exato momento. Tenho que interrogar uma pessoa agora mesmo, mas gostaria de ouvir suas considerações depois que a senhora ler o relatório.

— Vou dar uma olhada agora e lhe darei o que puder antes de ir procurar DeWinter.

— Obrigada, doutora. Acaba de chegar minha chamada para eu entrar em cena — disse, quando seu *tele-link* sinalizou uma ligação. — Até mais tarde. Dallas falando — disse, ao atender.

— Com algum pesar, nosso xerife prendeu Bubba por agredir um policial. O advogado está tão irritado que não percebeu, até agora, que eu saí do local. Santiago está sangrando e fazendo a maior confusão. Se a situação e o soco não tivessem sido planejados, eu diria a ele pra não ser tão dramático. Posso pegar Jimbo bem fácil.

— Faça isso. Vou usar a localização do seu *tele-link* para trazer vocês dois para o meu salão holográfico, assim que você liberar. Quando começar o interrogatório vou dispensá-la por alguns minutos, para que os mantenha ocupados o máximo que puder. A menos que o filho chame um advogado logo de cara, podemos fazer ele falar sozinho.

— Vamos nessa! Eu te dou um ok assim que eu estiver com o garoto.

Não demorou muito e, torcendo para não apertar nenhum botão errado e estragar tudo, Eve usou o sinal que recebeu para coordenar as duas imagens. A imagem de Carmichael piscou, assim como a do "garoto" ao lado dela, que era imenso. Se o seu apelido fosse "Jumbo" não estaria errado.

Ele vestia macacão em sua estrutura corporal projetada para uma bela carreira como jogador de defesa da NFL. Seu cabelo louro estava espetado para cima e a cabeça era larga e quadrada.

Eve imaginou que ele devia pesar quase cento e vinte quilos, e cada grama parecia estar se cagando de medo.

— Obrigada, detetive. Ativar filmadora! Aqui fala a tenente Eve Dallas e o delegado William Banner fazendo o interrogatório de... diga o seu nome completo, por favor.

— Hum... Ahn....

— Dorran — ajudou Carmichael. — James Beauregard Dorran.

— Sente-se, sr. Dorran.

— Escute, eu preciso muito ir ajudar minha mãe. Meu pai está em apuros.

— Detetive, vá... ajudar a mãe do sr. Dorran.

— Sim, senhora. É melhor você cooperar com a tenente Dallas, Jimbo. Sua mãe não precisa que você também se meta em apuros.

A detetive assentiu para Eve, que dispensou a imagem dela.

— Sr. Dorran...

— Talvez a senhora pudesse me chamar de Jimbo, por favor. Ninguém me chama de "senhor".

— Tudo bem, Jimbo. Sente-se.

— Eu não sei nada sobre nada. Nem sobre ninguém, também. Meu pai me disse...

— Não estou falando com seu pai. — A voz de Eve e seus olhos assumiram um tom frio e afiado ao interrompê-lo. — Nesse instante você está conversando comigo. Eu comando a Divisão de Homicídios da Polícia de Nova York. Você sabe o que é um homicídio, Jimbo?

— Hum, sim, mais ou menos.

— É assassinato.

Os olhos do rapaz se arregalaram e, era verdade, pensou Eve, mesmo numa chamada holográfica ela conseguiu sentir o cheiro de culpa exalando do menino.

— Eu nunca matei ninguém. Nem meu pai. Meu tio Buck disse que não precisávamos dizer nada.

— Seu tio Buck não está preocupado em ser acusado de cúmplice de assassinato após o fato consumado, nem obstrução da justiça... nem de uma porrada de outras acusações que eu posso apontar agora mesmo, se você não me contar toda a verdade.

— Eu nunca matei ninguém. E damas não falam palavrões assim.

— Eu pareço uma dama pra você?

— A senhora é mulher.

— Eu sou uma tira! Policial de homicídios, e como babacas como você todo dia no café da manhã. Já tenho um promotor se coçando pra conseguir um mandado e transferir você aqui para a Polícia de Nova York, onde o colocaremos numa jaula.

— Mas eu não fiz nada!

— Jimbo... — Quando comparada à aspereza urbana do tom de Eve, a voz de Banner parecia calma como a água de um riacho. — Escute... eu imagino que você não tenha tido a intenção de fazer nada de errado. Na verdade, nem desconfiou de que estava fazendo algo suspeito.

— Eu não machuco as pessoas. Pode perguntar a qualquer um. O senhor é do Arkansas?

— Acertou em cheio. Silby's Pond.

— Nunca fui lá, mas ouvi dizer que é um lugar muito legal.

— Com certeza é.

— Talvez possamos providenciar uma jaula pra você no Arkansas. — Eve bateu a mão com força no arquivo sobre a mesa, e isso fez com que todos os cento e vinte quilos de Jimbo pulassem da cadeira. — Seria justo, já que esse homem foi morto lá.

Ela colocou sobre a mesa as fotos de Robert Jansen, espancado e cheio de fraturas, olhando para o céu.

Jimbo ficou mais pálido que um papel.

— Santo corvo! Santo corvo! Ele está morto?

— O que você acha?

— Santo corvo! Eu nunca fiz isso! Nunca feri ninguém.

— Que tipo de veículo foi aquele — perguntou Banner, em tom de conversa informal —, que você e seu pai rebocaram da Rodovia 12 em agosto do ano passado?

— Foi um... Não sei do que você está falando. — Mas Jimbo torceu as mãos grandes e encarou a fotografia. — Esse homem foi assassinado?

— Eles o espancaram antes — comentou Eve, com voz direta e dura. — Depois o queimaram em vários lugares. Depois o torturaram. Então, depois de matá-lo, eles o jogaram do alto de um pequeno barranco e o deixaram para ser devorado pelos seus malditos corvos santos. Antes disso, porém, eles também fizeram isso aqui.

Ela empurrou as fotos de Jansen para o outro lado da mesa.

— Bateram na cabeça dele, arrastaram-no para trás de um arbusto para ele apodrecer até que alguém encontrasse o corpo.

— Eu fiquei sabendo disso. Sei o que aconteceu porque foram Petie West e a mãe que o encontraram. Mas nós não fizemos nada!

Eve espalhou mais um monte de fotos sobre a mesa.

— Eles mataram todas essas pessoas. Torturaram o filho, a filha, a irmã, o pai de alguém. E vocês rebocaram o veículo que eles deixaram pra trás, na beira da estrada. Quanto ganharam para fazer isso?

— Nós... Não estou dizendo que fizemos algo desse tipo. Mas mesmo que tivéssemos feito, isso não é crime e não machuca ninguém.

— Poderíamos ter rastreado a porra desse veículo, Jimbo. Não sabemos a identidade deles.

— Vocês não sabem a identidade deles... — repetiu o rapaz, lentamente.

— Faça a coisa certa, Jimbo — sugeriu Banner, com gentileza. — Se não fizer isso, machucará pessoas. Aliás, você já está machucando as pessoas raptadas que estão com eles neste exato momento.

— Eles raptaram pessoas?

Eve empurrou a foto de Campbell e a de Mulligan na mesa.

— Eles sequestraram essas duas pessoas. Estão torturando-as neste momento. Pode ser que já tenham matado a mulher. Quanto mais você tentar se proteger, menos chances eles têm de sair vivos.

— Preciso cuidar da minha mãe.

— Eles também têm mães, Jimbo — lembrou Banner. — Como sua mãe se sentiria se alguém tivesse sequestrado você... e houvesse alguém que talvez pudesse ajudar, mas não ajudou?

— Meu pai me disse que, se nós contássemos tudo, eles nos colocariam na cadeia.

— Se você não contar, juro por Deus que vou colocar vocês dois em celas de concreto pelo máximo de tempo que eu conseguir — prometeu Eve. — No entanto, se você cooperar conosco, se nos der algo que ajude a encontrar essas pessoas, salvar esta mulher e este homem, vou manter vocês bem longe da cadeia. E todas as acusações atuais contra seu pai, por ele ter agredido o meu detetive, também serão retiradas.

— A senhora consegue fazer isso?

— Eu farei isso. Mas só se você confessar, e agora mesmo. E chega de papo-furado, senão a oferta desse acordo será retirada. Você tem dez segundos para decidir.

— Preciso pensar.

— Nove... Oito... Sete...

— Ok, tudo bem. — Ele agitou as mãos grandes no ar. — O veículo estava parado na beira da estrada. Não tinha registro, nem nada. Tinha combustível suficiente e a bateria estava toda carregada. Mas o motor estava quebrado. Alguém tinha tentado consertar, mas o veículo não iria muito mais longe. Então nós o rebocamos. Se alguém viesse procurar por quem o tinha rebocado, nós o devolveríamos, claro. Só que ninguém fez isso. Nem sabíamos sobre o homem morto até muito tempo depois, e então meu pai me disse que devíamos ficar de boca fechada, senão eles iriam pensar que fomos nós que tínhamos feito aquilo. Não machucamos ninguém.

— Que tipo de veículo era?

— Uma caminhonete grande. Ano 2052, e já mostrava sinais da idade avançada. Marca Bobcat Americano 52, cor cinza aço e interior preto. Dava pra ver que já tinha sofrido uma batida forte, mas a carroceria foi consertada e estava em bom estado.

— Tinha placas?

— Sim, senhora, placa de Oklahoma, pelo que me lembro. Não havia nada dentro dele. Sem registro, como eu disse, nada na cabine, nem na caçamba, nem no porta-luvas... nada. Só um pouco de lixo aqui e ali, apenas isso.

— Onde está?

— Onde está o quê?

— A caminhonete?

— Bem, depois que ficamos sabendo a respeito do homem morto, nós a desmontamos, vendemos as peças separadamente e levamos os pedaços do que sobrou para um local de reciclagem. Meu pai disse que não devíamos ficar com peça alguma daquela caminhonete, e que não devíamos contar nada a ninguém sobre o que tinha acontecido. Não sabíamos nada sobre nenhuma dessas pessoas assassinadas até aqueles detetives de Nova York aparecerem, e meu pai falou que não podíamos acreditar neles porque as pessoas estavam sempre procurando problemas e contando mentiras em Nova York.

Ele olhou para Banner e perguntou:

— Você também já ouviu isso?

— Bem, posso lhe garantir que estou aqui há mais de um dia e descobri que isso não é verdade. Além do mais, as pessoas que estamos procurando, Jimbo, não são de Nova York. Elas vieram mais ou menos da região onde nós moramos.

— Não sei como isso pode ser possível. Nunca soube de alguém que pudesse fazer algo assim. Sendo sincero, dona, nunca machucamos ninguém. Não sabíamos de nada disso. E não consegui pregar os olhos a noite toda pensando nessa história. Meu pai só estava cuidando de mim e da mamãe, só isso. Você tem que cuidar dos seus.

Os mortos eram dela, pensou Eve. E ela cuidaria deles.

— Talvez seja preciso falar com você de novo — avisou Eve.

— Posso falar com minha mãe, antes? Ela disse que é muito importante falar sempre a verdade. Vai ficar um pouco chateada com meu pai por causa disso tudo. Ela já está muito chateada por ele ter dado um soco naquele detetive. O caso é que... bem, aquele detetive deixou meu pai muito irritado.

— Aposto que sim. — Eve se levantou. — Vou chamar a detetive Carmichael. Ela poderá escoltá-lo de volta. Depois quero conversar com o xerife.

— Então eles não vão colocar meu pai na cadeia por ele ter socado o detetive?

— Não. Nem por causa disso e nem por tudo o que acabamos de conversar. — Mais uma vez, ela ligou para o *tele-link* de Carmichael e ligou a imagem dela outra vez. — Já temos a declaração do sr. Dorran. Vou copiar o registro para o xerife, para você e para o detetive Santiago. Vou pedir que Santiago concorde em retirar as acusações contra o pai de Jimbo. Também vou solicitar que nenhuma acusação seja feita contra o sr. Dorran, considerando a sua boa cooperação neste caso, além das informações que nos repassou. Esperamos que elas nos levem à identificação e apreensão dos suspeitos.

— Sim, senhora.

— Encerre tudo por agora, Carmichael. O mandado já foi enviado ou deve estar a caminho para que vocês revistem o local do reboque, todo e qualquer veículo que esteja lá. Cuidem disso.

— Pode apostar que sim, tenente. Vamos, Jimbo.

Carmichael pegou o braço de Jimbo, deu a Eve um sorriso breve e uma piscadela.

— Copiar registro para os meus computadores — ordenou Eve. — Fim do programa. Vamos embora, Banner.

— Podemos rastrear aquela caminhonete.

— É exatamente o que vamos fazer. Aqueles idiotas desmontaram e levaram o que restou para o ferro-velho. Mas podemos encontrar impressões digitais, DNA ou algo assim. — Ela respirou fundo enquanto voltavam para o escritório. — Vamos conseguir rastrear tudo e obter um nome. Mesmo que tenham roubado esse veículo, estamos um passo mais perto de pegá-los.

Eve passou pelo laboratório de informática no caminho e despejou todos os dados em Feeney para uma busca completa, enquanto Banner arregalava os olhos.

— Priorizando busca pela placa de Oklahoma — avisou Feeney que, assim como Roarke, trabalhava na tela e no teclado manualmente. — Procuro por uma American Bobcat, ano 2052, caminhonete.

— Cinza. A cor é cinza.

— A cor de um veículo é fácil de trocar, então vamos começar sem ela — resmungou ele, enquanto o computador mostrava os resultados. — Apareceram mais de seiscentos só na primeira varredura.

— Se ela foi roubada, certamente haverá algum registro de...

— Eu sei como fazer uma busca, garota. — Ele continuou a digitar freneticamente no computador. — Tivemos três caminhonetes dessas roubadas no intervalo de tempo da nossa busca. Duas foram recuperadas e uma foi destruída. Estou rodando uma busca separada, incluindo a cor.

— Achei! — Roarke girou a cadeira da sua estação de trabalho. — Encontrei o adesivo da janela traseira da van filmada no setor de cargas e descargas. É de OBX.

— Que diabos é OBX? — quis saber Eve.

— Outer Banks, é um assentamento de várias ilhas na Carolina do Norte. É um adesivo colado nos veículos financiados pelos proprietários de lá. Reduzimos as probabilidades da placa. As maiores apontam para uma caminhonete de Nova Jersey, uma Roadstar 2058 ou 2059 preta ou azul-marinho. Me dê um minuto.

Em outra estação, McNab se sacudia enquanto digitava.

— Ainda não apareceu nada na busca por reconhecimento facial. Estou tentando aprimorar mais as imagens.

— Chegaram os resultados iniciais da correspondência cruzada — anunciou Roarke. — Oitenta e seis proprietários de caminhonetes financiadas em OBX que se encaixam nos nossos parâmetros de busca.

— Você precisa reduzir esse número.

— Então farei isso.

— Separei as de cor cinza — interveio Feeney. — Temos cinco correspondências.

— Isso é mais fácil de investigar. Quero nomes, imagens e as localizações de cada uma.

— Vou jogar no telão. Mapas na tela dois. Podemos especular a rota e determinar a mais provável.

Eve voltou a atenção para o telão, observou os locais se iluminarem e voltou o olhar para onde o corpo de Jansen foi encontrado.

— Vamos pesquisar esses cinco. Shelley Lynn Waynes, a localização dela se encaixa na rota, se fizermos o caminho inverso por onde eles devem ter vindo.

— Aqui estão os dados dela — ofereceu Feeney.

— Trinta e um anos. Casada há seis anos, tem dois filhos. É professora. Se sua caminhonete tivesse sido roubada ela iria abrir um boletim de ocorrência. Pode ser que tenha emprestado o veículo para um amigo ou parente, só que...

— A probabilidade é baixa — completou Feeney. — Vou ligar pra lá, mas ela deve estar limpa. Este homem, Bowie Nettleton é o próximo favorito, com base na rota que seguimos. Setenta e quatro anos, militar aposentado como Primeiro Sargento. Atualmente é o prefeito de Three Springs, no Oklahoma. Tem dois filhos, ambos ainda em serviço militar. Tem um neto e uma neta, também em serviço. Mais uma neta na faculdade, onde está se especializando em Ciências Políticas.

— Meu instinto não aponta pra ele, mas vamos verificar.

— Barlow Lee Hanks — leu Eve, estreitando os olhos na imagem seguinte. — Este é velho demais para ser o nosso suspeito... já completou cinquenta e oito anos. Tem filhos?

— Nenhum registrado.

— Ele tem o próprio negócio de mecânica e lanternagem... trabalho muito parecido com o do idiota do Dorrans em Lonesome, Oklahoma. Bumbo disse que a caminhonete tinha passado por uma lanternagem e o trabalho tinha sido muito bom. Ele é mecânico.

— Bumbo? — repetiu Roarke.

— O nome é Jimbo. — Banner deu de ombros. — Acho que dá no mesmo.

Enquanto ele falava, Eve seguiu seu instinto. Pegou o *tele-link* e ligou para Santiago.

— Como está seu rosto? — perguntou ela, analisando o olho direito roxo e inchado do seu detetive.

— Ele já passou por coisas piores.

— Peça para um médico dar uma olhada. Depois, você e Carmichael vão para o Oklahoma. Lonesome, Oklahoma. Procurem por Barlow Lee Hanks. Gostaria de saber para quem ele emprestou sua caminhonete de marca American Bobcat, 2052. Sigam pra lá o mais depressa possível. Vou dar todos os detalhes quando pegarem a estrada.

— Vamos obedecer como cachorrinhos.

— Por que diz isso?

— É uma gíria de caubói que significa... ahn, deixa pra lá. Estamos amarrando tudo aqui. O babaca mantém registros satisfatórios de tudo o que faz. Vamos conseguir rastrear os vários pedaços da caminhonete, e a maior parte dos compradores é daqui mesmo.

— Deixe isso com os policiais locais, por enquanto. Oklahoma tem prioridade máxima. Eu já ligo de volta.

Ela enfiou o *tele-link* no bolso.

— Obrigada — agradeceu ela às pessoas na sala.

— Os dados já estão nos seus computadores — informou Roarke. — Vou reduzir a busca da caminhonete em breve.

— Ótimo! Vamos embora.

Banner a seguiu porta afora.

— Tudo isso bem na sua casa, tenente! Você tem todos aqueles brinquedos dentro de casa!

— É que nós trabalhamos daqui também.

— E como trabalham! Nunca vi uma equipe de pesquisa eletrônica tão rápida. É capaz de conseguirmos uma pista sólida com essa busca.

— Feeney vai contatar os outros quatro, mas vamos dar uma olhada em Barlow Lee Hanks e ver o que conseguimos.

Ela voltou para o escritório e fez sinal para Peabody.

— Barlow's Garage, na cidade de Lonesome, Oklahoma. Quero todos os dados básicos e financeiros do lugar. Seja rápida. Banner, tente aquele aparelho e veja se consegue contato com ele pelo *tele-link*. Se ele estiver lá, obviamente não está aqui. Já é o suficiente. Tente conseguir uma ideia do tipo de pessoa que ele é, mas não brinque de policial. Faça uma pergunta simples sobre caminhonetes.

— Uma pergunta simples sobre caminhonetes?

— Aposto quinhentos paus que você tem uma.

— Não vou apostar isso. — Banner pegou o próprio *tele-link*. — Vou levar esse papo lá fora.

Com um aceno de cabeça, Eve sentou-se à mesa e começou sua busca por Barlow Hanks.

Um casamento, verificou... sem filhos. Divorciado há doze anos. Tem um irmão, mas é mais velho do que ele, e os suspeitos desconhecidos certamente seriam mais jovens. Tem um sobrinho com a idade certa, considerou, então faria uma segunda tentativa com ele.

— As finanças dele me parecem sólidas, Dallas — garantiu Peabody. — Pelo menos na superfície. Ele não está nadando em dinheiro, mas leva uma vida confortável. Comprou a propriedade onde fica o seu negócio há cerca de oito anos e paga as parcelas do financiamento sempre em dia. Tem quatro funcionários que trabalham pra ele em tempo integral, mais um em meio período.

Eve fez que sim com a cabeça enquanto continuava a própria pesquisa.

— Descobri passagens pela polícia. Uma detenção por dirigir sob o efeito de álcool, uma briga de bar e um pequeno tumulto do tipo "empurra-empurra" num rodeio.

— Esse não é o nosso cara.

— Não, mas ele pode estar conectado. O sistema me deu vinte por cento de probabilidade de que foi a caminhonete dele que os idiotas dos Dorran rebocaram.

Ela começou a analisar o sobrinho. Fazendeiro de pequeno porte, às vezes participa de "rodeios broncos". Que diabos era isso? Ela descobriu que era um tipo de torneio em que os competidores montavam em cavalos selvagens sem sela. Ele tinha mais ou menos a idade certa, pensou, mas morava com uma mulher que diminuía a possibilidade de ele ser o cara que procuravam, pois ela parecia limpa, tinha ficha impecável e um emprego estável.

— Mas ele pode tê-la abandonado — acrescentou Eve, em voz alta. — Pode ter fugido na caminhonete do tio com a parceira assassina.

Ela se levantou para andar de um lado para o outro e pensar. O tio não relataria o roubo da caminhonete pelo sobrinho; família era algo esquisito. Ou então ele vendeu a caminhonete para o sobrinho por baixo dos panos.

No entanto, aquela teoria não funcionava direito, principalmente quando não havia nada que indicasse que o sobrinho desenvolveu tendências assassinas do nada.

Ainda assim...

Banner voltou.

— Hanks está definitivamente em Oklahoma. Acabei de ter uma conversa com ele sobre a minha caminhonete, que eu disse ser uma Bobcat ano 2052.

— Boa sacada.

— A minha caminhonete está meio estranha, eu a levei duas vezes para o meu mecânico de sempre, mas ela só se acalma por uns cem quilômetros ou pouco mais. Disse que ouvi dizer que ele sabia de um ou dois truques para lidar com caminhonetes. Ele concordou e me contou que teve uma Bobcat 2052 e precisou fazer alguns reparos nela.

— Sério?

— Sério. Segundo ele, embora esse modelo não seja uma merda, ele não é grande coisa depois que passa dos cento e cinquenta mil quilômetros rodados. Ele disse que ficaria feliz em dar uma olhada na minha caminhonete, caso eu queira levá-la na sua oficina.

— Ok. — Ela se virou para o quadro do crime e concordou mais uma vez. — Ok. Vamos ver o que Carmichael e Santiago conseguem descobrir a respeito dele. Tudo parece bater. Por enquanto.

O *tele-link* da mesa de Eve tocou. Ela atendeu:

— Que foi?!

— Diga "obrigada" — pediu Roarke.

— Pelo quê?

— Por causa de Elsie e Maddox Hornesby, de Bloomingdale. Eles são donos de uma caminhonete Country Scout 2058, cor índigo, com um adesivo OBX no vidro traseiro esquerdo.

— Por que eles, especificamente, e não os outros oitenta e dois?

— Reduzi para trinta e nove, então me deparei com os Hornesby e, por meio de uma sutil invasão de privacidade, descobri que passaram oito semanas em janeiro e fevereiro dos últimos três anos nas Bahamas, onde têm uma casa de praia.

— Eles não poderiam denunciar o roubo de um veículo se não soubessem que ele foi roubado.

— Foi o que eu pensei. Uma brevíssima olhada em suas finanças indica que eles geralmente dirigem até o Centro de Transportes de Newark e usam o estacionamento de longas estadias do lugar. Ouvi dizer que roubar um veículo de um estacionamento desses é uma ótima maneira de conseguir um carro.

— Aposto que sim.

Ele sorriu para ela daquele jeito que sempre fazia.

— As informações de contato deles já estão no seu computador.

— Você merece mesmo um "obrigada". Agora tenho que seguir em frente com esta pista.

— De nada.

— Peabody! — gritou Eve, enquanto desligava a ligação com Roarke.

— Já me adiantei e encontrei o contato da segurança de transportes em Newark.

Como os dados já estavam diante dela, Eve usou seu *tele-link* de mesa. Não tentou descobrir que horas seriam nas Bahamas.

— Maddox Hornesby falando.

Eve olhou para o rosto bronzeado e relaxado do homem e notou as pontas do cabelo clareadas pelo sol.

— Sr. Hornesby, aqui quem fala é a tenente Dallas, do Departamento de Polícia de Nova York.

— Estou vendo pelo identificador de chamadas. Como posso ajudar, tenente?

— Você tem uma caminhonete Country Scout, modelo 2058.

— Isso mesmo. — O sorriso relaxado desapareceu quando ele franziu o cenho. Eve ouviu uma voz de mulher ao fundo: — *Mad! Você prometeu que não ia trabalhar daqui!*

— Não é trabalho. Há algum problema, tenente?

— Você poderia me informar a localização do seu veículo?

— Ele está instalado no estacionamento de longa estadia, Setor A, vaga 45, do Centro de Transportes de Newark. Do que se trata?

Eve se virou para Peabody, que assentiu.

— Qual é sua localização atual?

— Estou sentado no meu deck nas Bahamas com minha esposa, que acabou de me entregar uma mimosa e acha que estou falando com nosso corretor de investimentos. O que está acontecendo?

— Tivemos um incidente com um veículo que corresponde à descrição do seu. Você tem um adesivo OBX na...

— Janela traseira esquerda, canto inferior. Que tipo de incidente?

— Ainda estamos verificando isso, sr. Hornesby, e já entramos em contato com a segurança do Centro de Transportes. Eles ou eu poderemos entrar em contato com você novamente, caso seja necessário. — Ela pensou um pouco mais e não conseguiu evitar a pergunta: — Você poderia me dizer que horas são aí?

— Horas? São... oito e quarenta e cinco.

— Da manhã?

— Claro que é da manhã.

— Então tá. — Foi tudo o que Eve disse, fascinada e um pouco irritada por não haver diferença de fuso horário em relação a Nova York.

— Alguém roubou nossa van velha?

— Ainda estamos investigando isso, sr. Hornesby.

— *Mad* — berrou a mulher, ao fundo. — *Eu não falei que isso iria acontecer? Quantas vezes eu disse que devíamos pegar uma limusine até o aeroporto?*

— Tá, Elsie, você tem razão.

— Desculpe, senhor, mas eu gostaria de saber quando foi que estacionou seu veículo nessa vaga — disse Eve.

— No dia quatro de janeiro, às oito da manhã.

— Obrigada, o senhor foi muito prestativo. Alguém entrará em contato com mais detalhes a respeito.

— Precisamos voltar para casa?

— Não, não há necessidade de interromper suas férias. Obrigada.

Ela desligou quando a voz feminina voltou a criticar Hornesby ao fundo da ligação.

— Pegamos o veículo. Peabody, emita um boletim de busca geral. Se o veículo for avistado, ninguém deve se aproximar. Ordene que entrem em contato comigo, mas não se aproximem, sigam apenas a distância.

Ela se levantou.

— Como é que as Bahamas têm o mesmo fuso que a gente? Isso não faz sentido.

Deixando esse quebra-cabeça de lado, ela foi tomar outro gole de café.

As rachaduras estavam começando a aumentar.

Capítulo Dezesseis

Eve começou uma busca mais detalhada a respeito do sobrinho enquanto Peabody confirmava todos os detalhes da caminhonete roubada.

— Banner, Hanks tem um sobrinho chamado Curtis Monroe Hanks, de 28 anos, fazendeiro. Acabei de enviar o contato dele para o seu tablet. Pode jogar aquele charme de bom-moço de novo? Confirme o paradeiro dele nas datas dos crimes, me diga a impressão que vai ter. Ele não parece se encaixar, mas vamos verificá-lo mesmo assim.

— Entendi. Que veículo ele dirige?

— Dirige?

— Digamos que houve um atropelamento em Silby's Pond, e o veículo dele corresponde à descrição.

— Ah, entendi. É uma caminhonete Toro 2056, cor verde floresta, placa de Oklahoma, identificação 572-Eco-Palha-Alfa. Ele tem outro veículo, uma motocicleta Hawker Midnight Rider 2060 na cor bronze, também com placa do Oklahoma, só que personalizada. A identificação é BOOM: Beta, Ômega...

— Já saquei. Vou falar da moto primeiro.

Quando ele saiu do cômodo, Eve se levantou para atualizar o quadro dos crimes.

— Peabody, redija uma atualização contando em que pé estamos na investigação, com todos os detalhes. Envie uma cópia para Whitney, Mira, Carmichael e Santiago. Inclua Baxter e Trueheart. Se eles estiverem disponíveis, quero que comecem a procurar na lista de lojas e restaurantes que Banner compilou.

— A prova para detetive é hoje. Trueheart vai começar daqui a cerca de uma hora.

— Certo. — *Merda. Merda, porra, droga*, pensou Eve. — Tudo bem, então. Convoque Baxter porque ele e Banner podem vasculhar a região juntos, mostrando para os atendentes a imagem que McNab conseguiu extrair e aprimorar do material de vídeo das câmeras da rua. Diga a Baxter que estaremos na Central em uma hora e levaremos Banner conosco.

Ela analisou o quadro enquanto adicionava novos dados e trocava informações de lugar.

Hanks = caminhonete abandonada pelos suspeitos no local do assassinato de Jansen.

Isso levava os suspeitos de volta para Oklahoma. E... droga, isso os conectava, de alguma forma, com Hanks. Por que ele não relatou o roubo, se tivesse sido mesmo roubado? O mais provável era ele ter vendido a caminhonete por baixo dos panos; ou então emprestado o veículo para alguém.

A hipótese da venda era a mais plausível. Afinal, quem empresta uma caminhonete para alguém por tanto tempo?

Mas a porra da caminhonete continuava registrada no nome dele até agora. Não deveria estar no nome do novo dono, se ele resolvesse vendê-la?

Ela analisou a foto do sobrinho outra vez. Seu instinto dizia que não era ele o homem da dupla de assassinos. Mas, se havia um sobrinho, também poderia haver primos, tios, tias, o que quer que seja. Bons amigos, ou simplesmente alguém a quem ele devia um favor.

Ele teria que ter entregado o veículo a alguém mais jovem, pensou, enquanto circulava o quadro. Não para alguém da idade dele, mas alguém que tivesse idade suficiente para ser seu filho ou filha.

Uma namorada? Talvez ele gostasse das mais novinhas e uma delas o convencera sexualmente a dar a caminhonete para ela. Ou talvez ele tivesse uma namorada que tivesse um filho ou uma filha que...

— O Hanks sobrinho está no rancho — anunciou Banner. — Ele parece ser um cara gente fina e honesto. Ficou muito chateado com o atropelamento e a fuga do local, e me perguntou se alguém tinha se machucado. Cooperou numa boa, o tempo todo. Contei a ele sobre a noite em que Campbell foi sequestrada, e ele disse que participou de uma rodada de pôquer naquela noite, que rolou até uma da manhã. Me deu uma dúzia de nomes para eu verificar e disse que eu poderia ir até lá e testar sua moto.

— Esqueça ele, por ora. Não vamos avançar muito nesse ângulo até meus detetives interrogarem Hanks.

— Encerre tudo aqui, Peabody. Vamos para o centro da cidade. Banner, você vai trabalhar com o detetive Baxter. Vocês podem começar a vasculhar as lojas e os restaurantes da lista que você compilou e mostrar a melhor imagem que tivermos do suspeito masculino. Acrescente que pode ser um casal, indique a possível faixa etária à qual chegamos no perfil, e mencione o sotaque do interior. Talvez surja alguma coisa. Quando tivermos o nome e o rosto deles, e vamos ter, logo, logo, nós os enviaremos pra vocês.

— Estarei pronto quando você estiver, tenente.

— Me encontro com você lá embaixo. Vou passar no laboratório de informática antes de sair.

Eve encontrou seus três *geeks* favoritos reunidos quase em círculo. Uma das telas executava um programa de reconhecimento facial; outra trabalhava para melhorar as imagens do local de carga e descarga.

Roarke foi o primeiro a se virar em sua direção.

— As imagens dessas câmeras são um lixo completo. Podemos insistir por várias horas, mas não vamos conseguir melhorar mais do que isso. Não dá pra aprimorar o que não está lá.

— Vou levar o que vocês já conseguiram. McNab, envie as fotos para Banner e Baxter, eles vão trabalhar juntos. Aproveite para reunir tudo o que temos e depois envie para todos os envolvidos. Hanks é o elo, e vamos extrair os dados dele de um jeito ou de outro. Vou para a Central agora.

— Você quer minha opinião? — ofereceu Feeney.

— Quero, claro.

— Esse seu suspeito aqui — ele apontou para a sombra muito granulada de uma imagem na tela. — Ele ainda não chegou aos trinta anos, ou ainda está longe. Calculamos que ele tem cerca de um metro e oitenta, aproximadamente, e corpo magro. O casaco acrescenta um pouco de volume, mas não muito. Ele precisa ser capaz de se mover com rapidez. É branco. Baixa probabilidade de ser pardo ou de outra etnia, pelo que deu pra ver.

— Esses são bons dados para eu repassar a Baxter e Banner. E quanto à mulher?

— A imagem dela está mais clara, porque ela foi a isca para o garoto — disse Roarke, balançando o corpo sobre os calcanhares enquanto estudava as imagens. — Calculamos sua altura em um metro e sessenta e cinco, peso entre cinquenta e cinco e cinquenta e oito quilos. E tem um bom par de pernas. Temos a descrição do cabelo: longo e louro, embora possa ser uma peruca. Também apostaríamos em pele branca. Quanto à idade... Considerando o corpo, já que não temos uma imagem clara do rosto, e levando em conta a análise da voz que conseguimos, ela deve ter entre vinte e cinco e trinta anos. Eu também testei a voz dela em um programa de reconhecimento de sotaques. O resultado foi que o sotaque dela é do noroeste de Oklahoma.

— Ok, tudo isso é muito mais do que tínhamos, e vamos conseguir novos detalhes. — Eve olhou fixamente para a imagem, como se conseguisse torná-la mais nítida por pura força de vontade. — A rachadura está aumentando. Feeney, você precisa de uma carona até a Central?

— Estou de carro. Você quer levar meu garoto?

— Quero, se você puder dispensá-lo.

— Então leve-o. Ligue pra mim se precisar de mais gente. — Ele fez um gesto de saudação com o dedo para Roarke. — Foi muito bom trabalhar com você.

— Digo o mesmo, Feeney. Vou continuar trabalhando nisso por mais uns trinta minutos, depois deixo tudo liberado, caso vocês queiram enviar mais dados remotamente.

— Seria ótimo — agradeceu Eve. Quantos outros malabarismos ele faria para ajudá-la e cuidar do próprio império ao mesmo tempo?, perguntou a si mesma, mas logo deixou a ideia de lado, pois aquilo era mais do que ela conseguiria imaginar. — Desça logo e nos encontre na entrada, McNab. Peabody e Banner, vocês também.

— Estou a caminho. Você tem brinquedos divertidos — disse Banner a Roarke, e saiu com Feeney.

Eve enfiou as mãos nos bolsos e olhou para Roarke:

— Depois que este caso for encerrado, serei a única policial dentro desta casa por um tempo.

Roarke se aproximou dela e colocou as mãos em seus ombros.

— Gosto dos seus policiais. — Beijou-a de leve. — Acho que também gosto de Banner, agora que tive a chance de conhecê-lo melhor. Por falar em policiais, o casaco do Feeney ficou pronto.

Summerset está com ele lá embaixo. Como conheço você e Feeney, presumi que você não gostaria de dar o presente a ele na frente de outras pessoas.

— Não. — Na opinião dela, presentes já eram constrangedores por si sós. — De qualquer forma, você é quem deveria dar o presente a ele.

Como a entendia muito bem, Roarke apertou seus ombros.

— Foi uma ideia sua... ótima ideia, por sinal. E ele já era seu policial antes de você me conhecer. Vocês dois vão sobreviver a um presente. Vá e tome cuidado por onde pisa lá fora. Eu, com toda a certeza do mundo, quero uma policial na minha cama esta noite.

— Aposto que isso é algo que você nunca pensou que iria dizer um dia. — Desta vez, foi ela que o beijou. — Obrigada pela ajuda. Vou manter você informado de tudo, se quiser.

— Eu quero.

— Combinado — disse ela, e saiu.

Ele a observou sair e acariciou o botão cinza de um velho casaco que sempre carregava no bolso, como um talismã. Em seguida, voltou-se para as telas disposto a fazer o que pudesse para ajudar mais no pouco tempo que ainda tinha disponível.

Ela correu para o andar de baixo e encontrou todos os seus policiais ainda reunidos. Quando pegou seu casaco no primeiro pilar da escada, Summerset se aproximou dela tão rápido quanto fumaça. Trazia nas mãos uma caixa embrulhada em papel pardo comum. Antes que ela pudesse escapar do mordomo, ele empurrou o embrulho nas mãos dela.

— Conforme solicitado — disse ele.

Agora não, ela queria dizer, mas reparou que a caixa já tinha despertado o interesse de Peabody.

— O que tem nessa caixa?

— É só uma coisinha — murmurou Eve, sem conseguir descobrir como evitaria Peabody. Era melhor acabar logo com aquilo, decidiu, e lançou para Summerset um olhar afiado. — Os veículos já estão na porta?

— Claro.

Ela manteve o olhar maligno em Summerset até que ele se afastou, com mais agilidade do que nunca.

— Podem ir se ajeitando — disse ao restante do grupo. — Feeney, você tem um minuto?

Banner se levantou de onde estava agachado, depois de fazer um último carinho na cabeça de Galahad, antes de sair. Peabody quase virou a cabeça em um giro de cento e oitenta graus para bisbilhotar Eve e a caixa misteriosa enquanto todos saíam pela porta.

— É só uma coisinha... — disse Eve, e empurrou a caixa para Feeney. —Pra você.

As mãos dele foram direto para os bolsos, e seu rosto mostrou-se cauteloso.

— Por quê?

Ela frequentemente tinha a mesma reação quando se tratava de receber presentes, então tudo o que fez foi dar de ombros.

— É só um... você sabe — murmurou, e empurrou a caixa para ele de novo.

Feeney pareceu confuso, um pouco envergonhado, mas rasgou o papel. Como tinha pressa, Eve acabou de rasgar o papel do embrulho, amassou tudo e jogou sobre a mesa mais próxima. Então, ocupou-se em vestir o próprio casaco.

— Uau! Que porra é essa?

A alegria entorpecida na voz dele indicou uma mistura de sentimentos que iam do constrangimento à satisfação. Ela se virou e pegou o cachecol do bolso no instante em que ele jogou a caixa no chão e pegou o casaco dizendo:

— Sua filha da mãe!

Ele sorriu enquanto o segurava. O casaco marrom-escuro — ela escolheu a cor por ser a habitual dele — com seu forro protetor chegaria, ela viu, até o meio da coxa de Feeney. Ela havia deixado o design para Roarke; percebeu que ele optou por um modelo confortável e simples, e adicionou o brilho das barras de capitão nos botões.

— Você me deu a porra de um casaco mágico!

— Bem, foi Roarke que...

— Filha da mãe! — Ainda sorrindo, ele deu um soco leve no ombro dela, então imediatamente tirou o velho casaco marrom que usava e o jogou no chão.

— Ficou perfeito. — Dobrou o casaco para analisar o forro e balançou a cabeça em sinal de aprovação. — É trabalho de gênio, isso aqui.

Sentindo-se mais confortável para discutir os aspectos funcionais da armadura corporal, ela relaxou um pouco.

— Tem pouco volume, quase não pesa, mas funciona que é uma beleza. Aguenta e desvia por completo uma rajada de atordoar... isso eu posso atestar por experiência própria. Protege de objetos afiados também, embora eu nunca tenha testado isso pessoalmente. Filha da mãe! — exclamou ele, pela terceira vez, e encontrou os olhos dela. Suas orelhas ficaram levemente rosadas. — Muito obrigado, garota.

— Não foi nada.

Ele se abaixou para pegar seu casaco velho, a caixa, e olhou para ela outra vez.

— Eu agradeço de verdade.

— De verdade, não foi nada.

— Espere até minha mulher ver isso. — Ele passou a mão pelo couro. — Vamos sair e pegar alguns bandidos, garota.

— É o que sempre fazemos.

Eles saíram pela porta e ela o ouviu murmurar "filha da mãe!" mais uma vez enquanto partiam cada um em seu veículo.

No instante em que ela entrou na viatura, Peabody se inclinou para a frente do banco de trás, que dividia com McNab.

— Aquilo é um casaco mágico? Você deu um casaco mágico para o Feeney? Awww, que fofo!

— O que é um casaco mágico? — interessou-se Banner. — Que tipo de mágica ele faz?

— É totalmente mais que demais. Veja só! — Peabody abriu seu casaco rosa para mostrar o forro.

Sentindo-se aliviada, Eve os deixou papear sobre o casaco que, na verdade, era uma armadura, e continuou dirigindo.

McNab se inclinou, deslizou por trás dela e falou baixinho perto do ouvido de Eve:

— Isso significou muito pra ele, vindo de você.

Ele apertou de leve o ombro dela e voltou para o seu lugar. Ou porque sabia que ela iria adorar mudar de assunto ou porque simplesmente era esfomeado, voltou a falar:

— Quem quer um chocolate quente?

E isso resolveu o problema.

Ela deixou Banner e McNab na Central, esperou Peabody passar para o banco da frente e ambas seguiram para o laboratório do necrotério.

No caminho, ela recebeu uma mensagem de Santiago.

— Estamos no estabelecimento de Hanks agora, mas ele saiu para atender a uma chamada de serviço. Deve voltar em breve. Demos uma cutucada no mecânico chefe dele, mas o sujeito é do tipo "em boca fechada não entra mosca". Podemos cutucar alguns dos outros funcionários... a mulher que atende no balcão de serviços está com os olhos arregalados. É capaz de ela contar tudo.

— Se ele não voltar logo, cutuque-a. Caso contrário, mantenha tudo tranquilo.

— Nenhum resultado nos boletins de busca que emitimos?

— Ainda não, mas eu te aviso. Só quero que você me dê um nome, Santiago. Um único nome.

— Estamos trabalhando nisso. Ele está voltando nesse exato momento. Já ligo de volta, tenente.

— Dá pra sentir que o muro começou a se desfazer — comentou Peabody. — Pedaço por pedaço.

— Não está se desfazendo rápido o suficiente para os dois reféns.

Ela faria tudo o que pudesse para acelerar o processo, pensou, enquanto se movia pelo labirinto que era o laboratório do necrotério, até o andar de DeWinter.

Encontrou os três médicos de jaleco. O de DeWinter era num tom bronze metálico que quase combinava com a cor do seu cabelo. Naquele dia, ela usava penteado para trás e reto como uma régua, deixando o belo rosto sem moldura.

Assim como Mira, usava botas com saltos finos como um bisturi, mas as dela eram de um verde intenso. Eve viu que combinava com o vestido justo sob o jaleco.

DeWinter devia ter uma centena deles, pensou Eve... vestidos e jalecos.

Morris tinha escolhido um jaleco cinza ardósia sobre um terno do mesmo tom, e uma única trança enrolada em um cordão vermelho papoula descia pelas costas. Mira trajava seu jaleco branco tradicional sobre o terninho, tão azul quanto seus olhos.

Eles formavam um trio interessante, pensou Eve, todos em pé ao redor dos ossos brancos dos mortos.

— O material está bem limpo — comentou Eve.

— Os restos mortais já estavam em avançado estado de decomposição — explicou DeWinter. — Morris trabalhou muito bem com a pouca carne que ainda restava.

— Fizemos reconstruções, é claro — disse ele a Eve, antes que sua colega se pusesse a recitar prosa e verso em detalhes. — E uma série de testes que você não vai querer ouvir. Estamos anulando todas as análises anteriores. A vítima certamente não morreu numa queda. Havia claras evidências de tortura.

— Uma autópsia completa e abrangente, uma que fosse bem-feita, jamais teria concluído morte acidental num material como este. — O tom de DeWinter ficou mais afiado, assim como o desprezo em seus olhos. — Há ferimentos que obviamente foram provocados por instrumentos pontiagudos, ferramentas e força bruta. Vários dedos foram esmagados por um martelo, ao que parece. Se você encontrar a arma, talvez eu possa comparar com os danos. Eu *com certeza* conseguiria comparar — corrigiu ela, de imediato.

— A vítima também sofreu desidratação severa — acrescentou Mira. — Estimamos que ele tenha ficado pelo menos trinta e seis horas sem beber água antes de morrer. Se, de fato, ele tivesse sofrido esses ferimentos numa queda, ele teria morrido na hora, jamais teria sobrevivido por mais de um dia.

— Ok, era isso que eu precisava ouvir — declarou Eve. Olhou para baixo outra vez, para o que restava de Mini Mel. Ela faria justiça em seu nome, pensou. — E quanto ao outro?

— Acabei de dar início aos testes, na sala ao lado. A dra. Mira e eu já concluímos o exame visual e começamos os testes preliminares. — Ele olhou para Mira.

— Ainda é muito cedo para resultados e conclusões assertivas, mas ambos sentimos que teremos uma história bem semelhante para lhe contar.

Digerindo aquelas informações, Eve circulou a mesa e os restos mortais de Melvin Little... veterano de guerra, alma perdida. Uma pessoa inofensiva.

— Vou explicar pra vocês como eu pretendo lidar com tudo isso. Vou esperar até que tenham conclusões sólidas com evidências bem registradas e explicadas no papel, detalhe por detalhe, antes de eu notificar os agentes federais. Nesse momento, vocês ainda estão na fase de reavaliação, testes e exames, mas se dermos uma mínima dica sobre aonde isso tudo vai nos levar, pode ser que os federais se sintam inclinados a chegar por conta própria, se fechar na própria concha e assumir o caso, para em seguida burocratizar tudo até o fim dos tempos. Esse tipo de burocracia pode dificultar ou até impedir nosso trabalho, então vamos burocratizar tudo antes deles.

Ela ergueu a cabeça e viu Morris exibir um leve sorriso, mas DeWinter exibia uma carranca.

— Eu ficaria feliz — ressaltou Eve —, se eles assumissem o resto, acelerassem o processo e nos ajudassem a encontrar as duas outras pessoas que estão passando neste exato momento pelo que esta vítima na mesa passou. Mas isso não vai acontecer. Objeções?

Mira cruzou as mãos em um gesto que chamou a atenção de Eve.

— A burocracia se faz presente em todo tipo de investigação federal, então sou obrigada a concordar que acrescentar outra agência a essa mistura tenderia a desacelerar nosso progresso. No entanto, uma vez que conclusões sólidas sejam tiradas, você deve comunicar tudo a eles.

— Farei isso. Não vou atrasar, nem esconder coisa alguma. Não se trata de receber o crédito nem de receber as honras por ter feito a descoberta. O importante é garantir que, quando pegarmos esses canalhas, tenhamos tudo de que precisamos para prendê-los pelo resto de sua vida miserável. Concordam?

— Eu gostaria de terminar o que começamos sem parar a toda hora para preencher intermináveis formulários — afirmou Morris. — Concordo com você.

Quando DeWinter hesitou e franziu a testa para os ossos, Eve inclinou a cabeça e falou, baixinho:

— Você roubou um cachorro, lembra?

— Droga, você nunca vai deixar isso pra lá. Concordo com tudo, mas seguiremos todas as regras, ponto por ponto.

— Façam isso e me mantenham atualizada. E lembrem-se de uma coisa: os federais não têm nenhum especialista que chegue aos pés de vocês. Portanto, que aqueles que nós não conseguimos salvar ajudem vocês. E eu farei o que for preciso para salvar os que ainda podem ser salvos. Todos nós, juntos, vamos colocar esses imbecis doentes na cadeia.

— Enquanto isso — comentou Mira —, revi seu relatório. Concordo que é possível que eles tenham escalado para trabalhar com duas vítimas ao mesmo tempo. Concordo com a possibilidade de Campbell e Mulligan ainda estarem vivos. É uma progressão do método. No entanto, não posso garantir que a morte deles seja inevitável. Quanto mais tempo passarmos sem encontrar o corpo de Campbell, maiores são as chances de ela ainda estar viva. Não os vejo mudando o padrão e escondendo ou tentando esconder o corpo dela se já estiver morta, pois não há motivo discernível para tal.

— Então vamos apostar que ambos ainda estejam vivos, até que saibamos do contrário.

Quando ela se virou para sair da sala, Peabody acelerou o passo para acompanhá-la.

— O que você vai dizer a Whitney?

— Tudo. Se ele me mandar chamar os federais de volta para o caso, vou cumprir sua decisão, mas acho que ele enxergará toda essa situação da mesma forma que eu. Os federais não vão ser capazes de fazer mais do que Mira, Morris e DeWinter já estão fazendo a respeito dos restos mortais, principalmente porque já descartaram tal material. Quanto à caçada que ainda está rolando, enviarei ao agente responsável tudo o que temos sobre a caminhonete, a van e as conclusões sobre os outros veículos que já eliminamos. Vou fazer o que for preciso para salvar Campbell e Mulligan.

— Certo. Estou dentro!

* * *

Ela decidiu economizar tempo e contatou Whitney pelo *tele-link* enquanto dirigia. Ele ouviu tudo e falou pouco, até ela terminar.

— A detetive Peabody ainda não avisou ao FBI sobre as atualizações que vocês fizeram esta manhã?

— Não, senhor, mas já dei a ela a lista do que encontramos, para informá-los. No entanto, gostaria que o senhor soubesse do nosso progresso completo, antes disso.

— Em que pé estão Santiago e Carmichael em relação ao interrogatório desse tal de Hanks?

— Está acontecendo neste exato momento, senhor. Eles ainda não me contataram para relatar os resultados.

— Então me avise assim que o fizerem. Quaisquer que sejam esses resultados, informarei o FBI sobre o seu progresso até o momento. Quanto ao trabalho de laboratório no necrotério, ainda em andamento, eles já dispensaram essas vítimas da investigação deles. Portanto, podem esperar.

Satisfeita, Eve entrou na sua vaga na garagem da Central.

— Obrigada, senhor. Vou para a Divisão de Homicídios agora. Se eu não receber mais notícias de Oklahoma nos próximos dez minutos, entrarei em contato com Carmichael.

Ela saltou da viatura e caminhou a passos largos até o elevador.

— Vamos manter o ritmo, Peabody. Arranje alguns policiais para coordenar as buscas com Banner. Ele pode entregar a eles parte da nossa lista. Vamos cobrir o máximo de território que pudermos. Pode ser que tenhamos sorte.

Quando ela entrou no elevador, seu *tele-link* tocou.

— Me dê alguma coisa, Santiago.

— Que tal um nome, chefe? Darryl Roy James.

— Peabody, uma busca.

— Já estou pesquisando o histórico dele, tenente.

— Quem é esse cara?

— É o filho da mulher do Hanks. Não houve registro de coabitação entre eles porque Hanks não queria oficializar a união, mas eles já estão juntos há cerca de dez anos. Darryl trabalhava pra ele na oficina. Era um bom mecânico, mas também era um babaca preguiçoso... pelo menos essa é a opinião de Hanks. Saiu de casa quando completou dezesseis anos e foi para o Texas. Cumpriu uma pena curta no reformatório juvenil de lá por roubo de carros. Voltou pra casa e trabalhou para Hanks. Em julho de 2057, saiu de casa de novo, dessa vez levando a Bobcat 2052 que roubou da oficina, mais cerca de seis mil dólares em dinheiro, ferramentas, uma faca serrilhada antiga e assim por diante. A mãe implorou a Hanks para não denunciar o filho, então ele não o fez para manter a paz na família.

"Darryl Roy James cumpriu outra pena na Penitenciária Estadual de Oklahoma. Foi condenado a quatro anos por tentativa de roubo à mão armada. Ele estava com a faca serrilhada quando tentou furtar um anel de noivado com diamante."

— Para dar à mulher. A porra do amor verdadeiro.

— Talvez. Foi pego em dezembro de 2057 e saiu da penitenciária no início de agosto do ano passado. Foi liberado mais cedo por bom comportamento.

— Até agora a cronologia bate. Eles sabem o paradeiro dele?

As portas do elevador se abriram e um trio de policiais se acotovelou para entrar na cabine.

Eve rosnou pra eles e colocou a mão na arma.

Eles recuaram.

— Hanks me disse que não, e eu acredito. Ele não era fã do enteado, tenente. Aceitou a perda da caminhonete e das ferramentas por causa da mulher, mas, quando dissemos a palavra "assassinato", ele vomitou tudo o que sabia, como um gêiser. Carmichael está conversando com a mãe nesse instante, mas parece que ela não sabe de muita coisa. Ela jura que não fala com o filho desde meados do verão, bem antes de ele sair da penitenciária, e parece ser verdade. Mas ela me contou algo sobre uma mulher, antes de perder a cabeça. Não soube me informar o nome dela, só diz que ele deve ter se entocado com essa mulher em algum lugar, e foi tudo culpa da tal mulher... de acordo com a mãe.

Santiago conseguiu revirar os olhos e sorrir ao mesmo tempo.

— Carmichael está trabalhando nisso — completou.

— Peguem o nome dela e tudo o que conseguirem. Depois voltem para casa.

— Estou absolutamente pronto pra isso. Yupi!

— Peabody, o que você descobriu sobre o sujeito? — quis saber Eve, ao desligar. Elas saíram do elevador quando as portas se abriram e outros policiais entraram.

— Darryl Roy James, vinte e cinco anos. Solteiro, tem uma filha.

Eve virou a cabeça para a parceira de súbito.

— Filha?

— Ele está listado aqui como pai de uma bebê chamada Darra Louise James, nascida em abril do ano passado. A mãe dela, segundo a certidão de nascimento, é Ella-Loo Parsens, de vinte e seis anos.

— Deve ser ela. Tem de ser! — Revigorada com as novas informações, Eve acelerou o passo e subiu pelas passarelas aéreas. — Mas... como diabos eles estão fazendo tudo isso com uma bebê a tiracolo?

— Caramba, boa observação. Coitada da bebê, ainda não completou nem um ano de idade.

Eve puxou seu *tele-link* outra vez e contatou Carmichael.

— Pergunte à mãe dele sobre a bebê do filho. Ela já sabe que é avó?

— Puta merda! Aposto que não. Espere um minuto.

Eve esperou enquanto abria caminho até a Divisão de Homicídios. Quando Carmichael voltou, Eve conseguiu ouvir um som distante de lamento ao fundo.

— Ela não sabia. Vou acalmá-la de novo, Dallas, mas ela não sabia coisa alguma sobre bebê algum, e também não sabe o nome da mulher. Ela só sabe que Darryl disse a ela que estava apaixonado, que tinha conhecido sua alma gêmea. Ele a chamava de Julieta, mas ele gostava de Shakespeare, amantes desafortunados, Romeu e tudo mais. Isso aconteceu durante as visitas na prisão.

— Acalme-a e tente arrancar mais alguma informação dela. Você e Santiago devem permanecer na cidade até eu dar retorno. Talvez seja preciso esticarem a estada mais um pouco.

— Então vou comprar umas botas de caubói.

— Se você comprar botas cor-de-rosa vou te dar umas porradas, Carmichael. Continue interrogando a mãe. Ela pode saber mais do que imagina. Peabody!

Peabody leu algo em seu tablet.

— O nome dela é Ella-Loo Parsens, nascida em Elk City, Oklahoma. Tem algumas passagens na polícia por posse de droga, coisa barata. Nenhum casamento registrado, também nunca morou com alguém oficialmente. Tem um longo histórico de empregos de curta duração. O último começou em janeiro de 1958 e durou até agosto do ano passado... foi o mais longo já registrado. Ela trabalhou todo esse tempo num bar chamado Ringo's, que fica localizado em McAlester, Oklahoma. É onde também fica a prisão, Dallas. A penitenciária de Oklahoma.

— Queria estar perto do seu homem, esperou por ele por quase quatro anos! Isso é que é devoção. Volte para a lista de empregos.

— O emprego anterior também durou pouco tempo. De março a julho de 2057. Um bar chamado Rope 'N Ride, em Dry Creek, no Oklahoma.

— Darryl roubou o caminhão de Hanks, sumiu com o dinheiro, as ferramentas e a faca em julho. Saiu de lá de vez e pode apostar que foi até o Rope 'N Ride, em Dry Creek.

Ela entrou na Divisão de Homicídios, ergueu a mão para impedir que alguém lhe perguntasse qualquer coisa e ligou para Santiago mais uma vez.

— Polícia de Nova York, filial Oeste — disse ele, ao atender.

— Rá-rá! Levantem acampamento o mais rápido possível e peguem a estrada para um lugar chamado Dry Creek.

— Ah, fala sério!

— Quero que vocês procurem um bar chamado Rope 'N Ride. Mostre as fotos dos dois por lá, Santiago. Reúnam tudo o que conseguirem sobre Ella-Loo Parsens, ela trabalhava nesse bar. E levante tudo sobre Darryl também. De lá, sigam para Elk City, onde mora a mãe de Ella-Loo.

— A mãe se chama Janelyn — informou Peabody, quando Eve se virou para ela.

— O nome da mãe é Janelyn. Peabody lhe enviará as informações. A última parada, por enquanto, é McAlester. Fale com o diretor da prisão e investigue um bar chamado Ringo's, onde Ella-Loo trabalhou enquanto Darryl estava preso. Veja quem sabe o quê e onde. Vou pegar esses dois, Santiago, e as informações que você e Carmichael conseguirem em Oklahoma servirão para amarrá-los muito bem.

— Acenda uma vela pra mim, tenente.

— Por quê?

— Perdi uma aposta para a Carmichael e ela vai dirigir. Você faz ideia do quanto dá pra pisar no acelerador por aqui? Carmichael no volante é de dar medo.

— Pelo menos vocês vão chegar lá bem depressa. Assim que tiverem novidades, quero ser informada imediatamente, Santiago. A rachadura no muro não para de aumentar.

— Vamos dar umas boas marteladas por aqui. Polícia de Nova York, filial Oeste desligando, tenente.

— Peabody, mande para eles todos os dados necessários. Qualquer um que tenha algo pra tratar comigo que não possa esperar, diga em voz alta neste exato momento — anunciou, olhando para a sala toda. — Caso contrário, preciso de dez minutos.

Ela esperou cinco segundos, virou-se, foi para sua sala e fechou a porta. Depois de jogar o casaco de lado, sentou-se à mesa e fez um relatório atualizado.

Também atualizou seu quadro com todos os dados novos.

Sentou-se novamente, colocou os pés na mesa e se permitiu refletir.

Um cara comum entra num bar, pensou, só que nada de engraçado aconteceu a partir daí. Algo criou uma fagulha inesperada de conexão entre esses dois... duas pessoas sem rumo e de baixa renda, como Peabody descreveu. Se não tivesse havido esse encontro, essa faísca, talvez eles tivessem continuado a ser pessoas comuns de baixa renda e sem rumo. Mas foi essa faísca que acendeu algo cruel dentro deles.

Eles gostam de crueldade, concluiu Eve. Isso é parte do que os mantêm unidos.

Eve estudou o quadro onde agora havia colocado Darryl e Ella-Loo bem no centro.

Ela é a inteligente da dupla, decidiu Eve. Ele é o romântico. Foi preso por tentar roubar um anel de noivado tradicional.

— Aposto que você achou isso idiota, mas muito comovente. Não foi, Ella-Loo? E ele fez isso por iniciativa própria, uma surpresa pra você. Então você conseguiu outro trabalho capenga e esperou por ele. Três anos e meio, isso significa amor para algumas pessoas. Significa devoção. Você deve ter engravidado em uma visita íntima. Aposto que você também premeditou essa decisão, pois isso serve para criar um elo ainda maior. Outro laço que os une ainda mais.

Ela se levantou e andou de um lado para o outro.

Mas como diabos eles conseguiam viajar, sequestrar, torturar e matar pessoas com um bebê para cuidar e carregar por toda parte? Abandonar a criança? Não dava para simplesmente jogá-la na porta de uma casa. Por que ter uma filha se você vai jogá-la nas mãos do destino ou de estranhos?

Eve ficou com essas ideias na cabeça e se perguntou se Ella-Loo tinha frequentado a mesma escola de maternidade que Stella, mãe de Eve. Você decidiu ter um filho porque isso pode ser útil ou lucrativo, e mantém seu homem preso a você.

Então ela deixou as ideias de lado, pois não conseguia ver como isso se aplicava, por enquanto, àquela investigação.

Esperou pelo seu homem. Depois, rumaram para leste quando ele foi solto da cadeia. Continuaram na mesma caminhonete que ele tinha roubado de Hanks. Uma caminhonete que já estava muito mais baleada, àquela altura, porque Darryl não conseguiu fazer uma manutenção apropriada durante esses três anos e meio.

Fez o que pôde quando saiu da cadeia, mas o veículo desistiu de viver naquela estrada tranquila, quase na divisa do Arkansas.

E foi aí que tudo realmente começou, decidiu Eve. Foi quando a faísca disparou como um foguete.

— Eu conheço vocês, agora — murmurou para si mesma. — Nós vamos conseguir mais detalhes de tudo, mas eu já conheço vocês. E vou encontrar os dois.

Isso precisa acontecer logo, pensou ela. Tudo teria de acontecer depressa, senão seria tarde demais para salvar Jayla Campbell.

Capítulo Dezessete

Jayla tinha perdido a noção do tempo mais uma vez. A dor, que era além da imaginação, a acordou, mas a ferocidade dela irradiando para todos os lados a lembrou de que ainda estava viva.

Jayla Campbell, pensou, lutando contra a névoa de dor. Eu sou Jayla Campbell e estou viva.

Ela virou a cabeça muito lentamente, pois até isso trazia agonia intensa. Eles não o tinham machucado mais, seu nome era Mulligan... Reed Mulligan. Quando o encontraram inconsciente no chão, eles o arrastaram de volta para a mesa improvisada. Trataram o punho quebrado dele com um pouco de gelo e até lhe deram algum tipo de remédio.

Ele precisava estar forte o suficiente, ela os ouviu dizer, para estuprá-la outra vez.

Eles discutiram isso e riram sobre alguns dos detalhes. Iriam diminuir a dor por enquanto, e talvez aumentar a dose de Erótica para que durasse mais tempo.

Eles tinham lhe dado algo que a deixou enjoada e fraca, mas Jayla os ouviu discutindo a respeito dela como se ela fosse um animal.

Ela fedia, na opinião de Ella-Loo, e precisava ser limpa se eles quisessem mantê-la por mais um ou dois dias.

Ela tentou lutar quando Darryl a ergueu. A dor se espalhou em ondas quentes, invadiu-a logo abaixo da pele, mas ela tentou lutar. Tentou não chorar quando os ouviu rindo dela.

Eles não eram humanos. As drogas, a desidratação e o choque a faziam vê-los como monstros, demônios com olhos vermelhos e línguas agitadas. A mordaça sufocou seus gritos quando a jogaram em uma banheira de água tão quente que a escaldou.

Alguém empurrou sua cabeça para baixo, então alguém a puxou novamente pelos cabelos. De novo e mais uma vez enquanto ela engolia água, se engasgava e por fim rezava para que aquilo acabasse.

Acordou na mesa novamente, nua, tremendo de frio e se afogando em dores.

E ouviu o silêncio.

— Acho que eles estão dormindo.

Dessa vez, quando virou a cabeça, ela viu os olhos de Mulligan bem abertos e fixos nela.

— Eles tentaram te acordar, mas você estava tão apagada que resolveram sair por algum tempo. Não sei há quanto tempo isso aconteceu. Eles me deram algo para eu ficar acordado, mas eu continuei desmaiando. Então os ouvi rindo e fazendo sexo. Depois tudo ficou em silêncio. Acho que eles estão dormindo.

Ela tentou lamber os lábios secos, mas era como areia contra areia.

— Você não sabe quanto tempo tem isso?

— Não faço ideia, eles me deram alguma coisa. Eu simplesmente não sei. Desculpe. Sinto muito por não ter conseguido pegar aquela faca. Tentei mais uma vez me soltar para pegá-la, mas não consegui.

Ela quase tinha esquecido. Era como se aquele momento de esperança tivesse ocorrido havia semanas.

— Como está sua mão?

— Já não dói tanto. Se eu conseguir me soltar de novo, talvez consiga pegar alguma coisa.

— Eles não vão te machucar, pelo menos não tanto. Eles querem que você seja forte o suficiente para me estuprar de novo.

Ele fechou os olhos.

— Deus. Ah, Deus. Eu não quero...

— Não importa. Eu já disse que não importa. Mas eu ouvi um pouco mais da conversa entre os dois. Eles me limparam porque querem me manter viva por mais alguns dias, para que você possa me estuprar. Eles se excitam vendo isso. Eu quero continuar viva, então você precisa fazer comigo tudo o que eles mandarem. Vou gritar e tentar lutar. Vou fazê-los pensar que isso importa. Mas você vai saber que não é verdade. Enquanto estiverem com tesão, eles vão nos deixar viver.

Uma luz surgiu nos olhos dele, feroz e sombria contra a palidez e os hematomas.

— Eu quero matá-los.

— Talvez você consiga. — Havia um lampejo de esperança naquele desejo feio. — Faça-os pensar que você está fraco e assustado.

— Por Deus, mas eu estou fraco e assustado.

— Não tanto quanto eles pensam. E, da próxima vez, você vai conseguir pegar a faca.

— Da próxima vez — repetiu ele. — Você tem alguém? Quer dizer, você está com alguém?

— No momento, não. — Ela pensou em Mattio. Agora ele parecia fazer parte de outra vida. Então ela pensou em Luke e foi um conforto. Ao menos um pequeno conforto. — Mas tem um cara em quem eu deveria ter prestado mais atenção. Bem que eu gostaria de ter prestado. Quero ter uma chance de prestar mais atenção. Ele é meu vizinho. E você, tem alguém?

— No momento, também não — disse ele, e tentou sorrir. — Mas há uma garota. Sou louco por ela, mas ainda não tive coragem de lhe contar isso. Quero uma chance de tentar.

As lágrimas queimaram nos olhos dela. A esperança doeu, mas ela tentou animá-lo.

— Nós vamos marcar um encontro duplo quando sairmos daqui, certo?

— Sim. Combinado. Lá fora eles estão procurando por nós... Nossos amigos, nossas famílias. Os policiais. Eles têm que estar.

— Sim, eles estão procurando por nós. Vamos fazer tudo o que for preciso para permanecer vivos até que nos encontrem. Encontro duplo — repetiu ela, e fechou os olhos.

Quando seu tempo acabou, Eve voltou para a sala de ocorrências.

— Estou disponível.

— Dois minutos, tenente. — Jenkinson se afastou da mesa e foi até ela. A gravata daquele dia ostentava coelhos brancos de orelhas compridas com cenouras cor de laranja sobre um fundo roxo.

— Onde você consegue essas gravatas? — quis saber Eve.

— Você ficaria surpresa se descobrisse como é fácil encontrá-las. Fechamos um caso esta manhã. — Ele repassou rapidamente a história para Eve. — Um informante que foi espancado porque não confiavam muito nele em um salão de bilhar decadente em Chinatown. O informante diz que o cara que queremos frequenta aquele estabelecimento, mas se formos perguntar sobre ele, todos vão se entocar ou protegê-lo. E estamos com a impressão de que o informante talvez jogue dos dois lados. Pensamos em entrar lá usando roupas comuns, para jogar um pouco de sinuca e ver o que rola.

— Façam isso, mas não use essa gravata. Você sabe onde encontrar o tal informante?

— Ah, sim, ele é fácil de encontrar.

— Mande dois policiais até lá para prendê-lo durante algumas horas, por qualquer motivo banal. Mantenham-no detido enquanto vocês jogam sinuca.

— Beleza, vamos nessa. Santiago e Carmichael ainda estão pescando em Oklahoma?

— Já pegaram uns bons peixes. Devem voltar em algumas horas.

— A ajuda deles seria bem-vinda. Temos dois casos novos que acabaram de surgir.

Ela olhou para o quadro do crime mais importante do momento e passou a mão pelo cabelo. Eram muitos. Sempre havia muitos casos novos.

— Posso trazer Baxter de volta.

— Ah, droga, Dallas, aquele homem parece um pai de primeira viagem. Está morrendo de preocupação com a prova do garoto. É melhor ele ficar onde está. Nós conseguimos dar conta. Acho que o garoto está pronto para ser detetive. O que você acha?

— Acho que descobriremos em breve. Vão jogar sinuca. Peabody, vou voltar para os mapas. Jenkinson e Reineke estão investigando uma briga num salão de bilhar. Dê uma olhada nos casos que chegaram e estão em aberto. Veja o que você consegue reunir e passe para Baxter quando ele e Banner voltarem.

— Você quer que eu interrompa nossa investigação?

— Faça malabarismos, Peabody, e jogue essas novas bolas no ar. O boletim geral sobre as peças da caminhonete já foi emitido. Temos detetives investigando antecedentes e linhas de tempo no oeste. Baxter e nosso policial convidado estão gastando a sola dos sapatos por aqui, pesquisando em um monte de lojas. Temos os nomes e os rostos, mas vou tentar reduzir a área da localização. A menos que você comece a bater de porta em porta naquele setor, e pode ser que cheguemos a esse ponto, não há mais nada que possamos fazer por Campbell e Mulligan até a próxima rachadura no muro aumentar.

Ela apontou para a faixa estendida sobre a porta da sala de descanso.

Não importa a sua etnia, o seu credo, a sua orientação sexual ou o seu posicionamento político, nós o protegemos e servimos, porque você pode morrer.

— Isso vale para todos, o tempo inteiro. Faça o que puder, passe para Baxter e talvez ele prenda algum bandido antes do fim do dia.

Ela voltou para sua sala e esfregou as mãos no rosto. Então colocou o mapa no telão.

E começou a fazer cálculos.

Meia hora depois, já tinha refinado e diminuído a área de interesse, e considerou focar as buscas ali. Mas, se ela estivesse errada, mesmo que fosse por um quarteirão, seu erro poderia custar vidas.

Em vez disso, reforçou a busca em garagens de estacionamento. Talvez eles mantivessem a van fora das ruas, pelo menos quando não estivessem caçando. Colocar policiais para vasculhar garagens públicas e estacionamentos subterrâneos poderia levá-los ao veículo.

E isso era mais um passo na direção de Ella-Loo e Darryl.

Ela atendeu ao *tele-link* e viu que a chamada era de Santiago.

— Me dê algo bom.

— Que tal uma menininha saltitante?

— Ela largou a criança na casa da mãe.

— Exatamente. A mãe não a via, nem ouvia falar da filha havia quase um ano. De repente ela apareceu com a bebê a tiracolo, em junho do ano passado. Inventou uma história sobre se apaixonar por um cara, achando que eles iam se casar, mas ele foi embora quando ela engravidou, deixou-a sem nada além da barriga e dois olhos roxos. Pense num drama.

— Sim, ela é a inteligente da dupla — refletiu Eve.

— A jovem mãe alegou que de repente percebeu o quanto precisava de uma família, o quanto a pequena Darra merecia um bom começo de vida. Talvez ela voltasse a estudar para conseguir um bom emprego, se a mãe e o padrasto a deixassem ficar ali um tempo, com a filhinha.

— Ela sabe direitinho como manipular.

— E fez isso como uma profissional. Menos de duas semanas depois, ela se mandou, levando objetos de valor e dinheiro, deixando a bebê pra trás. Nenhuma palavra da mãe da criança desde então, e eles não a estão acobertando, Dallas. Os dois estão com medo de que possamos tirar a bebê deles. Já conversaram com um advogado na semana passada, tentando ver se poderiam adotar legalmente a criança, para que a filha não possa voltar e tirá-la deles. Os pais dela são pessoas legais, fazem o melhor que conseguem. E para sua informação... Era Ella-Loo que dirigia a caminhonete.

— Ela tinha alguma amiga aí? Alguém a quem poderia ter contado a verdade?

— Carmichael está recolhendo essas informações. A mãe acha que não exista alguém que Ella-Loo não tenha irritado antes de ir embora de casa, da primeira vez, mas faremos alguns contatos antes de seguirmos para a próxima parada.

— Quem está dirigindo?

Ele fechou a cara.

— Só me deixe avisá-la, Dallas. Não faça apostas com Carmichael. Você pode até provocar um acidente.

— Vou manter isso em mente. Só por segurança, converse com os moradores locais. Procure descobrir como obter acesso aos *tele-links* dos pais, caso a filha os tenha contatado.

— Eles já ofereceram, mas antes vamos dar uma passada na polícia local, para ver o que conseguimos descobrir.

— Bom trabalho. Mantenham todas as bolas no ar. Liguem pra mim na próxima parada.

Ela mal havia desligado quando recebeu uma mensagem de Baxter.

— Abrimos duas frentes, chefia, bang-bang. Nada, nada, nada, então dois de uma vez só. Casa de penhores e pizzaria, ambas na rua Hudson. A casa de penhores fica entre a West Houston e a King, enquanto a pizzaria fica entre Charlton e Vandam.

A atenção de Eve se voltou diretamente para o mapa.

— Beleza, na mosca!

— Depois de alguma persuasão amigável, os funcionários da casa de penhores identificaram Darryl. Ele esteve lá duas vezes na semana passada. O pessoal da pizzaria reconheceu ambos. Pediram pizzas pra viagem, em duas visitas. Vamos experimentar um restaurante chinês que tem por aqui, e há uma loja de lembrancinhas a um quarteirão de distância.

— Façam isso. Vou enviar uns policiais para fazer novas batidas de porta em porta nas residências da região e em outras lojas. Se eles passaram algum tempo andando por essa área, podemos reduzir o campo de buscas. Bom trabalho, Baxter. O que eles penhoraram?

— Um *smartwatch* modelo esportivo, e um segundo relógio, mais tradicional. De boa qualidade, ambos masculinos. Um tablet totalmente formatado, um teclado musical, um telão de entretenimento, um vaso antigo, uma medalha de prata de São Cristóvão. Nada disso apareceu nas listas de objetos roubados.

— Traga o tablet. A DDE vai descobrir se ele foi formatado de verdade. Me mande fotos e descrições de tudo. Vou compará-las com os pertences das vítimas. Darryl foi à casa de penhores e à pizzaria nos mesmos dias?

— Na primeira vez sim, mas com cerca de seis horas de diferença, pelo que fomos informados. Depois ele foi em dias diferentes.

— Certo. Mantenha-me por dentro de tudo.

— Pode apostar que sim. Ahn... olha só, eu ainda não fiquei sabendo de nada sobre a prova do Trueheart. Você sabe se...

— É muito cedo. Concentre-se!

Ela desligou e voltou ao mapa.

Recalculou tudo usando as duas informações recém-descobertas. Vocês preferem comprar comida pra viagem, pensou, e vão sempre em restaurantes perto de casa. Se estivessem dirigindo pela cidade esse detalhe não importaria tanto, mas...

De acordo com as novas informações, o intervalo de tempo entre as duas primeiras saídas foi longo. Seis horas? Não... provavelmente ele dirigiu até a casa de penhores, mas depois os dois voltaram para a mesma área a fim de pegar comida. Então repetiram o trajeto mais duas vezes.

Porque era fácil e rápido.

Ela cortou seis quarteirões ao norte e três quarteirões a leste do seu mapa. Deixou essa ideia em aberto enquanto pegava os dados que Baxter tinha enviado, e comparou tudo com qualquer objeto das vítimas que tivesse sido relatado como desaparecido.

Um tablet, ela notou, vários *smartwatches*, mas nada que correspondesse aos relógios penhorados.

— Vocês podem ter roubado alguém em Nova York só pra pegar essas coisas.

Ela se colocou de pé e andou de um lado para o outro. Nada daquilo tinha sido relatado como roubado... e isso a levou à hipótese de que a pessoa que foi roubada estava morta.

Mas o corpo não tinha sido descoberto. E não foi descoberto porque, quando os policiais encontravam um cadáver nas ruas, verificavam o local de residência do morto. E era lá que Darryl e Ella-Loo estavam morando. Sim, com certeza era isso que havia acontecido.

Ela se virou para o mapa.

— Estou chegando mais perto, seus filhos da puta. Estou cada vez mais perto de apanhar vocês.

Ela foi até a porta e gritou:

— Peabody! — Em seguida olhou mais uma vez para o mapa, como se fosse capaz de identificar onde eles estavam apenas com a força da própria mente.

— Sim, senhora!

— Estamos reduzindo a área de buscas. Baxter e Banner conseguiram novas informações. Vou mandar algumas patrulhinhas para vasculhar a área-alvo em busca da van. A bebê está com a mãe de Ella-Loo.

— Graças a Deus! Eu estava apavorada com a possibilidade de ela, sei lá, ter atirado a bebê pela janela da van, ou algo assim.

— Não. Ela teve uma filha por algum motivo específico — disse Eve. — Jogou o velho papo do "quero me reabilitar pelo bem da minha bebezinha" para que a mãe a acolhesse. Esperou alguns dias, roubou tudo o que podia usar ou vender, e então se mandou mais uma vez, abandonando a bebê. Pode ser que o padrasto e a mãe já tenham dito tudo o que sabem, mas Carmichael e Santiago vão insistir mais um pouco antes de seguirem para o bar e depois pegar mais informações na prisão. Vou sair daqui a pouco, completou Eve.

— Tenho alguns ângulos para Baxter trabalhar nos casos novos.

— Trabalhe neles você mesma — disse Eve. — Pegue um para si, você será a investigadora principal.

— Mas...

Eve interrompeu o protesto com um olhar.

— Estamos com falta de gente aqui, Peabody. Preciso que você pegue um caso e trabalhe nele. Me envie atualizações e anotações e eu prometo repassar o material com você. Se mais alguma coisa surgir, eu te ligo, mas agora temos etapas e estágios, cálculos e informações a caminho. Vou ligar para o agente do FBI responsável pelo caso.

— Você tem mesmo que fazer isso?

— Tenho, sim. Se eu não estiver aqui quando Banner voltar, você o leva pra minha casa. Podemos trabalhar lá hoje à noite, se ainda não tivermos fechado este caso.

— Ok. — Peabody soltou um suspiro. — Vou pegar um dos casos em aberto e passar algum outro para Baxter, quando ele chegar. Como eu sei por qual começar?

— Você não tem como saber, simplesmente escolhe um e faz o que sabe fazer. Essa não é sua primeira experiência como investigadora principal.

— Sim, mas você está sempre perto de mim.

— Eu ainda estou perto de você. Me mantenha informada, mas faça o que você sabe fazer. Você ganhou o distintivo de detetive por um motivo.

O *tele-link* de Eve tocou e ela olhou para o aparelho.

— É Mira. Vou atender. Vá fazer malabarismos com o que temos.

— Mas eu posso ligar pra você, certo?

— Só quando precisar. Agora, vaza! — Ela atendeu ao *tele-link*. — Dallas falando.

— Estou chegando na Central. Queria que soubesse que concluímos que as duas vítimas que analisamos foram torturadas e assassinadas, e concordamos que elas são duas das vítimas dos assassinos sequenciais.

— Ella-Loo Parsens e Darryl Roy James.

— Você conseguiu pegá-los?

— Ainda não, mas já temos nomes, rostos... e temos mais informações. Posso ir até a senhora?

— Não, eu vou até sua sala. Chego em cinco minutos.

Ela foi pontual. Em cinco minutos, Eve ouviu os saltos finos das botas da doutora batendo em direção à sua sala. Quando Mira entrou, Eve estendeu uma caneca do chá floral de que Mira gostava.

— Ah, obrigada! Eu preciso mesmo disso.

— Não se sente nessa cadeira! A senhora sabe como ela está.

— Considerando que passei a maior parte do dia em pé, vou usar a sua. Obrigada. — Ela se sentou e tomou um longo e lento gole do chá. — Embora eles não tenham sido exatamente "descuidados", as conclusões tiradas anteriormente sobre ambas as vítimas estão incorretas. Os ferimentos foram mal interpretados. Considerando a experiência e os equipamentos mais limitados de cidades pequenas, não é difícil entender como essas conclusões foram tiradas.

— Em ambos os casos, havia pessoas, Banner e a esposa da segunda vítima, pressionando para que as investigações continuassem. Essas pessoas foram dispensadas pelas autoridades locais e federais.

— Você tem razão. No entanto, avaliadas de um certo ângulo, as vítimas pareciam ter tido mortes acidentais. De qualquer forma, elas foram assassinadas. DeWinter está preparando os relatórios sobre ambos os casos, em detalhes minuciosos.

— Aposto que sim.

— Ela também solicitou a exumação dos restos mortais de Noah Paston e a transferência deles para cá.

— Vou ficar devendo mais um drinque pra ela.

Mira sorriu.

— Você está ocupada e distraída com o que está acontecendo agora, então isso não importa no momento.

Eve balançou a cabeça.

— Importa, sim. As vítimas sempre importam, e sou grata pela senhora ter dedicado um pouco do seu tempo para nos ajudar. Informarei o agente Zweck sobre suas conclusões e direi a ele que mais um relatório de DeWinter será enviado em breve.

Ela se virou para o quadro e apontou para Darryl e Ella-Loo.

— Essas pessoas pagarão pelas duas vítimas às quais a senhora dedicou seu tempo e sua habilidade. E por Noah Paston também. Eles pagarão por todas elas... Eles têm um bebê.

— Desculpe... o quê? — Atordoada, Mira baixou a xícara. — Os assassinos têm um filho?

— Uma bebezinha. Ella-Loo a teve enquanto Darryl cumpria pena por ter sido pego tentando roubar um anel de noivado para ela. Amor verdadeiro.

— Isso muda as coisas. — Trocando de posição na cadeira, Mira estudou o quadro. — Ter um filho e carregar esse bebê numa sequência de assassinatos pelo país...

— Não foi assim. Ela largou a bebê na casa da mãe, antes de começarem a matar pessoas. Pela cronologia dos fatos, ela engravidou numa visita íntima enquanto ele estava preso, e teve a filha antes que ele saísse da prisão. Então foi para a casa da mãe com a bebê, mentiu sobre as circunstâncias em que engravidou e fez o jogo do "vou virar uma nova página na minha vida". Em seguida, roubou tudo o que queria da casa da mãe e deixou a filhinha pra trás. A mãe não teve mais notícias dela, desde então. Isso aconteceu em junho. Darryl saiu da prisão cerca de seis semanas depois.

— Ele sabe que tiveram uma filha?

— Ela o declarou como pai na certidão de nascimento. Aliás, foi assim que descobrimos tudo. Ela batizou a menina de Darra, imagino que isso tenha a ver com o nome do pai... Darryl.

— Sim, entendo. — Lentamente enquanto processava os fatos, Mira fez que sim com a cabeça. — Ela teve uma filha, a prova física do amor deles. Só que não a queria com eles, não sentia o que uma mãe sentiria, e não queria a criança por perto. Esta aventura é uma espécie de lua de mel para eles.

— Sim, também pensei nisso. Eu a conheço bem, agora. Ter a filha serviu a um único propósito. Isso os une ainda mais. Era...

É... um meio, nada mais. Se ela achasse que a bebê seria útil, voltaria para buscá-la, mas ela não pensa nem um pouco na filha.

Sem dizer nada, Mira concordou com a cabeça e tomou mais um gole do chá.

Eve entendeu o silêncio e disse:

— Stella me colocou no mundo porque eu serviria a um propósito no futuro, doutora. — Eve disse isso de forma categórica e sem emoção, pois nada daquilo importava mais. — Ela foi obrigada a me tolerar por perto porque eu não tinha idade suficiente para servir ao propósito que ela e Troy tinham em mente. Stella teve algo com Richard Troy, depois com McQueen, o mesmo "algo" que Ella-Loo tem com Darryl. A diferença era que tanto Troy quanto McQueen eram os dominantes na relação. Acho que, no caso atual, quem comanda todo o show é Ella-Loo. Só que ela não pode deixar isso óbvio, precisa deixar que Darryl pense que ele é o homem grande e forte, mas é ela quem dá as ordens.

— Há variáveis que podem influenciar a dinâmica de quem é dominante ou submisso entre eles.

Eve balançou a cabeça.

— Eu a conheço. Ela teve a bebê, mas logo abandonou a filha. Aposto que ela visitou Darryl na prisão com a precisão de um relógio. E esperou por ele durante três anos e meio. Isso não é pouca coisa.

— Eles enxergam isso como amor. Para eles, é amor verdadeiro. Um amor que só acontece uma vez na vida.

— Sim, e ela fará qualquer coisa para mantê-lo junto dela. Ele é o romântico da relação, então quando nos aproximarmos dos dois, pode ser que se sacrifique por ela. Ele a chama de Julieta. Gosta de Shakespeare.

— E não entende que a história de Romeu e Julieta foi uma tragédia, não um romance. Mas ele pode, sim, morrer tentando protegê-la. Com essa nova informação, porém, acho improvável que eles escolham o suicídio. Ou que ela escolha. Não é glória que eles buscam, nem mesmo a emoção da morte. É amor, um vínculo sexual intensificado pelo sadismo. Para amar, eles precisam viver.

— Levando em consideração o que sabemos e o que estamos descobrindo, a senhora acha que Jayla Campbell ainda está viva?

Nesse momento, o olhar de Mira se virou para a foto de Jayla no quadro do crime.

— Acho que a probabilidade disso é maior agora do que eu teria estimado hoje pela manhã. Por quanto tempo isso continuará a ser verdade, não dá pra saber. Em qualquer um dos outros assassinatos em áreas urbanas, os corpos foram desovados de forma descuidada, sem nenhuma tentativa de escondê-los. Não vejo por que eles mudariam esse padrão agora, aqui em Nova York. Então, até que o corpo dela seja encontrado, ela está viva.

— Imagino que ela tem mais vinte e quatro horas, trinta e seis de vida, no máximo. Depois disso eles se sentirão entediados e vão querer alguém novo.

— Concordo.

Eve andou até sua janela estreita e voltou.

— Se eu divulgar o nome e o rosto deles para a mídia, as chances são de que alguém os reconheça. Mas se eles virem a própria cara no noticiário, vão matar as vítimas e fugir. Não é nem um pouco pela glória — refletiu Eve.

— Mais uma vez, concordo. É uma decisão difícil.

E uma decisão com a qual Eve estava lutando.

— Não vou divulgar nada, a menos que me seja ordenado. Eu me segurei para não trazer os federais para este caso porque eles poderiam seguir esse caminho. A senhora ficaria do meu lado, se for necessário? Será uma decisão difícil para a senhora também.

— Eu acredito que eles fariam de tudo para diminuir os danos e se livrar das vítimas e tentariam, sim, sair de Nova York. Então, não é uma decisão tão difícil.

— Estamos reduzindo a área de buscas, se isso ajudar. Banner e Baxter já conseguiram dois acertos a menos de um quarteirão de distância um do outro. Vamos encontrar a localização.

— Vou colocar no meu relatório. — Mira terminou seu chá e levantou-se. — Conheço algumas pessoas no FBI. Vou falar com as que têm influência.

— Se isso não funcionar, nada mais vai. Pelo menos deverá impedir o FBI de liberar as fotos e os nomes durante vinte e quatro horas. E esse é todo o tempo que Campbell tem de vida. Eles provavelmente acabariam com Mulligan ao mesmo tempo, ou logo depois. Então, se eu conseguir mais vinte e quatro ou trinta e seis horas, isso terá que ser o suficiente.

— Vou insistir nas trinta e seis horas.

— Obrigada. A senhora parece cansada.

— Ah, e estou mesmo. Tenho algumas coisas para resolver aqui, mas depois vou pra casa e pedirei para Dennis massagear meus pés.

— Sério?

— Ele faz uma reflexologia incrível. Você também parece cansada.

— Não sei se Roarke faz reflexologia.

— Imagino que ele tenha outros dotes. De qualquer forma, meu conselho é você tirar uma hora para relaxar e clarear sua cabeça, depois de chegar em casa. Se te conheço bem, você vai trabalhar até de madrugada, então tire uma hora antes, para repousar. Você estará mais revigorada para seguir em frente.

— Talvez eu faça isso.

Mira se virou para a porta e fez uma pausa.

— Essa criança, Darra, está em boas mãos?

— Santiago me disse que a avó e o padrasto parecem ser boas pessoas e querem adotar a criança legalmente. Ela está num lugar melhor do que estaria com a mãe.

— Então, quando sua mente se voltar para a criança, algo que certamente acontecerá, pense nisso. Por mais egoísta e frio que tenha sido o ato, a mãe fez um grande favor à filha. Ela será amada e bem cuidada.

Melhor do que muitas crianças, pensou Eve, quando ficou sozinha. Com sorte, faria diferença.

Deixou aqueles pensamentos de lado, sentou-se e entrou em contato com o comandante, para fazer a bola federal rolar.

Capítulo Dezoito

Eve falou com o comandante e ficou feliz ao saber que ele iria entrar em contato e informar o agente especial Zweck a respeito do caso. Enquanto ela reunia o que precisava para trabalhar em casa, Baxter apareceu na porta dela.

— Tivemos mais um sucesso no restaurante chinês.

Ela jogou o casaco de lado novamente.

— Pode falar.

— Eles pediram comida pra viagem ontem à noite. Os dois estiveram lá, juntos e separados. Eles ligam para fazer os pedidos.

— Podemos rastrear esse pedido.

— Só há um problema. O restaurante apaga os pedidos atendidos a cada quatro ou seis horas. Banner levou o *tele-link* deles para a DDE tentar recuperar dados apagados, mas o aparelho é antigo, uma porcaria, e até eu sei que vai levar tempo para eles conseguirem chegar na chamada depois de um dia inteiro de arquivos de pedidos gravados uns por cima dos outros, na memória do aparelho.

A mesma coisa com as câmeras de segurança do lugar. Banner vai trazer todas as cópias para a DDE.

— Mande ele enviar cópias de tudo para o meu computador de casa também.

— Ele já fez isso. A busca em lojas de lembrancinhas não deu em nada até agora, mas encontramos uma pista numa loja de ferragens que fica na West Broadway. — O olhar dele deslizou em direção ao AutoChef dela, e Eve se resignou.

— Vá lá e se sirva. — Ela inclinou a cabeça em direção à máquina.

— Obrigado.

Ela olhou para Baxter enquanto ele programava o aparelho.

— Quer um chocolate para acompanhar?

Ele lançou para ela um olhar vazio. Um olhar vazio *de policial.*

— Você tem chocolate aqui?

Ela apontou o dedo para ele.

— Você sabe de alguma coisa! Agora você descobriu que eu sei que você sabe de alguma coisa.

— Você está bem, tenente? — Ele tomou um gole de café, como quem não quer nada. — Parece meio estressada.

— Vá enxugar gelo, Baxter. Fale da loja de ferragens.

— Fica na West Broadway, quase na rua Prince. Minha intuição bateu quando passamos por lá, sabe como é. Então entramos e nos demos bem. Darryl esteve duas vezes no local. O cara do balcão se lembra do sujeito, o sotaque o entregou. Darryl pagou tudo em dinheiro, e isso intrigou o vendedor ainda mais. Comprou fita adesiva larga, cordas, um rolo de plástico. Aparentemente é um sujeito amigável e bastante conversador. Comentou que ele e a esposa acabaram de se mudar para a cidade. Disse que ela adora Nova York.

— Ele estava a pé ou de van?

— O cara do balcão não soube dizer, mas imagina que estivesse de van porque comprou um rolo gigante de plástico. Disse que tinha outras coisas para fazer ali por perto. Então visitamos algumas delicatessens próximas e nada... mas acertamos em cheio ao entrar numa loja de conveniência, dessas que funcionam vinte e quatro horas. Pegamos todo o material do sistema de segurança que conseguimos, mas o material era de quatro dias atrás. Os funcionários receberam o nosso alerta de sempre. Não deixem transparecer que vocês os reconheceram, não os confrontem e liguem para a polícia.

— Anote para mim os endereços exatos onde você descobriu tudo isso.

— Nós também a pegamos em algumas lojas no SoHo.

— Sério?

— Demos uma boa olhada nos registros. Ela comprou umas calcinhas sensuais, roubou um vestido e um sutiã combinando. O balconista está muito puto porque não conseguiu agarrá-la antes de descobrir o roubo.

— Desleixados, os dois. Não conseguem evitar o vício de roubar. Mais cedo ou mais tarde serão pegos tentando roubar outras roupas íntimas chiques ou coisas brilhantes. Não podemos esperar pelo "mais tarde", então vamos fechar o cerco na área delimitada. Eles andam pelas ruas, dirigem, comem, fazem compras.

Ela voltou para o mapa.

— Temos vinte e quatro horas, Baxter. Calculo que não temos mais que isso antes que Campbell seja morta. Também temos só vinte e quatro horas antes que os federais divulguem o nome e o rosto deles. Isso acabará com a vida de Campbell e Mulligan com certeza, e fará esses dois filhos da puta fugirem.

— Posso levar Banner para novas buscas. O garoto também, ele está voltando do exame neste momento. Mas nós cobrimos todo o terreno, Dallas. O melhor que podemos fazer é continuar circulando e andando pela região, na esperança de avistá-los na rua.

Era algo que Eve havia considerado fazer, mas...

— Já tenho policiais fazendo essa ronda. E temos outros mortos que precisam de atenção. Peabody está trabalhando em um deles, e já tem outro preparado pra você. Trabalhe com Trueheart.

— Isso vai manter a mente dele longe dos resultados da prova. Ele acha que se saiu bem, mas disse que ficou nervoso em alguns momentos. Eles estão evitando comentários sobre o desempenho dele. Comunicaram que o resultado sai em cerca de quarenta e oito horas.

Ele lançou um olhar pidão para ela e completou:

— Talvez você consiga acelerar isso.

— Temos cadáveres, Baxter, e duas pessoas raptadas que eu gostaria que continuassem respirando. Vamos manter o foco aqui.

— Certo, sim, tudo bem. Trueheart está numa boa com o prazo de quarenta e oito horas. Eu é que estou ansiosa. Vou começar a trabalhar nisso agora mesmo.

Eve queria começar a se mexer... e parar de falar com todo mundo.

Pegou seu casaco outra vez e saiu antes que outra pessoa a interrompesse. Iria dar uma passada na área-alvo.

Aqueles dois vinham cometendo assassinatos pelo caminho, ao longo da região central do país até o leste, e conseguiram escapar impunes. Não porque eram gênios do crime, mas porque continuaram a se movimentar, porque levou tempo para os moradores de cada lugar chamarem os federais, porque levou ainda mais tempo para eles conectarem os assassinatos uns com os outros.

Mas agora eles estavam construindo um ninho, pensou, enquanto se enfiava na lata de sardinha de um dos elevadores da Central. Estavam construindo uma espécie de lar, conhecendo o bairro, a cidade.

Circulando por aí.

Por enquanto eles ainda se sentiam livres, leves e soltos.

Sem se esconder, sem correr, sem seguir em frente.

Por enquanto.

Ela deu algumas cotoveladas para sair do elevador no seu andar da garagem. Atendeu o *tele-link* no primeiro toque, quando já estava a caminho da viatura.

— Um grande olá pra você aqui do Rope 'N Ride — disse Carmichael. — Yuppi!

— Vocês têm que sair logo daí.

— Ah, que porra de lugar, Dallas! Alguém acabou de me chamar de "mocinha". Eu não sou pequena, não sou uma mocinha. Tive vontade de dar um soco na cara do homem, e olha que ele era muito fofo... Ella-Loo Parsens trabalhou como garçonete aqui, mas também oferecia serviços sexuais à parte, por uma pequena taxa. E sem ser licenciada! Mas este não é o tipo de lugar que dá muita importância a licenças. O barman gatinho contou a Santiago, pois jamais discutiria esses assuntos na frente de uma mocinha, que pagar boquetes era a especialidade dela.

— Porque isso a mantém no controle.

— Na minha experiência, pode apostar que sim. Ela era meio mal-humorada, sempre falava em ir de vez para o leste. Dizia que estava economizando e passando algum tempo ali até poder ir para Nova York, finalmente sacudir a poeira das pradarias colada nas suas botas e levar uma vida típica de cidade grande.

— Uma garota com um sonho. E Darryl?

— O barman foi vago em relação a ele, mas encontrei outra garçonete, que eu suspeito que também ofereça alguns favores sexuais, que se lembra de Darryl.

— Olá, coisinha linda!

Eve ouviu uma voz masculina bêbada e observou o olhar de Carmichael deslizar lentamente para o lado.

— Por que você e eu não damos uma volta na pista de dança?

— Que tal você ir na frente? Comece a rodopiar que eu te alcanço quando terminar aqui, pode ser?

— Tudo bem.

— Uma mulher poderia laçar e montar em meia dúzia de homens, caso quisesse, numa única visita a este estabelecimento. Estou só comentando... — acrescentou Carmichael.

— Quantos você já tem rodopiando na pista à sua espera?

— Perdi a conta. — Carmichael deu uma piscadela. — Mas suspeito de que Ella-Loo fazia mais favores sexuais do que servia cervejas. Sua colega de trabalho se lembra de que Ella-Loo seguiu uma linha reta na direção de Darryl Roy James no dia em que o viu pela primeira vez, como se ele fosse a resposta para seus pedidos. Na verdade, alertou sua colega de trabalho e chegou a ameaçá-la fisicamente por causa disso. Empurrou-a para um banheiro e ameaçou cortar seus peitos fora, segundo palavras da própria ameaçada, se ela chegasse perto de Darryl. Mais tarde, essa dita colega de trabalho saiu pelos fundos para fazer um pequeno intervalo, que devia incluir o consumo de alguma substância ilegal, e viu os dois trepando com a energia de dois bate-estacas contra o reciclador de lixo.

— Então eles partiram direto para o sexo.

— Nem passaram pela fase dos boquetes. Nenhum deles voltou para o bar. Ella-Loo tinha duas noites de pagamento a receber, mas eles acham que ela compensou a perda roubando uma caixa de cerveja do depósito. E o caixa ficou com algumas centenas a menos no movimento daquela noite, de acordo com o barman fofo. Vamos circular e descobrir quem era o antigo senhorio dela, mas o que dizem por aqui é que ela deixou quase tudo pra trás e ainda ficou devendo duas semanas de aluguel.

Eve saiu no trânsito enquanto ouvia.

— Sexo e roubo, mas eles não conseguiram continuar só nisso. Que diabos é esse barulho aí no fundo?

— Uma banda vai tocar no bar mais tarde, segundo nos disseram, mas no momento estão fazendo uma tarde de Karaokê Country, das duas às quatro. A diversão nunca acaba.

— Mas já são quatro e meia da tarde. Por que eles não param?

— São três e meia aqui, tenente.

— Como pode... ah, deixa pra lá. Verifiquem a antiga residência dela e depois visitem a prisão. Tivemos algumas pistas novas por aqui. Vou te enviar um relatório. Bom trabalho!

Eve circulou de carro pelas ruas, passou pela entrada da pizzaria e do restaurante chinês. Como estacionar em fila dupla por ali certamente iria chamar atenção, pagou por uma vaga num terreno vazio que servia de estacionamento. Percorreu o mesmo caminho a pé, encontrou a loja de ferragens, a loja de conveniências vinte e quatro horas, a boutique e a casa de penhores. Mostrou as fotos para outros donos de lojas e até para donos de carrocinhas de lanches nas calçadas.

Eles estão por aqui, pensou, examinando rostos, veículos e prédios. Ela só precisava que um deles saísse do ninho. Uma saída rápida para comer alguma coisa ou comprar uma caixa de cerveja.

Mas não viu nem sinal dos dois e voltou para a viatura.

Dirigiu até em casa pensando que Campbell e Mulligan poderiam estar presos em um dos prédios pelos quais tinha passado, e esse pensamento dominou a mente dela enquanto atravessava o trânsito miserável em meio ao granizo miúdo e gelado que começou a cair.

Ela queria seu lar e o silêncio, ansiava por isso como água após uma seca. Apenas uma hora de silêncio quando ninguém falasse com ela, nem lhe trouxesse novas informações, nem olhasse pra ela em busca de respostas.

Ela se arrastou até o quentinho do interior de casa.

— Chegando cedo *e* sozinha? — estranhou Summerset, lançando-lhe um olhar longo e ríspido com os olhos escuros.

Ela descobriu que não tinha energia para lhe responder à altura.

— Eles vão se amontoar aqui em casa mais tarde.

O gato se aproximou para roçar em sua perna, mas ela se virou para a escada e começou a subir sem tirar o casaco.

Summerset foi direto para o interfone da casa.

— Acredito que a tenente bateu numa parede. Ela está subindo.

— Vou cuidar dela — respondeu Roarke.

Sem dúvida, pensou Summerset, e notou que o gato a tinha seguido para o andar de cima.

Quando ela entrou no quarto, Roarke viu o que Summerset tinha visto: exaustão... se não física, mental. A sequência de acontecimentos desde a manhã daquele dia, toda a pressão, a correria, a pressa, o progresso na investigação... e ela ainda não tinha cruzado a linha de chegada.

E a vida de duas pessoas dependia disso.

Ele quase podia sentir o peso que ela carregava.

— Eu não sabia que você também já estava em casa. — Ela jogou uma pasta de arquivos no sofá da saleta de estar do quarto. — E cedo.

— Um pouco. — Ele tinha ajustado sua agenda para terminar um trabalho antes do jantar. — Quantos policiais estão aqui em casa no momento?

— Só eu. Os outros virão mais tarde. Daqui a uma ou duas horas, eu diria. Desculpe.

— Uma ou duas horas bastam. Eu estava pensando que um mergulho seria ótimo. Agora eu não preciso mais nadar sozinho.

— Mas escute, eu tenho mesmo que...

— Relaxar — completou ele. — Nós dois trabalharemos melhor e estaremos mais afiados depois desse intervalo.

— Acho que Campbell e Mulligan não vão conseguir tirar um intervalo. — Ela ouviu a raiva em sua voz e ergueu a mão para que ele não retrucasse. — Estou errada, eu sei. É que eu consegui sentir essa parede rachando o dia todo, minuto a minuto, mas no fim...

Tire uma hora para descansar, aconselhou Mira. Às vezes é preciso escutar.

— Eu bem que poderia dar umas braçadas. Seria bom passar uma hora com você, sem falar disso tudo.

— Eu gostaria disso também.

— Me dê um segundo.

Ela tirou o casaco, o coldre e, depois de pensar por um momento, sentou-se na cama para descalçar as botas. Por fim, levantou-se e pegou a mão dele.

— Vamos!

Quando entraram no elevador, ele virou o rosto dela para si e a beijou.

— Bem-vinda ao lar.

— O mesmo para você. — Então ela suspirou e apoiou a cabeça no ombro dele. Com ele, era possível demonstrar cansaço sem parecer fraca.

Pequenos milagres diários.

— Meu cérebro está cansado.

— Eu sei, e sua cabeça está começando a doer. Dá pra notar.

— É por isso que seus olhos são tão azuis? Têm visão de raios X?

— Quando se trata de você, sim.

— Eu não preciso de um analgésico, só de um pouco de silêncio. Falei com meio milhão de pessoas hoje... com quase todas pelo menos duas vezes. Você provavelmente fez o dobro disso.

— Ainda bem que essa hora de silêncio vai fazer bem a nós dois, então.

Eles saíram do elevador no andar da piscina, adentraram a plena felicidade tropical de plantas e árvores anãs e seguiram em direção às águas de um azul profundo.

— Nossa, parece uma delícia.

— O que você está fazendo? — quis saber ele, ao vê-la abrir um compartimento.

— Pegando um traje de banho.

— Pra quê?

— Olha, eu sei que eu falei em uma ou duas horas, e provavelmente vamos mesmo ter todo esse tempo livre, mas... e se os policiais chegarem aqui mais cedo? E se um deles pensar, assim como nós: "Ei, até que dar um mergulho seria legal." Não vou me arriscar a ser flagrada nua.

— Se você quer privacidade... — Ele pegou o maiô da mão dela e o jogou de lado. — Basta bloquear o elevador neste nível, algo que eu já fiz.

— Bloquear o elevador... — Com ar distraído, ela esfregou o trecho de pele que latejava com a dor de cabeça entre os olhos. — Por que nunca pensei nisso? Eles não podem entrar aqui?

— Talvez pudessem, se McNab decidisse contornar o bloqueio, o que seria um pouco desafiador, mesmo pra ele. Mas acredito que podemos confiar nele para respeitar nossa privacidade.

Com isso, ele tirou o suéter dela.

Eve considerou a ideia de McNab tentar invadir aquele espaço, e então concordou com a cabeça.

— Não, ele não faria isso. Tenho só uma pergunta — acrescentou, enquanto tirava a calça —, antes do silêncio total.

— Consigo lidar com uma pergunta.

— Como é possível ser uma hora mais cedo em Oklahoma do que aqui e, no entanto, o horário das Bahamas ser o mesmo de Nova York? Oklahoma fica nos Estados Unidos, certo? As Bahamas, não. Então por quê, como isso é possível?

Ele a adorava. Simplesmente adorava cada centímetro dela enquanto ela estava ali vestindo apenas uma regata justa e calcinha, irradiando uma espécie de confusão irritada.

— A ciência é cheia de mistérios.

— Para mim não passa de papo-furado. Quem, diabos, decide essas coisas? — exigiu saber, enquanto tirava a regata. — Quem fez os deuses do tempo, afinal?

— Isso é mais de uma pergunta.

— Mas elas têm relação uma com a outra — afirmou Eve, e tirou a calcinha.

Como ele gostou do ato de *striptease* descuidado dela, esperou até que ela terminasse e desse um mergulho, antes de tirar a própria roupa.

Ela deu quatro voltas de um lado a outro da piscina, então girou o corpo e se manteve flutuando, de costas.

— Às vezes, quando você não está aqui, eu faço isso — confessou ela. — Fico só boiando e pensando "como é possível eu estar nesta piscina incrível? Como é possível eu morar nesta casa enorme?". E, como se isso não fosse suficiente para fazer minha cabeça girar, ainda tenho você trabalhando lá em cima, ou prestes a chegar em casa, ou melhor ainda...

Ela estendeu a mão e sentiu os dedos dele se entrelaçarem com os dela.

— Aqui comigo. É um ótimo negócio pra mim.

— Pra mim também — respondeu Roarke. — Às vezes eu penso: "Olhe para ela, apenas olhe, toda minha. A única coisa que eu queria muito antes de saber que a queria."

Ela se virou e deslizou o corpo para se enroscar nele.

— Eu te amo muito.

Ele murmurou essas mesmas palavras de volta pra ela, só que em irlandês, e isso a fez sorrir.

— Você tem certeza de que eles não conseguem entrar aqui de jeito nenhum? — insistiu Eve.

— Estão bloqueados de entrar.

Ela inclinou a cabeça para trás.

— Então vamos parar de pensar no dia que enfrentamos. Vamos apagar o dia inteiro, antes de retomarmos tudo de novo.

Ela o beijou e se deixou mergulhar nele enquanto afundavam sob a superfície. Sem peso, à deriva, até que seus pés tocaram o fundo, eles tomaram impulso, se separaram e voltaram à tona juntos.

Inspiraram o ar que cheirava a jardins tropicais, onde o único som era o suave bater das águas. Água fresca, ar quente e os braços do seu amor ao redor dela.

Afundaram mais uma vez, com as bocas coladas, e desta vez as mãos dele deslizaram sobre todo o corpo dela, descobrindo seus segredos. De repente, ela tornou a emergir sem fôlego, o coração descompassado.

Eles se moveram de forma lânguida, girando na água... subiram e desceram enquanto a pulsação de ambos disparava, como se apostassem corrida com o prazer. Tudo lento e suave, então de repente rápido e forte. Os movimentos rápidos a deixaram fraca e querendo mais, fazendo-a estremecer de expectativa.

Ela se entregou a ele. Segurando seu rosto entre as mãos, foram para baixo d'água mais uma vez, afundando num amor que não tinha fundo. E ela sentiu o poder da própria rendição.

A água ficou mais quente, cada vez mais quente enquanto ele os guiava para o canto da lagoa. Agora, a correnteza se agitava levemente, formigando ao longo de sua pele.

Ele amava a aparência dela assim, perdida, completamente rendida a ele, o cabelo molhado jogado para trás. Apoiando-a contra a parede, ele se abaixou para explorar tudo abaixo da superfície daquela água espumosa.

O seio dela em sua boca, a batida de seu coração saltando contra seus lábios enquanto as mãos dela percorriam o corpo dele. Então Roarke foi mais fundo com a boca, levantando os quadris dela para encontrar seu centro, sentindo-a gozar enquanto a conduzia com a língua.

Molhada e quente, esguia e alta, tão agitada quanto a água que acariciava sua pele. Os quadris dela balançaram em convite quando ele a ergueu outra vez.

Ele deslizou os lábios pelo corpo dela, deslizou as mãos para baixo, bem fundo, levando os dedos até onde sua boca estivera. E a observou levantar voo mais uma vez, as mãos agarrando as bordas, os olhos cor de âmbar vidrados enquanto ela gritava.

Ela estremeceu e em seguida sentiu-se amolecer.

— Deus. Deus. Eu não consigo.

— Mais. Só mais um pouco. Vai. Solte tudo, tudo. Deixe-se ir. — A avidez que ele sentia por ela o desfez. Ele usou as mãos outra vez, usou a boca, devastando, arrebatando. Queria ouvi-la gritar.

Quando ela o fez, quando seu corpo se arqueou, tenso como um arame, ele mergulhou nela em repetidas estocadas, sem parar.

— Minha! — Louco por ela, de forma insana, ele a penetrou bem fundo e enterrou os dentes nos ombros e na garganta dela. — Minha. Minha!

Ela gritou mais uma vez, trêmula. Os braços dela o envolveram, as pernas também.

— Meu! — exclamou ela. — Meu!

E ele se despejou dentro dela. Entregou tudo, por completo.

Destruídos, eles flutuaram no mesmo lugar onde estavam, na água calma e borbulhante.

— Não estou mais com dor de cabeça, isso é certo. — Ela suspirou e acariciou o cabelo molhado dele. — Já nem me importo com as Bahamas agora.

— Então meu trabalho aqui está feito.

— É como reflexologia?

— Como assim… sexo? Reflexologia? — Ele soltou uma meia risada quando seus olhos se encontraram. — De onde vieram esses pensamentos?

— O sr. Mira faz massagens nos pés da dra. Mira. Reflexologia. Isso a ajuda a relaxar, e eu me perguntei... Não, esquece. Apague tudo o que eu disse porque isso me faz pensar sobre eles fazendo sexo, e eu realmente não quero essa imagem na cabeça.

— E por quê, depois de eu tê-la ajudado a relaxar tão profundamente, você resolveu colocar isso na minha cabeça?

— Foi sem querer. Desculpe. — Ela beijou a bochecha dele e se levantou. — Tenho que voltar lá pra cima.

— Me dê uma mãozinha. — Ele esticou o braço para ela. — Você me relaxou profundamente também.

Eles apertaram os antebraços um do outro, e, quando ele ficou em pé diante dela, ela se enroscou nele outra vez.

— Continua a cair aquele granizo miúdo lá fora.

— Tudo bem.

— E nós acabamos de fazer um sexo realmente incrível. É um ponto alto no meu dia. — Ela ergueu o corpo e saiu da piscina. — Você e Mira estavam certos. Espaireci a cabeça. Vou voltar ao trabalho revigorada, depois desse intervalo.

— Ela sugeriu que você fizesse sexo?

— Não foi tão específica. — Ela pegou uma toalha e jogou outra para ele. — Mas ela queria que eu tirasse uma hora para relaxar. Ella-Loo Parsens, esse é o nome da assassina, teve um filho com Darryl James, seu parceiro. Vou te contar tudo, mas ele estava cumprindo um curto período de cadeia na Penitenciária Estadual de Oklahoma, e ela teve um filho. Voltou para a casa da mãe, contou uma história triste, depois se mandou de lá com objetos de valor e deixou a filhinha para a mãe cuidar. Foi embora uma noite e nunca mais olhou pra trás.

Sem dizer nada, Roarke virou Eve para ele e a abraçou.

— Não é a mesma coisa — garantiu Eve. — A filha vai ficar bem. A filha está melhor.

— Mas isso traz de volta memórias, Eve. Cutuca velhas feridas.

— Algumas. Mas também me ajuda a conhecer Ella-Loo Parsens. Me ajuda a entender exatamente como ela pensa. É uma arma, do nosso lado. Mas além disso, entre um monte de outras coisas, eu precisava muito dessa pausa.

— Pode ser que eu estude reflexologia.

Ela riu e começou a se vestir.

— Eu fico com o sexo.

— Aposto que os Mira também.

— Droga, você tinha que dizer isso, não é?

— Sim, tinha. Agora estou com vontade de tomar uma taça de vinho, e também vamos comer alguma coisa, pois imagino que você não tenha comido nada decente, se é que comeu, desde o café da manhã. Seus policiais podem se virar sozinhos quando chegarem aqui.

Ele pegou a mão dela mais uma vez quando ela terminou de se vestir.

— Está caindo granizo miúdo, você disse?

— Sim.

— Acho que isso pede um ensopado bem reforçado.

— Aquela coisa com um monte de outras coisas dentro?

— Exatamente, eu tive a mesma ideia.

Ela sorriu pra ele quando entraram no elevador.

— E a coisa do frango com as outras coisas, aquelas bolinhas de massa, dumplings.

— Ah, sim. Vamos ver se conseguimos arranjar isso.

Eles fizeram uma parada no quarto antes. Ela queria colocar sapatos.

No escritório, Eve atualizou seu quadro dos crimes enquanto ele escolhia um vinho branco para acompanhar o frango e os bolinhos, acrescentando ainda uma salada de espinafre.

Eve estava mais pálida do que ele gostaria. Isso acontecia com frequência, quando ela ultrapassava os próprios limites.

Ela estava começando a contar a ele sobre o seu dia quando ouviu as pessoas chegarem.

O tempo de tranquilidade e silêncio tinha acabado.

Quando eles entraram em bando, ela reparou que os três pareciam tão exaustos quanto ela, e isso a fez se lembrar de que eles estavam sem descanso há quase tanto tempo quanto ela, pelo menos naquele dia.

— Estamos preparando o jantar. Aproveitem para descansar por meia hora. Vão nadar.

Peabody parou e hesitou.

— Sério?

— E voltem revigorados.

— Nadar? Quer dizer que há uma piscina de verdade dentro desta casa?

— Não apenas uma piscina — disse Peabody a Banner. — Uma piscina incrível, com uma lagoa de bolhas.

— Estou me sentindo pior do que o cocô do cavalo do bandido. Gostaria de dar um mergulho, mas não trouxe roupa para isso.

— Há muitas roupas de banho lá embaixo. Não temos cavalo de bandido por aqui — considerou McNab —, mas podemos te ajudar a relaxar. Vamos cair dentro!

— Podem ir que eu já alcanço vocês daqui a alguns segundos — pediu Banner. — Tenente, queria que a senhora soubesse que entrei em contato com meu chefe e contei a ele que Mini Mel foi assassinado, como imaginei o tempo todo. Enviei o relatório sobre ele e sobre Jacob Fastbinder. Ele vai conversar com a mãe de Mini Mel sobre o assunto. Ele me disse que... que estava orgulhoso de mim.

O cansaço pareceu se apoderar dele por completo, e Banner precisou parar de falar para pigarrear e limpar a garganta.

— Ele é um bom homem e um bom chefe, mas esse elogio não é o tipo de coisa que alguém o ouve dizer todos os dias. Ele disse que está esperando pela minha volta, mas que posso continuar a trabalhar com a senhora enquanto eu for útil por aqui.

— Eu te aviso quando você deixar de ser útil.

Seus lábios se curvaram num leve sorriso.

— Tudo bem, então. Vou dar aquele mergulho.

— Voltem em trinta minutos! — gritou Eve, quando os três entraram no elevador. — Meia hora é o suficiente — disse a Roarke quando as portas se fecharam. — Como eu acho que não deve rolar nenhum *ménage à trois* lá embaixo, nada de sexo na piscina.

Ele meneou a cabeça.

— Você vai comer e me atualizar sobre o caso, para não desperdiçarmos esses trinta minutos.

Quando ela se sentou com ele e provou a primeira colherada do ensopado, a comida desceu pela garganta dela como ambrosia. Ela não sabia o que diabos era ambrosia, mas apostava que o frango com bolinhos era ainda melhor.

— Ella-Loo Parsens e Darryl Roy James.

Roarke acenou com a cabeça em direção ao quadro atualizado.

— Esses nomes eu já sei.

Ela sorriu de leve.

— Um cara entra num bar... — começou.

Ela estava quase terminando de comer e atualizar Roarke, quando o trio voltou, tagarelando.

— Como é mesmo o nome daqueles pássaros da Irlanda?

— Temos mais de uma espécie.

— Os do ditado.

— Cucos?

— Não, embora acho que funcionasse. Tem a ver com aquela velha cantiga de roda que diz que dependendo de quantos desses tais pássaros você vir, significa coisas diferentes.

— Eu me pergunto como é possível eu saber do que você está falando. A ave da cantiga se chama “pega”.

— Isso mesmo!

— Nós demos uma espiada no novo dojo. Não entramos lá — avisou Peabody, depressa. — Mas só queríamos ver. É supermag.

— Esta é uma casa incrível — acrescentou Banner. — As surpresas não acabam.

— Peguem comida. Estou quase terminando de atualizar Roarke.

— O que vocês prepararam está com um cheirinho ótimo! — elogiou McNab, com o nariz empinado.

— Ensopado de frango com bolinhos — informou Roarke.

— Delícia! Tem o suficiente pra todo mundo? — quis saber Peabody.

— Tem.

— Podem deixar que eu sirvo. Lembro bem como funciona o AutoChef daqui. É o mínimo que eu posso fazer — concluiu Banner.

— Uma dose de bebida alcoólica apenas, vinho ou cerveja, depois é só café.

— Vai ser vinho pra você, não é, Peabody? — Roarke se levantou para pegar uma taça pra ela. — E para você, Ian?

— Por mim está ótimo. Talvez melhor seja trazer vinho para todos. Assim vamos todos ficar calibrados no mesmo nível.

— Qual é o status dos eletrônicos que Banner trouxe? — perguntou Eve.

— Feeney e eu pegamos o material e colocamos Callendar para trabalhar no caso também. Deixamos uma busca automática rolando a noite toda.

McNab pegou um dos rolinhos crocantes da tigela rasa na mesa, jogou-o no ar, pegou-o com a boca e mandou ver.

— O problema com o *tele-link* do restaurante chinês é que ele é muito antigo — explicou, enquanto mastigava. — E como eles gravam um milhão de arquivos uns em cima dos outros, as transmissões ficam borradas, mesmo depois que você as desenterra. Se soubéssemos o número do *tele-link* que estávamos procurando, claro que seria mais fácil localizá-lo, depois de algum tempo. Mas tatear no escuro, tentando encontrar um *tele-link* do qual você não sabe o número nem o nome com o qual foi registrado, é meio como aquela história da agulha no palheiro.

— Vamos dar mais uma olhada nisso aqui também — disse Roarke, ao trazer taças e servir o vinho. — Mas sou obrigado a concordar. Já é um desafio quando você sabe especificamente o que procura, sem os detalhes, então, tudo vira um tiro no escuro.

Banner trouxe uma bandeja com tigelas de ensopado fumegantes.

— O cara do restaurante acha que se lembra de pelo menos parte do prato que eles levaram, por causa da hora aproximada do pedido. Mas McNab disse que há muitas camadas e muitas pessoas que fizeram pedidos nesse intervalo. Ele encontrou muitos pedidos de frango *kung pao*, rolinhos primavera e esse tipo de coisa.

— Já limpamos algumas partes das imagens das câmeras de segurança da loja. — McNab foi direto ao ponto. — Mas não vamos conseguir extrair grande coisa. Se tivermos material suficiente, poderemos tentar as câmeras externas da loja para ver se conseguimos pegá-los andando. Ou pelo menos obter uma direção.

— Isso aqui está tão gostoso quanto o que minha mãe prepara, se não estiver melhor. — Banner olhou ao redor da mesa enquanto pegava mais uma porção do ensopado. — E eu agradeceria muito se ninguém repetisse o que eu disse, caso algum de vocês venha a conhecê-la. Tenho a impressão de que eles devem estar localizados mais perto dos restaurantes do que da loja de ferragens, porque estiveram lá mais vezes. É verdade que Darryl comprou aquele rolo grande de plástico, e é difícil encontrar estacionamento por ali, então não deve ser longe.

Ele provou o vinho com cautela, então arqueou as sobrancelhas.

— Uau, esse vinho é ótimo! Eu estava pensando, enquanto Baxter e eu andávamos pelas ruas, que se eu estivesse precisando do plástico e do restante das coisas, eu compraria tudo a pé, mesmo que precisasse fazer duas viagens. Vocês estão mais acostumados com o trânsito pesado e tudo mais. Darryl seria mais como eu em relação a isso, eu acho. Vocês sempre vão de carro pra todo canto e querem estacionar o mais perto possível.

Eve se recostou e refletiu.

— Eles guardam a van e só saem com ela em dia de caça. Para o resto, vão a pé ou usam transporte público.

— Dirigir nesta cidade é uma loucura, e os motoristas daqui sempre me parecem muito irritados. Paguei o que foi preciso para que a locadora viesse pegar o carro que aluguei pra chegar aqui. E vou pegar o ônibus de volta para a estação de transporte, quando for embora. Talvez tente o metrô.

Eve se levantou e foi até o quadro.

— Onde quer que eles estejam escondidos, é altamente provável que tenha sido apenas uma questão de oportunidade. Ainda não podemos descartar a hipótese de um prédio vago ou apartamento vazio, ou pode ser que tenham invadido a casa de alguém no centro da cidade. Bairros em alta, talvez, algum lugar que ela tenha lido sobre ou visto na TV. Não sei dizer o porquê neste momento, mas eles certamente estão no Lower West Side, abaixo do West Village, a norte de Tribeca, a oeste do SoHo e de Greenwich Village. Nada mais se encaixa tão bem.

— Você acha que eles podem estar mantendo uma terceira pessoa refém... ou mais? — quis saber Roarke. — Caso tivessem visto uma oportunidade de invadir uma casa ou apartamento?

— Estou brincando com essa ideia, verificando as pessoas reportadas como desaparecidas ao longo do dia. Mas eles levaram Mulligan. Estão apenas com esses dois, a menos que já tenham matado Campbell e se esforçado para esconder o corpo.

— E por que esconder o corpo dela quando não esconderam o de Kuper? — questionou Peabody.

— Sequestrar uma terceira pessoa... ou digamos um casal, uma família? — Olhando mentalmente nos olhos dos assassinos, Eve meneou a cabeça. — É difícil, faz muita bagunça e dá muito trabalho. E, se você os matar, vai ter ainda mais trabalho. Não dá pra manter os corpos durante muito tempo. O padrão deles, até pegarem Mulligan, era sequestrar uma pessoa de cada vez. Imagino que seja baixa a probabilidade de eles prenderem mais alguém. Mas eles certamente têm um lugar só pra isso. — Ela abriu o mapa, pegou um laser e apontou um círculo no mapa. — Bem aqui.

— Podemos bater de porta em porta — sugeriu Peabody.

— Eu gostaria de tentar restringir mais a área, mas esse é o próximo passo, pelo visto. Vai levar algum tempo para os federais lerem o relatório de DeWinter por completo, processá-lo, e decidir o que fazer com isso. Zweck tem tudo o que temos, agora vamos ver o que ele vai decidir. Talvez meter a desculpa de "verificação regular de vazamentos de gás", ou algo assim. No entanto, quero uma área mais limitada, antes de tentarmos isso.

Ela circulou o quadro.

— Nada sobre a van até agora. Nada relatado pelas patrulhas extras que eu coloquei nesse setor.

— Eles vão precisar sair de onde estão em algum momento. — McNab deu de ombros. — Qual o sentido de vir até Nova York e ficar trancado dentro de casa?

— Eles estão se divertindo muito lá dentro — respondeu Eve. Então completou: — Comam tudo — ordenou ela. — Depois, vamos começar a apertar esse cerco.

Capítulo Dezenove

O escritório dela cheirava a frango e bolinhos embebidos em café forte, com uma pitada de cereja dos infinitos refrigerantes de McNab.

Roarke trouxe outro computador auxiliar enquanto distribuía tarefas. Peabody ficou de cobrir o histórico prévio completo de Darryl Roy James, enquanto Banner ficou com o de Ella-Loo Parsens. Roarke e McNab continuariam no trabalho eletrônico, vasculhando as imagens das câmeras de segurança em busca de evidências e verificando quaisquer câmeras de vitrine da região que pudessem ter flagrado os suspeitos andando a pé.

Eve trabalhou ainda mais nos mapas, concentrada em tentar estreitar a área-alvo, metro por metro.

A primeira interrupção foi uma ligação do agente especial Zweck, e isso a tirou do ritmo. Mas, no fim, ela se recostou na cadeira e colocou os pés sobre a mesa.

— Vou mantê-lo atualizado — prometeu ela. — E você, me diga como vai prosseguir do seu lado.

Ela pegou seu café e, embora ele tivesse esfriado durante a conversa, bebeu assim mesmo.

— Os federais não vão assinalar Mini Mel e Fastbinder como vítimas dos assassinos sequenciais, a quem eles ainda chamam, genericamente, de "suspeitos".

Banner ergueu a cabeça de súbito.

— O quê?

— O pau de alguém ficou preso em um nó por causa do relatório da dra. DeWinter. Pelo visto, ela jogou várias bundas no fogo, muitas das quais nomeou especificamente, antes de riscar o fósforo.

Sim, Eve realmente devia aquele drinque a DeWinter.

— Os restos mortais "em questão" serão transferidos para uma instalação federal amanhã de manhã e, a partir disso, os peritos forenses federais examinarão e testarão tudo.

— Isso é palhaçada!

— É burocracia. DeWinter está furiosa e não está poupando ninguém para colocar os restos mortais de Noah Paston na mesa dela, no necrotério. O parente mais próximo do garoto já assinou a autorização, e aposto meu dinheiro nela. Ah, sim, esqueci de um detalhe.

Eve circulou um dedo no ar.

— Mesma história neste caso. Enquanto os federais estiverem investigando Darryl e Ella-Loo, revisando minuciosamente nossos relatórios e descobertas, eles não vão considerá-los suspeitos. Oficialmente, eles são apenas "pessoas de interesse".

— Mas nós já os rastreamos! — lembrou Peabody.

— Sim. Confirmamos que Darryl e Ella-Loo se conheceram em Oklahoma, em 2057. Há evidências razoáveis de que Darryl roubou uma caminhonete ano 2052 que corresponde à descrição de um veículo que foi rebocado ilegalmente pelos Dorrans. As investigações dos federais vão rastrear o que sobrou daquele veículo para verificar ou refutar o que Darryl "supostamente" roubou. Nós também descobrimos que Ella-Loo teve uma filha, mas até que seja feito um teste de DNA, a paternidade da criança continuará sendo um ponto de interrogação para os federais.

— Idiotas — murmurou Banner.

— Esse é um sentimento do qual acredito que Zweck compartilhe, mas teve o cuidado de não expressar sua opinião. Não podemos, neste momento, provar sem dúvida alguma que Ella-Loo e Darryl mataram alguém ou, de fato, seguiram a rota que determinamos por meio das nossas investigações. Eles dizem que ainda não provamos que Ella-Loo ou Darryl estão, de fato, em Nova York. Ainda vão examinar as imagens da área de carga e descarga, e Zweck fará o acompanhamento do caso junto à loja de ferragens, na casa de penhores e nos restaurantes amanhã de manhã.

— Eles estão usando nossas pistas para a própria investigação — protestou Peabody. — Estão desperdiçando tempo e recursos.

— Idiotas! — repetiu Eve, e uniu os punhos para mostrar que estava com as mãos amarradas. — Vou dizer a vocês o que tudo isso significa para nós. Não teremos todo o peso dos recursos federais nesta investigação. Também não teremos ajuda deles para seguir em frente. Zweck, se a impressão que tenho dele estiver certa, vai fazer pressão contra o posicionamento oficial. Ele, pelo visto, não é um idiota.

"Isso também significa que teremos uma pausa no perigo de o FBI divulgar o nome e o rosto de Darryl e Ella-Loo para a mídia. Uma pausa breve, porque alguém pode ser capaz de desatar algum dos nós rápido o suficiente para que eles divulguem a identidade dos suspeitos como "pessoas de interesse".

Banner considerou a situação:

— Então, nada disso muda muita coisa.

— Sim, não muda muito. Mas Zweck vai botar a boca no trombone, essa é minha opinião. O problema é que quem está mais alto na cadeia alimentar não costuma gostar de ouvir que está errado, e sabe que esse erro pode, em algum momento, vazar para a mídia e fazê-lo parecer incompetente. Os federais não ouviram o que você tinha a dizer, Banner, e você estava certo. Eles não te ouviram porque isso significaria que eles estão errados. Ainda mais quando confrontados por um delegado de cidade pequena, sem querer ofender.

— Não me ofendi.

— Você estava certo e o FBI estava errado. Isso vai dar um nó no pau de muitos idiotas por lá.

Eve acenou com a cabeça em direção ao quadro, de onde estava sentada, e completou:

— Se eles tivessem feito o que você fez, se tivessem feito o caminho inverso até Mini Mel, se tivessem conectado o caso dele à morte de Jansen, talvez tivessem conseguido pegar esses filhos da puta antes. E talvez outras pessoas ainda estivessem vivas.

— Eles terão que viver com isso na consciência — comentou Banner.

Na experiência de Eve, o tipo de policial que não admitia estar errado conseguia viver com isso numa boa. Simplesmente iria transferir a culpa para alguém abaixo dele na cadeia alimentar.

— Esses são os que talvez tenham esse peso na consciência — continuou Eve. — Mas esse tipo de "talvez" nunca pega bem em termos de relações públicas e políticas. E não muda nada pra nós. Portanto, me dê mais informações sobre Darryl.

Banner passou a mão pelo cabelo e se mexeu na cadeira.

— Ele não gostava muito da escola, sempre passava raspando, foi reprovado algumas vezes, estudou com um mediador patrocinado pelo estado umas três vezes. Não praticou nenhuma atividade extracurricular, nada além dos requisitos obrigatórios. Isso inclui esportes. Por sinal, essa é a exceção e não a regra em cidades pequenas como a de onde eu vim.

— Não era bom em trabalho de equipe, então — concluiu Eve. — Muito menos um acadêmico.

— Nem perto disso, mas tinha um ponto fraco por sexo e mulheres.

— Me dê mais detalhes.

— Tenho um monte de artigos aqui relatando que ele teve um caso com uma das suas professoras. Ele tinha quinze anos, ela, vinte e seis. A professora cumpriu pena por isso.

Eve se endireitou na cadeira.

— Ele foi coagido?

— Não é o que parece. Vou mandar os detalhes para a senhora, mas está bem claro que ele não foi coagido, forçado ou pressionado. Não é desculpa para a professora ter feito isso, claro, é um caso de estupro contra vulnerável, não importa como a gente enxergue a situação. Mas a verdade é que ele estava disposto e ansioso. Jogou charme pra ela, fez vários gestos românticos.

— Romance, mais uma vez.

— Comprou flores, escreveu poemas ruins, lhe deu pequenos presentes. A maioria deles roubados, pelo que descobriram. E ele também estava transando com outras duas garotas durante os mesmos seis meses. Isso tudo só foi revelado quando elas testemunharam. Uma delas levou uma bronca do juiz porque já tinha dezoito anos. A outra tinha dezesseis, então no caso foi considerado sexo legal e consensual.

— Sexo, roubo, romance. Ele começou ainda jovem.

— Mas teve alguns outros problemas. A ficha criminal juvenil não está lacrada — acrescentou Banner. — Descobri um histórico de furto em lojas que evoluiu para direção perigosa e infrações do limite de velocidade, destruição de propriedade e algumas agressões leves. Recebeu terapia de acompanhamento individual por ordem do tribunal, e prestou serviço comunitário. Passou uma temporada numa clínica de reabilitação quando foi pego com algumas drogas ilegais. Não consegui acessar nenhum dos seus relatórios psicológicos. Esses estão lacrados.

Na mesma hora, Eve pensou em Roarke, o caminho mais rápido. Ou Mira, o caminho oficial.

— Nós contornaremos esse problema, caso necessário — respondeu ela. — De um jeito ou de outro.

— Ele demonstrou boa aptidão para trabalhos de mecânica. Teve mais sorte no ano em que o colocaram na escola profissionalizante. Mostrou interesse e aptidão acima da média para atividades com eletrônicos. O que se percebe, tenente, é que ele não é exatamente um gênio, mas tem um talento especial para essas duas áreas. O problema é que é muito preguiçoso. Fugiu de casa aos dezesseis anos e acabou no Texas. Foi pego tentando roubar um carro e cumpriu pena no reformatório de lá. Quanto ao restante, já temos praticamente tudo.

— Envie todas essas informações para Mira. Certamente isso vai ajudá-la a montar um perfil mais preciso dele. Peabody, e quanto a Ella-Loo?

— Vai soar como um repeteco de tudo. Aluna de baixo desempenho na escola, sem atividades extracurriculares, com um punhado de suspensões e advertências por brigas, perturbação da ordem pública e faltas à escola não justificadas. Acusou um professor de abuso sexual. Fizeram uma investigação completa, pelo que eu vi. O professor foi inocentado. Depois, ela abordou outro professor, mas este tinha um gravador no bolso e gravou tudo. Sexo por uma nota alta o suficiente para ela se aprovada, foi a oferta que ela lhe fez, ou qualquer outro tipo de serviço sexual que ele quisesse. Teve que passar por sessões obrigatórias de terapia, e prestou serviço comunitário conforme as decisões judiciais. Abandonou a escola de vez assim que atingiu a maioridade. Nunca teve emprego fixo, e todos os serviços registrados foram como atendente e garçonete em bares. Solicitou uma licença para exercer a atividade de acompanhante aos dezoito anos, e fez isso outra vez aos vinte e um anos. Ambas foram negadas.

Quando Eve pegou sua caneca e franziu a testa, Banner perguntou:

— Está vazia?

— Está.

— Deixe que dou um jeito nisso.

— Na verdade, eu bem que toparia algo doce. Você poderia me trazer um refrigerante de laranja?

— É pra já. Continuem! — disse ele, enquanto se levantava. — Consigo ouvir vocês da cozinha.

— Eu desenterrei alguns relatórios de quando ela ainda era menor de idade — continuou Peabody. — Ela foi acusada de matar um cachorro. Na verdade, foram duas acusações.

Bingo, pensou Eve. Ali estava o problema. O primeiro indício de tudo... a necessidade de derramar sangue, de provocar dor.

— Quantos anos ela já tinha quando foi acusada disso?

— Treze, na primeira vez. Eles não conseguiram provar nada, mas ela saiu no tapa com outra garota por causa de um garoto. E o cachorro da garota acabou comendo ração envenenada. Na segunda vez, ela já tinha quinze anos, e o cenário foi o mesmo. Só que dessa vez o cachorro foi retalhado, queimado e encontrado pendurado numa árvore.

— Puta! — murmurou Banner, da cozinha. — Eu amo cachorros. Sei que agora ela está matando pessoas, mas tenho um carinho especial por cachorrinhos.

— Torturar e/ou matar animais. O caminho é esse, uma das características-chave de um assassino em série. Em algum momento isso evoluiu e ela passou a matar pessoas. Com ou sem Darryl, ela se tornaria uma assassina. Mais alguma coisa? — quis saber Eve.

— Encontrei alguns boletins de ocorrência, com ela como reclamante. Disse que o namorado na época a violentou, e há outras acusações de estupro ou abuso sexual contra ele. Pelas fotos e relatórios, o sexo realmente aconteceu, mas foi consensual. Nenhuma das acusações ligadas a sexo foram aceitas.

— Ela usava sexo como recompensa, como arma e como moeda de troca. Já conversei com Charles sobre esse tipo de coisa.

— Quem é Charles? — quis saber Banner, ao voltar com dois refrigerantes.

— Ex-acompanhante licenciado, atualmente atua como terapeuta sexual, e meu amigo — explicou Eve. — Se o consultássemos, imagino que o diagnóstico dele seria que sexo nunca foi algo verdadeiramente prazeroso para ela. Sempre foi apenas uma arma ou ferramenta. Talvez ela só tenha descoberto o prazer com Darry, e é isso que a mantém ao lado dele há tanto tempo. Isso e os assassinatos, claro.

Peabody tomou um imenso gole de refrigerante, estremeceu e esfregou a pele entre as sobrancelhas.

— Esse refrigerante está tão gelado que congelou meu cérebro. Por que essas coisas acontecem comigo? Bem, ela também fugiu de casa algumas vezes quando era menor, mas sempre voltava por vontade própria. Sumiu de vez quando completou dezoito anos. O padrasto relatou que vários artigos da casa foram roubados, assim como dinheiro, mas não quis prestar queixa.

— A mãe dela impediu — especulou Eve.

— Ela pulou de galho em galho por aí, cada vez num lugar, até acabar no Rope 'N Ride.

— Organizem todo esse material e enviem para Mira. Quando agarrarmos esses dois, vamos pegá-los de jeito.

Ela se levantou e foi atender ao seu *tele-link*, que tocava.

— Desembucha, Santiago.

— Nós conversamos com o diretor da prisão, com alguns guardas e com a supervisora das garçonetes do bar onde Ella-Loo trabalhava. Também falamos com o antigo senhorio dela e, só para completar a lista, com a parteira que fez o parto da filha. Encurralamos todos eles, chefe!

— Ainda bem, porque vocês já ficaram fora por tempo demais.

— Ah, e como!

— Resuma tudo o que conseguiu levantar. Vou colocar você no telão — anunciou Eve, ao voltar para o escritório, onde ordenou transmissão direta para o telão. — Agora você está falando com o time.

— Olá, time. Queria estar aí com vocês. Segundo todos os relatos, Darryl manteve a cabeça baixa e não se meteu em encrenca com ninguém durante o tempo que cumpriu pena. Fez um curso de computação e se saiu muito bem. Trabalhou na oficina mecânica e teve um desempenho excepcional. Recebeu até uma recomendação e uma oferta de emprego numa oficina daqui, mas pediu permissão para voltar para a cidade natal quando foi libertado mais cedo. Afirmou que ele e sua mulher queriam voltar pra casa, onde sua filhinha estava aos cuidados da família. A devida permissão para sair da cidade foi concedida, mas ele nunca apareceu onde disse que ia.

— Eles meteram o pé e rumaram para leste.

— Os guardas do seu pavilhão disseram que ele era um cara amigável, uma pessoa fácil de lidar. Leu muitos livros ao longo do tempo que passou na prisão, e falava sobre sua mulher, que o visitava toda semana. Eles aproveitaram todas as visitas íntimas a que tinham direito. De acordo com a supervisora de Ella-Loo no bar, ela não era o que poderíamos chamar de uma pessoa proativa. Não se dava bem com os outros funcionários e todos suspeitavam de que ela oferecesse serviços sexuais por fora, para os clientes. O senhorio confirmou essa informação. Ela levava homens pra casa, mas nenhum deles ficava mais de uma hora, geralmente menos. Ela se mudou de lá sem aviso prévio e com aluguel atrasado. Dirigia uma caminhonete e a levou para o conserto uma ou duas vezes. Acredita-se que ela pagou aos mecânicos pelos serviços no veículo com sexo.

— Não estamos surpresos.

— E, quanto à parteira, diz que tem quase certeza de que Ella-Loo costumava beber durante a gravidez, mas nunca conseguiu provar isso. Gritou alto como uma gata no cio, foi a expressão que usou, durante todo o trabalho de parto que, de acordo com a fonte, foi tão tranquilo quanto o de uma gatinha dando à luz a filhotinhos. Não tenho como confirmar isso porque nunca tive gatinhos, nem bebês, algo pelo qual sou eternamente grato.

— Que *barulho infernal* é esse?

— São vacas, tenente. Ou bois, sei lá. Acho que há uma diferença, mas não vou perguntar. Há vários... membros da família das vacas e dos bois no trailer ao lado do qual Carmichael resolveu estacionar. Acho que eles não estão gostando nem um pouco de estarem presos.

— Vocês deviam sair daí por precaução, antes que os bichos escapem.

— Estou considerando essa ideia. — Olhando por cima do ombro, ele se afastou alguns passos. — Você já esteve fora do planeta, certo, tenente?

— Já estive, sim.

— Eu nunca estive, mas acho que deve ser algo parecido com este lugar. De qualquer forma, a parteira afirmou que o parto de Ella-Loo foi rápido e clássico. A mãe não demonstrou interesse algum pela criança, depois do nascimento. A parteira ficou tão preocupada que voltava lá duas vezes por dia, em seu horário livre, para verificar se a bebê estava bem, se estava sendo limpa e alimentada decentemente. Descobriu que a mãe colocava leite comum na mamadeira da menina, desses que se compra em loja, o que provocou a ira e a desaprovação da parteira. Segundo a profissional, Ella-Loo disse que não queria que seus peitos fossem arruinados por uma bebê que ia sugá-los até secar.

"Quando Ella-Loo foi embora da cidade com a criança e voltou sem ela, a parteira ficou tão preocupada que começou a fazer algumas pesquisas, mais uma vez nos seus horários de folga. Descobriu onde estava a mãe de Ella-Loo e entrou em contato com ela. A avó da bebê confirmou que a criança estava lá, mas disse que não tinha recebido mais notícias da filha, e nem sabia onde ela estava. A parteira poderia ter perdido sua licença por causa dessa investigação por conta própria, mas ela precisava saber se a criança estava viva e bem. Ela acreditava que a mãe seria capaz de jogar a filha fora em algum lugar, ou até mesmo cometer infanticídio."

— Cometer infanticídio seria um salto bem mais grave.

— A parteira disse que Ella-Loo estava muito mais preocupada em colocar o corpo em forma do que com o bem-estar da criança. Garante que viu a expressão de puro ódio nos olhos da mãe uma vez quando a bebê estava chorando, e a parteira tentou fazê-la ninar o bebê.

Eve não disse nada, enquanto a imagem dos olhos de sua mãe e o ódio neles, quando a própria Eve era criança, surgiram em sua mente.

— Basicamente, a mãe era indiferente à filha — continuou Santiago, — mas o olhar que a parteira alega ter testemunhado a fez acordar preocupada à noite. Ela não tinha nada para levar às autoridades, apenas aquela sensação de que algo estava errado.

— Entendi.

— Resumo da ópera: as pessoas tendem a gostar bastante de Darryl, mas ninguém parece gostar nem um pouco de Ella-Loo.

— Darryl gosta, e isso foi o bastante. Volte pra casa, Santiago. Falo sério desta vez.

— *Gracias a Dios*. E quando penso em espanhol é porque estou com sobrecarga emocional.

Eve teve que rir.

— Faça seu relatório durante o caminho de volta e não se esqueça de enviar uma cópia para Mira. Apresente-se na Central às oito da manhã em ponto porque, por *Dios*, quero colocar uma rede em cima desses dois amanhã mesmo.

Ela desligou e balançou a cabeça ao notar que Roarke e McNab já tinham voltado.

— Vocês ouviram tudo?

— Ouvimos grande parte, sim.

— Peabody e Banner estão redigindo resumos com base nas pesquisas abrangentes que fizeram. Vocês podem lê-los se quiserem, mas esse tipo de informação é mais útil para a fase do julgamento. Ambos consolidam ainda mais o padrão e o perfil de cada um, e confirmaram predileções, patologias e algumas de suas decisões. Descartei outro quarteirão da área observada e consegui oitenta por cento de probabilidade da localização, usando meus próprios parâmetros.

— Talvez possamos ajudar você nisso. — McNab pegou o refrigerante de Peabody e tomou um gole. — Tivemos sorte em analisar algumas câmeras e avistamos Darryl se afastando da loja de ferragens com o rolo de plástico sobre o ombro e uma sacola na mão. Ia para o norte.

— Norte! — Eve girou de volta para o mapa. — Se pudermos descartar qualquer coisa ao sul a partir da loja de ferragens... só isso não quer dizer muita coisa, mas posso acompanhar dois mapas ao mesmo tempo. Até que rua vocês conseguiram rastreá-lo?

— Apenas meio quarteirão. As câmeras naquele setor tendem a ser menos confiáveis. Conseguimos vê-lo surgindo bem ao longe, em alguns momentos. Vou colocar no telão. Ele estava a meio quarteirão ao norte dali, com a cabeça girando para frente e para trás, esticando o pescoço e olhando ao redor, como os turistas fazem.

Eve observou Darryl aparecer. Aquela não era uma descrição ruim para como ele se movimentava. Quase acertou alguns pedestres com o rolo de plástico enquanto erguia a cabeça e olhava para os lados, como qualquer turista.

Nesse momento ele ziguezagueou mais para junto do meio-fio e ficou fora do alcance das câmeras limitadas.

— Droga! Ele pode ter tido sorte e encontrado uma vaga. Pode ter ido em direção à van. Ou pode ter chamado um táxi.

— Talvez a van — concordou McNab. — Táxi é pouco provável. Trabalhamos nesse ângulo. Haveria mais chance de ele encontrar um táxi nas esquinas, mas temos quatro policiais de olho em vans e caminhonetes em qualquer lugar num raio de dois quarteirões daí. Foi muita coisa para verificar, e já ouvimos o clássico "vai demorar pra fazermos uma busca tão aleatória", portanto...

Ele olhou para Roarke.

— Eu dei uma ajudinha com isso. — Ele ignorou o olhar afiado de Eve e se virou para Banner. — Você teria algum problema comigo... caso eu burle um pouco o protocolo oficial aqui, delegado?

— Nenhum.

— Bem, então, vamos lá: encontramos várias coletas de táxi nesse intervalo de tempo. Duas eram de passageiros individuais. Um deles foi deixado no centro da cidade, na esquina da rua 51 com a Madison.

— Usei meu distintivo — completou McNab — e contatei o taxista diretamente. Ele não se lembra dessa corrida com detalhes, mas afirma que não pegou ninguém no centro carregando um rolo de plástico.

— A segunda corrida foi para Franklin e Hudson.

— Tribeca — reconheceu Eve. — Eu praticamente eliminei esse setor.

— A taxista também disse que não pegou nenhum cara carregando um rolo de plástico. Não é certeza, Dallas, mas não acreditamos que ele tivesse a mínima intenção de chamar um táxi.

— Vamos focar no norte, então. Vale a pena esse salto. Outra chance em qualquer prédio, apartamento ou quitinetes vagas no setor que destacamos. Faremos uma busca de porta em porta. Vamos procurar em cada vaga de rua, estacionamento, terreno baldio e no submundo. Aquela van está em algum lugar.

— Numa garagem particular, talvez? — sugeriu Roarke.

— Não consigo vê-los pagando uma tarifa para isso, mas talvez. Pode ser que tenham roubado de alguma vítima algum cartão de estacionamento de ampla utilização. Podem também ter raptado alguém para usar sua casa como seu ninho de amor. Vamos focar em estacionamentos particulares.

— Posso fazer uma busca mais completa pra você. Há moradores deste setor que também alugam ou possuem espaço de garagem.

— Ótimo. Faça isso. Ele tem aptidão para eletrônicos, segundo a sua formação. — Considerem isso, pensou para si mesma. — Deve haver vários hotéis e prédios de escritórios naquela área que oferecem estacionamento subterrâneo. Alguns apartamentos também têm vagas de garagem. É muito difícil clonar um cartão de estacionamento ou o pagamento da vaga para entrar e sair com um veículo?

— Se ele tiver alguma habilidade para usar um misturador de sinais decente, não é tão difícil — assentiu McNab. — Ah, tem mais uma coisa, a cereja do bolo: colocamos alguns funcionários da DDE para ficar de olho nisso vinte e quatro horas por dia.

— Eles não conseguem evitar roubar, então por que pagar pelo estacionamento? Um estacionamento com permissão específica — Eve considerou. — Eles teriam câmeras razoavelmente decentes. Vamos começar a verificar isso também. Estacionamentos públicos têm câmeras, mas muitas são falsas, são apenas para as pessoas verem. Vamos verificar tudo isso no local. Depois que escurecer, depois de, digamos, nove da noite — continuou ela, andando de um lado para o outro. — Qualquer coisa antes disso seria muito cedo. Nove horas também é cedo demais, mas é o máximo que posso fazer. Vamos seguir de acordo com a impressão de Banner: não há necessidade de dirigir na cidade. Exceto quando eles estão caçando. Então, começaremos a pesquisar os usos de cartões de estacionamento e o uso de estacionamento público depois das vinte e uma horas de hoje.

Ela se virou para McNab.

— Você pode trazer alguns desses funcionários da DDE pra cá? Pelo menos os que lidam com isso no cotidiano?

— Preciso perguntar ao capitão, mas acho que sim.

— Vou entrar em contato com Feeney. Faça o que puder esta noite e, se não resolvermos nada, colocaremos esses funcionários em ação amanhã de manhã. Peabody, foque no mapa. Comece outra busca por desaparecidos relatados naquele setor. E quaisquer cadáveres do nosso caso que tenham trabalhado ou residido naquele setor.

"Banner, fique com o mapa também. Busque prédios ou apartamentos que estejam vagos. E inclua na pesquisa os que foram alugados recentemente. Talvez eles tenham investido parte do dinheiro que vieram roubando ao longo do caminho. Concentre-se em apartamentos no subsolo e em casas independentes. E qualquer coisa que você encontrar que tenha uma entrada traseira ou lateral. Eu comecei a fazer essa pesquisa, então você já tem uma parte pronta."

Naquele instante, ela se virou para Roarke:

— Você está a fim de dar uma volta?

— Talvez.

— Preciso caminhar por essa região que delimitamos. Quero sentir como ela é à noite. Eles caçam à noite. Talvez não seja o melhor uso do meu tempo ou do seu, mas não posso deixar isso passar. Preciso ver as coisas... sentir o ambiente.

— Você vai precisar das suas botas — avisou ele. — Ainda está caindo aquele granizo fininho.

— Entrem em contato comigo imediatamente se alguma coisa nova surgir, não importa *o quê* — disse ela, e saiu para calçar as botas.

— Ela certamente vai querer fazer uma caminhada por lá — avisou Roarke. — Vocês estão bem servidos de tudo, Ian? — perguntou ele a McNab. — A tenente não gosta muito quando eu digo isso, mas Summerset é muito prestativo. Posso pedir que ele fique à disposição e sirva-os enquanto nós estivermos fora.

— Eu mesmo cuido de tudo, mas obrigado, mesmo assim.

— Comam à vontade. Parece que a noite vai ser longa.

Ele encontrou Eve no saguão da casa, pegou o cachecol do bolso do casaco dela e o enrolou habilmente em volta do pescoço da esposa.

— O tempo não está poupando ninguém lá fora.

— Eu sei. Também sei que as chances de que eles estejam caçando esta noite são muito pequenas, mas... — ela saiu para o granizo gelado e o frio terrível do lado de fora. — Esse também seria um momento perfeito para sequestrar alguém. A maioria das pessoas está dentro de casa, em um bar ou seja lá o que for. É um bom plano para não serem pegos.

Depois de entrar no 4 x 4 de Roarke, ela franziu a testa para o interior e o painel.

— Este veículo não é o mesmo de antes.

— Não, é outro. Um pouco menor, pois não vamos transportar tantas pessoas. Ele é extremamente rápido — disse, enquanto acelerava a uma velocidade que ela não teria tentado, a menos que estivesse em perseguição. — E é bem ágil.

Para demonstrar, ele atingiu o modo vertical em décimos de segundo e voou sobre os portões da mansão.

— Ele se move muito bem. Mas não foi assim que você imaginou passar sua noite — comentou Eve.

— Acredito que já é mais tarde do que isso, agora. Gosto de trabalhar com McNab. A mente dele é rápida, a energia é contagiante. E ele me deu um relatório novo sobre Bella, caso você esteja interessada.

Ela observou as ruas. Havia muitos táxis, mas poucos estavam com as luzes acesas indicando disponibilidade, e menos veículos particulares. Notou uma certa quantidade de pedestres espalhados pelas ruas, mesmo àquela hora.

— McNab lhe fez um relatório sobre Bella?

— Ian é louco por ela. Ele e Peabody ficaram tomando conta da bebê na semana passada para que Mavis e Leonardo saíssem para encontrar alguns amigos. De acordo com Ian, ele, Peabody e a bebê fizeram uma festinha de discoteca em casa, com direito a fantasias e tudo.

— Sério?

— Ela está prestes a completar um ano. Já parou pra pensar nisso?

— Não. — Uma onda de pânico ameaçou tomar conta dela. — Eu não sei o que comprar para o aniversário de uma bebê que vai completar um ano. Isso vai ficar por sua conta.

— Vamos procurar alguma coisa juntos.

Por um momento, Eve direcionou sua atenção para ele. O marido sabia muito mais coisas que a maioria das pessoas, mas ela não tinha certeza se até mesmo Roarke saberia qual era o presente apropriado para o primeiro aniversário de uma bebê.

— Vou perguntar a Peabody.

— Excelente ideia!

— Vai ter uma festa, não é? Uma festa de arrasar que vai ser a cara da Mavis. Possivelmente com fantasias.

— Suponho que sim.

— Não vou vestir uma fantasia, nem mesmo para Mavis. Nem um daqueles chapéus esquisitos... aqueles pontudos.

— A festa deve ter bolo.

— Eu gosto de bolo. Eles estavam ficando entediados.

Eve não falava de Bella, reparou Roarke, nem dos pais da menina. Referia-se aos assassinos.

— Então eles devem estar querendo se misturar com as pessoas.

— Acho que sim. — Ela os conhecia agora, conhecia-os muito bem, e concordou. — É, *parece* que sim. Durante todo o caminho até aqui eles estiveram em movimento com esse objetivo em mente. O sonho dela era vir morar em Nova York, e o ideal romântico dele era realizar o sonho dela. Então eles chegaram até aqui. A princípio, presumimos que Kuper tinha sido a primeira vítima deles em Nova York, mas, isso já não me parece nada provável.

— Podemos procurar o inquilino ou proprietário do lugar onde eles estão se... *aninhando* agora, como você diz.

— Sim. Eles podem ter seguido o caminho direto do aluguel, mas não é o padrão. Eles não costumam pagar aluguel e roubam coisas dos lugares onde trabalham. Aposto uma noite fantasiada que, quando os rastrearmos, eles terão alternado entre motéis e casas desocupadas... ou se aproveitaram de casas vazias, matando proprietários e inquilinos em seu rastro.

— Desculpe, ainda estou considerando aceitar essa aposta só pra ver você fantasiada.

— Mantenha o olho no prêmio, meu chapa.

Ele olhou para ela, diretamente para ela.

— Sempre!

— Você é muito ingênuo, sabia? — Mas Eve tocou a mão dele com a dela por um momento. — Vou colocar o mapa na tela do painel do carro, destacando as áreas de estacionamento que já deixei marcadas. Peabody pode complementar com qualquer coisa que ela conseguir.

Levou algum tempo, mas Roarke a deixou lutar com o computador no painel.

— Porra! Por que esse troço não pode mostrar o cocô do mapa que a gente quer?

Tendo em vista que era bastante possível fazer isso, Roarke guardou seus pensamentos para si.

Ele seguiu pela Sétima Avenida, e, depois que seguiu ao sul do West Village, começou a caçar com ela.

— Não vou deixar que eles levem outra vítima. Pode ser tarde demais para Campbell. As chances dela são mínimas, o que também vale para Mulligan, porque acho que eles podem tentar um assassinato duplo.

— Querem uma emoção maior.

— E é só disso que se trata, agora. Isso é tudo que sempre importou para eles. Vamos tentar esse lugar.

Eles circularam por um dos estacionamentos assinalados, andando a esmo. Tornaram a sair e pegaram a direção leste.

Ela estudou cada veículo do caminho, cada pedestre na calçada.

— É o plano perfeito para eles — disse Eve, ao entrar em outro estacionamento. — Todo mundo está agasalhado, há menos gente na rua. Até os dependentes químicos e os traficantes levam os negócios para dentro de um lugar quente ou para o subsolo, num frio desses.

Circularam durante mais uma hora, cobrindo cada seção de cada quarteirão, dirigindo por todo tipo de lugar com vagas para carros, entrando e saindo de todos os estacionamentos.

— Tente este! — Ela apontou para um estacionamento multinível privativo que servia a uma série de edifícios. — Vamos estacionar e eu farei uma rápida varredura a pé. Você pode me esperar aqui dentro.

— Sério?

O "sério" dele certamente significava "nem pensar", pensou Eve.

— Você bem que poderia. Sei que não vai, mas poderia. Vamos vasculhar este último espaço hoje à noite e faremos outra patrulha a pé de manhã, com a ajuda dos funcionários de Feeney.

Roarke duvidava de que ela soubesse que já passava da meia--noite. Quando sentia o cheiro de algo no ar, ela não conseguia desistir e se recolher, para poder continuar a busca mais descansada, no dia seguinte.

Então eles iriam vasculhar mais outros três andares de veículos, pensou, enquanto enganava o sistema de autorização de entrada com seu misturador de sinais, entrando suavemente quando a cancela abriu. E faria ao lado dela mais uma caminhada noturna muito desagradável, por causa do frio.

No segundo andar, ela agarrou o braço dele com força.

— Pare! Ali! Aquela van. Placa de Nova York, mas o resto bate. Azul-marinho, janelas pintadas, a marca e o modelo certos. Eles podem ter trocado de placa, podem estar usando uma falsa.

Ela puxou seu tablet, tinha mais agilidade com ele do que com o painel do veículo, e conferiu os registros.

— Este veículo está registrado em nome de Anthony Charles Lappans, de setenta e três anos, que mora na East Broadway. Esse endereço não só está no registro do carro como também fica perto do local de desova de Kuper. Fique de olho aqui em volta!

Ela pulou do veículo 4 x 4 e jogou os lados do casaco para trás, a fim de ter acesso fácil à arma, enquanto se aproximava da van.

Apontou para o adesivo na janela traseira, circulou a van e voltou.

— Vou conseguir um mandado agora, mas você está aqui...

Compreendendo o que ela quis dizer, Roarke pegou suas ferramentas de bolso. Depois de uma rápida olhada na fechadura, selecionou o que queria. Ele abriu as portas traseiras em segundos.

Lá dentro, Eve viu uma poltrona volumosa, uma bolsa de ferramentas, um cobertor enrolado e manchas mais claras seguidas de outras mais escuras, as quais ela apostaria seu distintivo em manchas de sangue seco.

— Feche de novo e abra a porta do passageiro.

— O cachorro sempre agarra o osso — murmurou, enquanto fazia o que ela pedia.

— Como assim?

— Você nunca desiste. Sempre continua cavando até encontrar o osso. Seus assassinos também são muito desleixados.

— Pois é, ponto pra nós. — Seus lábios se abriram em um sorriso selvagem enquanto ela estudava a pilha de sacolas de fast-food, copos descartáveis e recibos de compras. — Imagino que não tenha nenhum kit de serviço da polícia naquele seu carro novo, certo?

— Claro que tem, mas acho que agora você vai precisar disto. — Ele pegou uma pinça do próprio kit.

Fazendo que sim com a cabeça, ela usou a pinça para erguer um dos recibos.

— É de um bar do tipo Stop 'N Go em Nova Jersey. Outro recibo é de um café aqui da West Broadway.

— Tranque tudo outra vez. Pegamos eles. De uma forma ou de outra, já sabemos onde estão.

Capítulo Vinte

A primeira pessoa para quem ela ligou foi Reo, o que atrapalhou o sono de beleza da assistente da promotoria. Cher Reo ordenaria um mandado de busca, e lhe economizaria tempo.

A cadeia de comando indicava que ela deveria entrar em contato com Whitney em seguida, mas a equipe dela merecia ser informada primeiro. E fazer isso agitaria a madrugada.

— Oi! — disse Peabody, quando apareceu na tela do *tele-link* piscando os olhos embaçados e sonolentos.

— Estou do lado da van.

— Você está... *o quê?!* Puta merda, Dallas, você está de sacanagem comigo?

— Eles trocaram a placa. Faça uma busca rápida pelo nome Anthony Charles Lappans, residente na East Broadway, só para confirmar. Reo vai nos conseguir um mandado para periciar o veículo.

— Onde vocês estão?

— No segundo andar de uma garagem particular que cobra por diária. — Ela recitou o endereço. — Entregue tudo isso para McNab. Quero as imagens das câmeras de segurança deste lugar e todos os vídeos de segurança dos últimos cinco dias. Peça a Banner que inicie uma busca nos três prédios que usam esta garagem. Mande-o procurar apartamentos vagos ou de pessoas desaparecidas, e comparar com a lista de mortos que temos. Já ordenei que uma dúzia de policiais batam de porta em porta nesses prédios.

— Você quer que a gente vá aí?

— Não, quero vocês exatamente onde estão. Peguem os dados, reúnam tudo. Chamo vocês, se for o caso de formarmos uma operação de prisão ainda hoje.

— Não tem a ver com a prisão, tem a ver com ficarmos aqui trabalhando pelo computador. Eu queria estar aí.

— Eu sei, mas eu te chamo caso aconteça. Trabalhem rápido.

Ela desligou na cara de Peabody e acordou o comandante.

Pensou em ligar para a dra. Mira, mas ela precisaria muito da psiquiatra depois da prisão. E certamente iria querer Mira ao seu lado quando estivesse com Darryl e Ella-Loo no interrogatório.

Andando de um lado para o outro, deu ordens aos policiais que chegaram, sob a liderança do policial Carmichael, que fazia parte de seu próprio batalhão, e deu a ele instruções específicas. Os policiais deveriam sair em dupla e bater de porta em porta em cada um dos três prédios contando uma história triste sobre uma criança desaparecida que teria sido vista naquele endereço.

— Eles não podem e não vão abrir a porta — avisou Roarke. — A chance de fazerem isso é quase nula.

— Eu sei. Nesse caso, podemos riscar qualquer porta que se abra. Eles terem outros reféns além de Campbell e Mulligan é uma possibilidade, mas acho que é baixa. E eles seriam compelidos a machucar e usar qualquer um que tivessem sequestrado.

— Sim, essa é outra possibilidade — concordou Roarke.

— A van está aqui e eles não estão. — Se os assassinos não fossem encontrados naqueles três prédios, ela lidaria com a frustração mais tarde. — De qualquer modo, temos que fazer a busca de porta em porta.

Ela usou seu comunicador outra vez e ordenou que peritos criminais fossem enviados para o local da van.

— Você pode procurar uma vaga para estacionar o carro e deixar o kit de trabalho comigo? Se Reo chegar com o mandado antes que os peritos cheguem, eu mesma já posso começar a periciar a van. Não podemos deixar dúvida alguma. Talvez eles decidam que esta é uma boa noite para pegar carne fresca, e eu não quero dar bandeira e dar a chance de fugirem.

Ele estudou lentamente o espaço em volta deles e concordou com a cabeça.

— Que tal eu desligar todos os elevadores, já que estou aqui? Isso iria limitá-los, pois, se quiserem chegar até aqui, terão que pegar a escada. E se eles realmente entrarem, vindo da rua, você os ouviria antes de eles subirem a pé.

— Boa ideia.

Ela colocou alguns policiais de vigia na entrada do estacionamento, enquanto ela e os peritos estivessem trabalhando. Foi ver que horas eram e só então percebeu que já passava da meia-noite.

— Ainda dá tempo de eles caçarem esta noite, mas já passou do horário em que eles raptaram as três vítimas. Quanto mais tarde ficar, menor a chance de eles saírem de casa ainda hoje. De qualquer modo, quero periciar a van nos mínimos detalhes e depois colocá-la sob vigilância. Vamos deixá-la exatamente onde está.

Ela pegou o kit de trabalho e circulou a van mais uma vez, os dedos coçando para tentar encontrar algumas impressões digitais. Ouvindo o som de um motor que se aproximava, deslizou entre dois veículos e os usou para se esconder.

De onde estava, viu um sedã coberto de granizo e uma mulher de aparência exausta ao volante, circulando pelo andar, como Roarke havia feito.

Eve torceu para que Roarke não tivesse "roubado" a vaga da mulher, mas, se fosse o caso, ele conseguiria lidar com aquilo.

A tenente atendeu o *tele-link* no primeiro toque.

Reo, com os cabelos louros espetados em todas as direções e seus olhos azul bebê com olheiras, lançou um sorriso irônico para Eve.

— Peguei o juiz Hayden em casa. Estava bem acordado, assistindo ao canal de esportes, e foi muito receptivo. Seu mandado já está a caminho.

— Beleza, bom trabalho, Reo. Volte pra cama.

— Não saí dela em nenhum momento.

No instante em que a tela apagou, Eve ouviu a notificação indicando a chegada de um documento. Leu o mandado atentamente, tintim por tintim. Era melhor não deixar nada de fora. Satisfeita, abriu seu kit de trabalho enquanto Roarke vinha caminhando de volta.

— O elevador está bloqueado.

— Um sedã de quatro portas entrou agorinha.

— Eu esperei que ela estacionasse antes de mim. E o mandado?

— Nós já o conseguimos.

Depois de ligar a filmadora, ela começou o trabalho pela porta do lado do motorista. Conseguiu ver duas impressões digitais bem nítidas. Quando as investigou no sistema, em busca de uma correspondência, se deparou com o nome de Darryl, e seus lábios se abriram mais uma vez naquele sorriso selvagem.

— Peguei você! — e se virou para Roarke. — Você consegue abrir a porta do veículo?

— Com muito prazer.

Ela bateu na filmadora do peito para retomar a gravação e entregou sua chave mestra a Roarke. Contornou a van e começou a trabalhar no lado do passageiro antes mesmo de pegar suas ferramentas.

— Peguei Ella-Loo também — informou ela. — Impressão palmar.

Ela deu a volta depois de lacrar tudo e subiu pela porta de trás, que ele já tinha aberto.

— A mala de trás da van tem um cabo de arame, uma corda, fita adesiva larga, um pé de cabra, chaves inglesas e um martelo.

Ela pegou alguns dos seus medidores e analisou uma das chaves inglesas.

— Há sangue na chave inglesa grande. No pé de cabra também, e, para completar o trio, o martelo também está manchado.

Ela verificou o piso interno.

— Também há sangue seco no carpete. Vamos pedir aos peritos que peguem amostras de tudo e levem para o laboratório. Elas vão bater com o sangue das vítimas. Pelo menos algumas certamente vão corresponder.

Ela abriu o porta-luvas.

— Lanterna, disco do manual do proprietário, kit de primeiros socorros e isso.

Com as mãos seladas, ela ergueu uma faca grande.

— Isso é uma faca *bowie*. Eu a reconheço porque tenho uma na minha coleção — comentou Roarke.

— É do antigo empregador de Darryl. A faca do namorado da mãe.

Ao processá-la, ela encontrou sangue e uma impressão parcial de Darryl e outra de Ella-Loo.

— Eles nem se deram ao trabalho de limpar. Por que se incomodar com isso — indagou —, quando só eles iriam usá-la novamente? Quando os pegarmos, nunca mais vão sair da prisão.

Eve colocou a faca de volta exatamente onde a encontrou e ligou para o policial Carmichael.

— Quero tudo feito de forma rápida, silenciosa e completa — ordenou. — Caso qualquer coisa estranha apareça, alguém se sinta incomodado ou apresente algum comportamento suspeito, quero ser avisada. Registre qualquer porta que não seja aberta por ninguém.

Quando os peritos chegaram, Eve já tinha feito tudo que podia dentro da van. Foi até Dawson, chefe dos peritos, e, ainda com o que havia acontecido na véspera de Ano-Novo em mente, deu uma boa olhada na equipe dele de dois ajudantes.

— Como vão as coisas? — perguntou Eve.

— Tudo bem... passamos alguns sufocos de vez em quando, mas isso faz parte do trabalho. E você, tenente?

— Hoje a noite está ótima porque quando pegarmos esses canalhas já teremos evidências suficientes para prendê-los numa cela por centenas de anos. Preciso de tudo examinado, processado e deixado exatamente onde vocês encontraram. Se não conseguirmos agarrá-los hoje à noite, eles poderão voltar para pegar a van. Vamos vigiá-los, mas queremos que eles nos levem até as vítimas. Não podemos assustá-los.

— Vou fazer um registro completo antes mesmo de tocarmos em qualquer coisa.

— Consegui algumas impressões digitais e sangue. Vou deixar por conta de vocês a coleta das amostras oficiais de sangue e a entrega para o laboratório, a fim de agilizar o trabalho. Não fui tão longe a ponto de avaliar fios de cabelo e fibras porque vocês serão mais rápidos nisso. Mas quero que Harvo seja a profissional designada para examinar o material.

Ele sorriu de leve.

— Todo mundo pede por Harvo, mas deixe que eu agilizo isso.

— Você trouxe o rastreador?

Ele deu um tapinha no kit de serviço.

— Conforme solicitado.

— O cara é mecânico... um bom mecânico. Certifiquem-se de que ele não vai notar, caso resolva dar uma olhada extra em alguma coisa. Ele também entende de eletrônica, então...

— Já entendemos, Dallas.

— Entrem e saiam daqui o mais depressa que conseguirem. Estamos fazendo buscas de porta em porta, e tenho dois policiais à paisana de olho no primeiro andar. Provavelmente é tarde demais para eles resolverem dar uma volta, mas também temos policiais uniformizados espalhados por aí. Vocês estão bem protegidos.

— Quantas vítimas?

— Vinte e quatro até agora, mas deve haver mais, pelo que já vimos. Mais duas vítimas ainda vivas, até onde sabemos.

— Vamos costurar essa ponta solta.

Com um aceno de cabeça, ela se afastou outra vez e voltou para o lado de Roarke.

— Quero bater em algumas portas. Isso vai acelerar a operação.

— Então vou com você. — Ele segurou o queixo de Eve com os dedos, e seu polegar roçou de leve a covinha no queixo dela enquanto analisava seu semblante. — Você fica muito pálida quando ultrapassa seus limites. Bateremos em quantas portas você quiser, mas, se não der em nada, nem encontrar uma pista importante, voltaremos pra casa logo e você vai dormir um pouco.

Antes disso, porém, ele estava determinado a lhe dar um suplemento energético que a manteria ligada. Eve não gostava daquele tipo de substância, mas Roarke faria o que fosse preciso para vê-la bem.

Juntos, eles cobriram quatro andares do segundo prédio. Em um dos apartamentos, ninguém atendeu.

No entanto, a vizinha do outro lado do corredor voltou a abrir sua porta.

— Eu devia ter avisado a vocês. Esse apartamento aí em frente é dos Delwickies, um casal jovem e simpático. Eles estão passando alguns dias fora da cidade.

Eve se virou e estudou a porta como se pudesse ver através dela.

— Tiraram umas férias de inverno com alguns amigos, foram até as Florida Keys. Estou regando as plantas dela enquanto estão fora.

Eve se permitiu relaxar.

— Você esteve no apartamento deles nos últimos dias?

— Todas as manhãs. Alice dá muita importância às suas plantas. Ela tem um belo dedo verde para cuidar delas. Tem uma pequena laranjeira lá dentro e conseguiu fazê-la dar frutas de verdade. Um feito e tanto!

A mulher bocejou e empurrou para trás seu tufo de cabelo cinza aço.

— Vocês não podem imaginar que esse casal tem alguma coisa a ver com a garotinha que está desaparecida. Eles são boas pessoas. Quietos, mas não do tipo assustador, como a gente vê às vezes um vizinho que parece normal e depois descobre que se trata de um assassino em série. Ele trabalha num restaurante, já é quase chef. Pelo menos uma vez por semana ele traz pra mim e para o meu marido algo do restaurante francês chique onde trabalha.

Saber que a mulher entrava no apartamento todas as manhãs foi o suficiente, mas Eve a deixou tagarelar um pouco mais.

— Ok, muito obrigada, senhora. Sinto muito por tê-la incomodado.

— Eu tenho filhos e netos. Vou ficar de olho na garotinha. Que Deus a abençoe!

De todas as unidades, a busca resultou em seis portas que não tinham sido abertas, sem contar a dos Delwickies, pois Eve os riscou da lista.

Ela investigou cada uma delas. Encontrou duas pessoas que trabalhavam em turnos noturnos. Ao serem contatados, eles estavam de fato trabalhando. Outros dois supostamente estavam fora da cidade, e moravam no décimo segundo e décimo quinto andares, respectivamente.

Baixa probabilidade.

Para os dois últimos, entretanto, Eve obrigou zeladores muito revoltados a autorizar a sua entrada. Riscou todos da lista.

— Pronto, já chega. — Determinado, Roarke pegou o braço dela e a puxou em direção aos elevadores que ele tinha colocado para funcionar outra vez assim que os dois últimos apartamentos não deram em nada.

— Eles não estão nesses prédios, o que significa que você fez um belo progresso. Já tem van e conseguiu evidências sólidas que já os colocarão na prisão. Você não pode bater em todas as portas restantes neste setor, pelo menos não esta noite.

— Poderia tentar mais algumas. A história da garota desaparecida está funcionando bem.

— Eve, se você estivesse só um pouquinho mais pálida eu conseguiria passar a mão através de você. Você precisa dormir antes de dar o próximo passo. Já são quase três da manhã. O que quer que eles tenham feito com as vítimas, não há mais nada que você possa fazer esta noite.

Ela achava a mesma coisa, então não discutiu, apenas entrou no 4 x 4 ao lado dele.

— Já reduzimos a área das buscas, bem mais do que antes. Comparado ao ponto onde começamos, ganhamos alguns bons quarteirões. Ainda preciso ver o que Banner e Peabody conseguiram na pesquisa sobre apartamentos vagos, imóveis no nome de pessoas desaparecidas ou mortas.

Roarke a deixou falar, embora sua voz soasse meio arrastada. Ele aumentou um pouco o aquecimento do carro, pois sabia que o calor sempre a relaxava. E, quando Eve começou a despencar de sono, baixou o banco dela para trás.

A tenente apagou por completo antes de eles chegarem ao centro da cidade.

Ela remexeu-se um pouco quando Roarke a levantou do banco, murmurou algo incompreensível quando ele a carregou até a porta de casa e só acordou quando o marido já se ajeitava para abrir a porta.

— O que houve? Caraca, eu apaguei!

— Continue assim — aconselhou ele, e começou a subir a escada.

— Nada disso, me coloque no chão. Por Deus, não posso deixar que você me carregue no colo na frente de um monte de policiais.

— Duvido que haja um único policial em nosso quarto, pelo menos até eu colocar você lá dentro.

— Preciso dar uma olhada no meu escritório antes.

— São três e meia da manhã, Eve! Todos já estão na cama, menos nós.

— Mesmo assim preciso dar só uma olhada.

Ele desviou a rota para o escritório dela, mas não a colocou no chão.

— Eu consigo andar! — protestou Eve.

— Não faz sentido andar, porque estou com você no colo.

Ele notou que as luzes ainda estavam acesas no escritório dela e parou na porta.

Peabody e McNab tinham desmaiado juntos, como dois cachorrinhos, recostados na poltrona de dormir. Banner estava deitado de bruços no chão, com Galahad esparramado sobre sua cintura como se fosse um cinto gordo e peludo.

— Pelo amor de Deus, esses são os seus policiais? — murmurou Roarke, e cedeu, enfim colocando Eve no chão.

— Acorde Banner — disse ela a Roarke, então foi até Peabody e a cutucou no ombro.

— Agora não! — Peabody rolou de lado. — Podemos transar amanhã de manhã.

— Eita! — exclamou Eve ao ouvir aquilo, e deu um cutucão mais firme em sua parceira.

— Não mesmo, nem pensar! — Mas os olhos da detetive piscaram, se abriram de leve e encararam Eve, ainda meio zonzos de sono. — O quê? Você? Onde eu estou?

— Acorde McNab e vão dormir na cama, e eu não quero saber o que vocês vão fazer amanhã de manhã.

— Ahn?... Espere aí — Peabody começou a se sentar, mas McNab se mexeu e puxou-a para mais perto dele. E colocou uma mão diretamente sobre o peito esquerdo dela. — Humm... — A detetive removeu a mão dele. — A gente só precisou parar e cochilar uns cinco minutinhos.

— Agora vocês só têm três minutos e meio.

— Eve, tenha um pouco de piedade! — insistiu Roarke.

— Quatro minutos, então. E quero todos de volta aqui exatamente às sete e meia.

— Ainda não conseguimos pegá-los?

— Não, mas vamos conseguir. Reunião com todas as novas informações às sete e meia em ponto, mas o resumo é que já eliminamos três prédios da lista e a van está sob vigilância severa. Vão pra cama!

Ela saiu e passou ao lado de Banner que, já quase totalmente acordado, continuava sentado no chão com cara de alguém que tinha acabado de cair da cama.

O gato lhe deu uma cabeçada rápida e amigável, então o abandonou para sair trotando atrás de Eve.

Eve teve sonhos horríveis e sanguinolentos, nos quais Jayla Campbell abria os olhos sem vida para acusá-la.

Onde você estava? Eu precisava de ajuda. Eu queria viver!

Sonhos nos quais sua mãe aparecia furtivamente para provocá-la.

Eu poderia muito bem ter jogado você pela janela como eu queria, por tudo o que você fez com a gente.

Sonhos nos quais todos os mortos conhecidos jaziam em mesas de necrotério e lotavam seu escritório.

Como você consegue dormir? perguntavam eles. *Como é possível que você consiga dormir?*

Então, pouco mais de três horas depois de fechar os olhos na própria cama, Eve tornou a abri-los.

Roarke a abraçou mais forte quando ela fez menção de se levantar.

— Você ainda tem um tempinho.

— Eles não me deixam dormir. Os mortos não me deixam dormir. Como eu posso dormir? Ficam me perguntando isso o tempo todo. Como eu consigo dormir?

— É você que pergunta isso a si mesma, querida Eve. Não os mortos. — Ele esperava acalmá-la para que ela voltasse a dormir, e acariciou suas costas. — Na minha opinião, a morte traz conhecimento. Ela nos faz descobrir tudo que não poderia ser descoberto em vida. Então os mortos sabem o que você faz, sabem o que você faz por eles.

— Não sei, pode ser... Mas se eles sabem tanto assim, talvez seja por isso que sempre parecem tão irritados.

Ele riu de leve.

— Descanse um pouco mais.

— Não posso. Preciso ir em frente. É hoje, Roarke. Se não os encontrarmos hoje, Campbell vai morrer, provavelmente Mulligan também. Sei disso tanto quanto todos os outros mortos sabem. Tudo se resume a uma questão de poucas horas agora, senão vou perder os dois.

— Tudo bem então, vamos começar.

Ele deixou que ela tomasse banho na frente, pois queria acender a lareira e programar o café. E fazer outra coisa, também. Quando ela saiu, ele estendeu um copo.

Ela fez uma careta pra ele.

— Nem pensar.

— Tome isso, ou nada de café pra você.

— Papo-furado. E vá enxugar gelo!

— Esse comprimido não vai dar aquela agitação nervosa típica do medicamento aprovado pela polícia, mas vai te dar uma injeção de energia lenta e razoável. Eu ainda o diluí, porque você vai tomar café o dia todo. Você já devia confiar em mim a essa altura.

O último energético que ele a fez tomar estava bom, lembrou Eve.

— Esse é diferente do outro — reparou ela.

— É mais moderno. Começamos a vendê-lo há algumas semanas na Europa e na Ásia. A FDA, agência que controla a venda de alimentos e drogas nos EUA, é muito lenta para aprovar novidades, assim como o FBI e todas essas outras siglas.

— Não é o caso do NYPSD, o Departamento de Polícia de Nova York.

Ele sorriu.

— Depende da perspectiva. Tome isso como um favor para mim — acrescentou, e estendeu o comprimido.

Ela pegou, engoliu e franziu a testa.

— Tem gosto de... uvas verdes.

— Sim, porque eu sei do que você gosta. — Ele entregou o café a ela e anunciou: — Vou tomar um banho. Agasalhe-se muito bem, ouviu? Conferi a previsão do tempo e vi que o granizo fino acabou, mas teremos temperaturas muito abaixo de zero. Estão dizendo que as altas de hoje serão de treze abaixo de zero.

— Isso não é alta pra ninguém.

Ela vestiu uma camiseta regata por baixo de um suéter de caxemira cinza ardósia e escolheu preto para a jaqueta, calças e botas.

Roarke provavelmente iria revirar os olhos com ar de desaprovação, refletiu Eve, e diria algo sobre ela tentar usar um pouco mais de cor, como ele sempre fazia, só que...

Ele saiu do banheiro com uma toalha em volta da cintura e inclinou a cabeça, enquanto a estudava.

— Você escolheu uma roupa bem profissional. Irradia força, resistência e lhe dá um ar feroz. Boa escolha para um dia como o de hoje.

— Sério?

— Com certeza!

— Eu nunca vou entender essas coisas. Nunca! Vou começar a trabalhar. Acho que podemos preparar o café da manhã quando os outros acordarem.

— Por mim, tudo bem. Não vou demorar a me juntar a vocês.

— Você não tem, tipo, reuniões holográficas com Katmandu? Por falar nisso, esse lugar existe de verdade?

Ele soltou outra risada enquanto seguia em direção ao closet.

— Katmandu existe, sim, e não, eu não agendei reunião alguma para hoje de manhã, além de ter remarcado para outro momento as que estavam agendadas. Vou dedicar algum tempo a mais para vocês, se for preciso, e pretendo trabalhar um pouco aqui de casa.

Ela estava prestes a sair do quarto, mas parou, voltou, colocou os braços em volta dele e o abraçou com força.

— Eu vivo me esquecendo de fazer isso.

Ele inclinou a cabeça dela para trás e a beijou.

— Percebo que está se lembrando mais vezes.

— Estou trabalhando nisso.

Ela foi direto para o escritório, tomar café era a prioridade no momento, para em seguida mergulhar direto no trabalho, antes que os outros lotassem o espaço de trabalho dela. Eve ainda tinha quase uma hora para revisar, repensar e pesquisar.

No entanto, quando entrou no escritório, Peabody já estava sentada em uma estação auxiliar, tomando café.

— Você acordou cedo — disse a detetive.

Eve assentiu e seguiu em direção à cozinha para pegar café.

— Você também.

— Achei que poderia dedicar uma horinha ao outro caso que apareceu, antes de voltarmos para Darryl e Ella-Loo.

O outro caso, pensou Eve. Refletindo a respeito de como todos estariam exaustos naquela manhã, preparou um bule grande de café, em vez de apenas uma caneca.

Ela tinha largado aquele caso no colo de Peabody dizendo que estaria disponível para ajudá-la. No entanto, até o momento não havia ajudado a parceira em nada.

— Me informe sobre esse novo caso.

Peabody olhou de relance quando Eve voltou à cozinha.

— Tem certeza?

— Claro, conte-me tudo.

— Certo. O novo cadáver estava submerso, mas surgiu boiando ao longo do Píer 40. De acordo com o legista, ele havia passado seis dias na água.

— Quem foi o legista que o examinou?

— Foi Porter. A vítima é um homem entre vinte e cinco e trinta anos, de etnia mista. Até agora é um João Ninguém, porque ainda não foi identificado. O rosto foi esmagado e os peixes cuidaram do resto... você sabe. Ah, e os dedos foram decepados.

— Pelo assassino ou pelos peixes?

— Pelo assassino. Pode ter sido uma investida da máfia, talvez. Parece que o assassino não queria que o cadáver fosse identificado se e quando aparecesse.

— E quanto ao DNA?

— Já solicitei uma ordem de perícia, mas os peritos estão, adivinhe só, sobrecarregados, e pediram pelo menos mais trinta e seis horas. Talvez você consiga fazer alguma pressão para conseguirmos os resultados mais cedo.

— Com certeza vou fazer isso. Causa da morte?

— A vítima foi esfaqueada várias vezes, e Porter disse que o ferimento no intestino foi a causa da morte. Quanto aos dedos cortados, alguns foram antes da morte, outros, depois. É como se alguém estivesse tentando obter informações dele, mas ele acabou morrendo. Ou então quem o raptou pensava em pedir resgate por ele e enviou alguns dos seus dedos como incentivo.

— O que começou, potencialmente, como persuasão, terminou em uma tentativa de dificultar que ele fosse identificado.

— Sim, é o que parece — concordou Peabody. — Quanto ao tempo que ele passou debaixo d'água... o corpo estava amarrado a tijolos velhos, e a perícia está trabalhando para identificar a origem dos tijolos que foram colocados junto do corpo num saco de reciclagem gigante. Depois de tanto tempo na água — completou Peabody —, os peixes fizeram o que sabem fazer com o corpo. O saco acabou se abrindo e os peixes entraram.

— Exame toxicológico?

— Ainda não foi feito. Eu estava pensando que talvez pudesse se tratar de um caso de crime organizado ou talvez uma gangue, mas diante da porradaria que ele teve de enfrentar, já não tenho certeza. Pelo menos um dos golpes foi infligido antes da morte e lhe quebrou vários dentes. Parece algo mais pessoal. Sem falar na tortura.

— Sim, os dedos.

— Esse foi o sinal mais óbvio, mas foram encontrados outros sinais de tortura.

Eve baixou a caneca.

— Que tipo de sinais?

— Alguns dos cortes e perfurações eram superficiais, e Porter relata que o pé e o tornozelo esquerdo da vítima foram esmagados por um objeto pesado. Também antes da morte. Ambos os joelhos da vítima foram quebrados.

— Alguma queimadura?

— Não está no relatório dele, mas os peixes...

Eve deu meia-volta, caminhou até sua mesa e ligou para a casa de Morris.

Ele não se preocupou em bloquear o sinal de vídeo. Pensando bem, Eve nunca o tinha visto fazer isso. Ele atendeu à ligação com ar casual, apoiado na cabeceira da cama, a trança um pouco frouxa e seus olhos ainda embaçados de sono.

— Vocês encontraram Campbell?

— Não, mas surgiu algo possivelmente relacionado. Vocês receberam um corpo não identificado... um João Ninguém. Foi Porter quem fez a autópsia. Homem entre vinte e cinco e trinta anos. Foi encontrado flutuando depois de ter sido atirado na água ao longo do Píer 40 há pelo menos seis dias. O corpo mostra sinais de tortura, Morris. Seu rosto foi tão espancado que é impossível identificá-lo visualmente, e os dedos foram decepados. A *causa mortis* foi uma facada profunda no abdômen. Preciso que você trabalhe nele agora mesmo, e preciso de um exame de DNA imediatamente. Quero que ele seja identificado pra ontem.

— Vou pedir o exame de DNA agora mesmo. — Ele jogou as cobertas para o lado. Eve viu a tatuagem do Ceifador na coxa dele, e teve um vislumbre nítido da bunda muito malhada de Morris, antes de ele sair do alcance da câmera. — Você terá tudo o que quer em uma hora. Já estou a caminho.

— Obrigada.

— Eu não juntei as peças em momento algum. — Peabody também já estava em pé. — Eu nunca considerei...

— Peabody, esse "novo caso" caiu em cima de você há menos de doze horas, no meio de outra investigação que é prioridade.

— Mas eu nunca... você descobriu a verdade em menos de cinco minutos, com apenas o básico que eu te dei.

— Tudo bem que se eu tivesse te dado cinco minutos ontem à noite, teríamos seguido em frente antes. Mas ainda não sabemos se essa morte está ligada ao nosso caso, só saberemos quando o corpo for identificado.

— Eles nunca fizeram nada assim... não é o padrão usual. Mesmo assim eu devia ter...

— "Devia ter" não vale bosta nenhuma — retrucou Eve. — Quem é a tenente aqui?

— Você — murmurou Peabody.

— Se você quiser se culpar — continuou Eve, quando Roarke entrou — faça isso depois. Agora você não tem nenhum motivo real para se culpar de coisa alguma. É algo que ainda vamos verificar. Talvez eles já tenham feito algo assim antes e ninguém tenha encontrado um corpo... ou juntado as peças. Talvez tenha sido a primeira vez. Talvez não esteja conectado ao caso principal. Um monte de "talvez" também não serve de nada, igual ao "deveria ter". A questão é que pode haver correlação, e eles precisavam de um lugar em Nova York.

— Então, talvez eles tenham usado o João Ninguém... desculpe por mais um "talvez". Vamos investigar a possibilidade de que eles mataram e se livraram do corpo só pra tomar posse do lugar onde ele morava.

Sentindo a angústia de Peabody, Roarke se aproximou e beijou sua bochecha.

— Eu estraguei tudo — disse ela.

— Por acaso eu disse que você estragou tudo? — disparou Eve, irritada desta vez. — Você vai saber quando tiver estragado tudo porque minha bota estará bem marcada na sua bunda. Este cadáver ainda não tinha sido dado como "desaparecido". Eu vasculhei todos os desaparecidos, e ninguém na faixa etária e etnia dele foi relatado na última semana. Você não tinha as informações de Morris para ligar os pontos. Porter é um bom profissional, mas não é Morris, que teria considerado essa possível conexão e insistido em investigar mais fundo. Não temos casos anteriores de desfiguração ou mutilação desse tipo. Você trabalhou no caso e informou sua parceira e sua tenente na primeira oportunidade. E, por fim... Por acaso minha bota está marcada na sua bunda?

— Não exatamente.

— Então você não estragou tudo. Pegue o seu café da manhã. Pegue o café da manhã de todo mundo. Não temos tempo pra ficar remoendo nada. Vamos em frente!

— O que você quer que eu pegue... para o café da manhã?

— Eu pareço estar me importando com o que você vai escolher?

— Não.

Movendo-se com uma rapidez inesperada, Peabody foi para a cozinha.

Eve estreitou os olhos para Roarke.

— E nem pense em me dar esporro por causa disso.

— Pelo contrário. — Ele foi até ela, tocou a covinha do queixo dela com o dedo. — Eu estava prestes a dizer "muito bem". Você deu a Peabody exatamente o que ela precisava. Agora, por que não me explica o que um João Ninguém tem a ver com esses assassinatos?

— Pode não ser nada, mas também pode ser tudo. — Ela contou os detalhes enquanto seguia até sua mesa para verificar mais uma vez a lista de pessoas desaparecidas e se havia alguém que correspondesse às características do corpo que tinha sido reportado.

— Píer 40, ele poderia ter ligação com o mapa que você delimitou, a localização é próxima o suficiente para isso.

— Exatamente. Então, temos um cenário possível: João Ninguém conheceu Ella-Loo e/ou Darryl, ou eles o vigiaram enquanto procuravam um lugar para ficar. João Ninguém provavelmente mora sozinho, ou seu desaparecimento teria sido relatado. Estou jogando com as probabilidades, mas elas são boas. Eles o derrubam, dentro ou perto da residência. Eu voto na possibilidade de terem entrado. Se divertiram com ele, fizeram tudo o que foi possível para dificultar a identificação do corpo, colocaram-no dentro de um saco plástico e adicionaram tijolos. Podem ter roubado os tijolos de um terreno abandonado ou em construção. Pegaram a van, colocaram mais tijolos ao saco, jogaram o corpo dele no rio e fizeram do lugar onde ele morava o seu novo ninho em Nova York.

— Depois que você identificar esse João Ninguém...

— Vamos direto ao lugar onde ele morava. O que Morris encontrar a mais nos ajudará a determinar como devemos prosseguir. Pode não ser mais do que um tremendo azar desse João Ninguém, ou essa pode ser a peça que precisamos para pegar esses filhos da puta.

— Você aposta nessa última opção.

O instinto de Eve lhe dizia que era aquilo, ela conseguia sentir até na ponta dos dedos.

— Tudo parece se encaixar. — Ela andou de um lado para o outro diante do quadro dos crimes, seguiu até a estação de trabalho de Peabody e começou uma revisão completa. — Parece que tudo realmente se encaixa. Você me faz um favor?

— De que tipo?

— Do tipo que arranca McNab e Banner da cama. Quando Morris me ligar de volta com o que descobriu, estaremos prontos.

Capítulo Vinte e Um

Eve enfiou alguns waffles na boca — "Boa escolha, Peabody" —, enquanto atualizava McNab e Banner, que pareciam ter caído da cama, sobre as novidades. Menos de trinta minutos depois de Peabody ter lhe contado sobre o surgimento do corpo sem identificação, ela já tinha o esboço de uma operação tomando forma em sua mente.

Talvez João Ninguém tivesse uma esposa e três filhos, morassem numa cobertura no centro da cidade, e ninguém havia percebido que ele tinha sumido por uma semana.

Mas, se o seu palpite estivesse certo, ela estaria pronta.

— McNab, entre em contato com Feeney. Quero câmeras especiais, sensores de áudio de longo alcance e sensores de calor a postos quando conseguirmos um endereço. Peabody, você ficará com Carmichael e Santiago. Eles merecem uma participação especial nesta operação, se tudo acontecer do jeito que esperamos. Quero roupas à paisana para eles, mas com coletes à prova de balas por baixo. Vamos colocá-los em ação assim que tivermos uma localização.

Ela carregou seu prato e terminou de comer os waffles enquanto andava de um lado para o outro diante do quadro de crimes, analisando atentamente o mapa na tela.

— Banner, me dê algumas probabilidades de localização. Considere a van, o João Ninguém que foi encontrado e o setor que eu destaquei reduzindo as possibilidades. Ninguém se aproximou da van desde que a encontramos, então eles não precisaram dela. Também não foram a nenhum dos restaurantes pegar comida ontem à noite. Talvez tenham se arriscado a pedir comida na porta, por conta do clima, ou talvez tivessem comida suficiente, mas vão sair em breve.

— Podemos supor que Campbell e Mulligan ainda estão vivos — sugeriu Banner —, porque eles não precisaram da van para desovar os corpos.

— Exatamente! Quando nos movermos, devemos ter em mente a suposição de que há dois civis em perigo lá dentro. Colocaremos paramédicos de prontidão.

Ela colocou o prato vazio na mesa.

— Qualquer pessoa que não tiver um casaco mágico deve usar colete à prova de balas.

— E quanto ao FBI? — quis saber Peabody.

— Será devidamente informado, mas só quando e se estivermos a caminho. Vou conversar com Zweck depois de falar com Whitney. — Ela checou as horas outra vez... e olhou para Roarke. — Você quer participar da operação?

— Não precisava nem ter perguntado.

Ela atendeu seu *tele-link* no primeiro toque.

— Pode falar, Morris.

— Samuel Zed, vinte e oito anos, residente na rua Downing, 251 apartamento 1-A.

— Bingo! Roarke!

— Vou cuidar disso.

— Os dados estão sendo enviados neste momento — avisou Morris.

— Você chegou a examiná-lo?

— Não fiz um exame completo, mas há muitas semelhanças em alguns dos ferimentos, em especial o da *causa mortis*. E tem um detalhe aqui, dê só uma olhada...

— Todos nós vamos ver. Computador, espelhar imagem do *tele-link* no telão.

— A água e os peixes comprometeram muito o estado do corpo. Dá pra ver as lesões aqui.

— Isso vai me fazer desistir do café da manhã — murmurou Banner, quando um close de carne pálida, manchada, rasgada e sem sangue surgiu no telão.

— Consigo ver as lesões — disse Eve, aproximando-se da imagem. — Também vejo o que parece a lateral de um coração. Aquela curva bem ali. Não foi um peixe que fez isso.

— Concordo. Não vou reclamar com Porter por ele não ter visto isso... pelo menos não muito. Eu mesmo poderia não ter encontrado esse detalhe, se não estivesse procurando especificamente por algo assim.

Mas você iria reparar, pensou Eve.

— É o bastante. É tudo de que precisamos.

— Para o que você precisa pra agir, sim. Mas Samuel merece mais de mim. Você terá um relatório completo, com algumas correções, antes do meio-dia. Espero que você tenha agarrado quem fez isso com ele antes disso.

— Pode apostar. Obrigada.

Ela se virou.

— Roarke?

— Já sei. — Ele continuou a trabalhar em seu tablet. — É um prédio de doze apartamentos.

— Por favor, me diga que um dos apartamentos desse prédio fica no subsolo.

— Exatamente. Me dá só um momento para confirmar. Seu instinto continua intacto, tenente. O apartamento 1-A é uma propriedade de quarto e sala que fica no subsolo. Atualmente está alugado por Samuel Zed.

— Aprontem-se! — ordenou ela. — Estamos de saída.

Ela pediu a Roarke que levasse a versão maior do 4 x 4, enquanto lia o restante dos dados de Zed. — Peabody, Zed foi contratado como auxiliar de cozinheiro no restaurante Fish House. Descubra por que ninguém percebeu que ele não apareceu para trabalhar nos últimos dias. A mãe e um dos irmãos moram em Indiana. Provavelmente não sabem que ele está desaparecido. McNab?

— Estou na linha com Feeney nesse instante, Dallas. Vamos cuidar disso.

Ela se virou na cadeira e olhou diretamente para Banner.

— Você está aquecido o suficiente, delegado?

— Sim, claro.

— Aproveite porque isso não vai durar muito. Roarke vai passar pelo prédio-alvo e você vai saltar do carro. Já tenho policiais posicionados na rua, acompanhando tudo. Você vai fazer o mesmo, vai ficar de olhos bem abertos. Mas não quero que eles cheguem na janela e vejam policiais. Então você precisa encontrar um lugar onde ficar. Talvez junto de uma carrocinha de lanches na esquina, ou dentro de um café, desde que consiga manter o prédio à vista. E deve se comportar como um turista.

— Consigo fazer isso.

— Se eles saírem, ou se um deles sair, você o segue. Não seja pego, nem chegue perto demais, simplesmente me mantenha atualizada.

— Posso cuidar disso também.

— Peabody, conte a Banner o que acontece quando você faz uma burrada.

Peabody abriu um sorriso alegre.

— Você descobre uma marca da bota da tenente no seu traseiro.

— Não queira receber uma marca da minha bota na sua bunda, Banner. Mantenha os olhos bem abertos e esteja pronto, até Santiago e Carmichael assumirem a sua posição. Depois que eles chegarem, eu te digo para onde.

— Já levei muitos chutes de bota no trabalho, e agradeço a chance de tomar parte nesta operação. Tenho bons olhos, tenente.

Eve decidiu contar com aquilo e abriu o mapa em vídeo que Roarke tinha enviado pra ela, tanto do prédio-alvo quanto dos prédios vizinhos.

— Nós passamos bem perto deste prédio ontem à noite. Eu mesma passei por ele a pé, sozinha, anteontem. Passei bem perto deles.

— Como você não consegue ver através das paredes, passar na calçada do prédio era tudo o que você podia fazer. — Roarke lançou um olhar rápido para Eve. — Não temos tempo de ninguém se sentir culpado — disse ele, repetindo as palavras de Eve para Peabody, mais cedo.

Eve não tinha como argumentar com aquilo, então entrou em contato com os policiais para avisá-los de que Banner estaria no ponto marcado.

Endireitou o corpo no banco do carro, pronta para sair, quando Roarke virou na rua Downing. Tudo estava tranquilo ali, pelo menos àquela hora da manhã. Era uma rua meio capenga, mas que tentava se segurar.

Janelas gradeadas eram a norma para apartamentos de subsolo e para o andar que dava para a rua. O apartamento 1-A do número 251 tinha grades e telas de privacidade, sem câmera externa. Ela não conseguiu identificar o tipo de fechadura só de passar em frente, de carro.

— Deixe Banner na esquina. Use apenas os olhos, Banner, limite-se a observar.

— Sim, com certeza, senhora.

Ele saiu do veículo, encolheu os ombros contra o frio e atravessou a rua pela faixa de pedestres.

— Eles podem perceber que ele é um policial se o virem de perto, mas certamente não vão confundi-lo com um policial de Nova York.

— Foi por isso que você o colocou no posto de observador.

— Em parte por isso — concordou Eve. — Mas também porque não teríamos chegado tão longe sem a obsessão dele por Mini Mel.

Ela checou as horas, avaliou a distância dali até a Central e ligou para Whitney. Eve ainda o atualizava sobre os últimos acontecimentos quando Roarke entrou na garagem da Central.

— Acabei de entrar no prédio da Central, senhor, vou direto para a Divisão de Homicídios. Quero informar a equipe e coordenar a operação com o capitão Feeney. Estaremos no local em menos de uma hora. Talvez menos, uns quarenta minutos. Vou ligar para o agente especial Zweck agora mesmo para informá-lo da situação e convidar o FBI para se juntar a nós.

— Deixe que eu ligo para Zweck. No momento, esta é uma operação da Polícia de Nova York. — O tom de voz do comandante foi rápido e definitivo. — Eu aviso se a situação mudar, tenente.

— Sim, senhor. Obrigada. — Ela encerrou a ligação quando todos entravam no elevador. — Quero subir o mais depressa possível e entrar logo em ação antes que a burocracia dos agentes federais atrapalhe alguma coisa. Roarke, você consegue fazer este elevador pular todos os andares e ir direto para o andar da minha divisão, certo?

— Você quer uma viagem expressa? Fico feliz por atender seu pedido. — Ele pegou seu tablet e começou a trabalhar.

Segundos depois, Eve saltou no instante em que as portas se abriram e foi direto até a Divisão de Homicídios.

— McNab, use nosso único e raramente confiável telão da sala de ocorrências. Não tenho tempo de brigar para conseguir uma sala de conferências. — Ela entrou na sala. — Coloque no telão o vídeo com o mapa. Carmichael e Santiago, levantem-se e vão lá pra frente, diante de todos.

Ela hesitou por um momento quando viu as botas de caubói azul safira de Carmichael, com uma fileira de tachinhas coloridas nas laterais.

— Você está de sacanagem comigo? — indagou Eve, ao ver aquilo.

— São forradas com pele de carneiro, Dallas. Esquenta como eu nunca vi. Você mandou que nos apresentássemos à paisana. Santiago comprou um chapéu.

Os lábios de Santiago se abriram num grande sorriso.

— Não vou usá-lo na operação, tenente.

— Sim, mas vai ser obrigado a usar aqui no trabalho durante cinco dias inteiros. Ele perdeu uma aposta — explicou a detetive Carmichael.

Ele balançou a cabeça com ar desolado para Eve e confirmou:

— Não aprendi com meus erros, agora tenho que pagar o preço.

— Pague depois da operação. O alvo é o apartamento do subsolo do edifício 251, destacado no mapa. Acreditamos que as duas vítimas ainda estejam vivas lá. Banner já está no ponto de observação combinado. Temos quatro policiais aqui e aqui — assinalou ela, com o laser. — Temos mais dois vigiando a saída dos fundos do prédio, aqui. Na verdade, essa saída dos fundos é uma janela estreita de escape que vai dar num pequeno beco que vai até a rua Bedford.

Ela destacou tudo com o laser.

— De acordo com nosso consultor especialista civil, que acessou as plantas, a janela de escape deve ser destrancada por dentro para destravar as barras e em seguida precisa ser levantada manualmente. Para sair dali a pessoa precisa subir quase um metro. Uma saída improvável, porque nossa equipe eletrônica vai conseguir abrir a porta principal. De qualquer modo, vocês ficam nos fundos para bloquear essa rota de fuga.

— Entendido, tenente — afirmou Santiago.

— Os paramédicos estarão de prontidão na Sétima Avenida, esquina da rua Houston Oeste. A DDE vai estacionar a van ao fim deste quarteirão, do lado leste. Estamos atrás de quatro fontes de calor, duas dos suspeitos e duas das vítimas. A DDE se aproximará do prédio pelo leste e nos fornecerá imagem e som, se for possível.

— Vamos entrar assim que eu mandar. Todos estão com colete à prova de balas?

Santiago bateu no peito:

— Estamos preparados.

— Você já está liberado para ir até o local. Avise Banner ao chegar e me ligue. McNab, colete à prova de balas. Roarke, você pode dar um zoom na porta alvo? Quero ver as fechaduras.

— São fechaduras normais. A porta desliza para o lado e tem um ferrolho — informou Roarke a Eve. — Qualidade mediana. Não é uma porcaria completa, mas nada de extraordinário. Pode haver uma barra antichoque por dentro, mas saberemos disso quando tivermos imagens lá de dentro.

— Vamos levar um aríete, por precaução.

— O apartamento não tem câmera nem alarme, pelo menos não que eu consiga ver. Nada extra foi adicionado depois da reabilitação do prédio, feita cerca de doze anos atrás. A porta tem um olho mágico, apenas isso.

McNab voltou à sala vestindo o colete à prova de balas preto sobre seu suéter vermelho berrante com listras prateadas que pareciam tremeluzir. Provavelmente para combinar com a calça prateada que vestia, supôs Eve.

— A DDE já está pronta na garagem, tenente. — Ele veio quase aos pulos até Eve, nas botas de estampa xadrez vermelho e verde. — O capitão Feeney já está na van.

— Vamos nessa. Roarke, você ficará com Feeney. Vamos salvar vidas e botar pra quebrar!

Ela revisou mentalmente todo o plano várias vezes durante a viagem, mas entendeu muito bem que não dava para antecipar todos os ângulos e movimentos, até todos estarem lá de fato. Ter dois civis provavelmente amarrados e certamente feridos aumentava os problemas que teriam de ser contornados.

Salvar a vida deles era a prioridade máxima.

— Peabody, você cuida das vítimas. Assim que a DDE verificar a localização exata delas dentro do apartamento você deverá ir até onde elas estão e protegê-las. Essa é sua prioridade. Vou colocar o policial Carmichael com você. Ele tem mais experiência nesse tipo de operação. Protejam as vítimas, protejam a si mesmos e protejam um ao outro.

— Nessa ordem?

— Exatamente. Nenhuma das vítimas que investigamos tinha marcas de atordoamento. Mesmo assim, não devemos presumir que eles não têm pistolas de atordoar. Sabemos que eles têm facas e ferramentas diversas.

Ela parou atrás da van da DDE.

— Ele vai estar mais inclinado a protegê-la do que ela a ele — continuou Eve. — Mas ela não vai se render com facilidade. Eles são muito burros, mas também são astutos. Não se esqueçam disso.

— Você também não, Dallas.

Eles saltaram do carro assim que chegaram ao local. Antes que Eve pudesse bater na porta traseira da van, Roarke a abriu e estendeu a mão para puxar Eve e depois Peabody para dentro.

— Estamos preparando os sensores de fontes de calor — disse Roarke.

Feeney trabalhava no equipamento, McNab se balançava, inquieto, ao lado dele.

— Basta acabar de refinar as coordenadas. A maior parte daquela unidade está abaixo do nível da rua. — Feeney se voltou para o equipamento e esticou os ombros.

— Vejo imagens de calor de quatro pessoas. Duas estão no canto nordeste do cômodo.

— Este é o quarto — apontou Roarke, estudando a planta do apartamento no tablet.

— Tenho mais duas pessoas na parte da frente do apartamento.

— Sala de estar.

Eve se curvou sobre o ombro de Feeney.

— Os prováveis suspeitos ainda estão na cama. As prováveis vítimas também estão posicionadas na horizontal, a cerca de quarenta e cinco centímetros de distância uma da outra.

E vivas, pensou Eve. Ainda gerando calor.

Ela saiu novamente da van para usar seu comunicador e coordenar tudo com sua equipe. Liberou a van para seguir em frente.

Roarke saltou da van logo atrás dela.

— Já tenho olhos e ouvidos lá dentro pra você, tenente.

Ela devia ter imaginado que ele arrumaria um jeito de saltar da van para participar da ação.

— Me dê os fones. — Ele entregou fones de ouvido primeiro para Eve e pegou outro para Peabody. — Vamos entrar — declarou Eve. — Feeney, se alguma coisa se mover ali dentro, quero ser informada.

— Ei, She-Body?

McNab se inclinou para fora da van e estendeu a mão para que eles fizessem o cumprimento típico que Eve já os tinha visto fazer dezenas de vezes.

— Eu volto já — prometeu-lhe Peabody.

— Estamos nos aproximando — disse Eve no microfone, enquanto todos começavam a descer o quarteirão. — Fiquem em estado de alerta. Ainda não há nenhum movimento detectável lá dentro.

Mesmo assim eles se agacharam e correram os últimos metros com o corpo curvado. Com a arma em punho, Eve desceu os degraus curtos na frente de todos e esgueirou-se para o lado da porta. Peabody ficou do lado oposto enquanto Roarke se agachou trazendo na mão a unidade portátil específica para abrir aquela fechadura.

— Nos dê só alguns segundos aqui.

Lá dentro, Reed se virou meio de lado e sentiu uma dor forte no ombro. Sua mão quebrada latejou com tanta força com o movimento que ele quase conseguiu ouvir o som dentro da própria cabeça. Sua respiração chiava pelos lábios, tão secos que sangravam.

Ele sentiu como se estivesse ali havia muitos dias. Tinha desmaiado de dor algumas vezes, mas podia ver, através da tela de privacidade, que ainda havia luz do dia. Ainda era manhã, pensou.

— Jayla! — Ele mal reconheceu a própria voz. — Jayla, acorde! Você precisa ficar acordada. Vamos lá, fale comigo. A corda já está um pouco mais frouxa. Se ao menos eu conseguir soltar meu braço...

Os olhos dela se abriram e tremeram um pouco.

— Eu só quero dormir, agora. Quero dormir.

— Você não pode dormir. Olhe pra mim. Lembre-se... lembre-se daquilo que você mesma me disse antes. Eles ainda estão dormindo. Vou tentar me livrar das cordas. Talvez desta vez eu consiga nos tirar daqui. Sei que te machuquei. Sinto muito.

— Não diga isso. Você não me machucou. Não foi você. Eles vão me matar hoje, foi isso que ela disse. Suas palavras pra mim foram: "Nós vamos te matar amanhã", mas eu não quero que eles façam isso. Eu só quero dormir, e nunca mais acordar. Existem anjos quando você dorme.

— Não. Jayla! — Ele se contorceu com mais força, e a dor veio em raios que pareciam rajadas de fogo. Eles a tinham cortado enquanto o forçavam a estuprá-la. Na segunda vez, na noite anterior, eles tinham cortado a pele dela em vários lugares, para aumentar sua dor. Agora, ele conseguia ver o sangue dela espalhado em poças sobre o plástico.

Ela não conseguiu sequer lutar, nem chorar na segunda vez. Simplesmente ficou deitada ali. Mas Jayla não tinha ouvido o que aquela puta tinha dito, pelo menos não tinha ouvido tudo. Ela não disse que eles iriam matá-la amanhã. O que tinha dito é que eles dois iriam obrigar *Reed* a matá-la.

Isso, para ele, era muito pior do que a dor.

O terror subiu como bile em sua garganta quando ele ouviu uma risadinha vinda do quarto.

Eles tinham acabado de acordar, e tudo começaria de novo.

— Há algum movimento da fonte de calor mais próxima da janela da frente — murmurou Eve. — Uma das vítimas está acordada. E, espere... também há movimento no quarto. Preciso ver, Roarke.

— Estou quase lá.

Ela olhou para a tela e observou-a piscar, para em seguida se iluminar com imagens bem definidas. No chão havia muitos equipamentos para atividades ao ar livre. Antes de ela ter chance de exigir imagens mais nítidas, reparou que Roarke deslizava lentamente os olhos por toda a sala.

— Espere! — exclamou ela. — Consigo ver os dois civis. Confirmação visual de Mulligan. Ele está acordado e luta lentamente para se soltar de uma amarra. Confirmação visual de Campbell também, mas ela parece estar inconsciente. Isso mesmo, ambos estão amarrados. Vejo algo que deve ser sangue escorrendo de algum lugar do corpo feminino. Há muito sangue espalhado pelo chão. Não há sinal visual dos suspeitos.

— A equipe de escuta está chegando — murmurou Roarke.

— Se eles ainda estiverem na cama, nós avançamos e protegemos os civis. Policial Carmichael, venha até onde estamos. Banner, posicione-se na frente da porta.

Roarke estabilizou o sinal de áudio. E Eve ouviu uma risadinha.

— Os suspeitos já acordaram. Estão de pé e se movimentando. Abra as fechaduras.

— Só mais um segundo. Não há barra horizontal alguma contra arrombamentos. — Roarke colocou o tablet de lado e pegou suas ferramentas. — Você invade agachada cobrindo a parte de baixo, como sempre fazemos.

— Estou pronta e você invade com as armas cobrindo a parte de cima. Peabody, Carmichael, vocês entram logo atrás de nós e cortem para a direita, onde estão os civis. Banner, pode chamar os outros da equipe, agora!

— Estamos prontos — disse Roarke a Eve.

— Invadindo em cinco... quatro... três. — Ela usou os dedos para os dois últimos números da contagem.

E arrombaram a porta.

O estrondo sacudiu o ar. Houve gritos, uma parede de barulho e movimento surgiu, vindo lá de dentro.

Darryl, nu, segurava um martelo com uma ponta esférica. Ella-Loo, vestindo uma roupa íntima sexy, certamente roubada, empunhava uma pequena faca de cozinha. Ela deu um grito forte e virou-se, tentando voltar para o quarto.

— Pare! Polícia!

Darryl arremessou o martelo. Eve ouviu o golpe do objeto contra uma parede uma fração de segundo depois de se esquivar.

— Já o tenho na mira — avisou Roarke, friamente. — Por que você não cuida da mulher?

Darryl, com os olhos arregalados, tentou atacar Roarke. Como conhecia bem o marido, Eve o deixou sozinho com Darryl e foi atrás de Ella-Loo.

Quando Eve encontrou a porta do quarto fechada e trancada, simplesmente balançou a cabeça para os lados. Recuando um pouco, chutou uma e depois outra vez, com mais força. A porta se escancarou e ela se esquivou de uma garrafa voadora lançada em sua direção.

— Desista, Ella-Loo!

— Fique longe de mim, senão eu te mato! — Ela pegou outra garrafa do chão. Dessa vez quebrou-a contra a parede e atacou Eve com o vidro irregular em uma das mãos e a faca na outra.

— Você está brincando comigo tentando me atacar com isso, sua idiota? Não enxerga a pistola de atordoar que está na minha mão?

— Vou retalhar seu rosto.

— Ok, tente.

Balançando a garrafa quebrada sobre a cabeça, golpeando e cutucando o ar com a faca, Ella-Loo saltou para a frente. Eve considerou usar a pistola de atordoar durante um breve segundo, mas acabou escolhendo a opção mais satisfatória: um forte cruzado de esquerda.

Eve teve de dar um curto pulo para trás, a fim de evitar a faca, mas não muito. E não se arrependeu quando a vadia caiu, de costas, sobre o vidro quebrado e, aos gritos, rolou de lado, sangrando.

— E aí, gostou de ser cortada?

Uma parte sombria dela teria adorado a chance de rolar a vadia assassina várias vezes sobre os cacos de vidro. Talvez, na confusão, a bota de Eve que pisou na faca tenha prendido ou esmagado alguns dedos da assassina.

O uivo longo e chocado que ela soltou não feriu seus sentimentos nem um pouco.

Mas a policial que havia dentro de Eve chutou a faca para o lado, por segurança. Então puxou a mulher do chão enquanto ela soltava cusparadas e gritos para o alto, e empurrou-a de bruços sobre a cama, para imobilizá-la.

— Você está presa. — Ela colocou-lhe as algemas enquanto Ella-Loo gritava, chamando por Darryl. — Essa prisão é por várias acusações de assassinato em primeiro grau, apenas para começar.

— Darryl! Darryl! Tire essa piranha de cima de mim!

Eve se abaixou, tapou o microfone da filmadora com a mão por um segundo e disse no ouvido dela:

— Meu homem é infinitamente melhor que o fracasso de homem que você arranjou por aí. E ele já derrubou Darryl.

Ela tirou a mão do microfone da filmadora, puxou Ella-Loo do chão e a colocou de pé.

— Você tem o direito de permanecer em silêncio, mas vá em frente, continue gritando. É música para os meus ouvidos.

Ella-Loo virou a cabeça e arreganhou os dentes.

— Uuuh, você é uma daquelas que mordem? Nossa, agora estou com medo!

Enquanto Eve a arrastava em direção à porta, Banner entrou às pressas.

— Pegou ela!? Tudo bem com a senhora, tenente?

— Estou ótima, mas ela caiu em cima de cacos de vidro, coitada, então vai precisar de cuidados médicos. Ainda não terminei de ler seus direitos e obrigações. Por que você não cuida dela, delegado, e faz isso?

— Puxa, isso seria um prazer considerável, tenente.

— Cuidado que ela morde.

Ele exibiu os próprios dentes.

— Já enfrentei várias mordedoras ao longo da minha carreira.

Eve respirou fundo quando Banner arrastou Ella-Loo para fora do quarto, flexionou a mão esquerda algumas vezes e logo os seguiu para a sala.

Darryl, ainda nu, estava deitado no chão inconsciente, enquanto um policial o algemava. Eve olhou para Roarke.

— Eu diria que isso foi muito divertido, se não fosse por...

Ao mesmo tempo, os dois olharam para os feridos.

Havia paramédicos cuidando de ambos, enquanto os policiais cortavam as ataduras e Peabody os acalmava.

— Não a deixem morrer! — Lágrimas pesadas escorriam pelo rosto de Reed. — Não a deixem morrer, por favor. Eles me obrigaram a estuprá-la. Eu a estuprei, mas ela se manteve forte. Não me culpou em momento algum. Não a deixem morrer. O nome dela é Jayla. Eles a feriram muito. Eles a machucaram muito, sem parar.

— Nós sabemos quem ela é. — Eve se aproximou dele. — Também sabemos quem você é, Reed. Nada do que aconteceu aqui foi culpa sua. Os médicos farão tudo o que puderem por ela. E por você.

McNab colocou um cobertor sobre ele e deu um passo para o lado a fim de os médicos passarem. Eles colocaram Reed sobre uma maca.

— Não deixem que ela morra! — O olhar de Reed se fixou no de Eve. — O nome dela é Jayla.

Ela se virou para falar com um dos paramédicos e estudou o rosto cinzento de Jayla enquanto o fazia.

— Ela vai sobreviver?

— Perdeu muito sangue, tenente. Estamos bombeando fluidos nela, no momento. — Ele meneou a cabeça. — Não posso lhe assegurar com certeza, mas já estamos quase prontos para levá-la para o hospital.

— Quero ser informada sobre o status dela e o de Mulligan. Sou a tenente Dallas, da Central de Polícia.

— Eu sei quem a senhora é. A maioria de nós sabe. Vou adicionar seu pedido aos dados dos dois. Aqueles canalhas certamente a torturaram muito. Acabe com eles, tenente!

Era exatamente o que ela planejava fazer.

— Quero toda essa cena de crime cercada e protegida — gritou, para todos. — E quero peritos trabalhando aqui. Todos devem passar spray selante nas mãos, agora mesmo. Filmem e registrem tudo. Os suspeitos já foram levados para o camburão e estão sendo clinicamente examinados. Quero que cada um de nós siga todos os procedimentos oficiais, sem deixar nenhum furo.

Ela caminhou até Carmichael e Santiago.

— A cena do crime é toda de vocês, se quiserem.

— Nós queremos — garantiu Santiago.

— Documentem tudo, até a última partícula de poeira. Enviem cópias do relatório para Whitney, Mira, Reo e o agente especial Zweck.

Carmichael olhou para as poças de sangue no plástico, os respingos e manchas em facas, martelos, chaves de fenda e pedaços de vidro.

— Faça-os suar bastante no interrogatório, e depois torça-os com força até secarem, tenente.

— Contem com isso.

Eve saiu para o frio e achou aquela uma sensação gloriosa, depois do fedor lá de dentro.

— Obrigada pela ajuda — agradeceu, quando Roarke saiu e se colocou ao lado dela.

— Nada disso, vou acompanhar tudo até o fim. Remarquei compromissos e reuniões. Também posso trabalhar um pouco online, na Central. Vou adorar ver você fazê-los suar bastante e depois torcê-los até secar.

— Talvez Campbell não consiga escapar. Dava pra ver nos olhos dos paramédicos. Eles não acreditam que ela vá sobreviver. Se tivéssemos chegado algumas horas antes, quem sabe...

— Eve.

— Eu sei, eu sei. Não é culpa minha, nem de nenhum de nós. A culpa é daqueles dois que fizeram isso com ela. Mas a verdade é que ela resistiu, apesar de tudo que lhe fizeram, ela resistiu, resistiu muito. E agora, pode ser que não consiga sobreviver.

Ela esfregou o rosto com força.

— Preciso entrar em contato com a amiga que divide o apartamento com ela.

— Deixe isso comigo — ofereceu Peabody. — Farei contato com os familiares e amigos dos dois, Dallas. Talvez tendo amigos por perto, junto da família, ambos tenham uma chance melhor. Banner e eu voltaremos na van da DDE, e eu farei os contatos.

— Tudo bem, ótimo. Vou informar Whitney e colocar Mira a par dos acontecimentos. — Ela soltou um suspiro que saiu em uma nuvem de vapor. — Vamos encerrar logo isso.

Ela se afastou do pesadelo daquele apartamento que pertencia a um homem morto... e lembrou que os parentes mais próximos dele também precisavam ser notificados.

— Imagine que o meu braço está em volta de você — disse Roarke.

— O quê?

Ele sorriu para ela.

— Você se oporia a tal gesto na presença dos policiais, mas saiba que estou aqui pra você se encostar, se quiser.

— Tudo bem. Nós pegamos os bandidos.

— Peabody sabia que você gostaria de ficar um pouco sozinha comigo, a sós. Use esse tempo.

— Ele, Reed, está bem ferido, mas não tanto quanto ela. Eles não o machucaram tanto porque precisavam que ele fosse fisicamente capaz de estuprá-la. Ele vai conseguir sobreviver, mas... pode ser que nunca consiga superar o que o obrigaram a fazer. Ele é apenas um cara comum, pouco mais que um garoto, aparentemente decente, e terá que conviver com isso a vida toda. De certa forma, eles o estupraram também, no instante em que forçaram a vontade deles em Reed.

— Mira, ou alguém como ela, o ajudará a entender tudo isso e a lidar com essas lembranças.

— Leva muito tempo para lidar com algo assim. É preciso muitos anos para aceitar coisas desse tipo. Algumas pessoas nunca conseguem.

Eve sentiu um embrulho na própria barriga ao se lembrar do quanto ela mesma estivera próxima do ponto de talvez nunca conseguir chegar lá.

— Acho que não teria conseguido sem você — afirmou Eve. — Não teria resolvido meus traumas sem você, mesmo com o belo trabalho que Mira fez comigo.

— Agora você conseguiu me emocionar — murmurou ele. — Que se danem os policiais à nossa volta. — Ele colocou um braço em volta dela, depois o outro. — Você chegou lá. Nós dois chegamos. E eu não mudaria um segundo sequer dos momentos bons e ruins que vivemos juntos desde que coloquei os olhos em você pela primeira vez. Aquele foi um choque que me marcou para sempre. — Ele tocou os lábios na testa dela. — Eu nunca me recuperei.

— Nem um segundinho de mudança em nada?

— Nem um.

— Porque se a gente mexer em um deles, modifica todo o resto.

— Vejo que você se lembrou.

— Ok. — Ela respirou fundo e se afastou. — Chega de gestos de carinho no meio da rua. — Ela deu alguns passos até a van e chamou Feeney. — Pegamos as bundas deles de jeito!

— Agora frite os dois, garota.

Roarke viu aquele sorriso afiado brilhar no rosto de Eve e pensou: Pronto, aí está a minha policial.

Capítulo Vinte e Dois

Energizada e pronta, Eve marchou em direção à Divisão de Homicídios.

— Você já sabe como vai lidar com eles? — quis saber Roarke.

— Tenho um plano. — Ela diminuiu o passo ao avistar Zweck. — Talvez ainda precise ajustar alguns detalhes. Olá, Agente Especial.

— Olá, tenente. Precisamos conversar.

— Claro. Venha até a minha sala. — Ela lançou uma olhada para Roarke e caminhou na frente de ambos até a sala de ocorrências, onde todos os policiais olharam para Zweck de maneira desconfiada.

Ela chamou Zweck para acompanhá-la até a sua sala, enquanto Roarke vagava entre os policiais, talvez para admirar a mais recente gravata extravagante de Jenkinson.

— Sente-se — ofereceu Eve, mas Zweck simplesmente balançou a cabeça para os lados.

Sem tirar os olhos dele, Eve fechou a porta e optou por se encostar na quina da sua mesa de trabalho.

— Ella-Loo Parsens e Darryl Roy James já estão sob nossa custódia.

— Sim, eu já soube.

— A operação foi um sucesso, nenhum policial foi ferido. Os suspeitos estão sendo ou já foram tratados por médicos, por conta de ferimentos leves que sofreram durante a operação. Campbell e Mulligan foram levados para o Hospital Clinton. Exames médicos feitos no local indicaram que as chances de Campbell sobreviver são precárias.

Zweck comprimiu os lábios por um momento.

— Eu sei quem estragou tudo do nosso lado.

Reconhecendo a raiva mal reprimida quando a dela fervia a apenas meio metro de distância, Eve apenas assentiu com a cabeça.

— São dois agentes de patente, mas pretendo usar o seu trabalho nisso, seus relatórios e os resultados obtidos nesta manhã para repreendê-los. Sei que eles também têm superiores hierárquicos, e irei até onde for preciso para alcançar todos os incompetentes. Meu relatório sobre a operação do Departamento de Polícia de Nova York feita esta manhã será adiado pelo menos até eu... avaliar todos os detalhes e tomar uma decisão.

Ela fez que sim com a cabeça mais uma vez.

— Ok. Preciso que entenda uma coisa, agente... quero ter minha chance de conversar com eles, e o delegado Banner com certeza também merece essa chance. Mas saiba que eu não dou a mínima para quem vai vazar tudo isso para a mídia, nem qual jurisdição manterá os assassinos presos pelo resto de suas vidas doentias e miseráveis.

— O governo federal insistirá em hospedá-los pelo resto da vida doentia e miserável deles, mas, enquanto isso, faça o que quiser. Vou garantir que tenha todo o tempo de que precisar.

— Isso pra mim já é o suficiente. Você quer um lugar na sala de interrogatório? — ofereceu Eve.

— Vou apenas observar, por ora.

— Para mim também está bom. Vou informá-lo a partir de todos os dados disponíveis. Pode entrar! — gritou, quando bateram na porta. Peabody enfiou a cabeça pela fresta que se abriu.

— Desculpe interromper, mas acredito que você gostaria de saber que os suspeitos já foram liberados clinicamente. Parece que o comandante Whitney está vindo pra cá, e a dra. Mira também já está a caminho.

— Mande os suspeitos subirem da carceragem, mas coloque-os em salas separadas. Deixe-os ferver lá dentro por um tempo, em fogo brando.

Peabody lançou um olhar rápido para Zweck.

— Os interrogatórios serão feitos nas nossas salas, Dallas?

— Sim, nas nossas salas. Mas mantenha-os separados durante todo o processo.

— Não quero atrapalhar mais — disse Zweck. — Simplesmente me avisem quando vocês estiverem prontos para começar.

— Pode deixar que eu aviso.

Peabody se afastou para deixá-lo sair.

— Ele não vai assumir o caso a partir deste ponto?

— Está puto com o próprio pessoal, então resolveu mostrar o dedo do meio pra eles. Vai apenas observar por enquanto, e nos dar a primeira chance de interrogá-los. Portanto, precisamos fazer tudo muito bem. Vamos alternar entre você e Banner. Quero pegar Darryl primeiro, ao lado de Banner. Depois, vou para Ella-Loo, com você, então volto para Darryl, provavelmente com você, e mais uma última vez com Darryl, com Banner mais uma vez. Mas vamos ver como a coisa se desenrola.

— Vou preparar tudo. Whitney está quase aqui — acrescentou Peabody, num sussurro, mas Eve já tinha ouvido o passo autoritário do comandante vindo pelo corredor. — Bom dia, comandante.

— Bom dia, detetive. Bom trabalho, tenente — disse ele enquanto entrava na sala.

— Comandante, não precisava vir até aqui. Eu já ia procurá-lo.

— Acredito que você esteve e estará mais ocupada do que eu hoje. — Ele parecia preencher todo o espaço da sala de Eve. Um homem grande numa sala minúscula.

— Detetive Peabody, pode ir buscá-los.

— Sim, senhor.

— Terei meu relatório completo devidamente redigido e entregue até o fim do dia, comandante, mas gostaria de começar o processo de interrogatório antes. Temos uma pequena janela, fornecida pelo agente especial Zweck, para manter o caso nas mãos da Polícia de Nova York até segunda ordem.

— Uma janela que eu pretendo ampliar, caso você precise. Você os pegou, você os trouxe para cá, você vai encerrar o caso. O secretário de segurança Tibble apoia a decisão e mandou que eu elogiasse vocês, em nome dele, pela bela atuação.

— Agradeço muito, senhor.

— A assistente da Promotoria Reo também participará do processo neste momento, mas um promotor federal assumirá mais tarde. Os suspeitos serão remetidos à custódia federal, quando terminarmos.

— Entendido, comandante, perfeitamente.

Ele sorriu de leve.

— Ótimo. A mídia tem estado quieta sobre tudo isso porque ainda não ligou os pontos, mas esse caso vai explodir, e logo. Acredito que o primeiro vazamento já começou... — Deliberadamente, ele consultou seu *smartwatch* — cerca de dez minutos atrás.

O que significava que a mão do comandante estava na torneira que tinha vazado tudo.

— A Polícia de Nova York identificou, localizou e prendeu os dois indivíduos que abriram um caminho sanguinolento por metade do país. Prendeu duas pessoas que tiraram a vida de pelo menos vinte e quatro cidadãos desde que começaram sua onda de assassinatos, em agosto do ano passado. Os federais poderão ficar com a própria fatia do crédito — concluiu Whitney —, mas não vão ficar com a torta inteira.

— Uma boa fatia dessa torta deve ir para o delegado Banner, senhor.

— Concordo, e nosso departamento reconhecerá sua assistência inestimável. Tenho motivos para acreditar que o FBI fará o mesmo.

Ele se virou quando Mira e Reo chegaram à porta de Eve.

— Olá, Jack. Olá, Eve. — Mira entrou, mas logo se afastou para abrir espaço. — Você tem estado muito ocupada.

— Está sendo uma manhã e tanto — Reo, com o cabelo muito bem penteado, os olhos afiados e alertas, colocou a pasta sobre a mesa de Eve. —Tem como eu pegar um café, antes de começarmos?

Eve foi até o AutoChef.

— Temos que arrumar um jeito de ampliar essa sala — comentou Whitney. — Posso encaixar uma verba para isso no orçamento.

— Se minha sala fosse maior, mais pessoas entrariam aqui. Digo isso com todo o respeito, senhor — acrescentou Eve, enquanto programava o café.

Como ainda tinha tempo, ela aproveitou para compartilhar os detalhes e delinear a estratégia básica que seguiria.

Quando ficou sozinha novamente, respirou fundo. Quatro pessoas naquele espaço sugavam muito ar. Montou um novo arquivo na sua pasta e saiu.

— Banner, você será o primeiro a entrar comigo. Peabody, fique na Sala de Observação. Ligue para o agente Zweck e avise-o que vamos começar o interrogatório. Onde está Darryl?

— Na sala de interrogatório B.

— Ele será o primeiro.

Banner acelerou o passo para acompanhar o de Eve.

— Agradeço a chance de participar deste momento, tenente.

— Você mereceu mais do que tudo.

— Não significa que eu não deva agradecer.

— Você já conseguiu aquele moletom do Departamento de Polícia de Nova York, delegado?

— Consegui sim, obrigado.

— Use-o com orgulho. Aqui vamos nós — anunciou ela, e abriu a porta da sala de interrogatório B. — Ligar filmadora. Aqui fala a tenente Eve Dallas e o delegado William Banner. Estamos dando início ao interrogatório de Darryl Roy James, acusado nos casos H-52310, H-52314, H-52318 e outros casos ligados a estes. Sr. James, já foi informado sobre seus direitos?

Eles o limparam e tinham aplicado um pouco de NuSkin em um corte que ele sofrera acima da sobrancelha esquerda. Vestia macacão de presidiário. O laranja forte não ajudava muito na aparência. Nem o hematoma em seu maxilar.

— Onde está minha Ella-Loo?

— Está sob custódia da Polícia de Nova York, com a bunda no fogo, exatamente como você. Já lhe informaram sobre seus direitos?

— Quero vê-la. Quero vê-la para ter certeza de que vocês não a machucaram.

Eve sentou-se diante dele, deixando apenas a mesa entre ela e o prisioneiro. Pousou o arquivo com força sobre a mesa.

— Você tem o direito de permanecer em silêncio — começou Eve.

— Eles já me disseram tudo isso. É melhor você trazer Ella-Loo para perto de mim agora mesmo!

— Quer dizer que você já foi informado dos seus direitos e obrigações?

— Já disse que sim, não disse? — Ele bateu com o punho sobre o tampo da mesa, e as algemas que o prendiam chacoalharam. — Não direi nada sobre coisa alguma até ver Ella-Loo.

— Só que você não verá Ella-Loo até dizer alguma coisa sobre tudo. — Eve se recostou na cadeira. — Sabe esses direitos que você ouviu? É tudo o que você tem. A questão, Darryl, é que eu posso fazer com que você nunca mais coloque os olhos nela.

A raiva surgiu no rosto dele como uma onda vermelha.

— Você não pode mantê-la longe de mim. Nós fomos feitos um para o outro. Somos o verdadeiro amor para a vida toda.

— Você acha? Veremos o quanto esse tal amor é "verdadeiro" e o quanto ele realmente é "para a vida toda". Vamos descobrir isso no instante em que ela entender que a "vida toda" dela será numa cela de concreto fora do planeta.

Dessa vez, ela se inclinou para frente.

— Vocês vão ser condenados à prisão perpétua, Darryl. Consegue entender isso? Nunca mais você verá a luz do dia. Dessa vez não serão alguns poucos anos na Penitenciária Estadual de Oklahoma, com direito a visitas íntimas e salas para familiares, nem tempo livre para ler e fazer cursos. Estamos falando de várias sentenças consecutivas de prisão perpétua; o seu cenário é o pior possível.

— Você não me assusta. Vocês entraram invadindo a nossa casa...

— A casa de vocês? Aquela era a casa de Samuel Zed.

Darryl exibiu um olhar meio desconfiado.

— Claro, o bom e velho Sammy. Ele disse que poderíamos ficar lá. Ele teve que viajar por algumas semanas e disse que poderíamos ficar no apartamento dele, para tomar conta da casa durante sua ausência.

— Ah, é mesmo?

— Claro que sim.

— Essa viagem dele incluiu passar algum tempo flutuando no rio Hudson, sem a porra dos dedos?

— Não sei do que você está falando.

— Onde vocês o conheceram?

— Em um bar, ou algo assim.

— Que bar?

Arrogante, ele sorriu para ela.

— Que diabos, querida, há tantos bares por aí... quem conseguiria lembrar?

— Ella-Loo balançou os peitos pra ele, *querido*? Ela serviu de isca para atraí-lo?

A fúria tomou conta do rosto dele outra vez.

— Não fale da minha mulher desse jeito!

— Ela prometeu trepar com ele, para que o pobre coitado a levasse para a própria casa? Qual de vocês dois quebrou os dentes dele? Qual de vocês cortou os dedos dele?

— Não sei do que você está falando. Se Zed se meteu em problemas e acabou morto, não foi culpa nossa. Estávamos apenas tomando conta do apartamento, para ele.

— Jayla Campbell e Reed Mulligan também estavam tomando conta do lugar?

Ele olhou para algum ponto acima da cabeça dela.

— Não sei quem são essas pessoas.

Eve percebeu que ouvia uma verdade pela primeira vez naquela conversa. Ele sequer sabia os nomes deles.

— São as duas pessoas que você amarrou para poder torturá-las à vontade. Para que você e Ella-Loo pudessem cortá-las, queimá-las e espancá-las. Porque torturar e matar as pessoas é algo que excita vocês, seus filhos da puta miseráveis!

Ele esticou as pernas debaixo da mesa e sugou o ar com força por entre os dentes.

— Você não sabe de porra nenhuma! Nós nos encontramos com os dois, e eles nos disseram que curtiam esse tipo de coisa... dois casais juntos. Disseram que muitos casais curtem essa *vibe* aqui na cidade grande. Todos nós estávamos apenas nos divertindo, apenas isso. Se eles contarem algo diferente, estão mentindo, e vocês não têm provas do contrário.

Eve abriu a pasta com os arquivos, despejou sobre a mesa fotos de todos os mortos que tinham sido torturados por eles.

— Está vendo todas essas pessoas aqui, Darryl? Todas elas também curtiam essa *vibe*?

— Não conheço nenhuma dessas pessoas. — Mas ele olhou para as fotos com uma espécie de avidez; também havia indícios de excitação e orgulho em seus olhos.

Eve se ergueu da cadeira e se debruçou na direção dele, para aumentar a pressão. Mas em voz baixa, foi Banner quem falou:

— Melvin Little.

— O quê?

— Melvin Little. É este homem, bem aqui. — Banner empurrou a foto do amigo para mais perto.

— De onde você é?

— Silby's Pond, no Arkansas, assim como ele. Melvin Little era meu amigo.

— Sinto muito pelo seu amigo, mas eu e minha Ella-Loo nunca estivemos em Silby's Pond.

— Você quer proteger Ella-Loo a qualquer custo, não é, Darryl?

— Eu faria qualquer coisa por ela.

Com o dedo, ele traçou um coração sobre o peito.

— Não vou deixar ninguém machucá-la. Eu *morreria* por ela.

— Dá pra perceber isso. — Uma pitada de admiração surgiu no tom de Banner. — Dá pra entender que vocês dois foram feitos um para o outro, exatamente como você disse. Mas você precisa entender uma coisa: nós podemos provar tudo o que vocês fizeram com meu amigo, e com todas essas pessoas das fotos. Nós podemos provar que vocês estiveram em Silby's Pond, e sabemos com certeza que você e Ella-Loo se conheceram no bar Rope 'N Ride, em Oklahoma.

— "Assim que se olharam, eles se amaram." Isso é Shakespeare, amigo.

— Tudo bem. Nós podemos provar que você e Ella-Loo trilharam o caminho do amor pelo país todo, podemos provar que, quando você acabou de cumprir sua pena, vocês dois partiram para o leste na caminhonete que você roubou de Barlow Hanks, cerca de quatro anos antes.

— Porra nenhuma! — O sorriso arrogante voltou. — Dei dinheiro vivo a Barlow para comprar aquela caminhonete, e se ele disser o contrário, é um puto de um mentiroso.

— Vocês cruzaram a divisa do Arkansas — continuou Banner, no mesmo tom tranquilo e coloquial. — E você matou Robert Jansen com uma chave de roda. Depois pegou o carro dele, dirigiu até Silby's Pond, onde arrombou aquela cabana para turistas. Foi neste momento que Mini Mel apareceu.

— Não conheço nenhuma dessas pessoas — reafirmou Darryl, com a mesma estupidez teimosa. — O fato de vocês afirmarem tudo isso não torna nada verdade.

— Podemos provar tudo o que dissermos. Podemos provar que todas essas pessoas morreram nas mãos de vocês dois. Você precisa entender uma coisa, Darryl: estamos aqui apenas para lhe dar chance de se ajudar e proteger Ella-Loo. Se não nos contar tudo o que fizeram, é possível que você nunca mais a veja, para sempre. É provável que eles a coloquem em algum lugar onde alguém a machucará o tempo todo porque você não estará lá para cuidar dela.

Darryl se inclinou para a frente com os punhos cerrados.

— Não vou deixar vocês fazerem isso!

Eve se levantou, saiu da cadeira e mudou o foco da conversa.

— Faremos o que bem quisermos. Vê se te manca, idiota. Pense no que eu disse, pense em Ella-Loo presa para sempre naquela gaiola onde você não conseguirá visitá-la, não poderá chegar até ela, não poderá ajudá-la, não conseguirá sequer tocá-la. Pense nisso aqui! — repetiu, batendo na mesa e nas fotos. — E veja se consegue se lembrar de alguma dessas pessoas, quando voltarmos para conversar mais tarde. Dallas e Banner deixando o interrogatório, desligar filmadora!

E saíram da sala.

— Nada mal — disse Eve, olhando para Banner. — Nada mal mesmo.

— Eu queria estender a mão, agarrá-lo pela garganta e bater a cara dele na mesa até que não houvesse mais nada ali além de sangue. Nunca senti esse tipo de violência em mim antes.

— Assassinos conseguem trazer à tona esse tipo de sentimento. — Ele ficou um pouco pálido, notou Eve, e se recostou na parede. — Por que você não faz uma pausa, delegado?

— Acho que vou aceitar essa sugestão. Vou para a Sala de Observação, mas quero fazer uma pausa antes.

Ela o observou seguir pelo corredor e voltou para a sua sala, onde imprimiu mais cópias das fotos, antes de ligar para Peabody pelo comunicador.

— Estou saindo neste instante para interrogar Ella-Loo.

— Já estou aqui na porta.

Usaria uma estratégia diferente com ela, decidiu Eve, e deixou Peabody avisada.

— Vamos atacá-la com força. Nada de tira boa versus tira má.

— Beleza!

— Exiba sua melhor cara de megera, Peabody. — Eve abriu a porta e notou que a roupa laranja também não ajudava muito Ella-Loo. — Ligar filmadora. Aqui fala a tenente Eve Dallas e a detetive Delia Peabody. Vamos interrogar Ella-Loo Parsens. — Ela recitou os números dos casos e falou com voz firme, enquanto Ella-Loo reclamava sem parar.

— Vocês não podem me arrastar de um lado para outro desse jeito! Estou toda cortada. Quero ir para o hospital. Você foi indecorosa comigo, agarrou meus peitos. Não quero conversar com você. — Por fim, perguntou: — O que você fez com Darryl? Quero o meu Darryl!

— Alguém já leu os seus direitos, Ella-Loo?

— Foda-se você e fodam-se os seus direitos. Quero ir para o hospital. Quero Darryl!

— Você foi oficialmente liberada pelos médicos, e ver Darryl não vai rolar. Provavelmente nunca mais.

O puro choque daquelas palavras deixou o rosto dela completamente pálido.

— O que você quer dizer com "nunca mais"? Ele é o marido que mora no meu coração, tenho todo o direito de vê-lo.

— Os únicos direitos que você tem são estes: Você tem o direito de permanecer em silêncio...

Eve continuou a ler a lista de deveres e obrigações das pessoas presas, mantendo o tom de voz acima dos gritos e exigências de Ella-Loo.

— Você entendeu seus direitos e obrigações?

— Eu entendo que você é uma puta sem peitos.

— Posso lê-los novamente, e vou continuar lendo até que você diga, para que fique registrado, se você os entendeu ou não. A alternativa é deixá-la sozinha aqui para pensar sobre esse assunto durante algumas horas.

— Entendi tudo muito bem. Quero minhas roupas, quero Darryl. Não sou obrigada a contar nada para uma policial sapatona.

— Estamos cagando e andando para o que você quer — anunciou Peabody, deixando Eve orgulhosa com o tom áspero e cruel que ela colocou na voz. — As únicas roupas que você vai usar de agora em diante são as que você tem, além do preto de luto por estar na prisão. Você parece uma abóbora que foi assada demais nesta roupa laranja, mas aposto que as mulheres do Riker vão acabar com você assim mesmo, numa boa.

— Eu não sei o que é Riker, e não vou pra lá.

— Na verdade você vai, sim, mas só temporariamente — continuou Eve. — Depois de uma curta estada, aposto que acabará no satélite Omega, ou seja, fora do planeta. Quanto a Jayla Campbell e Reed Mulligan, as duas pobres vítimas que vocês estavam torturando quando nos conhecemos...? Eles têm muita coisa a dizer sobre você e Darryl.

— São uns mentirosos! Estávamos festejando. Não existe lei alguma contra fazer o que lhe der na telha dentro da própria casa. Éramos todos adultos que consentíamos o que bem quiséssemos.

— Eles deram seu consentimento para serem amarrados, cortados, queimados, espancados e estuprados?

— Eles são pessoas doentes mentais, essa é a verdade. Darryl e eu estávamos só seguindo o bonde, apenas experimentando coisas novas. Mas já tínhamos enjoado daquilo tudo e estávamos prestes a expulsá-los da nossa casa.

— Sua casa? — rugiu Peabody, pegando a pasta e jogando sobre a mesa as fotos que encontrou de Samuel Zed. — Aquela era a casa dele, sua idiota pervertida. Você é tão imbecil a ponto de achar que cortar os dedos dele significaria que não conseguiríamos identificá-lo? Olha só o que vocês fizeram com ele!

Quando Peabody se levantou, se debruçou sobre a mesa e enfiou a foto bem na cara de Ella-Loo, Eve simplesmente se recostou na cadeira e deixou a parceira cavalgar livre e solta.

Vai, Peabody, pensou ela.

— Fique longe de mim! — gritou Ella-Loo. — Não me toque! Você não tem permissão para colocar as mãos em mim.

— Eu tenho permissão para fazer o que eu quiser com putas doentes e psicopatas.

— Não tem, não! Darryl! Tire essa maluca de cima de mim! Vou delatar vocês pra todo mundo!

— Delatar pra quem? — quis saber Eve. — Quem vai acreditar em você, em vez de acreditar em duas policiais? Além do mais, coisas ruins acontecem com gravações o tempo todo. Equipamentos com defeito são comuns. Que tal tirarmos as algemas dela, Peabody? Você pode fazer aquilo que fez com a nossa última prisioneira. Eu te apoio e te protejo.

Peabody mostrou os dentes e seus olhos brilharam.

— Oba, vamos nessa!

Quando Eve começou a se levantar, Ella-Loo tentou se encolher.

— Vocês não podem... não podem fazer isso comigo. Ele me atacou, foi isso que aconteceu. Darryl estava só me protegendo. Aquele cara ali, aquele cara da foto, ele estava tentando me estuprar, então Darryl chegou e me protegeu. Foi legítima defesa.

— E, de alguma forma, nessa luta em legítima defesa, Samuel Zed perdeu todos os dedos?

— Nós... nós estávamos com medo. Tivemos medo de nos meter em problemas, então nós o jogamos na água.

Ela se manteve curvada, mas lançava olhares cheios de ódio para Peabody.

— Precisávamos de um lugar para ficar, então fomos até onde ele morava. Isso foi tudo o que fizemos. De repente, ele começou a me estuprar, e Darryl o impediu. Darryl é um herói!

— Obviamente. Onde vocês estavam quando essa suposta tentativa de estupro ocorreu? — perguntou Eve.

— Não sei. Acabamos de chegar a Nova York. Estava escuro. Fomos tomar uns drinques em algum lugar e eu saí da mesa por um minuto. De repente, esse cara me agarrou com força, começou a rasgar minhas roupas. Darryl saiu lá de dentro e o impediu.

— Do lado de fora de um bar, à noite, em temperaturas muito abaixo de zero, um cara te agarrou e rasgou suas roupas?

— Foi isso que aconteceu. Legítima defesa!

— Ninguém testemunhou essa tentativa de estupro, nem a legítima defesa que resultou em um cadáver. E de alguma forma vocês ainda tiveram tempo de desenterrar a identificação do morto e transportar o dito cadáver... na van que vocês roubaram.

Um ar de confusão surgiu no rosto de Ella-Loo.

— Eu... nós... ninguém queria nos ajudar. Ninguém! Nós não roubamos nada.

— Roubaram uma van — continuou Eve —, do estacionamento de longas estadias da empresa Newark Transportes. Em toda essa sua preocupação e angústia... tentativa de estupro, assassinato do suposto agressor, vocês elaboraram um plano. Não para fugir e deixar o corpo para trás, nem entrar em contato com as autoridades, mas um plano para pegá-lo e prendê-lo, massacrar o rosto dele, cortar seus dedos fora, enfiá-lo em um saco cheio de tijolos e jogá-lo no rio Hudson.

— Não queríamos problemas. Nós simplesmente pegamos aquela van emprestada. Íamos devolvê-la.

— Assim como fizeram com o veículo de Robert Jansen? — Ainda rosnando, Peabody empurrou uma nova foto na cara de Ella-Loo. — Depois que vocês o espancaram até a morte com uma chave de roda e o arrastaram para trás de um arbusto em plena Rodovia 12, no Arkansas? Ou ele também tentou te estuprar?

— Eu não...

— Diga que você não faz ideia sobre o que estamos falando. — Eve falou isso com toda a frieza, e fez os olhos de Ella-Loo se voltarem para os dela. — Apenas tente dizer isso! Todos os assassinatos que vocês cometeram foram em festas e em legítima defesa? Não vou nem me incomodar com nomes. Vocês não sabiam o nome das pessoas, nem se importavam com isso. Da Rodovia 12 foram até Silby's Pond.

Enquanto Eve recitava todos os locais percorridos, Peabody pegava cada foto e a enfiava na cara de Ella-Loo.

— Vocês vão para a cadeia e nada no mundo vai mudar isso. Tente digerir essas informações por um tempo. Quer saber para onde você vai e por quantos anos? Talvez você tenha alguma margem de manobra nessa questão. Há outras opções, além desta? Existem, mas esta é a primeira condição. Vou te contar qual é a segunda numa boa, Ella-Loo. Você nos conta tudo o que fez, tudo o que você e Darryl fizeram, e talvez consigamos costurar um acordo no qual você não será comida viva. Uma opção em que você terá uma pequena chance de ser solta novamente. Mas continue tentando nos enrolar com essas baboseiras e você vai ficar presa até morrer!

— Eu tenho uma filha!

Dessa vez Eve se levantou, andou pela sala e se inclinou por trás sobre os ombros de Ella-Loo.

— Eu sei. Também sei que você largou a bebê com sua mãe, simplesmente a deixou pra trás, foi embora e nunca mais colocou os olhos nela desde aquele dia. Você quer usá-la a seu favor, Ella-Loo? Faça isso, e encontrarei novas formas de machucá-la como você nunca viu. Vou achar maneiras tão cruéis que farão parecer que tudo aquilo que você e Darryl fizeram com as pessoas cujos rostos estão nessas fotos não passou de um piquenique num campo florido. Isso é uma promessa.

Eve endireitou o corpo para se recompor.

— Você tem uma chance e nada além disso. Quero que nos conte tudo sobre cada uma das vítimas nessas fotos. Quero detalhes. E quero que você nos conte se existem outros mortos além desses. Temos testemunhas vivas, temos evidências físicas e forenses, temos seus rastros passo a passo, temos tudo de que precisamos para jogá-la na prisão. Continue mentindo e acabou aqui. Você será levada para um buraco fora do planeta pelo resto da vida. E Darryl estará preso em outro buraco ainda mais longe. Vocês nunca mais colocarão os olhos um no outro. Dallas e Peabody deixando a sala de interrogatório. Desligar filmadora!

Do lado de fora da sala onde Ella-Loo chorava histericamente, Eve se virou para Peabody.

— Idiota pervertida? Putas doentes e psicopatas?

— Gostei da aliteração e do ritmo das palavras. Simplesmente me ocorreu dizer aquilo na hora.

Eve deu um soco de leve no ombro dela, um sinal de "excelente resultado" e elogiou:

— Você ficou ótima no papel de Peabody assustadora.

— Gostei. Eu também me assustei comigo mesma, mas não entendi o acordo que você fez, Dallas. Não precisamos fazer esse tipo de coisa com eles.

— Se tudo der certo, você vai entender. — Ela foi com Peabody para a Sala de Observação. — Banner, você é o próximo a entrar comigo. Agente Zweck, vou preparar ambos para você embrulhar.

— Eles acreditavam que podiam e iriam continuar cometendo crimes sem serem punidos — disse Mira, analisando o que vira. — Achavam que tinham esse direito, pois tudo aquilo que faziam os unia, satisfazia suas necessidades e reforçava o que eles enxergavam como "amor". Não acredito que ela vá se voltar contra ele. É provável que ela, como já fez, insista que ele simplesmente a protegeu, mas a devoção dela por ele é tão grande quanto a que ele sente por ela.

— Não preciso que ela se volte contra ele. Salvar um ao outro e salvar a si mesmos é o que vai funcionar. Vamos acabar com Darryl. Esses dois não vão aguentar tanto quanto eu imaginava.

Com Banner ao seu lado, ela voltou para a sala de interrogatório, religou a filmadora e se sentou.

— Ok, Darryl, seu tempo de pensar no assunto acabou. É assim que vai ser... Vou lhe oferecer duas escolhas agora, as mesmas duas opções que acabei de dar a Ella-Loo.

— Quero vê-la. Você tem que me deixar vê-la. Nós juramos que nunca mais nos separaríamos.

— Não, eu não tenho que deixar você vê-la. Mas... — Ela fez uma pausa, como se estivesse pensando. — Farei isso se você fizer uma escolha sábia. Veja só... ela já me contou algumas coisas porque está cuidando de si mesma e de você, mas isso só vai funcionar se vocês dois cooperarem.

— O que ela disse?

— Ela disse que te ama, Darryl, mas qualquer um consegue ver isso.

— Somos duas pessoas, mas por dentro temos um só coração.

— Certo. Sei que foi por isso que vocês esculpiram o coração com suas iniciais nas pessoas que mataram. Só que não me permitem te contar tudo o que ela disse, senão eu estaria influenciando o seu depoimento. Tudo o que posso dizer é que ela me explicou um pouco do que aconteceu. Ela me contou de quando vocês pegaram emprestado um veículo num estacionamento de longas estadias em Newark... aquela van que estavam usando.

— Isso mesmo. Nós simplesmente pegamos emprestado. Ninguém estava usando aquele carro mesmo.

— Ela também me contou sobre Samuel Zed, o homem em cujo apartamento vocês estavam morando. Mas agora você precisa me contar o que fizeram com ele, Darryl. Se você mentir, acabou, acabou de uma vez por todas. A assistente da promotoria está sedenta por uma condenação pesada, sem acordos. Vai ser exatamente como eu te disse antes. Prisão perpétua numa penitenciária fora do planeta... vocês dois vão receber essa pena. Quanto ao lugar onde vão colocá-la, Darryl, se esse caso for a julgamento aqui em Nova York e a assistente da promotoria aceitar...

Eve balançou a cabeça, como se lamentasse.

— Sabe as outras presas, os guardas? Eles vão olhar para uma mulher linda como Ella-Loo, com aquela aparência, e vão machucá-la. Vão fazer coisas terríveis com ela. Sei que você não quer nada disso. Sei que você quer protegê-la. Ela me contou que você a protege, sempre.

— Protejo mesmo. E vou continuar fazendo isso!

— Então proteja-a agora, Darryl, e eu consigo negociar isso com o Estado de Nova York, posso tentar manter vocês dois juntos. Você vai ser preso, isso é algo que eu não tenho como impedir. Mas, se vocês me derem tudo o que eu preciso, vou lutar por vocês dois diante da promotoria.

— Se ao menos eu pudesse vê-la...

— Quando terminarmos tudo aqui, vou dar um jeito para que você possa vê-la.

— Promete?

— Para que fique registrado oficialmente, prometo que, quando terminarmos, vocês vão conseguir se ver.

— E nós vamos ficar juntos depois disso?

— Enquanto eu estiver no comando deste caso, vocês vão, sim, permanecer juntos. No entanto, você vai ter que nos contar tudo, deixar tudo gravado. Se mentir, o acordo estará automaticamente desfeito. Vamos começar por Zed, o homem que vocês jogaram no rio.

— Ok. Você precisa entender uma coisa: tudo isso tem a ver com amor. Nosso amor é maior do que qualquer outra coisa no mundo. Ella-Loo queria muito vir para Nova York. Esse era o sonho dela. Mas precisávamos de um lugar pra ficar, um lugar para começar nossa vida aqui. Ela me contou sobre esse cara... esse cara aqui — ele tocou na foto de Zed. — Estávamos no bar, e ela conseguiu que ele contasse a ela onde morava, também contou que morava sozinho e tudo mais. Era pra ser, cada passo estava escrito nas estrelas, entende? Foi tudo obra do destino. Depois de um tempo, ela disse que gostaria de conhecer a casa dele, e eles dois foram pra lá. Ficava a poucos quarteirões de distância. E ela garantiu que a porta que dava para a rua permanecesse destrancada.

— Ok — sugeriu Eve, balançando a cabeça. — Isso é bom. E depois, o que aconteceu?

— Quando eu fui atrás deles, ele já estava com as mãos em cima dela. Isso só serviu para despertar a minha ira. Não queríamos matá-lo tão rápido. Aconteceu depressa demais. Íamos mantê-lo ali por perto para ver o que aconteceria depois, mas ele estava com as mãos nela, então eu o machuquei mais do que pretendia.

— Mas vocês ainda o mantiveram vivo por algum tempo, certo?

— Por um tempo, sim. Ele precisava nos contar algumas coisas para que eu pudesse entrar no computador dele e enviar um e-mail para o lugar onde ele trabalhava. Nesse e-mail ele dizia que tinha surgido uma emergência familiar e que precisaria se afastar do emprego por um tempo. Depois disso, nós tivemos de nos livrar dele. Conversamos sobre isso e arrancamos os dedos dele, por causa das impressões digitais.

— Ele ainda estava vivo quando você cortou os dedos dele? Não se esquece, Darryl: se você mentir, não conseguirei manter você e Ella-Loo juntos.

Darryl molhou os lábios.

— Pode ser que ainda estivesse vivo, por algum tempo. Também ainda estava meio vivo quando demos algumas porradas no rosto dele, mas ele morreu bem rápido. Então eu saí e peguei alguns tijolos de uma obra que vi ali perto do lugar onde talvez fôssemos ficar. Estava muito frio na van para Ella-Loo continuar dormindo lá, então era por isso que precisávamos de um lugar de verdade. Se a gente iria começar uma vida inteira juntos, certamente precisávamos de um lar.

— E vocês decidiram morar no apartamento de Zed.

— Foi tudo obra do destino. Também foi assim quando eu e Ella-Loo nos conhecemos. Então nós o colocamos dentro de um saco grande, com os tijolos. Amarramos tudo bem amarrado e levamos o pacote para o rio.

— Isso é muito bom, Darryl. Contar a verdade certamente vai ajudar. Mas acho que você se esqueceu de contar um detalhe. Algo que você e Ella-Loo fizeram juntos? Aconteceu depois que vocês mataram Zed, e antes de jogar o corpo dele fora, dentro do rio. Vocês usaram a cama dele para isso?

Nesse momento, ele sorriu largamente.

— Não conseguimos nem esperar pra usar a cama. Temos um tesão enorme um pelo outro, e estávamos terrivelmente tensos por tê-lo matado tão rápido. O chão parece um colchão de penas quando você está apaixonado.

— Então vocês... ahn... fizeram amor — perguntou Banner —, ali mesmo, no chão ao lado do corpo?

— Sim, e depois pegamos o saco grande e os tijolos.

Notando a raiva de Banner, Eve apertou seu punho por baixo da mesa.

— Ok, Darryl, estamos no caminho certo. Vamos voltar ao começo. Você não pode deixar nada de fora, senão não vou conseguir proteger Ella-Loo. Fale-me de Jansen, na Rodovia 12. Ele foi a primeira pessoa que vocês mataram?

— Aquele cara no Arkansas? Nós não planejávamos matá-lo. Só precisávamos de um carro, porque a caminhonete tinha quebrado de vez. Ella-Loo o fez parar, mas então ele começou a lutar comigo. Ela teve que bater nele com a chave de roda, e ele caiu no chão com força. Foi só um acidente, é a pura verdade. Tivemos que dar mais uma ou duas porradas nele, só pra ter certeza de que estava morto, então o arrastamos para o mato, deixamos ele atrás de um arbusto, limpamos a caminhonete e colocamos todas as nossas coisas no carro. Ella-Loo estava muito agitada. Por causa daquele sangue todo e tudo o mais, entende? Aí nós paramos um pouco mais abaixo na estrada, e quando transamos...

O rosto se iluminou, quase chegava a brilhar.

— Foi como cavalgar uma estrela cadente. Sabíamos que ninguém nunca tinha sentido o que sentimos naquele momento. Não foi a mesma coisa quando fizemos de novo no dia seguinte, e sabíamos que para alcançar o céu novamente daquela forma, era isso que precisávamos fazer. Era isso que tínhamos que fazer para nos sentirmos completos e cumprir nosso destino. Foi exatamente assim, o nosso verdadeiro amor em ação.

— Então, na vez seguinte, vocês procuraram alguém.

— Bem, na vez seguinte, foi ele que... meio que nos encontrou. Estávamos apenas morando numa cabana emprestada perto de Silby's Pond quando chegou um cara. Ele entrou e perguntou o que estávamos fazendo. Disse que nós não deveríamos estar ali dentro, só porque quebramos a fechadura. Ele era só um sujeito chato que falava de um jeito esquisito, como se fosse meio maluco. Então eu bati nele com o atiçador da lareira, depois achamos que, talvez, se o mantivéssemos por perto e demorássemos algum tempo por ali, cavalgaríamos aquela estrela cadente durante mais tempo. E cavalgamos! Só Deus sabe o quanto nós cavalgamos aquela estrela!

— Quero mais detalhes, Darryl, mas eles precisam combinar com os relatos de Ella-Loo.

Ao longo das duas horas seguintes, ele contou a Eve e Banner todos os detalhes horríveis ao longo da rota sangrenta que os dois tinham deixado para trás ao atravessar metade do país.

Por duas vezes ela mandou que Banner fosse buscar os refrigerantes açucarados que Darryl pediu, também para dar ao delegado uma pequena pausa no interrogatório. Quando terminou, ela olhou para o vidro espelhado e fez que sim com a cabeça.

— Foi só isso, Darryl... Foi tudo o que aconteceu?

— Juro por Deus. Se deixei algo de fora é porque não me lembro direito dos detalhes ou misturei alguns fatos, só isso. Agora você vai fazer aquele acordo e consertar as coisas para que Ella-Loo e eu possamos ficar juntos, para que eu possa ter certeza de que nada de ruim vai acontecer com ela.

— O acordo que eu fiz com você continuará de pé enquanto eu estiver no comando.

No momento exato em que Eve fez o sinal combinado, o agente Zweck entrou em cena com outros dois agentes que ele havia contatado.

— Darryl Roy James, você está preso pelo assassinato de vinte e nove seres humanos, pelo sequestro, cárcere privado e tortura de todas essas pessoas. E também pelo sequestro, cárcere privado e tortura de Jayla Campbell e Reed Mulligan, além da tentativa de assassinato de Jayla Campbell e o estupro de Campbell e de Mulligan.

— Não entendo. Pensei que eu já estivesse preso.

— Você estava preso pela Polícia de Nova York — explicou Eve, enquanto se levantava da cadeira.

— Agora você é acusado de crimes federais — completou Zweck —, e o FBI assume neste momento a jurisdição de todos os assuntos pertinentes a esses assassinatos. Você agora está sob custódia federal e será transportado para uma instalação federal.

— Com Ella-Loo?

— Nem pensar!

— Mas você prometeu! — Darryl se virou para Eve. — Você disse!

— O que eu disse foi "desde que eu estivesse no comando". — Ela deu de ombros. — Agora não estou mais. Terminamos aqui. — Ela caminhou até onde Zweck estava e murmurou algo. Ele fez que sim com a cabeça.

— Segurem-no aqui — ordenou Zweck.

Eve saiu com Zweck e Banner enquanto Darryl gritava, chamando por Ella-Loo.

— Peabody e eu vamos finalizar o interrogatório dela. Banner, você não precisa ouvir tudo isso de novo.

— Estou nisso até o fim. Só vou entrar em contato com meu chefe. Preciso falar com ele, mas logo depois volto para assistir.

— Mesma jogada? — perguntou Zweck, enquanto Banner se afastava.

— Mesma jogada. E me faça um favor, Zweck. As máquinas de venda automática me odeiam. Pegue uma lata de Pepsi pra mim.

Quando ela fez menção de pegar algumas fichas de crédito no bolso, ele fez que não com a cabeça.

— Essa é por minha conta, tenente. Eu lhe devo mais que uma lata de Pepsi.

— Eu aceito. — Ela bebeu o refrigerante com muita vontade. Só que aquilo não foi o suficiente para acabar com o enjoo que sentia, mas bebeu com satisfação.

Então entrou na outra sala de interrogatório para fazer tudo de novo e ouvir tudo outra vez, agora da boca de Ella-Loo.

EPÍLOGO

Quando tudo terminou, ela queria tomar um banho de uma semana e depois dormir por um ano.

O relato de Ella-Loo não foi muito diferente. Embora não tivesse sido tão romântico quanto o de Darryl, nem incluído cavalgadas em estrelas cadentes, ela ainda entregou a história completa.

Em parte porque sentia medo... medo por si mesma, diante da possibilidade de ficar em um lugar onde alguém poderia fazer com ela o que ela fizera com outros. E em parte pela necessidade doentia e terrível que tinha pelo homem que acionou aquele interruptor assassino que já existia dentro dela.

No fim, com Ella-Loo lutando contra as algemas, xingando Eve, gritando com os policiais federais que a puxaram da cadeira e a arrastaram para fora, Eve manteve a promessa que tinha feito a ambos.

Eles tiraram Darryl e Ella-Loo das salas de interrogatório exatamente ao mesmo tempo.

E eles viram um ao outro.

— Darryl, Darryl, me ajude. Não deixe que eles me machuquem.

Ele lutou como um louco, gritando por ela.

— Ella-Loo! Eu te amo, Ella-Loo! Vou encontrá-la. Eles não vão conseguir nos separar.

— Eu te amo, Darryl! Vou esperar por você. Vou esperar por você pra sempre!

Os federais os puxaram em direções opostas, as declarações de amor desesperadas ecoando pelo corredor.

Zweck estendeu a mão para Eve.

— Tenente, sempre que precisar de algo de mim... qualquer coisa, a qualquer hora, você terá.

— Obrigada. Eu gostaria de saber onde eles vão ficar.

— Em mundos separados, tenente. Isso eu posso lhe prometer.

Quando ele foi embora, Eve pressionou os dedos nos olhos. Quando abaixou as mãos, deu de cara com Roarke.

— Você ainda está aqui?

— Saí e voltei algumas vezes, mas... sim, ainda estou aqui. — Quando ele colocou as mãos nos ombros de Eve, ela o conduziu para dentro de uma das Salas de Interrogatório. E fechou a porta.

Então se deixou apoiar o peso nele, se permitiu ser amparada.

— A gente sempre pensa que, ao fim de um caso pesado, isso é o pior que poderia acontecer. Porque nada pode ser pior do que isso. É importante pensar assim, ou não vou ser capaz de fazer meu trabalho. Preciso pensar assim, mesmo sabendo que ainda vou ver coisa pior. Até agora, este foi o pior. Ouvi-los contar sobre o quanto gostavam de matar, o quanto se excitavam com tudo aquilo... e ouvir que é assim que eles definem o amor.

— Você abdicou do seu caso em favor do FBI, fez o trabalho e entregou o resultado pronto a eles, numa bandeja. Amor é isso. Amor pelas vítimas, pela justiça, pelo trabalho. Isso é que é amor.

Ele a puxou para perto outra vez e a beijou. Um beijo longo, suave e gentil, que fez brotar lágrimas nos olhos de Eve.

— Eu sei. Ajuda ouvir isso, mas eu sei. Preciso me recompor.

— Quero te levar pra casa.

— Ainda não. Preciso entrar em contato com a mãe de Kuper para dizer a ela que pegamos os assassinos do filho.

— Claro. Faça isso.

— Talvez saber, por fim, a ajude a fechar uma porta. E também quero verificar o estado de Jayla Campbell.

— Ela está viva. Mira e Whitney têm verificado o estado dela a cada hora. É uma grande lutadora. — Ele a puxou para junto de si mais uma vez e acariciou seus ombros. — Ela está viva e suas chances são boas agora. Não está totalmente fora de perigo, mas suas chances são excelentes. E já não está mais sozinha. Os amigos e a família estão com ela, assim como o garoto... Mulligan.

— Bom, ok, muito bom mesmo. Pelo menos uma boa notícia no meio dessa lama. E eu tenho outra. Você devia vir comigo. Talvez possa aproveitar isso, também.

— Gosto de boas notícias.

Ela começou a abrir a porta e olhou pra ele.

— O que quer que tenha acontecido antes, o que quer que venha a acontecer depois de hoje... sei o que é amor por sua causa.

Ele pegou a mão livre de Eve.

— O que quer que tenha acontecido antes, o que quer que venha a acontecer depois, foi você que me mostrou que o amor muda tudo. Eleva tudo. Torna tudo possível.

— Vamos jantar hoje à noite, só nós dois. Nenhum policial em casa além de mim... nenhum trabalho. Tipo um encontro, ok?

— Quer dizer que você quer um encontro, então?

Aquilo a surpreendeu mais do que a ele.

— Sim, quero de verdade.

— Então está mais do que ok.

Recomposta, ela saiu dali com ele e foi para a Divisão de Homicídios.

— Presta atenção nessa — murmurou para Roarke, e dirigiu-se à mesa de Baxter.

— Que baita operação, tenente.

— Sim, foi uma operação histórica. Olha só... sei que você está muito ansioso com os resultados da prova de Trueheart, mas eu estava meio ocupada com essa duplinha de assassinos sádicos apaixonados.

— Eu entendo. Meu garoto está lidando com a ansiedade. Nós também estivemos ocupados, acabamos de fechar o caso que pegamos ontem. Já tentei descobrir o resultado da prova, mas ainda vão levar mais vinte e quatro horas pra divulgar.

— Eu, hein!... Então você acha mesmo que eu deixaria dois dos meus homens suarem de ansiedade durante quarenta e oito horas? Você acha que eu não consigo fazer malabarismos com um contato qualquer e pressionar um pouco para descobrir o resultado?

— Você fez isso? Puxa, obrigado, Dallas. E você pode me contar se ele...

Baxter parou de falar ao ver a expressão desolada no rosto dela.

— Ah, merda!

— Olha, Baxter, esse é um exame difícil, e muitos não passam na primeira tentativa.

— Sim, eu sei... droga! Por favor, eu gostaria de ser a pessoa a contar isso a ele. Para amenizar o baque que ele vai ter.

— Sim, eu também achei que você deveria fazer isso, agora mesmo. Imaginei que você seria a pessoa mais indicada para contar à Trueheart que teremos um novo detetive na nossa divisão. Ele vai receber um distintivo dourado.

— Eu vou... O quê?

— Que tipo de policial não sabe quando está sendo sacaneado?

— Ele passou!?

— Passou com louvor, Baxter. Pode ficar orgulhoso.

— Puta merda. Puta merda!

Ela reconheceu aquele olhar característico quando ele se levantou da cadeira, muito empolgado.

— Tente me beijar, detetive, e você não vai acordar por uma semana.

— Mas eu preciso beijar alguém. Peabody!

— Que foi?

Exausta, Peabody olhou pra ele por um segundo, antes de ele a erguer da cadeira, girá-la para baixo e lascar um beijo na sua boca.

— Ei, ei! — ela finalmente conseguiu falar, enquanto ele a colocava no chão.

— Trueheart! — gritou ele. — Venha aqui imediatamente!

— Apareceu um novo caso? — quis saber Trueheart, sério e com brilho nos olhos em seu uniforme.

— Não desta vez. Parabéns, detetive.

— Eu passei?! — A voz de Trueheart tremeu de emoção. — Eu passei?

— Com louvor, pelo que fiquei sabendo. — Ele apertou a mão de Trueheart com força e então o abraçou. — Bom trabalho, parceiro!

— Eu passei! — repetiu ele, quase como uma prece, e fechou os olhos.

Quando tornou a abri-los, olhou diretamente pra Eve. Trocou outro tapinha másculo nas costas de Baxter, enquanto todos os outros policiais na sala o aplaudiam. Então aproximou-se de Eve.

— Eu não estaria aqui se não fosse por você.

— Eu te deixei trabalhar aqui, e você passou na prova. Meus parabéns, detetive.

Ele apertou a mão dela e, em seguida, a abraçou com força.

Como ele era jovem e aquele era um momento especial, Eve o permitiu fazer isso.

— Não abrace a sua tenente — aconselhou.

— Sim, senhora. Não, senhora. — Ele se afastou depressa, rindo.

— Vamos beber algo no Blue Line — anunciou Baxter. — Assim que acabarmos este turno. Todo mundo está convocado. Eu pago! Vamos celebrar a vitória do meu garoto aqui.

Os aplausos se transformaram em gritos e "vivas" diante da perspectiva de bebidas grátis.

— Eu tenho um... — começou a tenente.

Roarke apertou o ombro de Eve para impedi-la de recusar.

— O que ela quer dizer é que não há nada que nenhum de nós preferiria fazer neste momento — concluiu Roarke.

Ele passou a mão pelas costas dela enquanto os policiais se levantavam para dar tapinhas de parabéns nas costas de Trueheart, apertar sua mão, e fazer algumas zoações com ele.

— Eu disse que não haveria mais policiais hoje à noite — lembrou Eve. — Você não precisa fazer isso.

— A tenente do novo detetive deve fazer um brinde a ele, e eu gostaria de fazer o mesmo. Dá pra encaixarmos mais alguns policiais em mais esta boa notícia de hoje. Tenho algumas coisas para resolver, mas vou te encontrar no fim do turno.

Sim, ele a encontraria, pensou Eve, observando-o sair. Eles fariam um belo brinde em homenagem a um policial jovem e íntegro. E talvez brindar também a um caso difícil que fora bem resolvido. E depois eles teriam um encontro.

Não era uma maneira tão ruim de terminar um longo dia.

Este livro foi composto na tipografia Adobe Garamond Pro, em corpo 13/16, e impresso em papel offset no Sistema Cameron da Divisão Gráfica da Distribuidora Record.